# 小倉百人一首・百人秀歌の
# 女流歌人

津久井　勤

# まえがき

この本は、小倉百人一首の女流歌人を（一般社団法人）全日本かるた協会の機関誌に、その第四十号（二〇〇四年）から今日まで長きにわたって執筆したものを一冊にまとめたものである。

小倉百人一首の書籍は多数見られるが、多少とも特徴を出したいと思っている。一つは、歌人の百人一首の歌だけではなく、その歌人の勅撰集に入集した和歌等を併せて紹介すること、歌人ゆかりの地の紹介を行うことなどである。これらのことによって、当時の時代背景や歌人の和歌を味わっていただければと願ってのことである。このことによって少しでも歌人の育った時代背景や個人の和歌の鑑賞にお役にたてればと願っている。

加えて、百人一首選定の時代背景や、現在まで伝わってきた経緯を追記させていただいた。さらに、百人秀歌についても追記した。この歌集は百一首からなり、戦後宮内庁の書庫から日本大学名誉教授有吉保先生が見つけられ、他にも冷泉文庫などにも見られた。これには定家の奥書が見られ、定家撰と見られているが、厳密な意味では百人一首は定家撰とは見られていない現状があるが、これも定家撰であろうとされている。百人一首と百人秀歌の違いについては追記文章の中で説明する。ともかく、多少とも興味を持って読んでいただければ幸いである。

# 小倉百人一首・百人秀歌の女流歌人　目次

# はじめに

小倉百人一首（以下単に「百人一首」と呼称）の女流歌人を執筆するにあたって、まず述べなければならないのは、百人一首がどのような経緯があって今日まで伝わってきたかについてである。

皆さんは、百人一首は藤原定家が選んだ歌集であって、入道蓮生（宇都宮頼綱）に依頼されて嵯峨中院の障子色紙形を送ったと藤原定家の明月記（一二三五年四月二十七日）に示されている。しかしここでは、「古来の歌、各一首。天智天皇より以来、家隆・雅経卿に及ぶ」とあって、後鳥羽院と順徳院が抜けている。

入道蓮生は、定家の息子為家の舅にあたる。鎌倉幕府の御家人であったが、鎌倉幕府転覆に連座したとして剃髪して京都に居をおいた経緯の持ち主である。

そのことはともかく、定家の明月記のこの条が明らかにになったのは、一七一四年に安藤為章の「年山紀聞」に紹介されたことによる。定家が一二四一年に亡くなってから四七三年も経ってからのことである。

このような背景もあって、百人一首は入道蓮生の依頼によるものであると言った学説もあったことは事実である。ご存知のようにこれとは別に百人秀歌がある。これは、戦後になって有吉保先生が学生時代に、宮内庁書陵部から発見して知られるようになった。一九五一年のことである。この書には定家の奥書があり百人一首も定家撰であることの裏付けとなった。従って、それまでは百人一首は定家撰であると決められていなかった。

それでは、百人一首とはどのような歌集であるのだろうか。当時、全て歌集はもちろん物語迄も写して手元に持っていたことから、定家は特に日頃から勅撰和歌集から収集した資料を持っていたことは間違いなく、万葉集についても手もとの資料を源実朝に送っていることが知られている。特に勅撰集の撰者ともなればなおさらのことである。

当時はお仕えしている女官にとっても、勅撰集の和歌を知らないと交流の場に出られない状況であったから、なおさらのことである。定家の書は定家様と呼ばれ、独特の書体で知られている。その後、宮中での行事が事細かに記録されることが継続されていたようだ。

ところで、百人一首に話を戻すが、これがどのようにして伝えられてきたのだろうか。まず手元の資料から百人秀歌が選ばれている。この中には当時の社会情勢を気遣って後鳥羽院と順徳院は除外されている。この背景には、承久の乱以降、後鳥羽院と順徳院は隠岐と佐渡にそれぞれ配流されており、鎌倉幕府に帰還願を出したが訴えが叶わなかった背景がある。百人一首の方は、御子左家の密かに継続すべきものとして外部には本来出さない歌集であったと見られる。それが二条家の断絶もあって、弟子に引き継がれ外部に出るようになった。そのため、百人一首は、弟子に引き継がれ、古今和歌集（以下「古今集」と呼称）を伝える古今伝授と共に百人一首も伝えられてきたことが知られている。古今伝授の歴史において、その最初が、一四七一年の東常縁から連歌師飯尾宗祇への古今伝授である。その後、宮中ばかりでなく広く伝えられることとなり、江戸期にはかるたの普及とも繋がってくる。ところで、編者の方も飯尾宗祇ではないかという説などがあって、結局定家撰と見られるようになったのは戦後になってからであることを述べておきたい。一方では、まだ、疑問をお持ちの方もいらっしゃる。

さらに、百人秀歌の方が勅撰和歌集からの異同がほとんど見られないのに対して百人一首の方は同じく勅撰和歌集から撰歌されているが、その本文を細かく見ると、本文の異同が多く見られることである。このことも御子左家に受け継がれることがあっても外に出す歌集でないことを物語っている。なお、これらの本文異同については後述の別章一「百人一首と百人秀歌について」で述べる。ところで、百人一首の女流歌人を見ると勅撰集の中では、千載集と新古今集からそれぞれ五人ずつであり最も多い。この時代に女流歌人が最も活躍していたことを示している。

# 第一章

# 百人一首の女流歌人の歌から見た世の移り変わり

# 一　百人一首の撰歌過程について

百人一首の女流歌人の歌を中心にとらえ、時代背景とその中で生きた歌人の人となりを述べてみたい。

ご存じのように、百人一首は勅撰集である古今集から新勅撰集、更には定家が亡くなって、その子為家が編纂した続後撰集からの入首歌である。しかし、百人一首は定家撰であるので、いずれも定家手元の歌撰集より採られていると見られる。それは定家撰の八代集（二四代集）に代表されることでも窺い知ることが出来る。

この間、約三五〇年に渡っており、平安時代の中期から後期、鎌倉時代に及んでいる。更に言えば、歌人は万葉の時代まで遡っている。このような広い時代背景の中で女流歌人の歌を見てみたいと思った次第である。その最初は、万葉時代の持統天皇を取り上げる。

と言っては見たものの、後の時代の歌人とは違ったところがあり、最初から躓きながら執筆することになったことをお許し頂きたい。

## 二　勅撰和歌集における万葉歌人の扱い

勅撰集の最初は、古今集（九〇五年成立）であり、紀貫之がその仮名序に触れているように、万葉集が遙か昔のこととして万葉仮名が読めない時代であり、平安初期の漢文全盛期からの脱却を目指して、その意義付けに腐心していることが伺える。その結果、柿本人麻呂が、歌神として神格化された扱いであり、人丸影供として崇められる時代背景を持っている。

そのため、和歌所（九五一年）が設けられ、梨壺の五人による万葉集の訓点作業が行われた。しかし、京から離れ、鎌倉にあった僧仙覚による万葉集二〇巻の訓読完成（一二四七）まで要した。その間、**「万葉は和歌のかまどにて、箱中に納めて持つべし、常に、披見しえ好みを詠むべからず、和歌を損するものなり」**と言われていた。

その中にあって、万葉時代の歌人としての天智天皇は後撰集に、持統天皇は新古今集に、柿本人麿は（万葉集の「人麻呂」と表記が違っている）拾遺集に、山辺赤人は新古今集にそれぞれ入首している。しかも、天智天皇と柿本人麿の歌は明らかに本人の歌ではなく、持統天皇と山辺赤人の歌は本人の作に元をおいた新古今の歌になっている。

この四人は、定家にとって、天智天皇と持統天皇の組み合わせは最後の後鳥羽院と順徳院の対を形成するために不可欠であり、紀貫之による古今集仮名序の柿本人麿と山辺赤人は欠かせない人物として、勅撰和歌集から探してきたのではないかと思われてならない。以上述べた背景の元に万葉時代の歌人が入首していると考えられる。

# 第二章

# 白鳳時代と平安初期から中期のはじめ

# 一　持統天皇の時代と百人一首歌

## 一、一　持統天皇の歌の背景

持統天皇の歌はよくご存じのように、百人一首第二番歌では**「春過ぎて夏来にけらし　白妙の衣干てふ天**（あま）**の香具山」**（新古今集・夏一七五）であり、これが万葉集（巻第一・二八）では**「春過ぎて夏来たるらし白妙の衣干したり天**（あめ）**の香具山」**になっている。この違いをどう見るかの問題がある。一つは、万葉仮名が良く読めない中で、このように読まれた。と言うのが一般的な解説と思う。

一方、天智天皇の百人一首歌は、「秋の田のかりほの庵のとまをあらみわが衣では露に濡れつつ」（後撰集）であり、これには万葉集巻一〇巻二一七四の「秋田刈る仮廬を作り我が居れば衣手寒く露ぞ置きける（読人知らず）」（更に、新古今集巻四の四五四にはよみ人知らずとして「秋田守る仮庵つくりわが居れば衣手寒し露ぞ置きにける」も入首している）を借りて、農民の苦労をしのんだ

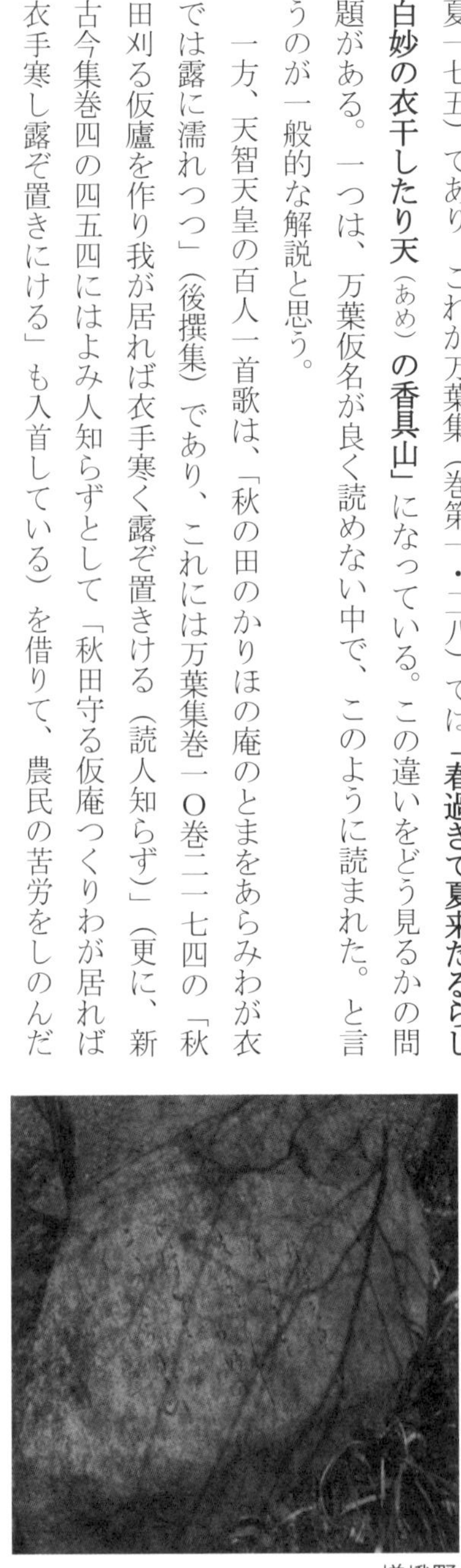

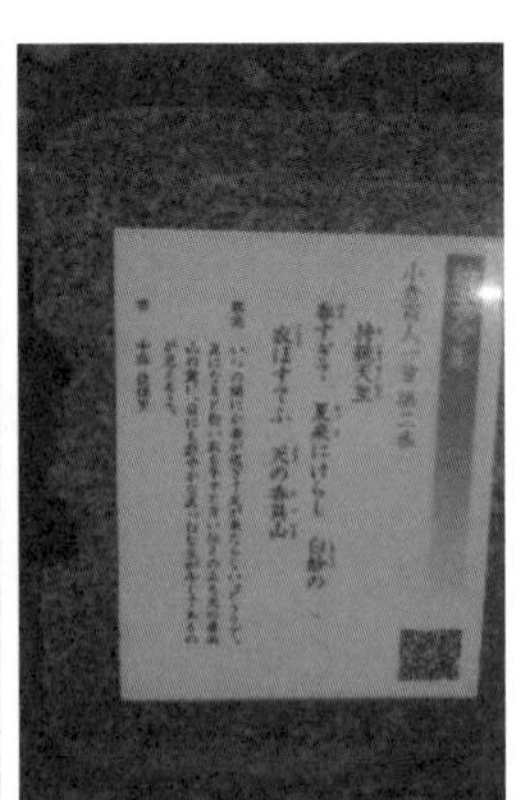

嵯峨野の歌碑

天皇としての気持ちを詠んだ歌と見られている。

このような天智天皇の歌の発想から持統天皇の歌も、持統天皇の歌を借りた、平安の都から想像し伝説を踏まえた、安寧を祈る天の香具山の歌と見ているとの見方は如何だろうか。従って、持統天皇であれば服装も唐風の衣装であるが、平安朝であれば、かるたの歌仙絵に見るように重ね着でも良いのかも知れない。と言うように飛躍した考えも成り立つのではないだろうか。とは言ってみても「持統天皇」となればどうしてもその人のその時代を考えてしまうためにすっきりしないことには変わりはない。それと、初期の「時雨殿」の二階の歌合わせの人形は唐風の衣装と十二単衣からなっており、作者の時代に合わせた考証が行われていたようである。

こう見てくると、いつも付きまとうのは、百人一首の解釈の問題が生じてくることである。第一に作者の気持ちがあり、勅撰集の出典があり、勅撰集の撰者の意図があり、時代の経過に伴う見方の違いがあり、最後に定家の見方がある。更に、本文の違いも更に複雑にさせている。これらのことも念頭に置いて歌を鑑賞する必要がある。

天武天皇·持統天皇陵

## 一、二　持統天皇の時代

それでは話を戻して、持統天皇（六四五—七〇二）の時代について述べたい。ご存じのように、中大兄皇子（後の天智天皇）の皇女の一人である鸕野讃良皇女で、同じく皇女の大田皇女と伴に大海人皇子の妃として天智天皇亡き後の近江朝との壬申の乱（六七二）を伴に戦う。これに勝利した後、大海人皇子は天武天皇として、飛鳥浄御原宮に遷都する。二人には草壁の皇子がいる。そこで、天武天皇は、皇子達の異母兄弟、天智天皇の皇子を含めて、吉野離宮において草壁皇子を第一に置いた序列を決め各皇子に誓わせる。しかし、天武天皇が亡くなった後、我が子草壁皇子を次期天皇にするため、天武の皇子の異母兄弟の中の競争相手になる皇子を排除することになる。しかし、草壁皇子は幼少より病弱で、皇太子になるものの二十八歳の若さで亡くなった。またも、今度は未だ若い孫の軽（珂瑠）皇子を次期天皇へと腐心し、皇子が成長するまで本人は持統天皇として君臨する。その後、十五歳で文武天皇を即位させ、太上天皇（上皇）として政務を続ける。これを補佐するのが、藤原鎌足の息子の不比等と皇子の乳母である県犬飼三千代である。不比等は幼い頃唐に派遣されていた兄の定恵から律令の仕組みを教えて貰っている。一方、三千代は最初美努王に嫁いでいたが、夫は不比等の進言で大宰帥に任命され九州の筑紫太宰府に赴任した。その間に不比等と結ばれると言った間柄である。ここから後の藤原時代の基となっていく。

不比等は大宝律令やその後の養老律令をまとめ上げ、更には日本書記編纂に重要な役目を果たしている。これには、兄定恵の教えが大きいと言われている。

このように、持統天皇は、当初祖父や母を滅ぼした父天智天皇を恨みに思って天武天皇に伴ってきた。しかし振り返ってみると、国の混乱を招かぬための措置とは言え、自身も息子や孫のために奔走し、敵対しそうな皇子を葬ってきた思いがある。

天智天皇は鎌足を参謀とし、持統天皇は鎌足の子不比等を参謀として、従来の部族の集まりの中の天皇から、律令を整備し、国家としての礎を築いていった功績は大きい。そのための試練であったかも知れない。

## 一、三　持統天皇の歌（万葉集から）

・和銅三年庚戌の春二月、藤原宮より寧楽宮に遷りましし時に、御輿を長屋の原に停めて迥かに故郷を望みて作れる歌（一書に曰く、太上天皇の御製といへり）

飛鳥の明日香の里を置きて去なば君があたりは見えずかもあらむ（巻一―七八）

・天皇の崩せる時に、大后の作りませる御歌一首

やすみしし　我が大君の　夕去れば　見したまふらし　明け来れば　問ひたまふらし　神岳の　山の黄葉を　今日もかも　見したまはまし　その山を　振り放け見つつ　夕されば　あやに悲しび　明け来れば　うらさび暮らし　荒たへの　衣の袖は　乾る時もなし（巻二―一五九）

・一書に曰く、天皇崩りましし時、太上天皇の御製歌二首

燃ゆる火も取りて包みて袋には入ると言はずや面知るを雲（巻二―一六〇）

神山にたなびく雲の青雲の星離れ行き月を離れて（巻二―一六一）

・天皇の崩りましし後八年の九月九日、奉為の御斎会の夜に夢のうちに習ひ給へる御歌一首（古歌集の中に出づ）

明日香の　清御原の宮に　天の下　知らしめしし　やすみしし　わご大君　高照らす　日の御子　いかさまに　思ほしめせか　神風の　伊勢の国は　沖つ藻も　靡ける波に　潮気のみ　香れる国に　味ごり　あやにともしき　高照らす　日の

香久山

持統天皇の万葉歌碑

皇子（巻二―一六二）

## 一、四　まとめ

百人一首の女流歌人二十一人の中で、時代的に一番古い万葉時代の歌人としては持統天皇お一人であり、その時代背景も含めて取り上げた。

最後に余談にはなるが、天智天皇が中大兄皇子の時代から大海人皇子の妃でもあった額田王が天皇に代わって歌を詠んでいたが、この時代には、柿本人麻呂が活躍していることを述べてこの稿を終わりとする。

# 二　小野小町の歌と伝説

## 二、一　歌人の周辺

百人一首の作者の中には、生没が不明なばかりか、いたかどうかも怪しい作者も存在する。そのような作者をシリーズとして紹介していければと思っている。今回はその中で、講演の機会があり、小野小町を採り上げたので、その紹介からスタートしたい。小町は生没が不明であるが、百人一首の中でも最もよく知られた女流歌人であると同時に伝説の人でもある。そのようなことからか、全国に渡ってゆかりの地が最も多いのではないかと思われる。古今集に入首している十八首が小町の確かな存在を証明しており、贈答歌も見受けられる。他の勅撰集にも小町の歌は入首しているが、確かなところは判ってはいない。小町集が後になって編集されるが、小町の歌ばかりではないと言われている。

## 二、二　古今集の小野小町の歌

### 一　仮名序（紀貫之）

　仮名序で紀貫之は、六人の歌人を紹介しているが、これが後に六歌仙と言われることになる。貫之が認識していたかどうかはともかく、そもそもこれが伝説のはじまりと思われる。なかでも小野小町のところで、「古の衣通姫（第十九代允恭天皇の皇妃、「艶色衣を通して光り輝いた」と言われている。後に和歌の神「玉津島明神」として祀られ、婦人病に霊験有りと聞く）の流れなり。あはれなるようにて、強からず。いはば、よき女の、なやめる所あるに似たり。強からぬは、女の歌なればなるべし。」と紹介している。このことが、そもそも小町の伝説の始まりと見られないでしょうか。それでは、小町の歌から実像を多少とも見てみたい。

## 二　古今集の小町の歌から

①　巻第二　春の歌　下（百人一首第九番歌）

・花の色は移りにけりないたづらに我が身世にふるながめせしまに

②　巻第十二　恋の歌　二

・思ひつつ寝ればや人の見えつらむ夢と知りせばさめざらましを

・うたた寝に恋しき人を見てしより夢てふものは頼みそめてき

・いとせめて恋しき時はぬば玉の夜の衣を返してぞ着る

・贈答歌　下つ出雲寺に人のわざしける日、真静法師の導師にていへりけることばを歌によみて、小野小町がもとにつかわしける。

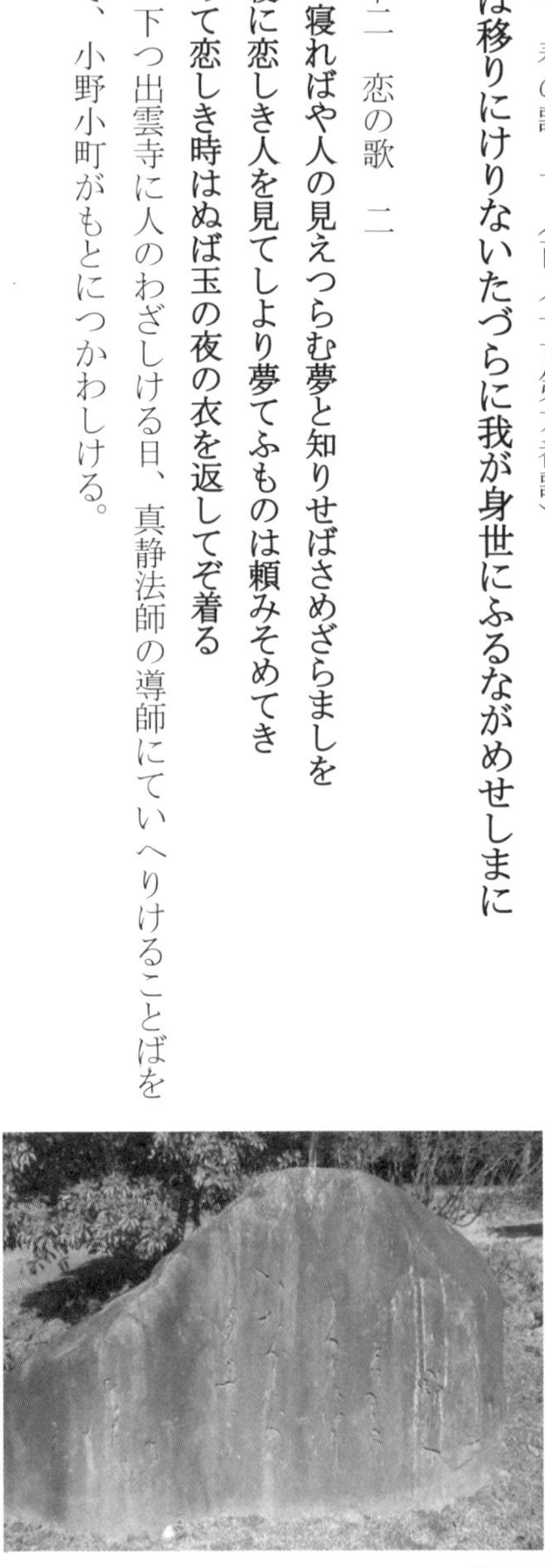


嵯峨野の歌碑

包めども袖にたまらぬ白玉は人を見ぬ目の涙なりけり　安倍清行朝臣
返し　小野小町
おろかなる涙ぞ袖に玉はなす我はせきあへずたぎつ瀬なれば

③　巻第十三　恋の歌　三
・秋の夜も名のみなりけり逢ふといへば事ぞともなく明けぬるものを
・現にはさもこそあらめ夢にさへ人目をよくと見るがわびしさ
・限りなき思ひのままに夜も来む夢路をさへに人はとがめじ
・夢路には足もやすめず通へども現に一目見しごとはあらず
・本来贈答歌ではないが、在原業平と小町の歌が並んでいたがために「伊勢物語の説話第二十五段　逢はで寝る夜」に採り入れられた（「」内は伊勢物語から）。
「むかし、男ありけり。あはじともいはざりける女の、さすがなりけるがもとに、いひやりける。」　業平朝臣
秋の野に笹分けし朝の袖よりも逢はで来し夜（伊勢物語：ぬる夜）ぞひぢまさりける
「色好みなる女、返し」　小野小町
みるめなきわが身をうらと知らねばや離れなで海人の足たゆく来る

④　巻第十四　恋の歌　四
・海人のすむ里のしるべにあらなくにうらみむとのみ人のいふらむ

⑤　巻第十五　恋の歌　五

・贈答歌　小野小町

今はとてわが身時雨にふりぬれば言の葉さへに移ろひにけり

返し　小野貞樹

人を思ふ心木の葉にあらばこそ風のまにまに散りも乱れめ

・色見えで移ろふものは世の中の人の心の花にぞありける

・あき風に逢ふたのみこそ悲しけれわがみ空しくなりぬと思へば

⑥　巻第十八　雑の歌　下

・文屋康秀が三河のぞうになりてあがた見には得出てたたじやと言ひやれりける。返事によめる

わびぬれば身をうき草の根を絶えて誘ふ水あらばいなむとぞ思ふ

・あはれてふ言こそうたて世の中を思ひ離れぬほだしなりけれ

⑦　巻第十九　雑体　誹諧歌

・人に逢はむつきの無きには思ひおきて胸はしり火に心やけ居り

⑧　第巻十　物名部　おきのゐ　みやこじま

・おきのゐて身を焼くよりも悲しきはみやこしまべの別れなりけり

## 三　小町・遍昭の贈答歌

①　後撰集の贈答歌より

石上といふ寺にまうでて、日の暮れにければ、夜明けてまかり帰らむとてとどまりて、この寺に遍昭侍りと人の告げ侍りければ、物言ひ心みむとて、言ひ侍りける

小野小町

・**いはのうへに旅ねをすればいとさむし苔の衣を我にかさなむ**

返し

遍昭

・**世をそむく苔の衣はただひとへかさねばうとしいざ二人ねむ**

②　**後撰集の贈答歌の説話**（大和物語の説話第百六十八段　苔の衣　から抜粋）

小野小町といふ人、正月に清水にまうでにけり。行ひなどして聞くに、あやしうたとき法師の声にて読経し陀羅尼読む。この小野小町あやしがりて、つれなきやうにて人をやりて見せければ、「蓑ひとつを着たる法師、腰に火打笥など結ひつけたるなむ、隅にゐたる」といひけり。かくてなほ聞くに、声いとたふとくめでたう聞こゆれば、ただなる人にはよにあらじ。もし少将大徳にやあらむと思ひにけり。いかがいふとて、「この御寺になむ侍る。いと寒きに、御衣ひとつしばし貸したまへ」とて、**「岩のうへに・・」**といひやりける返りごとに、**「世をそむく・・」**といひたるに、さらに少将なりけりと思ひて、ただにも語らひし仲なれば、あひてものもいはむと思ひていきたれば、

随心院　歌碑と化粧井戸

かい消つやうにうせにけり。ひと寺もとめさすれど、さらに逃げてうせにけり。かくてうせにける大徳なむ僧正までなりて、花山といふ御寺にすみたまひける。

## 二、三　小町伝説

### 一　小町伝説の地

小野小町に関する所は全国に二八都道府県一六八箇所にも及ぶとの報告がある。その主なところは、京都府の山科区小野随心院、伏見区清涼山欣浄寺、左京区補陀落寺、京都府大宮町妙性寺など京都に多いのは当然かも知れない。次いで、秋田県雄勝郡雄勝町の小町塚、小町堂、小町泉、二ツ森などゆかりの遺跡が揃っている。その他、茨城県福島県の小野町、群馬県の富岡市、北は青森県から南は熊本県や宮崎県に及ぶ。神奈川県でも、厚木市の小町神社、小町塚がある。

### 二　生誕の地

代表的な小町生誕の地としては、

①　秋田県雄勝郡雄勝町　小野良実（真）が出羽郡司として赴任のおり、土地の娘との子が小町。良実が京に戻った後、小町も後を追って京へ上り、再び郷里に帰って亡くなった。

②　福島県小野町　小野篁が陸奥守として赴任のおり、土地の娘との間に生まれた子が小町。

③　滋賀県彦根町　小野好実が通りかかって、宿の娘を養女にしたのが小町。

④　熊本県植木町　小野良実がこの地に流され、この地で生まれたのが小町。京に上った後、秋田に行って亡くなっている。

## 三　終焉の地

小町の墓のある代表的な場所

①　秋田県雄勝町　前述のように雄勝で生まれて京に上るが、郷里に帰って亡くなった。

・辞世の歌

**面影のかはらで年のつもれかしよしや命にかぎりあるとも**

**いつとなくかへさはやなむかりの身のいつつのいろもかはりゆくなり**

②　京都府大宮町　五十日村の甚兵衛さんが、丹後宮津の天橋立のお寺へ御参りする小町がある年急病で亡くなったので、お堂を建て偲んでてあつく葬った。

・辞世の歌　**九重の夢の都に住みはせではかなき我は三重にかかるる**

③　その他　茨城県新治村、京都府鞍馬道市、京都府井手町、鳥取県岸本町、山口県川棚町、光市

補陀寺の歌碑、小町(奥)と深草少将の供養塔並びに小町の老衰像

## 四　深草少将の百夜通い伝説

平安時代の歌論「袖中抄」にその原型があり、女性の名は記されて無く、相手は四位少将となっている。さらに、群書類従所収の「玉造小町壮衰書」があり、加えて、古今集の巻十五恋に、読み人知らずの歌

**・暁の鴫**（しぎ）**のはねがきももはがき君が来ぬ夜は我ぞかずかく**

それが、深草少将と小町の説話として、京都欣浄寺の百夜通いの榻（しぢ）の端書や随心院のはねず踊りの榧（かや）、さらには秋田雄勝町の芍薬とからめた話へと広がっていったようである。また、「ももはがき」が「百夜がき」に変わっていった。その背景には、前記古今集仮名序からはじまり、小町と業平が並んで撰歌されたことが一人歩きし、くっつけられて説話になるなどによって益々ふくらんでいったと考えられる。それは次の髑髏小町へと繋がっていく。

欣浄寺の小町と深草少将の供養塔など

岩屋堂案内図と岩屋

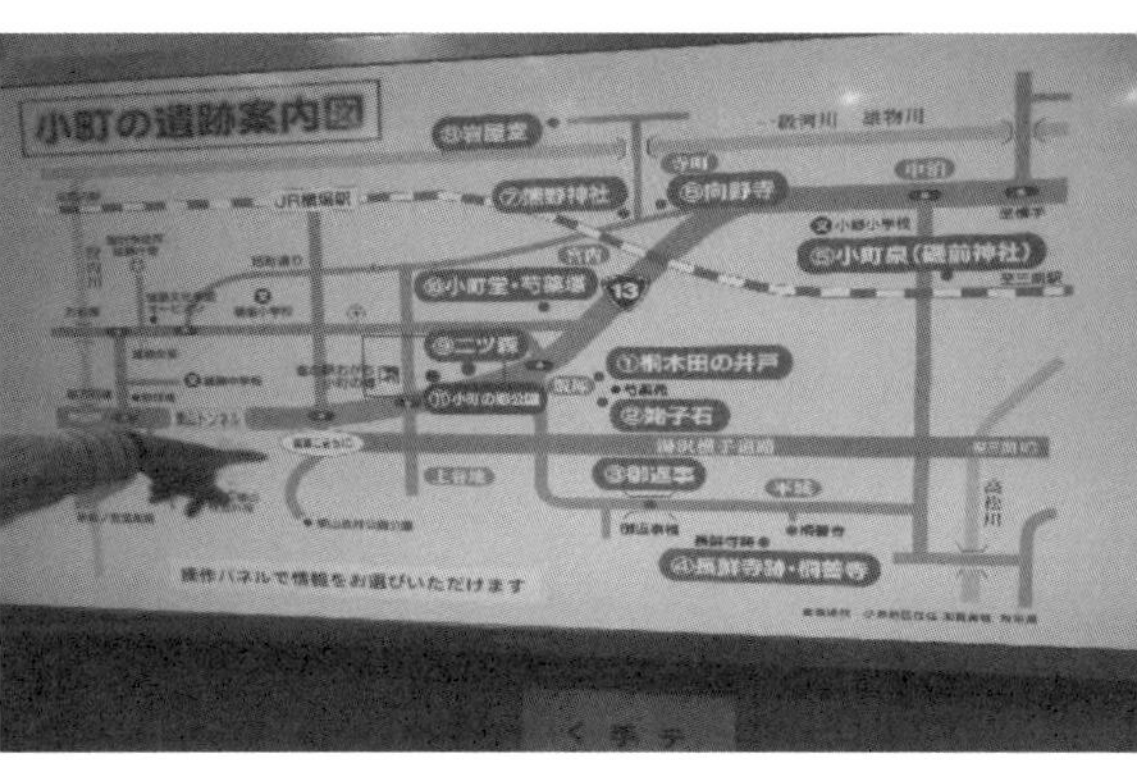


湯沢市雄勝町の小町案内図

小町歌碑と二ッ森

## 五　髑髏小町伝説

説話の背景には、「驕慢好色」と「衰老老醜」から成っており、美貌を鼻にかけて増長し、徹底的に言い寄る男達を拒み憤死するものもでたのに平気であった。そのために老衰してからは貧窮し、無惨な老醜に生き恥をさらしながらも生に執着し、因果応報の人生を終えた、との浄土思想の上に成立している。もともと、「江談抄　大江匡房」が最初の文献で、髑髏の話があるが、小町とは言っていない。その後、「和歌童蒙抄　範兼」で髑髏は小町のものとしている。「袋草紙　清輔」「無名抄　鴨長明」と続き「御伽草子の小町草紙」で集大成され、小町は如意輪観音の化身、業平は十一面観音の化身になっている。「あはでかたみにゆきける人の、思ひもかけぬ所に歌よむ声のしければ、おそろしながら寄り聞けば

・**秋風のふくたびごとにあなめあなめ小野とはなくて薄おひけり**（小町集）と聞こえるに、あやしとて草の中を見れば、小野小町が薄のいとをかしうまねきたてりける。それと見ゆるしるしはいかがありけむ。」しかし、これに至るまでには、髑髏に遭遇するのは、「古今集序注」では実方中将、「無名草子」では藤原道信、「榻鴫暁筆」では和泉式部になっている。

## 六　謡曲「七小町」から

①　**「通小町」**（観阿弥）　京都八瀬の里で修行する僧に薪や木の実を届ける女がいた。女は「小町とは言はじ、薄生いたる、市原野辺に住む姥ぞ」と言って消える。僧は小町の歌説話を思い出し、市原野へ出かけ弔う。そこへ四位少将の霊が現れ、小町の成仏を妨げる。少将は百夜通いの後、成仏出来無いで苦しんでいた。僧は、「懺悔に罪を滅ぼし給え」と勧めると、小町と共に成仏する。

② **「卒塔婆小町」**（原作観阿弥、改作世阿弥）：高野山の僧が都に上る途中、鳥羽の当たりで老醜を恥じ、都を逃れた乞食女を教化しようと卒塔婆の功徳を説く。老女は僧の言葉に反論し、迷悟は心の問題であり、本来無一文と気づけば仏も衆生も隔たり無いと論破する。教化するつもりが逆に言い負かされる。ところが突然、小町に四位少将の霊が憑いて、百夜通いの様を繰り返す。やがて霊も去り、後生安穏願う。

③ **「関寺小町」**（世阿弥）：関寺の住職が稚児を伴い小町を訪ね歌道を聞く、小町は栄華の昔を追懐し、現状を嘆く。小町を関寺に連れ帰り童舞を見せて慰める。小町も舞う。

同じ「関寺小町」でも説話で西行が四位少将の墓を訪ね

・**あきふかき露の草むら踏み分けてとえどこたえぬむかし人かな**

と詠んだところ、傍の薄の中から美しい声で返歌がある。

・**くさむらのかげよりわれをといぬれど姿を見れば恥かしのみや**

見れば髑髏があり、深草の少将との話や卒塔婆に腰掛け話しかけてきた。そこで西行は日夜読経を続けて成仏させた。

④ **「鸚鵡小町」**　行家は関寺で落魄している小町を訪ね、陽成院より賜った憐れみの歌

・**雲の上はありし昔は変はらねど見し玉だれの内やゆかしき**

小町返し

・**雲の上はありし昔は変はらねど見し玉だれの内ぞゆかしき**

小町は鸚鵡返しといって、院に贈ったので、大層感嘆された。この説話の基は、「古今著聞集」「阿佛鈔」「十訓抄」に見える配流されていた少納言通憲が召し返されたおりに、女房の一人が詠んだ歌を一字変えて返歌した説話から来て

いる。元歌は

・**雲の上の眺めは、在りし昔に変はらねど、見し玉垂の内やただ、懐かしやゆかしき**

⑤**「草紙洗小町」**　大友黒主が小町の私宅に忍び込み、小町の詠歌を万葉集の草紙に書き込み、内裏での歌合わせで、盗作だと騒ぎ立てたが、洗うとその歌が消え小町の難が免れた。

⑥**「雨乞小町」**　小町集にある「醍醐の御時に日照りのしければ、雨乞いの歌詠むべき宣旨に」

・**ちはやぶる神も見まさば立ち騒ぎ天の戸川の樋口あけたまへ**

が、広く巷間に伝えられるうちに、様々な伝承を生み、次の歌に変貌する。

・**ことわりや日の本なれば照りもせめさりとてはまた天が下かは**（新千載集　小町）

貴顕高僧の祈祷も全く霊験がなかったが、この歌によって大雨を降らす。京都市中区に神泉苑遺跡がある。この説話が土台になっている。

⑦**「清水小町」**　逢坂の関にあり、「関清水」と呼ばれていたが、小町が晩年隠棲した場所で、小町化粧の井戸になり、「小町清水」として知られるようになったようである。この近くに「小町塚」がある。この説話を土台にしている。

## 二、四　まとめ

小町の歌と伝説を紹介したが、どの様な過程で伝説に繋がっていったかが多少ともお伝え出来れば幸いである。少なくとも古今集の歌からは窺い知れない伝説の不思議さが見られる。最後に、角川書店の「国歌大観」や、小町伝説に関するＷＥＢや多数の書籍を参照させて頂きましたことをお断り致します。

# 三　小町と比較した伊勢

## 三、一　歌人の周辺

ここでは、小町と比較した伊勢を取り上げる。小町と伊勢はいずれも最初の勅撰集である「古今集」から撰歌されている歌人である。

ここでは、小町と比較しながら伊勢のことを述べたいと思う。今まで、小町と比較されるのは和泉式部であり、伊勢は忘れられている嫌いがある。しかし、勅撰集の入首歌も小町六七首（古今集十七首）に対して伊勢は一八五首（古今集二十二首）と圧倒的に多く、公任の三十六人撰でも小町三首に対して、伊勢は十首であり、伊勢の方が重要視されていることでも裏付けられる。

## 三、二　小町と伊勢の生まれと育ち

小町については生没年・伝未詳であり、古今集に撰歌された十七首の和歌から読み解くほかない状況である。そこから判断されるのは、前章で述べた様に、安倍清行、小野貞樹、文屋康秀との間に贈答歌を残しており、仁明朝の頃（九世紀中頃）の女流歌人と見られている。古今集の仮名序に紀貫之が、六人の歌人のコメントをしている中の一人である。

そこから後に六歌仙の一人と言われるようになる。

ただ、小野小町から、小野氏の出であろうとのことで、小野篁との姻戚関係が取りざたされ、篁の子であるとか孫であるとの伝承がある。中でも、篁の子の良実が出羽郡司として赴任し、そこで生まれたのが小町との伝承が引き継がれている。その他にも滋賀の彦根、福島の小野なども挙げられている。また、生没年・伝未詳であることと併せて、貫之に仮名序の中で「古の衣通姫」に例えられ、他の伝説や浄土思想を取り込んで、皆さん良くご存じの小町像が限りなく大きく創られていく。「小町集」には一一五首あるが、後に編集されたものであり、前記の古今集入首歌以外には殆ど小町の歌かどうか判らないとも言われている状況である。

一方、伊勢の方はと言うと、小町同様生没年未詳ではあるが、生まれたのは八七〇年代前半から中頃と見られている。父が藤原継蔭で、伊勢守を勤めたことから伊勢と呼ばれている。更に、伊勢の周辺のことは、和歌集である「伊勢集」の前半が物語的な部分で構成されていることから脚色されてはいるが、ある程度窺い知ることが出来る。なお、この「伊勢集」に四八三首があり、最初の物語部分と、伊勢の歌が屏風歌・歌合の歌などほぼ年代順に配列されている部分。更に整理されずに集められた部分。伊勢が収集していたか何かの古歌等を含み伊勢の本人の歌では無い歌が多い部分。最後にその後伊勢の歌が増補されている部分とから成り立っている。

伊勢は十代の頃から、宇多天皇の中宮温子（基経の娘）に仕えているが、仲平（基経の子息）と恋に落ちる。しかし、間もなくして仲平が大将家の婿になったこともあって、仲平の訪れも途絶えていた。その中にあって伊勢は、仲平の心もとなさ、親に対する慚愧の念、人々の噂の渦中が伴って、間もなくして身を退くかたちで、大和守であった父の赴任地大和に癒しのため下向することとなる。当時の大和国府は、山下道代氏の調査（「王朝歌人　伊勢」から）によると、橿原神宮の近くであったと推定されている。

しかし、その後三ヶ月余り後に温子の出仕の呼びかけもあって、再び京に戻ってくる。その後も仲平から歌を贈られている。このことは伊勢にとっては、自分を理解してくれない身勝手なところかと思われる。更に、兄の時平、平貞文等との歌のやりとりも見られるが、宮仕えのなかで宇多天皇の寵愛を受け皇子を儲ける。宇多天皇退位後も温子が亡くなるまで仕える。その後も宮廷歌人として屏風歌や歌合にあって沢山の歌を残している。この間に、宇多帝の皇子敦慶親王との間に中務が生まれている。このとき、伊勢は親王より十歳ぐらい年配で三十歳代の後半であったようだ。今では夫婦としての形態も高齢出産もそんなに珍しいことではないが、当時は非常に希なケースでなかったかと思われる。

この中務も伊勢と同様、公任の三十六人撰に取り上げられている。この三十六人撰は、三十人は各三首、六人は各十首で構成されているが、伊勢と中務ともに十首であり、歌人として活躍していたことが伺える。

ところで、伊勢の亡くなった年月は不明であるが、六十をかなり過ぎた九三八年に勤子内親王の死を悼んだ弔問歌が残されており、長命であったようだ。

以上述べてきたように、一時代前の小町に対して、伊勢は貫之なども交流があり、不明な点があるものの、かなり状況が判っていると見ることが出来る。

## 三、三　伊勢の新古今集の歌と百人一首第十九番の歌

伊勢は新古今集の恋一に一〇四八と一〇四九に入首している。

**み熊野の浦より遠**（をち）**に漕ぐ舟のわれをばよそに隔てつるかな**

**難波潟みじかき葦のふしの間もあはでこの世を過ぐしてよとや**（百人一首第

嵯峨野の歌碑

十九番歌）
これらの歌はいずれも訪れてくれない男に恨みと嘆きの歌に思える。

## 三、四　伊勢の贈答歌

①　後撰集巻第八　冬（四五九・四六〇）
住まぬ家にまうで来て、紅葉に書きてつかわしける
枇杷左大臣
**人住まず荒れたる宿を来てみればいまぞこのはは錦織りける**
返し
伊勢
**涙さへ時雨にそへてふるさとに紅葉の色も濃まさりけり**
注　「伊勢集」では最初に収録されている仲平（枇杷左大臣）と伊勢との贈答歌である。伊勢との交流が途絶えていた仲平が五条の伊勢の親の住む家に来ると不在で、庭が荒れていた。そこで柿の葉に書き付けたとなっている。これを見た伊勢は、「女いと心憂き物から、あはれにおぼえければ」の詞書きと伴に、この和歌を書いて、ねずみもち（木犀科の常緑樹）につけておいた、とある。

②　後撰集巻第十　恋二（六一八・六一九）
題しらず
枇杷左大臣

**世をうみの沫と消えぬる身にし有ればうらむることの数なかりける**

返し　　　　　　　　　　　　　　　　　　　伊勢

**わたつうみと頼めしことのあせぬれば我ぞ我が身のうらはうらむる**

注「伊勢集」歌仙家集本には、仲平の歌の詞書きあり、「男、これをいとあはれと思ひて、返しをばえせでかく詠みたりける」とある。

これらのことからも予想されるように、仲平が伊勢の気持ちを測れないままに、伊勢は仲平から遠ざかっていたことが伺える。その先が大和の父の赴任地であった。

③　後撰集巻第十二　恋四（八〇八・八〇九）

女のもとにつかはしける　　　　　　　　　　贈太政大臣

**ひたぶるにいとひはてぬるものならば吉野山に行方知られじ**

返し　　　　　　　　　　　　　　　　　　　伊勢

**我が宿とたのむ吉野に君し入らばおなじかざしをさしこそはせめ**

注　贈太政大臣は時平のことで、仲平の兄である。伊勢がつれないので、吉野山に遁世して行くへ知らずになってしまいたいと言っている。それに対して伊勢は、それでは我が宿と頼む吉野で一緒に頭に付ける花を探しましょうと呼びかけている。しかし、「伊勢集」の追記に見るように、時平は、吉野に行くのではなく元々、藤原氏の氏寺である興福寺での「維摩会」に出席のため奈良に赴くのであった。このことを伊勢が知っていたので、吉野に来ないことが判っているから揶揄しているとも見られる。

山下道代氏は、「伊勢集」では時平歌を右のような解釈であるが、後撰集では「この世をすっかり捨て果てることが出来るものなら」と素直に解釈されるとして、「伊勢集」の編者が誤解しているところがあるのではと指摘している。

④　後撰集巻第十一　恋三（七五二・七五三）

題しらず　　伊勢

**いとはるる身をうれはしみいつしかと飛鳥川をもたのむべらなり**

返し　　贈太政大臣

**飛鳥川せきてとどむるものならば淵瀬になるとなにかいはせむ**

注　ここでは、伊勢が、いとわれる身の悲しさの中で、時平の飛鳥川の淵瀬のように定まらぬ方に対して懇願している。一方、時平は、伊勢にせき止めて下さい、そうすればそのようなことにはなりませんよと言い訳しているようにも見える。

⑤　拾遺集巻第二十　哀傷（一三〇七・一三〇八）

うみたてまつりける皇子の亡くなりての年、ほととぎすをききて　　伊勢

**死出の山超えて来つらむほととぎす恋しき人の上語らなむ**

伊勢がもとに、このことをとひにつかはすとて　　平定文

**思ふより言ふはおろかになりぬればたとへて言はむ言の葉ぞなき**

注　宇多天皇との皇子が早世したことを悲しみ、死者の世界から山を越えて飛んでくる鳥と言われている不如帰に向かって恋しき人がどうしているか語ってくれと哀願している。これに対して、定文（貞文）は伊勢の悲しみには言う言葉もありませんと慰めている。

ところで、貞文の祖父茂世王と宇多天皇の生母班子女王とは同母兄弟である。「大和物語」では、貞文のことを本名や官職ではなく「平中」と呼んでおり、「平中物語」もある。ただ、何故「平中」と呼ばれていたか良く判ってはいない。

⑥　伊勢集（一四八・一四九）

里にはべりしをり、花のいとおもしろきを式部卿に奉るとて、

**ふるさとのあれてなりたる秋の野に花見がてらに来る人もがな**

おん返し

**秋の野にわれまつ虫の鳴くといはば折らでねながら花は見てまし**

注　式部卿（敦慶親王）との贈答歌で、秋の花を親王に贈り、人の訪れもない古い家ですが、お送りしたようなきれいな花が咲いていておりますので、お越し下さいと誘っている。それに対して親王からは、私を待って鳴いてくれているのなら、花は折らないで根（寝）ながら花見をしましょうと返歌している。

⑦　伊勢集・歌仙家集本（三五〇―三五三）

故中務宮、琴を借りたまひて、御返したふとて

**あづまこと春のしらべを借りしかば返すものとも思はざりけり**

返し

**ほどもなく返すにまさる琴の音は人もとどめぬ身をや恥づらむ**

またおん返し

**返してもあかかぬ心を添へつれば常より声のまさるなるらむ**

返し

**常よりや添ふる心の返りけむ知らぬ声なる声のきこゆる**

注　敦慶親王は、伊勢から琴を借りていたようで、返すのが遅くなった謝りの歌に対して、伊勢はお手元に留めて頂けなく恥じていますと返歌している。更に親王からの返歌で、お返しはしましたが、名残惜しさを添えてありますので良い音色になって云いますよといっている。これに対して、伊勢は、仰るように、今まで聴いたことがない音色ですと答えている。

伊勢は、親王と中務の琴の師匠でもあったようで、このような歌のやりとりが見られる。

## 三、五　伊勢のゆかりの地

伊勢は父の赴任地である伊勢や大和がある。よく知られているのは若い頃、仲平との恋に悩んで大和に三ヶ月余り滞在し、竜門寺などを訪ねている。今は山深いところとなっているようで、山下道代氏が訪れている。

今も残るのは、大阪府高槻市の伊勢寺である。伊勢が晩年を過ごしたところと伝えられており、中腹には伊勢廟堂とこれの右方に顕彰の廟碑がある。ここと、隣接の能因法師のゆかりの地を地元の中西久幸氏にご案内頂いたことがある。

伊勢寺（ゆかりの寺）高槻市

## 三、六　まとめ

小町と伊勢を比較して述べてきたが、纏めると次のようなことが言えるのではないかと思う。

小町は、古今集に十七首撰歌されており、伊勢の二十二首には及ばない。また、公任の三十六人撰では小町は三首であるが、伊勢は十首である。その他にも勅撰集には遙かに小町より伊勢の方の入首歌が多い。それにもかかわらず、小町の方が伊勢より一般的によく知られている。和歌のことは殆ど知らない人にまで知られていると言った方がよい。

この違いは何よるかと言えば、小町が勅撰集、それも古今集の入首歌以外に殆ど判らない状況で、貫之から衣通姫の流れと称えられ、伝説化が始まって行く。これに時代の要請から浄土思想と結びつき民衆の中に溶け込んで行くことになる。更に、これが謡曲や歌舞伎へと引き継がれ、本来の小町像とは離れて、益々肥大化していくことになる。一方、伊勢は勅撰集に多く入首しているが、勅撰集が途絶える中で伊勢も一部の人だけに留まり、忘れられていったと言える。その中にあって百人一首のみが、輝きを保って今日まで受け継がれていると見られる。もっとも、古今集や新古今集が見直されて復活を遂げる中で伊勢も再評価されてはいることも事実である。

# 四　右近から見た先輩伊勢との比較

## 四、一　歌人の周辺

時代が下って、右近について述べる場合に、時代が交差する歌人といえば先輩である伊勢ということになる。伊勢については前節で触れているが、ここで再度登場頂くことにする。

今まで、伊勢と右近が比較されたことはない。それというのも、勅撰集入首歌において判るように、歌人としての実績においても、交際範囲においても、右近とは比較にならないほど違いすぎるからである。

ここでは、時代的に見て、歌合わせにおいて共に登場する先輩として右近のために登場頂いた次第である。それは、右近の全てを述べるに当たっても、伊勢にとってはその一部分に相当すると見て良いと思われる。先ずこのことをお断りしておきたい。

ところで、この時代は和歌が古今集よって見直され、後撰集の時代に入ると、宮廷を中心に益々盛んになって行く過程にある。同時に、醍醐天皇の時代には、五衣（後の十二単）が定着し、自然発生的に紅梅が京を中心に広まり、遣唐使の廃止で、漢詩文化から和歌の文化が広まっていく過程に位置する。

## 四、二　伊勢と右近の生まれ・育ち

伊勢は前節で紹介したように、八七〇年代中頃伊勢守藤原継蔭の娘として生まれ、六十歳を過ぎた九三八年に勤子内親王の弔問歌を詠んでおり、長寿を保っている事が伺える。宇多天皇の中宮温子に仕え、その間に藤原仲平、時平に愛された後、宇多帝やその皇子敦慶親王との間にそれぞれ子を儲けている。敦慶親王との間に生まれた子が歌人中務である。

一方の右近は、右近少将季縄の娘（大和物語・後撰集）と見られているが、尊卑分脈では藤原千乖の娘で、季縄の姉妹とある。九一〇年代後半頃生まれ、醍醐天皇の中宮穏子に仕え、九六〇年代の朱雀・村上天皇の内裏歌壇で活躍した。この間に、藤原敦忠、師輔、朝忠、源順等と恋愛関係にあったことが知られている。

## 四、三　勅撰和歌集や歌合せ等の歌

### 一　伊勢の活躍の範囲

寛平五年（八九三）の后宮歌合に出詠したのが最初で、若い頃から歌合や屏風歌などの晴れの舞台で活躍している。勅撰集では古今集に二二首、後撰集に七二首、拾遺集に二五首入手しており女流歌人としては一番多い。その他、古今和歌六帖、和漢朗詠集、三十六人撰、時代不同歌合、女房三十六人歌合等のほか伊勢集がある。

## 二　右近の活躍の範囲

承平三年（九三三）の醍醐天皇皇女穏子所生の康子内親王裳着の屏風歌を詠進している。このときには、伊勢も同じく詠進しており、このときが両者の接点となる。このときの伊勢の歌は、古今六帖に見られるが、右近の歌は拾遺集に見られる。時代が下って、天徳四年（九六〇）の内裏歌合では右近が方人を務めている。方人というのは、天徳内裏歌合から見ると、歌人（左右）、講師（左右）、判者がおり、幾つかの題の基に一番から順次左右の歌人が歌を披露し、勝ち負けを判者が決めることになっている。そのとき、方人は亭子院歌合に最初に見られ、左右のそれぞれに「方分けた人」の意で、見方を贔屓し応援するとともに、相手方に対抗・難陳（相手方の歌の欠点を上げて非難したり、それに対して、陳弁・反駁を加えること。判者による判定の資料となったようである）することを主たる任務として、勝負に強く固執した。天徳歌合では方人が多く、方人頭が置かれている。方人として、親王、内親王、蔵人頭、上臈女房などがこの任に当たったようで、今でいう応援団のようである。

話を戻して、この天徳歌合では、伊勢の娘の中務が右側歌人として名を連ねている。また、百人一首歌にある平兼盛と壬生忠見の歌で、忠見が負けたことで悲観して病の末なくなったという「沙石集」の挿話は有名である。

話はそれたが、応和二年（九六二）の庚申内裏歌合や康保三年（九六六）内裏前栽歌合に出詠している。

勅撰集では、伊勢には遙かに及ばず、後撰集五首、拾遺集三首、新勅撰集一首に過ぎない。その他や時代不同歌合、女房三十六人歌合に伊勢と共に入首している。

## 四、四　右近の歌

右近の歌の代表作である百人一首第三十八番歌の歌を先ず見てみたい。

**忘らるる身をば思はず誓ひてし人の命のをしくもあるかな**

右の歌は拾遺集巻第十四　恋四　八七〇である。大和物語によると、八十四段にこの歌があり、「おなじ女、をとこの忘れじとよろづのことをかけて誓ひけれど忘れにけるのちにいひやりける」の詞書きがある。これに対して男からの「返しはえきかず」と有り、返歌がなかったことになる。

この歌が、藤原敦忠に対してだとすると、同じく百人一首にある契りを結んだ後の後朝の歌が最初の敦忠の気持ちを示していたことになる。

**逢ひ見ての後の心にくらぶれば昔は物を思はざるけり**（百人一首第四十三番歌）

この歌が、敦忠の当初の気持ちであったのに、心変わりしたか、逢えない何かがあったことになる。

右近も中宮穏子の元を離れ、里帰りしていても待っていたことが次の歌で判る（大和物語）。

**わすれじとたのめし人は有りと聞くいひし言の葉いづちいにけむ**

この歌は、後撰集巻第十　恋二　六六六では「人の心かはりければ」の詞書きがあり、初句は「思はむと」となっている。

嵯峨野の歌碑

右近は宮仕えの中での恋はなかなか長くは続かず、忘れられた心情が勅撰集入首歌から読みとれる。

あひしりて侍りける男の、久しう間はざりければ、九月ばかりにつかはしける

**おほかたの秋の空だにわびしきにもの思ひそふるきみにもあるかな**（後撰集巻第七　秋下　四二三）

また、男の久しうとはざりければ

**とふことをまつに月日はこゆるぎの磯にや出でていまはうらみむ**（後撰集巻第十四　恋六　一〇五〇）

久しうまかり通はずなりにければ、十月ばかり雪の少し降りたる朝にいひ侍りける

**身をつめばあはれとぞ思ふ初雪の降りぬることもたれにいはまし**（後撰集巻第十四　恋六　一〇六九）

中納言敦忠、兵衛佐に侍りける時に忍びていひちぎりて侍りけることのよにきこえ侍りければ

**人知れず頼めし事は柏木のもりやしにけむ世にふりにけり**（拾遺集巻第十九　雑恋　一二二二）

# 四、五　伊勢と右近の同じ歌集にある歌

伊勢と右近が同じ歌集に採られている歌を次に紹介する。

## 一　北宮の屏風歌

その最初は前記のように、承平三年（九三三）の醍醐天皇皇女穏子所生の康子内親王裳着の屏風歌を伊勢と右近が共に詠進していることである。

北の宮の御裳たてまつるに、かむのおとゞの御送り物の御屏風歌、ここにたてまつりたまふかぎり　伊勢

**いにしへの心も絶えずゆく水にわがまつ影もけふこそは見れ**（古今六帖・伊勢集）

北宮の屏風に　　　　　　　　　　　　　右近

**年月のゆくへもしらぬ山がつは瀧のおとにや春をしるらむ**（拾遺集巻第十六　雑春　一〇〇三）

## 二　時代不同歌合

この歌合は、後鳥羽上皇によるもので、時代を異にする歌仙百人の秀歌各三首を選び、左方に万葉集から拾遺集に至る歌人、右方に後拾遺集から新古今集に至る歌人を配して、一五〇番の歌合に番えたものである。これには歌の差し替えが見られ、大別して前稿本と後稿本とに区分される。

伊勢は後京極摂政前太政大臣に番えられ、後稿本では清輔に変わっている。以下伊勢の歌のみを記す。

二十八番　**あひにあひて物思ふこの我が袖に宿る月さへぬるる顔なる**（古今集巻第十五　恋五　七五六）

二十九番　**三輪の山いかに待ち見む年ふとも尋ねぬる人もあらじと思へば**（古今集巻第十五　恋五　七八〇）

三十番　**思ひ河たえず流るる水の泡のうたかた人にあはせで消えめや**（後撰集巻第九　恋一　五一六）

これに対して右近は小式部内侍と番えられている。以下右近の歌のみを記す。

八十五番　**おほかたの秋の空だにわびしきにもの思ひそふるきみにもあるかな**（後撰集巻第七　秋下　四二三）

八十六番　**とふことをまつに月日はこゆるぎの磯にや出でていまはうらみむ**（後撰集巻第十四　恋六　一〇五〇）

八十七番　**忘らるる身をば思はずちかいひてし人のいのちの惜しくもあるかな**（拾遺集巻第十四　恋四　八七〇）

以上の歌で、八十五番歌は既に示した歌であり、後撰集では作者名を「右近少将季縄女」となっている。同じ後撰集でも他の所では「右近」である。またこの歌には本文異同があり、「・・悲しきに物思ひそふきのふけふかな」となっている。

また、八十六番歌も既に示してあるが、同じく本文異同があり、初句が「あふことを」となっている。八十七番歌は、百人一首に採られている歌である。

### 三　女房三十六人歌合

この歌合わせについては編者が判らないようであるが、前述の時代不同歌合の影響を受けているようで、これより後で編纂されているように見受けられる。伊勢と右近に限ってみても、それぞれ三首採られているが、伊勢の場合には次に示す歌は違っているものの、他の二種（二十八番歌と三十番歌は同じである。また、右近の歌は、三首とも同じ歌である。

従って、違っている伊勢歌のみ示す。

伊勢　**としをへて花の鏡となる水は散りかかるをや曇るといふらむ**

## 四、六　伊勢と右近の歌から見た比較

伊勢や右近は北宮の屏風歌では共に詠進しているものの、右近は伊勢より一世代は後になると見た方がよい。むしろ伊勢の娘中務と同世代である。このように時代は違ってはいるが、いずれも宮仕えによって貴公子と交流を持っている。伊勢は中宮温子の元で、最初仲平と恋に落ちるが、失恋して里帰りする。その後再び温子の招きで出仕し、兄の時平との交流をするが、宇多帝の寵愛を受け皇子を儲ける。その後敦慶親王と恋に落ち中務を儲ける。しかし、いずれの子も伊勢より若くして亡くなっている。その中にあって、歌の道において、今まで見てきたように、女流歌人第一の勅撰集入首を果たしている。

## 四、七　まとめ

伊勢との比較において、右近を採り上げてきた。この時代は、宮廷を中心としたサロンが華やかになり始める時期に当たっている。宮廷での宮仕えの中で、貴公子との交流を通じて和歌が育まれている。歌合が盛んになり、次々と勅撰和歌集が編纂されていく土壌を生み出している。この時期における女流歌人の活躍が、その後の沢山な女流歌人を生み出すことに繋がっている。

# 五　右大将道綱母と蜻蛉日記

## 五、一　歌人の周辺

百人一首の中の女流歌人で、結婚し母となった歌人はご存じの様に、何人も見受けられる。しかし、ここでは、前章の右近に続いて見られる女流歌人は、五十三番歌の右大将道綱母と、五十四番歌の儀同三司母が続いている。しかも、歌人表記で母はこの二人であるが、ここでは右大将道綱母を取り上げる。

ところで、この両人は後述の家系図に示す様に、いずれも摂政関白になった兼家（太政大臣・東三条殿）とその子道隆（内大臣・中関白）とそれぞれ結婚しており、一生を通じて幸福の絶頂期にあったかというと、そうではなくそれぞれに違った苦悩を抱えながらの人生を送っていることが伺える。こうした様子を今回取り上げる右大将道綱母については主としてその著書「蜻蛉日記」からと、加えて「栄華物語」も参照しながら拾って紹介してみたい。百人一首の五十三番歌は蜻蛉日記にある兼家との結婚生活の中で詠まれている。

## 五、二　歌人の周辺

右大将道綱母は、承平七（九三七）年頃（承平六年の説もある）の生まれで、長徳元（九九五）年頃六十歳前後で亡くなっている。北家房前に繋がる冬嗣の子長良の流れを汲む陸奥守倫寧の女である。一方、夫兼家（摂政関白太政大臣）は、延長六（九二八）年の生まれで、正暦元（九九〇）に六十二歳で亡くなっている。兼家は同じく冬嗣の子良房の養子に入った長良の子基経の孫師輔の子で、摂関家に繋がる名門の貴公子である。

彼女が兼家と結婚したのは、天暦八（九五四）年のことで、兼家には既に、北家房前に繋がる魚名の孫中正の女時姫と結婚しており、長男道隆（摂政関白内大臣）がある。

天暦九（九五五）年には道綱（兼家次男）が生まれ、六十六歳まで長生きしている。

兼家には、その後、時姫との間に道兼（関白右大臣）、道長（摂政太政大臣）、超子（冷泉天皇女御・三条天皇生母）、詮子（円融天皇女御・一条天皇生母）、を儲けている。更に、国章の女（近江）との間に綏子（三条天皇尚侍）を、兼忠の女との間に女（後に道綱母の養女になる）をそれぞれ儲けている。他にも子を儲けているらしいことが伺えることや、年を取っても他の女との交際が絶えなかった様だ。

一方、道綱母の方は、一夫多妻の中であっても、感情豊かなこともあって、兼家が他の女に心を奪われ通わなくなったことに常に心を痛めていたことが兼家との歌のやりとりから伺える。これも年を経てくると、道綱の昇進やその恋に心を砕いていることが判る。晩年は歌合わせなどに参加していることが伺え、落ち着いた生活を送っていた様である。

## 五、三　蜻蛉日記から

### 一　兼家の求婚と結婚生活　その一

道綱母は、三十八歳の折り広幡中川に隠棲して、道綱の行く末を案じながら文芸にいそしみ侘び生活を続けていた。その中で、十年が過ぎ、その頃流行していた物語などが軽薄で扇情的であったことから、蜻蛉日記を書くに至っている。次の経緯によって書かれたことがその序から伺える。

**「かくありし時すぎて、世中いとものはかなく、とにもかくにもつかで世にふる人ありけり。かたちとても人にもにず、こころだましひもあるにもあらで、かうもののえうにもあらであるもことわりと思ひつつ、ただふしをきあかしくらすまに世中におほかるふる物語のはしなど見れば、世におほかるそらごとだにありなむ、人にもあらぬ身のうへまで書き日記してめづらしきさまにもありなむ、天下の人の品たかきやと問はむためしにもせよかし、とおぼゆるも、すぎにし年月ごろのことおぼつかなかりけりければ、さてもありぬべしことなむおほかりける。」**

この序の内容は、前述の様に、当時流行していた物語などの軽薄で扇情的であったことから、これに反発を覚え、摂関家の貴公子から求婚され結婚した生活を書くことによって、本当の貴族の生活を知ろうとする場合の参考になるからと、珍しき作品として愛読されよう願って書かれていることである。ただ、昔のことでもあり、年月なども記憶が薄れてしまったが、沢山書いてしまったとも言っている。このように、年月などは他と比較して訂正を要するところがありそうなので留意が必要となる。次に兼家の求婚の文が届けられる（天暦八（九五四）年の初夏）本文から示す。

**おとにのみきけばかなしなほととぎすことかたらはむとおもふこころあり**

返し

**かたらはむ人なきさとにほととぎすかひなかるべきこゑなふるしそ**

このように、兼家からの、噂だけでは悲しいので、逢ってお話ししたいとの最初の文に対して、母が返事をしないと、と言うことでともかく返事をしたが、素っ気なくことわりの返しになっている。今なら逢うだけなら何のことはないと思われるが、当時は逢うと言うことは、それは夜を伴にすることに承諾したことに繋がっていた。

その後、兼家から再三歌が届けられる。そうこうする内に初夏から秋になっていた。

道綱母に文を送っても返事のない中で、兼家から次の文が届く。

心さかしらついたるように見えつるうさになむ、念じつれど、いかなるにかあらむ

**鹿の音も聞こえぬ里にすみながらあやしくあはぬ目をも見るかな**

参考歌　壬生の忠岑　古今集巻第四　秋上　二一四

山里は秋こそことに侘びしけれ鹿の鳴く音に目を覚ましつつ

返し

**高砂のをのへのわたりに住まふともしかさめぬべき目とはきかぬを　げにあやしのことや**

参考歌　藤原敏行　古今集巻第四　秋上　二一八

秋萩の花咲にけり高砂のをのへの鹿は今や鳴くらむ

兼家がなかなか逢ってくれない心情を告白してきた歌に対して、遂に道綱母から返歌をした。内容は、なかなか眠れないと言っておられますが、あなたは鹿の鳴き声で名高い高砂の山に住んでいてもそんなことはないと伺っています。本当に不思議ですね、と反論しているが、ともかく文を出してしまった。

そのため暫くして、兼家からの文が届く。

**逢坂の関やなになり近けれどこゑ侘びぬれば嘆きてぞふる**

参考歌　よみ人しらず　後撰集巻第十二　恋四　八〇三

近けれど何かはしるし逢坂の関のほかぞと思ひ絶えなむ

返し

**こゑわぶる逢坂よりも音に聞く勿来をかたき関と知しらなむ**

兼家から近い逢坂の関も越えられないで逢うことが出来ないでいると嘆きの文に対して、返歌は、越えないで悩んでいる逢坂の関よりも「来るな」という名で有名なあの勿来の関の方がもっと越えがたいと心得てください。と言っては見たものの、

**「まめ文かよひかよひて、いかなる朝にかありけむ」**

と言うことで、契りを結んだ後朝の歌をよこしてきた。

**夕暮れの流れ来るまを待つほどに涙大井の川とこそすれ**

返し

**思ふこと大井の川の夕暮れは心にもあらず泣かれこそすれ**

兼家はまた逢える夕暮れを待つ間に、あなたのことを恋して流す涙は川の流れの様だ。と言ってきたのに対して、物思いのつきない夕暮れには泣きたい訳でもないのに泣けてくると返歌している。

また、三日ばかりの朝に、

**東雲に置きける空は思ほえであやしく露と消え返りつる**

返し

**定めなく消え返りつる露よりもそら頼めするわれは何なり**

この時代三日通うと正式の結婚が成立するようで、その朝の文のやりとりである。

兼家は露と消えそうな悲しい別れで帰ってきたと言っているのに対して、道綱母は、露と消えそうな気持ちで帰っていたあなたを頼りにしなければならない私はなんなのでしょう。と返歌している。まだまだ危うい状況であること伝ってくる。これには、最初の求婚の文が来てから、倫寧の内々の了解があったためか、強引に比較的早いうちに訪れてきたことにも起因しているのかも知れない。

その後の文のやりとりを紹介する。

つごもりがたしきりて二夜ばかり見えぬほど、文ばかりあるかへりごとに、

**消え返り露もまだひぬ袖のうえに今朝はしぐるる空もわりなし**

たちかへり、返りごと、

**おもひやる心のそらになりぬれば今朝はしぐると見ゆるなるらむ**

九月になっており、その月末に二夜ほど訪れないで文だけよこすので、道綱母が、連日あなたがいらっしゃらないので死ぬ思いで泣き侘びて、その涙も乾かぬ袖に今朝は時雨まで降りそそいで辛い思いをしています、と文を送ったところ、あなたのことを思うあまり、心は上の空になって、上の空ならぬ空から私の涙が時雨となって降る様に見えるのではないか、と返してきた。

正月ばかりに、二三日みえぬほどに、ものへわたらむとて、「人来ば、とらせよ」とて、書きをきたる、

知られねば身を鶯の振り出でつつ鳴きてこそ行け野にも山にもかへりごとあり

**鶯のあだに出で行かむ山辺にも鳴く声聞かば訪むばかりぞ**

天歴九年の正月の頃、兼家が二、三日見えぬので、洛外に静養に出かけるので、留守の者に渡してほしいと言って詠んだ歌とその返歌。

いずれも「鶯出谷」の故事を踏まえた歌でのやりとりで、あなたの訪れない我が家にいるのが辛くて、鳴き声を立てて野山に出て行きます、と伝えたところ、兼家から、鶯が浮気な心で飛んでいっても、鳴き声を聞くと探しに行きますよと返歌している。

続いて、日記では、懐妊の兆しが有り、春夏悩み暮らして八月になって道綱を出産している。兼家は出産に対しての心配りをしている。ところが九月になると、別の女のもとに通う様になり、十月の終わり頃三夜続けて訪れない時があった。兼家は平然として、「しばし心みるほどに」と言って訪れない言い訳をしてきた。そこで、通っている女は「町の小路の女」であることを突き止めた。そのことで、百人一首第五十一番歌が詠まれた。

**これより、夕さりつかた、「内裏の方ふたがりけり」とて出づるに、心えで人をつけて見すれば、「町の小路なるそこそこになむ、とまり給ひぬる」とて、来たり。さればよと、いみじう心うしと思へども、いはむようも知らであるほどに、二三日ばかりありて、あかつきがたに門をたたくときあり。さなめりと思ふに、憂くてあけさせねば、例の家とおぼしきところにものしたり。つとめて、なほもあらじと思ひて、**

**嘆きつつ一人寝る夜の明くるまはいかに久しきものとかは知る**（百人一首第五十四番歌）

嵯峨野の歌碑

と、例よりはひきつくろひて書きて、うつろひたる菊にさしたり。かへりごと、「明くるまでもこころみむとしつれどとみなる召使の来あひたりつければなむ。いとことはりなりつるは。

**げにやげに冬の夜ならぬまきのともおそくあくるはわびしかりけり**

さてもいとあやしかりけりつるほどに事なしびたり。しばしはしのびたるさまに、『内裏に』などいひつつぞあるべきを、いとどしう心づきなく思ふことぞかぎりなきや。

宮中が方塞がりになっていたと言って方違いのため夕方から出かけるので、おかしいと跡を付けさせると町の小路に言ったと行って帰ってきた。憂い思いをしている内に、二三日経って、暁方門を叩く音がしたが、開けずにおくと、町の小路の方に立ち去った。翌朝、色変わりした菊を添えて百人一首の歌を詠んで送った。

兼家からは、翌朝まで待つつもりでいたが、急な迎えの使者にであったので帰った。おまえの気持ちは良く判るよ、と言ってきた。誠に独り寝の時は夜は容易に明けないが、門をなかなか開けてもらえぬのも辛いことよ、と言ってよこした。

注　勅撰集入首歌の拾遺集巻第十四　恋四　九一二　では、詞書きは「入道摂政まかりたりけるに、門を遅く開ければ、立ちわづらひぬと云ひ侍れければ」となっており、日記とは違っているが、これでは、兼家を待たした時間よりも独り寝の長い時間を対比させて詠んだ歌になっている。

その後は、日記によると、時姫との贈答歌があり、町の小路の女に対抗しようとするが、時姫からしても道綱女に夫を取られた思いもあって素っ気ない返歌が来る。

**そこにさへかるといふなる真菰草いかなる沢に根をとどむらむ**

時姫の返し

**真菰草かるとは淀の沢なれや根をとどむてふ沢はそことか**

その後も道綱母は時姫に文を贈る。
かえりごとに、こまやかに
子供あまた有りと聞くところも、むげに絶えぬと聞く。あはれ、ましていかばかりと思ひてとぶらふ。九月ばかりのことなりけり。「あはれ」など、しげく書きて、

**吹く風につけても問はむささがにの通ひし道は空に絶ゆらむ**

かえりごとに、こまやかに

**色変はる心と見ればつけて問ふ風由々しくも思ほゆるかな**

時姫に対して「あはれ」と何回も書いては、今吹いている秋風で蜘蛛（兼家のこと）の糸が切れてしまおうとも、その風に託してお便りします。と便りしたところ、時姫の細やかな返歌があった。秋風に托しての好意だと思うとやがて心変わりするのでないかと、その風が不吉に思われますよ。

そうこうする内に、天徳二（九五八）年町の小路の女ばかりでなくその子までが亡くなり、道綱母としては平穏に戻った様に見られた。

この上巻では、母の死や村上帝の崩御に絡んだ兼家の姉妹登子との贈答歌などがあり、最後に、初瀬にお参りした帰り、宇治で兼家が迎えてくれた事が示されている。その時の贈答歌は

人声多ほくて「御車おろして立てよ」と、ののしる。霧の下より、例の網代も見えたり。いふかたなくおかし。みづからは、あなたにあるなるべし。まづ、かく書きてわたす。

**人心宇治の網代にたまさかによる氷魚をだにも尋ねけるかな**

舟の岸によするほどに、かえし

**帰る日を心のうちに数へつつたれによりてか網代おもとふ**

あなたはたまたま私が宇治に着いた日に宇治に氷魚を見に来ただけではないのですか。と言ったのに対して兼家があなたが帰る日を心の内に数えて宇治にやって来たのですよ。あなた以外のだれのために宇治に来ようか、と返歌している。ところが、翌日には、十月二十六日が大嘗会の御禊と言うことでその準備で大わらわ、更に年の暮れの準備などで忙しいところで終わっている。

最後は、巻頭の序に対する跋文で

**各年月は積もれど思ふようにもあら身をしなげげば、声あらたまるも喜ばしからず、猶ものはかなきを思へば、あるかなきかの心ちするかげろふの日記といふべし。**

で結んでいる。

参考歌　後撰集巻第十六雑二　一一九二　よみ人しらず

あはれとも憂しともいはじかげろうのあるかなきかに消ぬる世なれば

## 二　道綱母の結婚生活　その二

道綱母が三十四歳頃から三十九歳頃の日記である。中巻では、まず道綱母が兼家亭の近くに引っ越していたこともあって、時姫方の従者との間に争いがあったことで、兼家が仲裁に入っていることや、源氏の左大臣（高明）が式部卿宮（為平親王）を帝に就けんがために起こした安和の変で高明が太宰府に流されたことへの同情などが記されている。

更に、兼家との間には、相変わらず、門前を通るのに訪ねて来ないなどのいらだちが多く、遂に鳴滝（鳴滝般若寺のことか）に山ごもりする。

関連歌として親族の歌と道綱母の歌各一首

**世の中のよのなかならば夏草のしげき山べもたづねざらまし**

**物思ひのふかさくらべにきてみれば夏のしげりもものならなくに**

これもごたごたの末に連れ帰られて、父倫寧と伴に初瀬詣で終わっている。

下巻では年も三十七、八歳になり、道綱の成人もあって安定した生活が送れる様になっている。加えて、兼忠女に産ませた兼家の子女を養女として貰い受けるなどしていることが書かれている。更には、道綱の求婚に対してや、養女が求婚されたことへの対応など、ここでは何れも成就しなかった様であるが、母としての気遣いが伝わってくる。特に道綱の求婚に対しては、文の代作をしている。道綱母自身は広幡中川（都の東北端）に隠棲している。移ったばかりの時の歌から、

**流れてのとこと頼みて越しかども我なかがははあせにけらしも**

何時までのあなたが来てくれる寝床と信じて転居したが、あなたとの仲が絶えてしまった様だと、嘆いている。

## 五、四　蜻蛉日記以後の生活（栄華物語から兼家のこと）

日記は三十代終わりまでで、その後二十年の生活があるわけであるが、道綱の将来を気遣っての晩年であったと思われる。

一方、兼道の方は、長兄の伊尹が摂政関白太政大臣に就任し、四十九歳（九七二年）で亡くなった後は、兼家より位の低かった兄の兼通が同年に関白内大臣に就任し、二年後に太政大臣になっている。この背景には、円融帝の母后安子の「関白は次第のままに」の遺言によるとされている、このようなこともあって、兼家とは仲が良くなかった。そのためもあってか、兼通が重体になったおり、無理をして参上し、東三条（兼家）のよからぬことを吹聴して、治部卿に格下げした。その結果、兼通の後任には、実頼（小野宮）の子頼忠が関白に就任（九七七年）し、翌年に太政大臣に就任

している。この頼忠の度々の奏上により、兼家が罪もないのに降格しているのはおかしいと言うことで、右大臣に就任した。兼家五十歳のことであった。その後、頼忠亡き後、寛和二（九八六）年に摂政に、永祚元（九八九）年には太政大臣、同二（九九〇）年には関白に就任している。

一方、道綱は長徳二（九九六）年四月に中納言に、同年十二月に右大将を兼ねた。また、翌年には大納言で右大将と東宮大夫を兼務している。これも母が亡くなる晩年は詮子や、道兼、道長らとの親交によるところも大きいと見える。しかし、その後の昇進はないが、和泉式部らとの交流もあり、歌のやりとりをしている。このときのやりとりは、式部が、帥宮敦道親王が二十七歳の若さで亡くなられたあとの頃のやりとりである。

**さる目みて世にあらじとやと思ふらむあはれを知れる人の訪はぬは**

**傳殿（道綱）より**

**袖濡れていづみてふ名は絶えにきと聞きしを数多人の汲むなる**

返し

**影見たる人だにあらじ汲まねどもいづみてふ名の流ればかりぞ**

## 五、五　まとめ

道綱母は、兼家との結婚生活において、最後まで打ち解けた贈答歌は極めて少ない様に思える。常に不満を抱きながらの生活であった様である。救いと言えば道綱の成長、昇進ではなかったか。当時の一夫多妻の中で、多少あちこちの女との交渉は絶えなかった様だが、兼家にとって見れば、兄弟との確執の中で、やっと五十七歳になって摂政の宣下を受けるという状況にあった。その中にあって、道綱母の態度に腐心し、道綱を可愛がっていることが伺える。ともあれ、

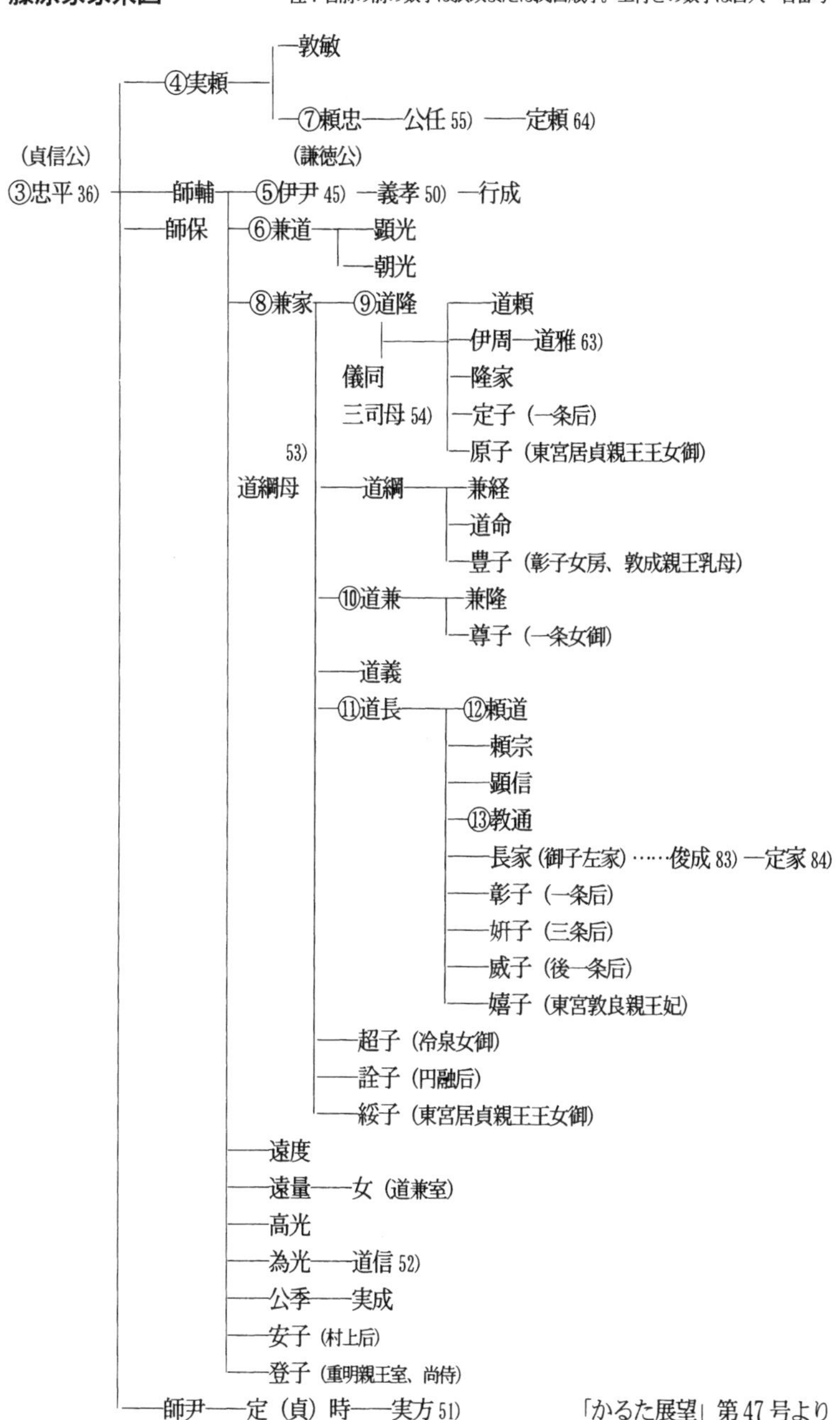


「蜻蛉日記」は道長の時代の宮廷サロンにあって、大いなる影響を与えたと見るべきである。

# 六　儀同三司の母の栄光と影

## 六、一　歌人の周辺

ここでは先の右大将道綱母に続いて儀同三司母（注①）を取り上げる。道綱母は藤原一族の氏長者であり関白太政大臣を引き継ぐことになる兼家に嫁いだが、正妻ではなかった。そのため、夫が別の女に通うことに気をもみながらも右大将道綱の成長を楽しみに生きた女であった。

一方、儀同三司母（高階成忠の娘貴子）は身分違いではあったが、兼家の子で氏長者を引き継ぐ「中関白家」道隆の正妻として嫁ぎ、その娘定子を天皇に入内させるなど繁栄を極めたかに見えた。しかし、道隆が関白就任五年後に四三歳で亡くなり、伊周はまだ二十二歳の若さであった。内大臣になっていたものの叔父の道長との確執に敗れ、中関白家は没落する。

そのような中で、儀同三司母は悲しみの内に亡くなる。このような彼女の人生を栄花物語などの中から、和歌を通して辿ってみたいと思う。

## 六、二　儀同三司母の歩み

儀同三司母は高階成忠の娘で貴子と言い、父は一条天皇がまだ懐仁親王であった春宮時代に東宮学士となり、宮内卿、式部大輔など歴任している。

このような家系の中で、貴子は身分違いではあったが、兼家の子で氏長者を引き継ぐ「中関白家」道隆の正妻として嫁ぐ（九七二年）。その後、次男伊周（長男は腹違いの道頼）の栄達と、長女の一条天皇に入内（九九〇年）した定子中宮（皇后）とその皇子達である一品式部卿敦康親王、一品准三后脩子内親王ならびに、娘原子の三条天皇東宮時女御（淑景舎女御）などの育成であった。このように、中関白家は繁栄の極みを迎えていた。そのこともあって、父成忠の階位も従三位から、定子入内に伴い従二位まで昇進している。

しかし、道隆が関白就任五年後（九九五年）に四三歳で亡くなるが、前述のように当時伊周はまだ二二歳の若さであった。内大臣になって内覧を許されていたものの、関白職は叔父の通兼に引き継がれる。しかし、就任後十日程度で亡くなる。三五歳の若さであった。そのとき、左大臣であった源重信も同じころ七四歳の高齢で亡くなる。そのため、権大納言に過ぎなかった道長に内覧の宣旨があり、右大臣となる。ここで、内大臣である伊周と道長とは位階が逆転する。さらに翌年には道長は左大臣になり、実権を握ることになる。

こうした中で、道長と伊周の軋轢が生じ、加えて九九六年一月に伊周と隆家による花山法皇を弓矢で射る事件が勃発した。この背景には、伊周が故藤原為光三女のもとに通っていたが、法皇の方は四女に通っており、三女のところに通っていると誤解したのが始まりであった。更に、東三条栓子（一条天皇御母）を呪詛したこと、臣下が行えない大元法（朝廷だけで古来行われてきた秘法、臣下のものがどんな大事でも行われることはなかった）を行ったことを罪状に、加茂祭も過ぎた四月になって伊周は大宰権帥に、隆家を出雲権守として流されることになった。

伊周はひそかに抜け出して、父道隆の墓前で、わが身の無実を訴え、懐妊中の中宮定子の無事を祈った。更に、北野に参詣してここでも無実を訴えた。その間、二条第では大騒ぎになったが、翌日夕方になって帰邸した。その翌朝大宰府へ出発の宣旨があった。

出発に当たって、中宮定子、貴子、伊周の三人は、別れを惜しんだが、貴子は伊周の腰に抱きついたまま車に乗り、山崎まで同行した。伊周・隆家の出立後、定子は自ら髪を切って出家した。

隆家は丹波境で車を返して馬に乗り換え、中宮に文を送った。一方、伊周は山崎で病気になった。両人の身の上を憐れんだ栓子は道長に罪の軽減を訴え、伊周を播磨に、隆家を但馬に留め置く宣旨が出された。

その後、母貴子が悲しみのあまり病悩が篤くなり、伊周は心配のあまり、配所を抜け出して京に舞い戻った。西院で貴子と定子に対面した。これが密告で知られるところとなり、伊周は筑紫に流罪となった。まもなく貴子が亡くなる。

その中でも明るい話題としては、その年の十二月に中宮定子が第一皇女脩子を御産したことである。翌年三月には東三条院の御悩により大赦が行われ、これに伴い四月に伊周と隆家の罪科が赦免になる。その月に隆家入京。伊周の入京は十二月になってからであった。

その後、隆家兵部卿になる、九九九年には中宮定子入内して第一皇子敦康御産する。また翌年には皇后になるなど明るい兆しが見えた。

## 六、三　儀同三司母（貴子）と一族の歌を通して

### 一　道隆が貴子のところに通い始めのころ

百人一首第五十四番歌であり、新古今集巻第十三　恋三　一一四九の歌

中関白通ひ初め侍りけるころ

**忘れじの行末まではかたければ今日を限りの命ともがな**

あなたはいつまでも私のことを忘れないと言われるが、身分違いのゆえに捨てられることを覚悟して今を大切にしたい切実な気持ちが現れている。新古今集では恋三に分類されているが、詞書では恋二の状況のようでもある。状況は恋二であっても内容は恋三とも受け取られる。実際に次の歌がこれを物語っている。

後拾遺集第十六　雑二　九〇七の歌

中関白かよひはじめるころ、夜がれして侍りけるつとめて、こよひは明かし難くてこそなど言ひて侍りければよめる

**ひとりぬる人や知るらむ秋の夜をながしと誰か君につげつる**

こうした経緯を踏まえて、貴子は道隆の正妻になる。その後、次々に子供に恵まれ、絶頂期にあるときの様子の一面が清少納言の枕草子に紹介されている。第一〇〇段では淑景舎（中宮の妹原子）が東宮（後の三条帝）に入内の折りの模様が照会されている。

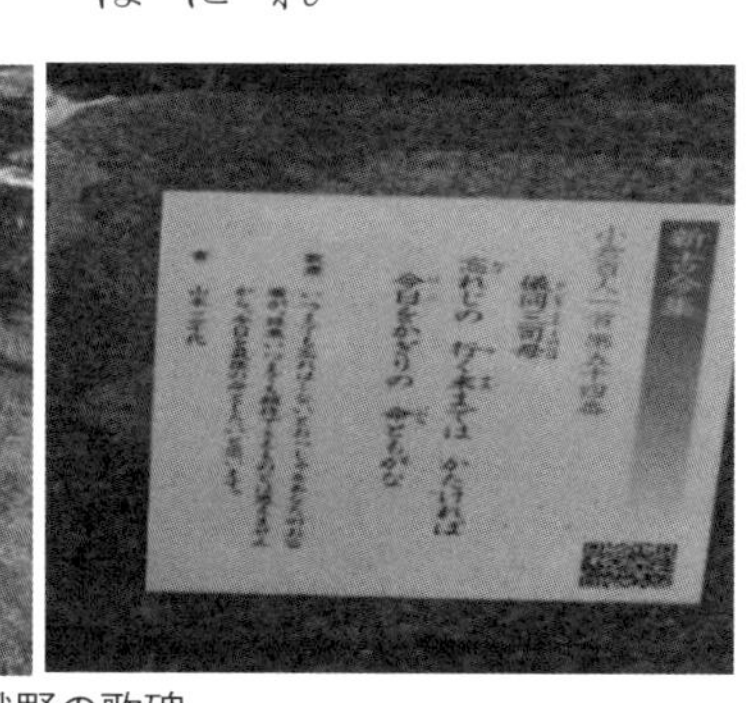


嵯峨野の歌碑

関白道隆と貴子はもとより、中宮定子や伊周大納言、三位中将隆家、伊周の子松君（百人一首第六十三番歌の歌人道雅、この頃四、五歳）が晴れやかに集まっている様子が伺える。

## 二　伊周・隆家、配所に赴く（栄花物語から　巻第五　浦々の別）

こうした晴れやかのときもつかの間、道隆が亡くなると、前記のような経緯で、伊周・隆家は配流となり、配所に赴くことになる。このときの両人の和歌を示す。

**・第十二段　隆家、丹波境にて定子に文を送る**

大江山といふ所にて、中納言（隆家）、宮（定子）に御文かかせたまふ。「ここまでは平らかに参で来着きてはべり。かひなき身なりとも今一度参りて御覧ぜられでや止みはべりなむと思ひたまふるになむ、いみじう苦しうはべる。御有様のゆかしき」など、あはれに書きつづけたまひて、

**憂きことを大江の山と知りながらいと深くも入るわが身かな**

となむ思ひたまへられはべる」など書きたまへり。

**・第十六段　伊周・隆家、配所に赴く途中歌を詠む**

帥殿（伊周）は播磨におはすとて、「ここは明石となむ申す」と言ふを聞しめして、

**もの思ふ心の闇し暗ければ明石の浦もかひなかりけり**

中納言（隆家）異方へおはすらむを、などか、同じ方にだにあらましかば、何ごともよからましと、あやにくなる世を心憂く思されて、「白浪はたてど衣に重ならず明石も須磨もおのが浦々」（拾遺集巻第八　雑上　四七七　人麿）といふ古歌をかへさせたまへるなるべし、

**かたがたに別るる身にも似たるかな明石も須磨もおのが浦々**

とぞ思されける

中納言殿は、旅のやどりの露けく思されければ（注②）、

**さもこそは都のほかに旅ねせめうたて露けき草枕かな**

・**第十九段　貴子の病篤く、伊周を恋う**

頼もしう思す人の沈み入り給えるに、いと心細く思さるゝ事つきせずなむ。この御心地の有様、怠りたまはむことありがたげなるに、ただ明暮は、「あな恋し」よりほかの事をの給はばこそあらめ。是を聞給まゝに、但馬にも播磨にもいみじう思し遣す。母北の方うち泣き給ひて、

詞華集巻第九　雑上　三三八

帥前内大臣あかしに侍りける時、恋ひかなしびて病になりてよめる　　高内侍

**夜の鶴都のうちに籠められて子を恋つゝも鳴あかすかな**

・**二十七段　原子と定子の和歌**

東宮より淑景舎（原子）に、「あはれに、いかにいかに」とある御消息絶えず。いみじう口惜しう、誇りかにおはせしものを、いかにもの思すらむと、ゆかしう思ひきこえさせたまふ。東宮よりいかなる御消息かありけむ、淑景舎より聞えさせたまふ（注③）、

**秋霧の絶え間絶え間を見渡せば旅にただよふ人ぞ悲しき**

はるかなる御有様を思しやらせたまひて、中宮（注④）

**雲の波煙の浪をたちへだてあひ見むことのはるかなるかな**

独りてして思されけり。

・**二十九段　高内侍（貴子）逝去**

筑紫の道は、今十余日といふにぞ参りつきたりける。あはれ、さればよ、よくこそ見たてまつり見えたてまつりにけれど（伊周が配所を抜け出して密かに上京し、病床の母を見舞ったこと）、今ぞ思されける。御服など奉るとて（注⑤）、

**そのおりに着てましものを藤衣やがてそれこそ別れなりけれ**

とぞ独りごちたまひける。

## 三　伊周・隆家の帰京と貴子の墓所に詣る（栄花物語から　巻第五　浦々の別）

前述のように、九九七年三月に東三条院の御悩により大赦があり、翌月伊周・隆家が罪科を赦されることになる。但馬にあった隆家はその月に入京しているが、筑紫と遠くにあった伊周は十二月になっての入京となった。

**・四十八段　隆家、妻と和歌を贈答する**

許されて、伊周より早く京に上った隆家が、妻（兼資女）と再会の喜びを読んだ歌である。

五月五日、中納言のたまひける（注⑥）、

**思ひきや別れしほどのこのころよ都の今日にあはんものとは**

とありければ、女君、

**うきねのみ袂にかけしあやめ草引きたがへたる今日ぞうれしき**

**・五十三段　伊周、帰京**

殿の内の人々喜びの涙ゆゆし。殿の有様など、昔にあらずあはれに荒れはてにけり。上も何事も聞えさせたまはず、ただ涙におぼほれて見たてまつりたまふ。松君のいと大きくなりたまへるをかき撫でて、いみじう泣かせたまへば、松君（道雅）もいかに思すかにか、目をすりたまひ、いとうれしと思したるも、あはれにことわりなり。殿（注⑦）、

**浅茅生と荒れにけれどもふる里の松は木高くなりにけるかな**

また、殿、

**来しかたの生の松原いきて来て古き都を見るぞ悲しき**

とのたまえば、上（北の方）、

**そのかみの生の松原いきてきて身ながらあらぬ心地せしかな**

とのたまふ。

**・五十四段　伊周・隆家、貴子の墓所に詣る**

そのころ吉日して、故北の方の御墓を拝みに、帥殿、中納言殿もろともに桜本に詣らせたまふ。あはれに悲しう思されて、おはせしかばと思さるるにも、涙におぼほれたまふ。をりしも雪いみじう降る。

隆家の詠

**露ばかり匂ひとどめて散りにける桜がもとを見るぞ悲しき**

帥殿の詠、

**桜もと降るあは雪を花と見て折るにも袖ぞぬれまさりける**

よろずあはれに聞えおきて、泣く泣く帰らせたまふ。いかで今はそこに御堂建てさせんとぞ、思し掟てける。

## 六、四　その後の中関白家の行く末

### 一　皇后定子崩御

その後の中関白家は、前述のように中宮定子が第一皇子敦康御産する。翌年には敦康皇子が親王に、定子が中宮から皇后へと、一条天皇のご寵愛が見て取れる。ところが、一〇〇〇年の十二月に定子皇后が第二皇女の御産に伴い崩御される。二十四歳の若さであった。

栄花物語では、巻第七　とりべ野

**・七段　帝、中宮（彰子）方へ渡御されず　皇后定子の御遺詠**

宮(定子)は御手習をさせ給て、御丁の紐に結び付けさせ給へけるを、今ぞ帥殿・御方〻など取りて見給て、「この度は限りのたびぞ。其の後すべきよう」など書かせ給へり。いみじうあはれなる御手習どもの、「内わたりの御覧じ聞しめすようなどや」とおぼしけるにやとぞ見ゆる（注⑧）。

**よもすがら契し事を忘れずば恋なむ涙の色ぞゆかしき**

**知る人も別れ路に今はとて心細くも急ぎたつかな**

**煙とも雲ともならぬ身なりとも草葉の露をそれと眺めよ**

など、あはれなることゞも多く書かせ給へり。

注　この三首は後で述べる「一条院皇后定子」のところでふれる。

**・八段　故皇后定子の御葬送**

今はまかで給ふとて、殿ばら、明順、道順などいふ人々も、いみじう泣き惑ふ。おりしも雪、片時におはし所も見えずなりぬれば、

帥殿（伊周　注⑨）

**誰も皆消え残るべき身ならねどゆき隠れぬる君ぞ悲しき**

中納言（隆家）

**白雪の降りつむ野邊は跡絶えていづくをはかと君を尋ねむ**

僧都君（隆圓）

**故里にゆきも帰らで君ともに同じ野邊にてやがて消えなむ**

などの給も、いみじう悲し。

**・九段　一条天皇の御製**（注⑨）

内（帝）には、「今宵ぞかし」とおぼしめしやりて、よもすがら御殿籠もらずおもほし明させ給て、御袖の氷もところせくおぼしめされて、世の常の御有様ならば、霞まん野邊も眺めさせ給べきを、「いかにせむ」とのみおぼしめされて、

**野邊までに心ばかりは通へども我が行幸ともしらずやあるらむ**

などぞおぼしめし明かしける。

## 二　中関白家の没落

定子亡き後も、皇子や皇女の成長もあって、伊周が翌年には本位に復し、隆家も翌々年には権中納言更任になっている。一〇〇五年には伊周の座次が大臣の下、大納言の上と定まり、昇殿を許されることになる。その年の十一月には朝議に参与せしむとある。更に、一〇〇八年には大臣に准じ（儀同三司）、封戸を賜っている。

このように、順調な復権を見せたかに見えたが、その年の九月に道長の子彰子中宮が皇子敦成（後の後一条天皇）を御産される。

これが切掛けで、第一皇子の敦康親王ではなく、第二皇子敦成親王が東宮になるとの情勢から、敦成親王を呪詛する動きがみられた。張本人は母方の叔父明順との記事が「栄花物語巻第八　はつはな　六十六段　伊周の周辺敦成親王を

呪詛」に見える（一〇〇九年二月）。このため、伊周は蟄居を命じられる。その後、六月には許されるが、翌年正月に道雅の行く末を案じながら亡くなる。三十七歳であった。

その道雅は、左京太夫通雅（後拾遺第十三　恋三　七五〇　百人一首第六十三番歌）伊勢の斎宮（三条院の皇女当子内親王）わたりよりまかり上りて侍りける人に、忍びて通ひけることを、おほやけ（三条院）も聞こしまして、守目などつけさせ給ひて、忍びにも通はずなりにければよみ侍りける。

**今はただ思ひ絶えなむとばかりを人づてならでいふよしもがな**

この記事は「栄花物語巻第十二　たまのむらぎく　三十九段　藤原道雅（三位中将）前斎宮と蜜通」（御堂関白記にも見える）に見える。三条天皇が一〇一六年正月二十九日に道長に無理やり退位させられたために、伊勢の斎宮であった当子内親王が都に戻っていたときに、道雅が密かに通っていたことがうわさになったことに始まる。翌年四月に院がそのことを聞きつけて守目をつけて警戒した。これには、中将の乳母が宮に内侍としてお仕えしていたので、手引きしたのであろうということで、暇を出された。

## 六、五　まとめ

前項に引き続いて百人一首の作者で母とある儀同三司母を取り上げた。この時代一夫多妻の世にあって、しかも、娘を天皇家に次々と入内させることで繁栄を築いていく、まさにその中で生きた女性たちであった。その繁栄が貫かれることが出来たのが、道長であったかもしれない。逆に言えば、没落の陰で悲しみの歌が生まれたというべきことかもしれない。

歴史が示すように、繁栄の陰には長寿を保つことも必要条件かもしれない。道隆がもう少し長生きして伊周に引き継いでおれば、敦康親王が皇太子となり、次の天皇になっていたと思われるからである。こうした例はいくらでも見受けられる。

注

① 儀同三司　儀（儀式・待遇）は三司（太政大臣・左大臣・右大臣）に準ずる義なり。内大臣の下、大納言の上に着座する意も有り。伊周が最初である。大野・佐竹・前田編「岩波古語辞典」より

② 後拾遺集巻第九　羇旅　五三〇

詞書　出雲国に流され侍りける道にてよみ侍りける

③ 万代集巻第五　秋下　一〇三九

下句の本文異同有　うきたる雲ぞあはれなりける

④ 続古今集巻第九　離別歌　八四二

⑤ 玉葉集巻第十七　雑四　二四一〇

詞書　儀同三司の遠き所にはべりけるにつかはしける

⑥ 万代集巻十五　雑二　三一一五

⑦ 後拾遺集巻第十九　雑五　一一五九

詞書　筑紫より上りて道雅三位の童にて松君といはれ侍りけるを膝にするゐて、久しうみざりつるなどいひて詠み侍りける。

⑧ 後拾遺集巻第十　哀傷五三六、五三七

⑨ 続古今集巻第十六　哀傷　一四一〇

⑩ 後拾遺集巻第十　哀傷　五四三

# 第三章　平安時代中期

# 一　和泉式部の恋の遍歴

## 一、一　歌人の周辺

ここでは小倉百人一首第五十六番歌の和泉式部を取り上げる。ここから六十二番歌の清少納言まで一条天皇の中宮彰子と中宮定子に仕えた女房達による最も華やかな時代を生きた女流歌人で占められている。その最初が今回の和泉式部（以下、差し支えない範囲で式部と呼称）である。

式部はその生涯において、二人の受領との結婚、二人の親王との交際の間にもいろいろな人々との交流を通じて、和歌を詠んでいる。当時、歌合せなどの公式の場で詠むことが多かった中で、これとは離れて、私的な結婚生活や交際の中での悩みを訴えた歌が多いのに驚かされる。勅撰集には二四六首入っており、女流歌人として伊勢の一七六首を大きく上回る代表歌人である。

当時最大の権力者である道長からは、「うかれめ」（和泉式部集二一六）と言われ、紫式部からは「紫式部日記」の中で、「おもしろう書きかはしける。されど、和泉はけしからぬかたこそあれ。歌は、いとをかしきこと。ものおぼえ、うたのことわり、まことの歌詠みざまにこそはべらざめれ、口にまかせたることどもに、かならずをかしき一ふしの、目に留まる詠みそへはべり」との評がある。外的には自由奔放に貴公子との交際を行っていたと見られてはいる。しかし、反面内的には恋の悩みを抱えながらの生活であったかと考えている。

ここでは、「和泉式部集」と敦道親王との恋により宮邸に招かれるところで終わる「和泉式部日記」を中心に、大鏡や栄花物語なども参考にしてまとめた。

## 一、二　和泉式部の経歴

式部は、父越前守大江雅致と母越中守平保衡女（太皇太后昌子内親王の乳母で介内侍と呼ばれていた）との間に貞元・天元頃（九七七から九七九年）生まれたと見られている。この時代、女房の生没年が未詳の場合が多く、式部についても例外ではない。

父が越前守に就任する前、太皇太后大進を努めており、橘道貞が部下の権大進であった。この様な関係から父の勧めで式部二〇歳前の長徳二、三年（九九六、七）頃道貞と結婚したと見られている。その後、一年ほどで女子を出産（小式部内侍）している。

しかし、まもなく冷泉天皇第三皇子の弾正宮為尊親王と恋に落ちる。両人の出会いがどのような形であったかは判ってはいないが、母が前述のように、太皇太后昌子内親王（冷泉天皇皇后）の乳母であったことで、親王との出会いがあったのかもしれない。この親王も長保四年（一〇〇二）に二十六歳の若さで夭逝。翌年には同母弟帥宮敦道親王と恋に落ちる。こうした中で、夫道貞が和泉守から陸奥守となって下向する。その後、新たな妻を下向させている。こうして道貞とは別れていった。

しかし、敦道親王との交際も親王が寛弘四年（一〇〇七）に二十七歳の若さで夭折する。喪の明けたときから、道長の要請もあって、中宮彰子に仕える。娘の小式部内侍も一緒である。ここには、紫式部や赤染衛門などがいた。

その後、道長の家司藤原保昌と結婚する。記録では小右記に寛仁二年（一〇一八）には既に佐馬頭保昌妻式部として見える。従って、結婚したのは幅があるが、寛弘八年から寛仁元年の長和年間のことになる。式部とは二十歳程度の年の開きがあり、武勇に優れていたことで知られている。

万寿二年（一〇二五）に小式部内侍が三十歳に満たないで藤原公成の子出産後体調不良もあって、亡くなった。式部は母として娘の死は大きな悲しみであり、哀傷歌を残している。

保昌とは紆余曲折があったものの、長元九年（一〇三六）に亡くなるまで式部が連れ添ったと見られる。その後一人身の経緯については不明である。

以下には、これらの結婚、交際や交流を通して詠まれた歌を紹介しながら式部の恋の遍歴を述べる。

更に、その後の敦道親王邸に住んでいた折の生活と親王の夭折による別れ、上東門院彰子への出仕、道長の家司藤原保昌との結婚、娘小式部内侍の突然の死などに直面した内容を中心に述べる。加えて、その後伝説化していく中での歌と式部ゆかりの地を紹介する。

小野小町は古今集に収録されている以外は他の勅撰集にも撰歌されているけれども、本人の歌かどうか怪しい状況の中での伝説の一人歩きであった。一方、和泉式部は良く知られたれた歌人ではあったが、それでも晩年の状況が判らない中で、伝説化が始まったようである。この傾向は、式部に多いけれども、他の女流歌人にも多少は見られたことである。ともかく、以上の内容で和泉式部集や勅撰和歌集を主に参考にして述べる。

## 一、三　橘道貞との結婚と離別

### 一　道貞との結婚

前記のように、父雅致の部下であった道貞と結婚することになり、小式部内侍も翌年に生まれるが、長保元年（九九九）二月には和泉守として赴任する。式部は京にあって、道貞と歌を交わしている。

次の歌は、葵祭りの賑わいの中で、一人寂しく過ごしていた折の歌と見られる。なお、歌の番号は和泉式部集による。

をとこの、みたけさうじとて、ほかに□（脱文・「あるに」か）みあれの日、あふひにさして

**・かざせどもかひなき物はおのがひくしめの外なるあふひなりけり**（一二四六）

詣づるほどになりて、道のほど着るべき狩衣なむ様なる物ぬはする、やるとて

**・うちかはし夜きるまじきあさぎぬはぬふも物うきものにぞありける**（一二四九）

とてやりたれば、狩衣を、「きよく、かたなどもよし」といふことをいひたれば

**・かり衣我によそふる物ならばたもとよくしもあらじとぞ思ふ**（一二五〇）

はなだのおびの所々かへりたるをきかへて、をとこのおこせたれば

**・なれぬればはなだのおびのかへるをもかへすかとのみおもほゆるかな**（一二五一）

次の歌は、「佐野の浦」をあずま路にありと思っていたが、泉佐野にあることを知らせてもらったことで返歌している。

和泉といふ所へいきたるをとこの許より、「さののうらといふところなむここにありけりとききたりや」といひたる

に

・**いつみてかつげずはしらむあづまぢと聞きこそわたれさのの舟橋**（一二五二）

この歌は、急ぐことはないから都の花も終わらぬうちにでもいらっしゃればと歌を送っている。

田舎なる人のもとより、三月十余日のほどにいひやる

・**まづこむと急ぐことこそかたからめ都の花のをりをすぐすな**（一二五三）

以上のように道貞に対してのこまやかな歌を贈っている。しかしながら、長続きしなかったようで、その後、道貞は父が見込んだように、受領としての才能があっても、若い熱情的な式部には実務的な生活にあきたらず気持ちが離れていったようである。

## 二　弾正宮為尊親王との恋と道貞との離別

こうしているうちに、弾正宮為尊親王と恋に落ちる。このことが噂になると、父には勘当される。そのことがあって、若菜をつけて父に歌を贈る。

正月七日、おやの勘事なりしほどに、わかなやるとて

・**こまごまにあふとは聞けどなきなをばいづらはけふも人のつみける**（一二五二）

返し、おや

・**なきなぞといふ人もなし君が身におひのみつむと聞くぞくるしき**（一二五三）

しかし、勘当は許されずに為尊親王との交際が行われる。

こうした中で、道貞邸を離れることになる。

いささゑする事ありて、をとこのいへをさるとて、つねにするまくらにかきつくる

・**かはりゐむちりばかりだにしのばじなあれたるとこの枕みるとも**（二〇一）

注　一一〇九番歌は詞書が違っている。

装束どもつつみておく、革のおびにかきつく

・**なきながす涙にたへでたえぬればはなだの帯の心地こそすれ**（一一一〇）

よそよそになりたるをとこのもとより、位記と言ふ物こひたる、やるとて

・**哀れわが心にかなふ身なりせばふたつみつまではもみてまし**（一一一一）

ところが、不思議なことに、この間の親王との歌のやり取りが見られない。その一方で、道貞にその後も歌を何回となく贈っている。

みちのくにの守にてたつをききて

・**もろともにたたまし物をみちのくの衣の関をよそにきくかな**（八四七）

陸奥国へいひやる

・**たかかりしなみによそへてその国にありてふ山をいかにみるらむ**（九一〇）

## 三　為尊親王との別れ

為尊親王が、当時流行していた疱瘡で長保四年（一〇〇二）六月十三日に亡くなっている。栄花物語巻第七とりべ野「三一　為尊親王」

**弾正宮うちはへ御夜歩きの恐ろしさを、世の人やすからず、あいなきことなりと、さかしらに聞えさせつる、今年はおほかたいと騒がしう、いつぞやの心地して、道大路のいみじきに、ものどもを見過ぐしつつあさましかりつる御夜歩きのしるしにや、いみじうわづらはせたまひて、うせたまひぬ。このほどは新中納言、和泉式部などに思しつきて、あさまし**

きまでおはしましつる御心ばへを、憂きものに思しつれど、上（謙徳公・伊尹九女-為尊親王室）はあはれに思し歎きて、四九日のほどに尼になりたまひぬ。

為尊親王とは一年足らずの交際であったろうか。親王が亡くなられたことで、式部も喪にふしていることが、「和泉式部日記」に見える。しかし、次に述べるように同母弟帥宮敦道親王との交際が始まる。

## 一、四　帥宮敦道親王との恋

敦道親王との出会いから、宮邸に招き入れられるまでの経緯が「和泉式部日記」に詳しいので、これを引用しながら述べる。

### 一　親王との出会い

式部日記は次のように、故宮に仕えていた童が、今は敦道親王に仕えており、式部が思い沈んでいるとき、訪れたことから始まっている。

夢よりはかなき世の中を、嘆きわびつつ明かし暮らすほどに、四月十余日にもなりぬれば、木の下くらがりもてゆく。築土の上の草あをやかなるも、人はことに目もとどめぬを、あはれとながむるにほどに、近き透垣のもとに人のけはひすれば、たれならむと思ふほどに、故宮にさぶらひし小舎人童なりけり。

あはれにものおぼゆるほどに来たれば、（女）「などか久しく見えざりつる。遠ざかる昔のなごりにも思ふを」など言はすれば、（童）「そのこととさぶらはでは、なれなれしきさまにやと、つつましうさぶらふうちに、日頃は山寺にまかり歩きてなむ。いとたよりなく、つれづれに思ひたまうらるれば、御かはりにも見たてまつらむとてなむ、帥宮に参りてさぶらふ」と語る。

このとき、親王から古歌「五月待つ花橘の香をかけば昔の人の袖の香ぞする」(古今集巻第三　夏　一三九　読み人知らず)を踏まえた橘の花を贈られ、式部は次の返歌をしている。

・薫る香によそふるよりはほととぎす聞かばやおなじ声やしたると(一二七)(故兄宮とそっくりなお声かどうかじかにお聞かせください)と聞こえさせたり。

宮からの返し

・おなじ枝に鳴きつつをりしほととぎす声は変はらぬものと知らずや

と書かせたまひて、賜ふとて(宮)「かかること、ゆめ人に言ふな。すきがましきやうなり」とて、入らせたまひぬ。

式部からの返しはなく再び宮から

・うち出でてもありにしものをなかなかに苦しきまでも嘆く今日かな

女(式部)もとも心深からぬ人にて、ならはぬつれづれのわりなくおぼゆるに、はかなきことも目にとどまりて、御返り、

・今日のまの心にかへて思ひやれながめつつのみ過ぐす心を

宮から

・語らはばなぐさむこともありやせむ言ふかひなくは思はざらなむ

(宮)「あはれなる御物語聞こえさせに、暮れにはいかが」とのたまはせければ、

女返し

・なぐさむと聞けば語らまほしけれど身の憂き事ぞ言ふかひもなき

「生ひたる蘆にて(「何事も言はれざりけり身の憂きは生ひたる蘆のねのみ泣かれて」古今六帖第三　うき)、かひなく

や」と聞こえつ。
　式部は一応断ってはいるが、宮の方では、女の思いもかけない時に出かけようと身支度して、お粗末な車でお出でになる。
　夜も更けてくるのにそのままではと
（宮）**はかもなき夢をだに見で明かしてはなにをかのちの世語りにせむ**
（女）**世とともにぬるとは袖を思ふ身ものどかに夢を見る宵ぞなき**
（宮）「かろがろしき御歩きすべき身にてもあらず。なさけなきやうにはおぼすとも、まことにものおそろしきまでこそおぼゆれ」とて、やをらすべり入りたまひぬ。
いとわりなきことどもをのたまひ契りて、明けぬれば帰りたまひぬ。
　後朝の歌（宮）
・**恋と言へば世のつねのとや思ふらむ今朝の心はたぐひだになし**
　御返り（女）
・**世のつねのことともさらに思ほえずはじめてものを思ふ朝は**（八七七）
　こうして交際が始まるが、式部の他の男との噂などもある中で、式部がこれを否定しながらの歌のやり取りが続く。

宮「日ごろは、あやしき乱り心地のなやましさになむ。いつぞやも参り来てはべりしかど、折あしうてのみ帰れば、いと人げなき心地してなむ。」

（宮）**よしやよし今はうらみじ磯に出でて漕ぎはなれ行く海人のこぶねを**
とあれば、あさましきことどもを聞こしめしたるに、聞こえさせむも恥づかしけれど、このたびばかりとて、

（女）**袖のうらにただわがやくとしほたれて舟ながしたる海人とこそなれ**（八八四）（袖に涙を流すことをひたすら自分

の努めとばかりしているものですから、舟を流した海人のように宮さまに取り残されました）と聞こえさせつ。

**七夕のむなしい頼み**

（宮）**思ひきや棚機（たなばた）つ女に身をなして天の河原をながむべしとは**

とあり。さはいへど、過ごしたまはざめるはと思ふも、をかしうて、

（女）**ながからむ空をだに見ず棚機に忌まるばかりのわが身と思へば**

とあるを御覧じても、なほえ思ひはなつまじうおぼす。

**八月、石山詣で-よみがえる愛**

（宮）**関越えて今日ぞ問ふとや人は知る思ひたえせぬ心づかひを**

「いつか出でさせたまふ」とあり。

近うてだにいとおぼつかなくなしたまふに、かくわざとたづねたまへる。をかしうて、

（女）**あふみじは忘れぬめりと見しものを関うち越えて問ふ人やたれ**（一二三）

**十月、手枕の神-愛のたかまり**

わざとあはれなることのかぎりをつくり出でたるようなるに、思ひ乱るる心地はいとそぞろ寒きに、宮も御覧じて、「人の便なげにのみ言ふを、あやしきわざかな、ここに、かくて、あるよ」などおぼす。あはれにおぼされて、女寝たるやうにて思ひ乱れて臥したるを、おしおどろかせたまひて、

（宮）**時雨にも露にもあてで寝たる夜をあやしく濡るる手枕の袖**

この歌に対しての式部の返歌はなく、ただ月影に涙がこぼれて何も申し上げずにいた。

その朝、頼もしき人もなきなめりかしと心苦しくおぼして、宮から、「今の間いかが（今はどうしておいででしょうか）」とのたまはせければ、御返り、

（女）**今朝の間にいまは消ぬらむ夢ばかりぬると見えつる手枕の袖**

と聞こえたり。「忘れじ」と言ひつるを、をかしとおぼして、

（宮）**夢ばかり涙にぬると見つらめど臥しぞわづらふ手枕の袖**

その後、宮は式部を宮の邸に連れて行こうとお思いになる。しかし、よからぬ噂が立ったりしたものだから、式部も物笑いになるのではないかなど思いあぐねて、直ぐにはその気になれず思い悩んでいる中で宮から、

・**うたがはじなほ恨みじと思ふとも心に心かなはざりけり**

御返り

・**恨むらむ心は絶ゆな限りなく頼む君をぞわれもうたがふ**（四一四）

と聞こえてあるほどに、暮れぬればおはしましたり。（宮）「なほ人の言ふことのあれば、よもとは思ひながら聞こえしに、かかること言はれじとおぼさば、いざたまへかし」などのたまはせて、明けぬれば出でさせたまひぬ。

## 二　親王邸へ

こうした紆余曲折の後、十二月十八日になってやっと宮邸入りとなった。しかし、その寸前まで、いかにおぼさるるにかあらむ、心細きことをのたまはせて、（宮）「なほ世の中にありはつまじきにや」とあれば、

（女）**呉竹の世々のふるごと思ほゆる昔がたりはわれのみやせむ**（四三〇）

と聞こえたれば、

（宮）**呉竹の憂きふししげき世の中にあらじとぞ思ふしばしばかりも**

ということがあって、式部は当初一時的な外出と思っていたようだが、宮の言葉で、侍女を一人連れて宮邸に入ることになった。

宮邸では、初めての正月を迎えるなどしているうちに、正妻の済時の娘が実家に引っ越して行った。ここで和泉式部日記は終わっている。

# 一、五　敦道親王邸での生活と別れ

## 一　敦道親王邸での生活

式部が敦道親王邸に入り、その後の生活を和泉式部集からたどってみたい。

敦道親王とは長保六年（一〇〇四）二月の白河院の花見やその後の葵祭り見物を行っているが、特に葵祭りの大胆な行動（大鏡兼家伝）が目に付く。ここでは白河院の花見での白河院司左衛門督公仁も含めた七首の歌のやり取りから前半部分を次に示す。

いづれの宮（敦道親王）にかおはしけむ、白河院まろ（公仁）諸共におはして、かく書きて家もりにとらせておはしぬ

**・われが名は花盗人とたたばたて唯一枝は折てかへらむ**（九九）

日頃みてをりて、左衛門督（公仁）返し

**・山里の主に知られで折る人は花をも名をも惜しまざりけり**（一〇〇）

とある文をつけたる花のいと面白きを、まろ（公仁）がずさびにうちいひし（和泉式部）

**・折る人のそれなるからにあぢきなく見し山里の花の香ぞする**（一〇一）

その後の寛弘年間の敦道親王と式部のことは不明な点が多いが、寛弘二年に宮の子（後に岩蔵宮と呼ばれる）を出産

している。また、宮が寛弘四年四月二十五日の一条院内裏において詩宴が行われ、これに列席したことが御堂関白記や大鏡に見える。しかし、この頃から体調が良くなかったようで同年十月二日に夭折する。宮とは僅か四年半ほどの交際であった。

## 二　帥宮親王との別れ

宮の薨去された後、暫く宮邸に留まっていたようだが、退出して一年間喪に服している。式部集にはこの間に詠まれたと見られる挽歌が一二二首見える。その幾つかを以下に示す。

最初の歌は、故宮の御四九日、誦経の御衣ものうたする所に、「これをみるがかなしき事」などいひけるに

**・うちかえしおもへばかなしけぶりにもたちおくれたるあまの羽衣**（九四〇）

また、人のもとより、「おもひやるらむ、いみじき」などいひたるに

**・ふじごろもきしよりたかき涙がはくめるこころの程ぞ悲しき**（九四一）

同じところの人の御許より、「御手習のありけるをみよ」とておこせたるに

**・流れよるあわとなりなで涙川はやくの事をみるぞ悲しき**（九四二）

しはすの晦の夜（この日に霊が帰ってくると見られていた）

**・亡き人の来る夜よと聞けど君もなしわがすむ里や魂なきの里**（九四三）

なほあまにやなりなまし、と思ひたつにも（五首の内二首）

**・すてはてむと思ふさへこそ悲しけれ君に馴れにし我が身と思へば**（九五三）

**・思ひきやありて忘れぬおのが身を君がかたみになさむものとは**（九五四）

火桶にひとりいて

・**むかひゐてみるにもかなしけぶりにし人をおけびの灰によそへて**（九六二）

つかはせ給ひし御すずりを、おなじ所にてみし人のこひたる、やるとて

・**あかざりしむかしの事をかきつくるすずりの水は涙なりけり**（九八六）

## 三　上東門院彰子に出仕

式部が故宮の喪に服していたのが寛弘五年の秋までであった。一方、この年の九月に一条天皇中宮彰子が皇子敦成親王を出産する。更に懐妊されたこともあって、吉事がかさなる。このような折に、中宮の女房として紫式部や伊勢大輔などお仕えしていたが、翌年の初夏の頃和泉式部も出仕することになる。迎えたのが伊勢大輔である。

宮にはじめてまゐりたりしに、祭主輔親がむすめ大輔といふ人をいださせ給ひたりしと物語などして、局におりて大輔の許に

・**思はむと思ひし人と思ひしに思ひしごとも思ほゆるかな**（九三〇）

返し

・**君をわが思はざりせばわれを君おもはむとしも思はましやは**（九三一）

更に、中宮彰子も何かと心遣いされており、次の贈答歌がある。式部も面映さを感じて返歌を御帳のかたびらに結いつけて退室している。

祭の日、御前に人すくなにて侍ふに、葵に御手習をさせ給ひて

・**ゆふかけて思はざりせば葵草しめのほかにぞ人を聞かまし**（四六四）

おほむかえし聞えむもはゆければ、ゆふを御帳のかたびらにゆひつけてたちぬ

・**しめのうちを慣れざりしより木綿襷心は君にかけてしものを**（四六五）

こうした中で、ある人が扇を道長に見せたものだから、道長からは「うかれめの扇」と扇に書かれからかわれてはいる。一方、歌人としては評価し、中宮彰子に仕えさせたこともあって、返歌をしている。

ある人の扇をとりて持たまへけるを御覧じて、大殿、「誰がぞ」と問はせ給ひければ、「それが」と聞え給ひければ、とりて、「うかれ女の扇」と書き付けさせたまへるかたはらに

・**越えもせむ越さずもあらむ逢坂の関もりならぬ人なとがめそ**（一二一六）

## 一、六　藤原保昌と結婚

### 一　丹後に下向

中宮彰子に出仕後間もない頃、道長の配慮で下司の保昌と結婚する。丹後に下るおりの宮との贈答歌が残されている。

丹後に下るに、宮よりきぬあふぎたまはせたるに、天の橋立かかせ給ひて

・**秋霜のへだつる天の橋立をいかなるひまに人渡るらむ**（四六六）

御返し

・**思ひ立つそらこそなけれ道もなく霧わたるなる天の橋立**（四六七）

式部集には同じく出仕していた娘小式部内侍の後見を依頼した歌が続く

大輔の命婦に、「とまる人よくをしへよ」とて

・**別れ行くこころを思へわが身をも人のうえをもしる人ぞしる**（四六八）

丹後にありけるほど、守のぼりてくだらざりければ、十二月余日、雪いみじう降るに

・**待つ人はゆきとまりつつあぢきなく年のみこゆるよさの大山**（五八二）

人のかへりごとに

・**としをへて物おもふことはならひにき花にわかれぬ春しなければ**（五八四）

注　この歌が詞華集に採られており、詞書、本文とも異同がある。

## 二　小式部内侍の死

小式部内侍は道貞との子供であるが、同じときに出仕したが、直ぐに式部は保昌とともに丹後に赴くことになる。そのときの娘の歌が、百人一首に採られている歌である。娘は、最初道長の三男教通と結ばれ子（権僧正静円）を儲ける。その後、頭の中将公成と結ばれ子を産むが、産後が悪く亡くなる（一〇二五年）。このとき娘の死を悼んで歌を詠んでいる。このところは後の稿の小式部内侍のところにゆだねて触れることにして、ここでは省略する。

## 三　晩年の和泉式部

中宮彰子の妹の皇太后妍子が亡くなり、その七七日の法事が十月二十八日に道長の建立した法成寺の阿弥陀堂で行われた。その前日の準備の様子が栄花物語巻第二九「たまのかざり（二六）四九日の法事の準備」に書かれている。

このたびの御仏造らせたまふ御飾りの御料には、大和守保昌朝臣のがり、玉を召しに遣はしたれば、京の家に奉るべきよし言ひ上げたれば、まゐらすとて、和泉添へたり（保昌は任地にいて不在）。

・**数ならぬ涙の露を添へてだに玉の飾りをまさむとぞ思ふ**

同じ御料の玉を、権大進為政が請ひたりければ、赤染（衛門）、

・**別れにし魂は返すにかたけれど涙のみこそ袖にかかれる**

その後、保昌から忘れられて詠んだ歌を示す。

保昌に忘られて侍りける頃、兼房朝臣のとひて侍りければよめる

**・人知れずもの思ふことはならひにき花にわかれぬ春しなければ**（詞華集巻第九　雑上　三一〇）

後拾遺集第二十　雑六　神祇に見える歌

男に忘られて侍りける頃、貴布禰にまゐりてみたらし河に螢のとび侍りけるをみて詠める

**・物思へば澤の螢もわが身よりあくがれ出る玉かとぞみる**

御返し

**・奥山にたぎりて落つる瀧つ瀬の玉ちるばかりものな思ひそ**

この歌は貴布禰の明神の御返しなり。男の声にて和泉式部が耳に聞こえけるとなむいひ伝へたる

なお、この物語は、古今著聞集、無名草子のほか、沙石集には更にこれに尾ひれがついた話があるので、興味のある方は見られるとよい。また、謡曲「貴布禰」にもなっている。

ところで、式部集には保昌が攝津守のおりの歌も散見される。しかし、前記のように、式部の歌も伝説化したものとなってきている様子が伺える。一方、保昌は諸国の受領を経て長元九年（一〇三六）に七十九歳で亡くなっている。その後の式部のことは判ってはいない。後述のように、その後は伝説が伴って伝えられていくことになる。

## 一、七　和泉式部の歌の追記

今まで述べてこなかった式部の歌がある。これらの歌は式部を取り上げるときに欠かせないものなので挙げておくことにする。

その一つが、拾遺集巻第二十　哀傷　一三四二　採られており、「性空上人のもとに、よみてつかはしける」の詞書がある。また、作者名は雅致女式部となっている。これが、式部集（一五一）では「はりまのひじりのもとに、結縁のためにきこえし」の詞書で収録されている。

**・くらきよりくらき道にぞ入りぬべきはるかに照らせ山のはの月**

この歌は、何時頃詠まれたかについては疑問があるが、勅撰集の拾遺集に撰ばれた最初の一首である。このときはこの一首のみで、作者名が前記の通りである。したがって、歌われたのが若い頃と見られている（これには幾つかの説に分かれていて、性空上人の没ぎりぎりまで式部の年代を上げようと意図した諸本も見受けられる）。それにしても、苦悩があって、これを取り除くために性空上人を頼ったと見ると、当時は今と違って相当若い頃から結婚していたこともあって、現代の同時代の子女からは想像もつかない境地であった状況が伺える。もっとも「無名草子」によれば、死に際し書写山の上人の導きで極楽往生を遂げたと示されている。このことは、現在誠心院に伝わる「和泉式部縁起絵巻」もこれに基づいている。このように、伝説化された式部が見える。

ところで、この歌は法華経巻第三の化城喩品の経文によっており、釈迦の悟りを得るに至った話を聞いた弟子たちが、教えを受けた喜びとこれからの解脱への精進を誓って詠んだ次の文がある。

**衆生は常に苦悩し、盲冥にして導師なく、**
**苦を尽くす道を識らず、解脱を求むることを知らず。**
**長夜に悪趣を増し、諸の天衆を減損し、**
**冥きより冥きに入り、永らく仏の名を聞かず。**

この歌に関係して源俊頼の歌論書「俊頼髄脳」、藤原清輔の「袋草紙」、鴨長明の「無名抄」などには、藤原公任とその子定頼との式部と赤染衛門を比較してどちらの歌が優れているかの問答と、先に挙げた歌と次の歌についても親子で論議した状況が、それぞれの作者がコメントをつけて紹介されているので次に紹介する。もう一つの歌を次に示す。

わりなくうらむる人に

・**津の国のこやとも人をいふべきにひまこそなけれ葦の八重ぶき**（六九九、後拾遺集巻第十二　恋二　六九一）

まず、式部と赤染衛門を比較して、当時は赤染衛門の方が歌人として認められていた時代であり、そのことを了承しながらも、公任は式部の歌を評価していることが伺える。これに対して、定頼は諸手を挙げて式部を絶賛しており、新旧の認識の違いを読み取ることが出来る。

一方、式部の二つの歌の中で、公任は後者を良い歌と言い、定頼は前者をよい歌と言っている。これも、時代の変遷とともに歌の評価も違ってきたことを示唆していて興味深い。

二つ目は、百人一首第五十六番歌である。後拾遺集巻第十三　恋三　七六三にあり、詞書は「心地例ならず侍りけるころ、ひとのもとにつかはしける」で、和泉式部集七五三では「ここちあしきころ、人に」となっている。

**あらざらむこの世のほかの思ひ出にいまひとたびの逢ふこともがな**

俊成の「古来風体抄」や後鳥羽院の「時代不同歌合」には採られておらず、定家の二四代集（八代集）や八代集秀逸に見える歌である。

歌意から間近な死を予感して、恋人に贈った歌であるとみられる。しかし、保昌が亡くなった後の式部の同行がつかめていない状況に中で、いつ頃誰に送ったかの消息がつかめていない。道貞ではないかとの説もある。

嵯峨野の歌碑

## 一、八　和泉式部のゆかりの地と伝説

式部にはその後創られた物語や謡曲があり、各地に生まれた伝説やお墓がある、これらの一部を紹介する。

### 一　物語や謡曲について

物語性の強い内容では、先に述べた貴布禰（貴船）神社に詣でたときの事柄も勅撰集に撰歌されてはいるが、伝説に類する部類に入ると見られないこともない。時代が下って、風雅集巻第十九　神祇歌　二一〇九番には

この歌は、後白河院熊野の御幸三十三度になりけるとき、みもといふところにてつげ申させたまひけるとなむ

**もとよりもちりにまじはる神なれば月のさはりもなにかくるしき**

是は、和泉式部熊野へ詣でたりけるに、さはりにて奉幣かなはざりけるに、**「はれやらぬ身の浮き雲のたなびきて月のさはりとなるぞ悲しき」**、とよみて寝たりける夜の夢につげさせ給ひけるとなむ

この歌を柳田國男はその著書で、勅撰集の中での伝説の歌としてあげている。

次に、古今著聞集、宇治拾遺物語、御伽草子などでは、道命阿闍梨と式部にまつわる説話を挙げている。道命阿闍梨は右大将道綱母で述べた道綱の子である。ところが、ここでは、遊女であった若い式部が橘保昌と契って生まれた子を五条の橋に捨てる。この子が成長して、道命阿闍梨になって現れ、式部と契ると言う物語である。

この背景には、式部が敦道親王亡き後、道綱との歌の交流があったことや、恋多き女であったこと、道命が美声であったことなどがこのような物語を生んだのかもしれない。他にも、田刈る童との説話や、式部は鹿の子などがある。

謡曲では「東北」と「誓願寺」があり、式部の命日とされる三月二十一日には誠心寺でこの謡曲が奉納される。「東

北」は東北院における式部と軒端の梅にまつわるものである。「誓願寺」は「和泉式部縁起絵巻」とも関係した謡曲で、式部の化身が現れて本堂正門にかかる誓願寺の額の代わりに「南無阿弥陀仏」の六字名号を掲げるように訴えたというものである。

## 二　ゆかりの地

先に挙げた、東北院、誓願寺、誠心寺などが京都内でのゆかりのところである。中でも誠心寺には前記のように式部の命日に謡曲の奉納や式部の尼僧木像、狩野休園の式部図、式部縁起絵巻などが拝観出来る。また、ここには式部の墓(宝篋印塔)がある。その他にも、全国でいくつも知られており、代表的な供養塔として、大津市、伊丹市、木津川市、守口市、堺市、和歌山田辺市、西播磨、篠山近くの桑原、山陽の埴生、などがある。また、宮崎市から西北に行ったところに法華岳薬師寺があり、そこで式部の病気平癒がかなわず身投げしたとの伝説のあることが朝日新聞（平成十九年七月十四日）に掲載されていた。生誕の地としては、福島県石川町の曲木、嬉野市など全国に多数あると言われている。このように各地にゆかりの地が見られるのは、一つは、誓願寺を中心とした比丘尼が各地を廻り遊行不住の中で広まったと見られる。

# 一、九　まとめ

和泉式部の歌を通しての一端が伺われたかと思う。女流歌人では勅撰和歌集入首歌が一番多く、式部集も正集と続集あわせて一五四九首にのぼる。もっとも、正集と続集に同じ歌がかなり入っている。それでも他の女流歌人と比べるとはるかに多い。

その中にあって、為尊親王との歌のやり取りがないのはおかしいということで、式部集からそれらしい歌を紹介している書籍も見られる。確かに、一年足らずの短い期間であったとは言え、敦道親王との出会いで、為尊親王の声と同じかどうかと聞いているくらいであるから、歌のやり取りがないほうが不自然な気がする。機会を見て探って見たい。

和泉式部で思い出すのが、山口で国民文化祭が行われた折、山口県かるた協会　会長の今村美智子さんのご主人に試合の合間を見て、近くの供養塔を案内いただいたことである。ここに式部ゆかりのところはあるとは予想してなかっただけに、その折のことに深謝している。小町のゆかりの地は良く知られているが、式部の方はそれほどでもないと思われる。最近では、名人・クイーン戦の前夜祭で講演いただいた中西久幸さんに貴船神社にご案内いただいた。思い出して原稿執筆した次第である。こうしたゆかりの地を探索するだけでも一つの原稿になるくらいである。ともかく、この稿はこれでひとまず終わりとする。

歌碑を伴う蛍岩

誠心院の供養塔

貴船神社近くの歌碑

貴船神社

歌塚塔　円教寺（姫路）　　和泉市内の歌碑

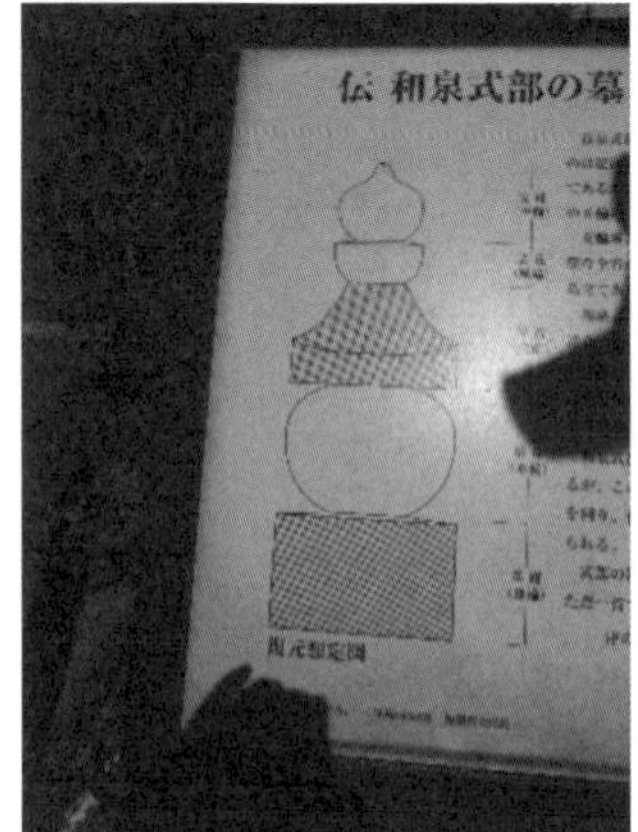

伝　和泉式部の墓

# 二　紫式部と紫式部集並びに源氏物語

## 二、一　歌人の周辺

ここでは小倉百人一首第五十七番歌の紫式部を取り上げる。ご存知のように、源氏物語の作者である。先には、和泉式部を取り上げたが、紫式部も同じように中宮彰子に仕えている。ただ、宮仕え前の生き方が、既に紹介した和泉式部のように貴公子との大恋愛といった華やかなものではない。また、宮仕え後の生き方も、これから次々と紹介する女流歌人とも違って、極めて控えめな存在である。歌合せなどへの参加もない。道長の娘中宮彰子に仕え、その子親王の教育係の立場で、父から得た漢詩の素養や源氏物語執筆の実績を踏まえて道長から信頼されている。

ここでは、紫式部の経歴をまず紹介し、次いで、紫式部集・紫式部日記から和歌の紹介を行う。最後に、紫式部のゆかりの地を紹介する。

## 二、二　紫式部の経歴

紫式部は他の多くの歌人同様、宮仕えの期間や、歌合せに登場するなどがない限りその年代的な把握が難しく、生没年未詳である。その中でも、生まれた年として天禄元年（九七〇）と天延元年（九七三）の説がある。亡くなった年はもっと隔たりがあり、長和三年（一〇一四）と長元四年（一〇三一）などである。

紫式部の父は正五位下越後の守為時であり、冬嗣の子良門の子利基の流れである。この中に、百人一首第二十七番歌の兼輔がいる。母は同じく冬嗣の子長良の流れで、摂津守為信の女である。夫になる宣孝は、父と同じく良門の子高藤の流れで、その中に、百人一首第二十五番歌三条右大臣（定方）がいる。

ところで、紫式部は早くに母を亡くしている。紫式部日記の中に、**「この式部の丞といふ人の、童にて書読に侍りし時、聞き習ひつゝ、かの人はをそう読み取り、忘るゝ所をも、あやしきまでぞさとく侍しかば、書に心入たる親は、『口惜しう。男子にて持たらぬこそ幸いなかりけれ』とぞ、つねに嘆かれ侍りし。」**の記事が見える。こうして漢詩の素養も幼い頃から見られる。

ところが、父が花山天皇に東宮時代から仕えており、天皇が二年たらずで譲位を余儀なくされたこともあって、退位とともにその後十年あまり官職を失くしている。そうしたこともあってか、紫式部のその後の経緯は不明である。

長徳元年（九九五）頃から宣孝と交際が始まったと見られている。翌年には父が越前守として赴任しているので、これに伴って同行し、一年ちょっと越前（現在の越前市）で過ごしている。後で述べるが、その縁で、昭和六十三年から毎年この地で源氏物語アカデミーが開かれている。また、この行事期間にタイアップして、平成十一年には女流選手権大会が、平成十七年には国民文化祭が行われた。今年でこのアカデミーも二十三回を迎える。その後も毎年開催されているが、コロナ禍にあって中断を余儀なくされている。

話を元に戻して、紫式部が京に戻ったあと引き続き宣孝と交際を始めて結婚する。まもなく賢子（後の大弐三位―百人一首第五十八番歌）を生む。長保三年（一〇〇一）四月二十五日には宣孝が亡くなり寡居生活に入る。ただ、この間に、後に和泉式部の夫になる保昌と短期間ではあるが交際していたとの記録も見られる。

寛弘二年（一〇〇五）十二月二十九日に命婦を命じられ中宮彰子に仕える。この寡居生活から出仕までの期間に「源氏物語」のかなりのところが書き上げられていたと見られている。

当初は宮仕えを嫌いあまり出仕しなかったようだが、寛弘四年には掌侍に昇進してからは出仕を途絶えることはなかったと見られる。この背景には紫式部が源氏物語を書いているとの噂を聞きつけた道長の強い要請があり、尊卑分脈には「道長の召人」「御堂関白妾（しょう）」（道長は関白には就任していないが）と示されている。

その後は中宮彰子に従い、住まいの移動に伴ってこれに随行している。寛弘八年（一〇一一）六月一条天皇が譲位し上皇に、三条天皇践祚される。暫くして一条上皇の崩御があり、皇太后彰子となられたが、引き続きお仕えし、併せて敦良親王の養育に当たる。このとき、紫式部は四〇歳になっている。しかし、その後の動静はよく知られていない。

以上述べてきたように、源氏物語を執筆していなければ、ひっそりと受領の娘として一生をおくっていたのかもしれないほど当時としては目立たない存在であったと思われる。後ほど少し紹介するが、紫式部日記の中でも宮仕えのとき、どちらかというと目立ない存在を意識していたかのようである。

# 二、三　紫式部の和歌

## 一　紫式部集から

まず、紫式部集の最初の歌が百人一首第五十七番歌の和歌であるので、これの紹介から始める。

### ⑴　女友達

早うより童友達なりし人に、年頃経て行きあひたるが、ほのかにて、七月十日の程に、月にきほひて帰りにければ

**・めぐりあひてみしやそれともわかぬまに雲隠れにし夜半の月影**（かな）　新古今集巻第十六　雑上　一四九九　百人一首第五十七番歌）

その人、遠き所へ行くなりけり。秋の果つる日来てある、暁に蟲の声あはれなり

**・鳴きよわる籬の蟲もとめがたき秋の別れや悲しかるらむ**　千載集巻第七　離別四七八

筑紫へ行く人のむすめの

**・西の海を思遣りつゝ月見れば唯に泣かるゝ頃にもあるかな**

返りごとに

**・西へ行く月の便りに玉づさのかきたえめやは雲の通路**

姉なりし人なくなり、また人のおとと(妹)喪ひたるが、かたみにあひて、亡きが代りに思ひ思はむといひけり。文の上に姉君と書き、中の君と書き通ひけるが、おのがじゝ遠き所へ行き別るゝに、よそながら別れ惜しみて

**・北へ行く雁の翅に言伝てよ雲の上がきかき絶えずして**

かえしは、西の海の人なり

**・行くめぐり誰も都に帰る山いつはたときく程の遥けさ**

筑紫の肥前といふ所より文おこせるを、いと遥かなる所にて見けり。その返事に

**・あひみむと思ふ心は松浦なる鏡の神や空に見るらむ**

嵯峨野の歌碑

注　この和歌は新千載集巻第十二　恋歌二では「浅からず頼めたる男の心ならず肥後の国へまかりて侍りけるが、便りにつけて文をおこせて侍りける返事に」の詞書になっている。

かへし、又の年もてきたり

**・行き巡り逢を松浦の鏡には誰をかけつゝ祈るとか知る**

## (2)　越前下向時（長徳二年（九九六））と越前

近江の海にて、三尾が崎（琵琶湖の西岸）といふ所に、網引くを見て

**・三尾の海に網引く民の手間もなく立ち居につけて都恋しも**

水うみに、老津島といふ洲崎に向かひて、童べの浦といふ入り海のおかしきを、口ずさみに

**・老津島島守る神や諫むらむ波もさはがぬ童べの浦**

暦に、初雪降と書きつけたる日、目に近き日野岳といふ山の雪、いと深く見やるれば

**・ここにかく日野の杉むら埋む雪小塩（京都大原野の小塩山、山麓に藤原氏の氏神を祀る大原野神社がある）の松に今日やまがへる**

かえし（侍女の歌か）

**・小塩山松の上葉に今日やさは峰の薄雪花と見ゆらむ**

## (3)　宣孝との歌の贈答と夫の死を偲ぶ

### ①　宣孝との最初の頃の歌

年かへりて、「唐人見に行かむ」といひたりける人の、「春は解くる物と、いかで知らせたてまつらむ」といひたるに

・春なれど白嶺の深雪いや積り解くべき程のいつとなき哉

近江の守の娘懸想ずと聞く人の、「二心なし」と、つねにいひわたりければ、うるさがりて

・水うみに友呼ぶ千鳥ことならば八十の湊に声絶へなせそ

文の上に、朱といふ物をつぶくとそゝきて、「涙の色を」と書きたる人の返り事

・紅の涙ぞいとゞうとまるゝ移る心の色に見ゆれば

もとより人の娘を得たる人なりけり。

すかされて、いと暗うなりたるに、をこせた

・東風に解くるばかりを底見ゆる石間の水は絶えば絶えなむ

「いまは物も聞こえじ」と、腹立ちければ、笑ひて、返し

・言ひ絶えばさこそは絶えめなにかそのみはらの池をつゝみしもせむ

夜中ばかりに、又

・たけからぬ人かずなみはわきかへりみはらの池に立てどかひなし

桜を瓶に立てて見るに、とりもあへず散りければ、桃花を見やりて

・折りて見ば近まさりせよ桃の花思ひぐまなき桜惜しまじ

返し

・ももといふ名もある物を時のまに散る桜には思おとさじ

②　帰京後の贈答

・気近くて誰も心は見えにけむことは隔てぬ契りともがな

返し

・隔てじとならひし程に夏衣薄き心をまづしられぬる

宣孝から

・峰寒み岩間凍れる谷水の行末しもぞ深くなるらむ

③　宣孝との結婚生活

人のをこせたる

・うち侘び嘆明かせば東雲のほがらかにだに夢を見ぬかな

七月ついたちごろ、あけぼのなりけり。返し

・東雲の空霧りわたりいつしかと秋の気色に世はなりにけり

七日

・おほかたを思へばゆゝし天の川今日の逢瀬は羨まれけり

返し

・天の川逢瀬を雲のよそに見て絶えぬ契りし世ゝにあせずは

④　夫の夜離れを嘆く

何の折にか、人の返りごとに

・入る方はさやかなりける月影をうはの空にも待ちし宵かな

返し

・さして行く山の端もみなかき曇り心の空に消えし月影

また、同じすぢ、九月、月明かき夜

・おほかたの秋の哀を思ひやれ月に心はあくがれぬとも

六月ばかり、なでしこの花を見て

・垣ほ荒れさびしさまさるとこなつに露置き添はむ秋までは見じ

⑤　宣孝の亡くなりし後の歌

去年の夏より薄鈍着たるひとに、女院かくれたまへる又の春、いたう霞みたる夕暮れに、人のさしをかせたる

・雲の上ももの思ふ春は墨染に霞む空さへ哀なる哉

返しに

・なにかこの程なき袖を濡らすらむ霞の衣なべて着る世に

世のはかなき事を嘆くころ、陸奥に名ある所どころ描いたる絵を見て、塩釜

・みし人の煙となりし夕より名ぞむつましき塩釜の浦

(4)　初出仕のころの歌

初めて内裏わたりを見るに、物の哀なれば

・身の憂きは心のうちにしたひ来ていま九重ぞ思ひ乱るゝ

まだ、いと初くしきさまにて、ふるさとに帰りて後、ほのかに語らひける人に

・閉ぢたりし岩間の氷うち解けば小絶えの水も影見えじやは

返し

・深山辺の花吹きまがふ谷風に結びし水も解けざらめやは

正月十日の程に、「春の歌たてまつれ」とありければ、まだ出で立ちもせぬ隠れ処（が）にて

・み吉野は春の気色に霞めども結ぼゝれたる雪の下草

## 二　紫式部日記から

①　小少将君（中宮彰子の母倫子の兄弟時通の女）との贈答歌

五月五（六？）日、もろともに眺めあかして、明うなれば入りぬ。いと長き根を包みて、さし出でたまへり。小少将君

・なべて世の憂きになかるゝあやめ草今日までかゝる根はいかゞ見る

返し

・なにごととあやめは分かで今日も猶袂にあまるねこそ絶えせね

小少将君の文をこせたまへる、返事書くに、時雨のさとかきくらせば、使も急ぐ。「空の気色も心地さはぎてなむ」とて、腰折れたることや書きまぜたりけむ。たちかへり、いたうかすめたる濃染紙に

・雲間なくながむる空もかきくらしいかにしのぶる時雨なるらむ

返し

・ことはりの時雨の空は雲間あれどながむる袖ぞかはく世もなき

②　大納言君（同じく倫子の兄弟扶義の女廉子）との贈答歌

大納言君の、夜く御前にいと近う臥したまひつゝ、物がたりし給しけはひの恋しきも、なほ世にしたがひぬる心か

・**浮き寝せし水の上のみ恋しくて鴨の上毛にさへぞ劣らぬ**

返し

・**うちはらふ友なきころの寝覚めにはつがひし鴛鴦ぞ夜半に恋しき**

③　**道長との関係**

源氏物語、御前（中宮彰子）にあるを、殿（道長）御覧じて、例のすゞろ言ども出で来るついでに、梅の下に敷かれたる紙に書かせ給へる。

・**すき物と名にし立てれば見る人の折らで過ぐるはあらじとぞ思ふ**

とて、たまはせたれば

・**人にまだ折られぬ物を誰かこのすき物ぞとは口ならしけむ**

渡殿に寝たる夜、戸をたゝく人ありと聞けど、恐ろしさに、音もせで明かしたる翌朝（つとめて）

・**夜もすがら水鶏よりけになくくも真木の戸口をたゝきわびつる**

返し

・**たゞならじとばかりたゝく水鶏ゆゑあけてはいかにくやしからまし**

参考歌　拾遺集恋三　八二二　（よみ人知らず）

・叩くとて宿の妻戸を開けたれば人もこずゑの水鶏なりけり

## 二、四　紫式部ゆかりの地

### ①　廬山寺（京都市上京区寺町通広小路上ル北之辺町）

ゆかりの地で最初は、紫式部実家があったと推定されている「廬山寺」である。説明版によると、正しくは廬山天台講寺といって、豊臣秀吉の時代にこの地に移された。四辻善成「河海抄」に、紫式部邸の位置が「正親町以南、京極西頬、今東北院向也」とあることから、この地を紫式部邸宅跡と推定されている。元々曽祖父の堤中納言と言われた藤原兼輔（百人一首第二十七番歌）の屋敷があったところで、父の為時が譲り受けたことによる。この寺の入口には紫式部と大弐三位の百人一首歌碑（日比野光凮筆、近藤清一贈）があり、源氏物語執筆地と紫式部邸宅址と書かれた看板がある。また、中庭には紫式部邸宅址の顕彰碑がある。

### ②　大徳寺真珠庵（京都市北区紫野大徳寺町）

ここに、四方を石で囲まれた古い井戸があり、紫式部が産湯を使った井戸だとされている。一方で、和泉式部が産湯に使ったとの説もある。

### ③　福井県越前市武生

前記したように、父の赴任先の越前に一年ちょっと滞在したことがあって、この地は町興で紫式部公園があり、式部の立像がある。また、前述したように、毎年源氏物語アカデミーが開かれている。

④　**石山寺（大津市石山寺）**

この寺には、源氏の間があり式部の像がある。ここで、七日間の参籠中に源氏物語中の新しい物語の構想（須磨のイメージ）が出来上がったとされている。また、供養塔もある。

⑤　**大雲寺旧境内（京都市左京区岩倉上倉町）**

源氏物語若紫に登場する「北山の『なにがし寺』」候補の一つに挙げられている寺で、昭和六十年消失したが、同年に堂宇が成尋開基の宝塔院の旧地に再建され、法灯が護持されている。源氏物語ゆかりの地の案内版は、大雲寺旧境内の北山病院の敷地内にある。

大雲寺は、紫式部の母方の曽祖父藤原文範が出家した娘婿の真覚上人のために創建した寺で、円融天皇の御請願寺となり、叡山西山麓最大の天台寺院であった。他には、鞍馬寺が候補に上げられている。

⑥　**紫式部が仕えていた所**

いずれも上京区にある一条院跡、土御門第跡、枇杷殿跡など。

⑦　**紫式部墓所と顕彰碑（京都市北区紫野西御所田町）**

墓所として、四辻善成「河海抄」（十四世紀中頃）には、「雲林院の白毫院の南にあり、小野篁（百人一首第十一番歌）墓の西なり」とあって、扶桑京華志（一六六五）、山城名跡巡行志（一七五四）、京都名家墳墓録（一九一五）などにも引き継がれている。墓石の向かい側に角田文衛氏による顕彰碑がある。

⑧　**紫式部供養塔（京都市上京区千本鞍馬口下ル）**

千本閻魔堂（引接寺）は小野篁を開基とし、源信の弟弟子の定覚が開山（一〇一七）している。その境内に圓阿上人によって建立された紫式部の供養塔（一三八六）がある。十重の石塔（高さ六メートル）で、重要文化財になっている。

⑨　**その他**

京都文化博物館には、紫式部の像と東三条殿の復元模型がある。元々、平安博物館であった折には、「紫女の部屋」が在ったようだが今はない。

また、佐賀県唐津市の鏡神社は紫式部集にある「女友達」との贈答歌にあることからゆかりの地として挙げられる。

大津市石山寺の紫式部像

## 二、五　源氏物語執筆の背景

ここでは源氏物語から、その中での和歌を中心に取りあげる。この物語には実に七九五首にも及ぶ和歌が挿入されている。言葉のやり取りが和歌で行われているため、和歌を読むことが物語の内容を把握する重要な役目を果たしている。

紫式部は夫宣孝が亡くなって（一〇〇一年）寡居生活に入ってから源氏物語の執筆にかかり、中宮彰子にお仕えする（一〇〇五年）ようになってからも続いている。また、宇治十帖まで紫式部が書いたかどうかについても意見が分かれている。

ところで、紫式部が源氏物語を書いたと見られるよりどころは、紫式部日記（一〇〇八年十一月一日）に次の記事が見えることである。

**「左衛門（藤原公任）の督、あなかしこ、このわたりに、わかむらさき（源氏物語五　若紫）やさぶらふ」と、うかがひたまふ。源氏に似るべき人も見えたまはぬに、かの上（紫の上）、まいていかでものしたまはむと、聞きゐたり。**

そのほかにも紫式部日記にはそれとなく源氏物語について述べていると思われる記事が各所に見える。このことから作者が紫式部との根拠になっている。

源氏物語は一般に言われているように、源氏の多情な恋の遍歴の物語と見られなくもない。しかし、見方を変えれば、因果応報の物語と見られ、困難な目にあってもそれに従って新たな境地を開いていることが伺える。

ここでは、紫の上との出会いから源氏の和歌の応答と、亡くなった後、源氏の回想を通して源氏物語の一面を見たい。

## 一　紫の上関連の物語概要

紫の上との出会いは、源氏物語の中で、**「若紫」**から出てくる。源氏（十八歳）が瘧病（わらはやみ―マナリヤに似た発熱する病気）で加持を受けるために北山に赴く。その折、たまたま見下ろせるところに祖母の北山の尼君とともに住まいしていた幼女（紫の上・十歳頃）を見かける。この幼女は憧れの桐壺帝の藤壺中宮の姪で、藤壺に似た面影があり、惹かれることから始まる。その間に、藤壺が病気療養で里帰りしている折、源氏と結ばれる（その子が後の冷泉帝）。一方、北山の尼君が亡くなり、幼女が帰京するが、その途中で、略奪さながらの手段で密かに二条院に迎える。

**「葵、賢木」**　桐壺帝から朱雀帝への御代替り、源氏の正妻葵上が夕霧を出産して亡く（六条御息所の生霊か）なり、喪が明けた後、紫の上（十五歳）と結ばれる。桐壺院が崩御し、右大臣家の勢力が強くなる中で、その姫君の朧月夜との密会が露見する。

**「須磨、明石」**　朧月夜との密会が露見したことがあって、源氏の官位が剥奪され、流罪になりかねない中で、須磨に身を引くことを決意する。別れた源氏を慕った紫の上との和歌のやり取りがある。明石では、明石の入道の娘を娶り、紫の上を寂しがらせる。その後三年を経て、都では天変地異が起こり、朱雀帝が目の病なども遇って、譲位を決意し、源氏の召還の宣旨が下り帰京する。冷泉、帝位につく。

**「薄雲、朝顔」**　転変地異が続き、太政大臣（前の左大臣）や藤壺が相次いで亡くなる。加持僧が帝に出生の秘密を明かされたために悩む。また源氏も激しく動揺する。藤壺が夢枕に現れ、帝の出生の秘密が漏れたことを恨む。源氏は、成仏を願い、祈祷を行わせる。

**「初音」**　太政大臣に就任した源氏が前年に完成させていた六条院（四季の風情をかたどった豪勢な屋敷で源融（百人一首第十四番歌の作者）の河原院に例えられる。その中で、紫の上を「東南・春」に住まわせる）で新年を迎える。最も源氏にとって晴れやかな時期を迎えていた。

**「若菜」**　朱雀院の病が重くなり皇女　女三宮が気がかりとなり、源氏に降嫁させる。このことで、紫の上の苦悩が始まる。加えて、紫の上が発病し、療養のため二条院に移る。

**「御法」**　源氏は五十一歳になっていた。紫の上は病気がちで、出家を願ったが、源氏は許さなかった。この年の秋（八月十四日）、紫の上は二条院で源氏と明石中宮に看取られてこの世を去った。「四十一　幻」では源氏の紫の上への追慕の念で出家の思いを深める。年末に身辺を整理して最後の新年を迎える準備をする。
続いて文章のない「**雲隠**」があり、宇治十帖へと続く。

## 二　源氏と紫の上との贈答歌を中心に

### (1)「若紫」から

**① 源氏、北山の尼君と和歌の贈答**

・**尼君**「ともかくも、ただ今は聞こえむ方なし。もし御心ざしあらば、いま四五年を過ぐしてこそはともかうも」とのたまへば、さなむと同じさまにのみあるを本意なしと思す。御消息、僧都のもとなる小さき童して、
・**源氏「夕まぐれほのかに花の色**（紫の上のこと）**を見てけさは霞の立ちぞわづらふ」**
・**北山尼君「まことにや花のあたりは立ちうきとかすむる空のけしきをも見む」**とよしある手のいとあてなる（品のある）を、うち棄て書いたまへり。

**② 翌日、源氏、北山の人々に消息を贈る**

・源氏「かばかり聞こゆるにても、おしなべたらぬ心ざしのほどを御覧じ知らば、いかにうれしう。」などあり。中に小さくひき結びて、
・**「面影は身をも離れず山桜心のかぎりとめて来しかど」**
・**尼君**「ゆくての御事は、なほざりにも思ひたまへなされしを、ふりはへさせたまへるに、聞こえさせむ方なくなむ。まだ、難波津（競技かるたの序歌のこと）をだにはかばかしうつづけはべらざめれば、かひなくなむ。さても、」
**「嵐吹く尾上の桜散らぬ間を心とめけるほどのはかなさ」**いとどうしろめたう。源氏の御文にも、いとねむごろに書い

たまひて、例の、中に「かの御放ち書きなむ、なほ見たまへまほしき」とて、

・**源氏「あさか山浅くも人を思はぬになど山の井のかけ離るらむ」**

・**尼君「汲みそめてくやしと聞きし山の井の浅きながらや影を見るべき」**

注　万葉集巻第十六　三八〇七「安積香山影さへ見ゆる山の井の浅き心をわが思はなくに」（この和歌と先の序歌は古今集仮名序の有名な歌）とその類歌の古今和歌六帖第二「くやしくぞ汲みそめてける浅ければ袖のみ濡るる山の井の水」（紀貫之）を引く。

③　**翌日、源氏、尼君に消息、紫の上への執心**

またの日も、いとまめやかにとぶらひきこえたまふ。例の小さくて（小さい結び文）、

・源氏**「いはけなき鶴**（紫の上）**の一声聞きしより葦間になづむ舟**（源氏）**ぞえならぬ」**

④　**尼君亡くなり、源氏、紫の上を引取り、手習を教える**

源氏「武蔵野といへばかこたれぬ」（古今六帖第五「知らねども武蔵野といへばかこたれぬよしやさこそは紫のゆゑ」を引く）と紫の紙に書いたまへる、墨つきのいとことなるを取りて見ゐたまへり。すこし小さくて、

**「寝は見ねどあはれとぞ思ふ武蔵野の露わけわぶる草のゆかりを」**

紫の上「書きそこなひつ」と恥じて隠したまふを、せめてみたまへば、

・**「かこつべきゆゑを知らねばおぼつかないかなる草のゆかりなるらむ」**

⑵　**「葵・賢木」から**

① **祭りの日、源氏、紫の上と物見に出る**

源氏「いと長き人も、額髪はすこし短うぞあめるを。むげに後れたる筋のなきや、あまり情なからむ」とて、削ぎはて て、「千尋」と祝いひきこえたまふを、少納言（紫の上の乳母）、あはれにかたじけなしと見たてまつる。

・**源氏「はかりなき千尋の底の海松ぶさの生ひゆく末は我のみぞ見む」**と聞こえたまへば、

・**紫の上「千尋ともいかでか知らむさだめなく満ち干る潮ののどけからぬに」**と物にかきつけておはするさま、らうら うじき（子供らしくかわいい）ものから若うおかしきを、めでたしと思す。

② **藤壺との仲に狂乱する源氏、雲林院に参籠、紫の上と消息しあう**

陸奥国紙にうちとけ書きたまへるさへぞめでたき。

・源氏「**浅茅生の露のやどりに君をおきて四方の嵐ぞ静心なき**」などこまやかなるに、女君もうち泣きたまひぬ。

御返り、白き色紙に、

・**紫の上「風吹けばまづぞみだるる色かはる浅茅が露にかかるささがに」**とのみあり。

⑶　**「須磨・明石」から**

① **源氏、二条院で紫の上と別離を嘆く**

・**源氏**「こよなうこそおとろへにけれ。この影のやうにや痩せてはべる。あはれなるわざかな」とのたまえば、女君、 涙を一目浮けて見おこせたまへる、いと忍びがたし。

・**源氏「身はかくてさすらへぬとも君があたり去らぬ鏡のかけは離れじ」**と聞こえたまへば、

・**紫の上「別れても影だにとまるものならば鏡を見ても慰めてまし」**柱隠れにゐ隠れて、涙を紛らはしたまへるさま、なほここら見る中にたぐひなかりけりと、思し知らるる人の御ありさまなり。

② **源氏、紫の上を残して須磨の浦へ出発**

悲しけれど、思し入りたるに、いとどしかるべければ、

・源氏「**生ける世の別れを知らで契りつつ命を人にかぎりけるかな**　はかなし」など、あさはかに聞こえなしたまへば、

・紫の上「**惜しからぬ命にかへて目の前の別れをしばしとどめてしかな**」

げにさぞ思さるらむといと見棄てがたけれど、明けはてなばはしたなかるべきにより、急ぎ出でたまひぬ。

③ **都の紫の上に明石の君のことをほのめかす**

源氏「まことや、我ながら心より外なるなほざりごとにて、疎まれたてまつりしふしぶしを、思ひ出づるさへ胸いたきに、またあやしうものはかなき夢をこそ見はべりしか。かう聞こゆる問はず語りに、隔てなき心のほどは思しあはせよ。

誓ひしことも」など書きて、

・源氏「何事につけても

**しほしほとまづぞ泣かるるかりそめのみるめは海人のすさびなれども**」

とある御返り、何心なくらうたげに書きて、はてに、

・紫の上「忍びかねたる御夢語につけても、思ひあはせらるること多かるを、

**うらなくも思ひけるかな契りしを松より浪は越えじものぞと**」（古今集巻第二十　東歌　陸奥歌　一〇九三「君おきてあだし心を我がもたば末の松山波も越えなむ」の本歌取り。百人一首第四十二番歌・元輔の歌「契りきなかたみに袖をしぼりつつ末の松山波越さじとは」も同じ本歌取り）

### ⑷「薄雲・朝顔」から

① **大堰（明石の君）を訪問する源氏と紫の上との贈答**

源氏「明日帰り来む」と口ずさびて出でたまふに、渡殿の戸口に待ちかけて、中将（源氏の召人の一人）の君して聞こえたまへり。

・紫の上「**舟**（源氏）**とむるをちかた人**（明石の君）**のなくはこそ明日帰りこむ夫と待ちみめ**」

いたう馴れて聞こゆれば、いとにほひやかにほほ笑みて、

・源氏「**行きて見て明日もさね来むなかなかにをちかた人は心おくとも**」

② **雪の夜、紫の上と今昔の物語する**

昔今の御物語に夜更けゆく。月いよいよ澄みて、静かにおもしろし。女君、

・紫の上「**氷とぢ石間の水**（紫の上自身）**はゆき悩み空すむ月の影**（源氏）**ぞながるる**」

髪ざし、面様の、恋ひきこゆる人（藤壺）の面影にふと覚えてめでたければ、いささか分くる御心もとりかさねつべし。

鴛鴦のうち鳴きたるに、

・源氏「**かきつめて昔恋しき雪もよに哀れを添ふる鴛鴦のうきねか**」

### ⑸「初音」から

① **源氏の最も輝ける年賀の日、紫の上と**

朝のほど人々参りこみて（新年のお祝いに散じた人々）、もの騒がしかりけるを、夕つ方、・・・乱れたることども少しうちまぜつつ、祝ひきこえたまふ。

・源氏 **「薄氷溶けぬる池の鏡には世にたぐひなき影ぞならべる」** げにめでたき御あはひどもなり。

・紫の上 **「くもりなき池の鏡によろづ代をすむべきかげぞしるく見えける」** 何事につけても、末遠き御契りを、あらまほしく聞こえかはしたまふ。

## ⑹ **「若菜・御法」から**

### ① **女三の宮との新婚の三日の夜　源氏の反省と紫の上の苦悩**

紫の上「みづからの御心ながらだに、え定めたふまじかなるを、ましてことわりも何も。いづこにとまるべきにか」と、言ふかひなげにとりなしたまへば、恥づかしうさへおぼえたまひて、頬杖をつきたまひて寄り臥したまへば、硯を引き寄せて、

・紫の上 **「目に近く移れば変はる世の中を行く末とほく頼みけるかな」**

古言など書きまぜたまふを、取りて見たまひて、はかなき言なれど、げに、とことわりにて、

注：女三宮を巡っての紫の上の苦悩と軋轢の中で、次の歌を踏まえる。女の貫之に贈る歌「秋萩の下葉につけて目に近くよそなる人心をぞ見る」（拾遺集第十七　雑　秋一一一六）

・源氏 **「命こそ絶ゆとも絶えめ定めなき世の常ならぬなかの契りを」**

### ② **紫の上小康を得、源氏の気遣い**

池はいと涼しげにて、蓮の花の咲きわたれるに、葉はいと青やかにて、露きらきらと玉のやうに見えわたるを、源氏「かれ見たまへ。おのれ独りも涼しげなるかな」とのたまふに、起き上がりて見出だしたまへるもいと珍らしければ、源氏「かくて見たてまつるこそ夢の心地すれ。いみじく、我が身さへ限りとおぼゆるをりをりのありしはや」と涙を浮けて

のたまへば、みづからもあはれに思して、
・紫の上「**消えとまるほどやは経べきたまさかに蓮の露のかかるばかりを**」とのたまふ。
・源氏「**契りおかむこの世ならでも蓮葉に玉ゐる露の心隔つな**」

### ③　紫の上、源氏・明石の中宮と歌の贈答の後亡くなる

源氏「今日は、いとよく起きゐたまふめるは。この御前（明石の中宮）にては、こよなく御心も晴々しげなめりかし」と聞こえたまふ。かばかりの隙あるをもいとうれしと思ひきこえたまへる御気色を見たまふも心苦しく、つひにいかに思し騒がむと思ふに、あはれなれば、
紫の上「**置くと見るほぞ儚かなきともすれば風に乱だるる萩のうは露**」
源氏「**ややもせば消えをあらそふ露の世におくれ先立つほど経ずもがな**」とて、御涙を払ひあへたまはず。
げにぞ、折れかへりとまるべうもあらぬ、よそへられたるをりさへ忍びがたきを、見出だしたまひても、
明石の中宮「**秋風に暫しとまらぬ露の世をたれか草葉の上とのみ見む**」

### ④　秋好中宮の弔問にやっと源氏が返歌

冷泉院の后の宮（秋好中宮）よりも、あはれなる御消息絶えず、尽きせぬことども聞こえたまひて、
秋好中宮「**枯れはつる野辺をうしとや亡き人の秋に心をとどめざりけむ**　今なむことわり知られはべりぬる」とありけるを、ものおぼえぬ御心にも、うち返し、置きがたく見たまふ。
この宮ばかりこそおはしけれと、いささかのもの紛るるやうに思しつづくるにも涙のこぼるるを、袖の暇なく、え書きやりたまはず。

・源氏「**のぼりにし雲居ながらもかへり見よ我れ秋果てぬ常ならぬ世に**」

おし包みたまひても、とばかりうちながめておはす。

**(7)「幻」の源氏の独詠から**

①　**春寒の頃紫の上を嘆かせた在りし日を思う**

曙にしも、曹司に下るる女房なるべし、「いみじうも積もりにける雪かな」と言ふ声を聞きつけたまへる、ただその折の心地するに、御かたはらの寂しきも、いふ方なく悲し。

・**憂世には雪消えなむと思ひつつ思ひの外になほぞほど降る**

②　**紫の上遺愛の桜をいたわる匂宮を見て悲しむ**

二月になれば、花の木どもの盛りになるも、まだしきも、梢をかしう霞みわたれるに、かの御形見の紅梅に鶯のはなやかに鳴き出でたれば、立ち出でて御覧ず。

・**植ゑて見し花の主もなき宿に知らず顔にて来ゐる鶯**

みづからの御直衣も、色は世の常なれど、ことさらにやつして、無紋を奉れり。御しつらひなども、いとおろそかに事そぎて、寂しくもの心細げにしめやかなれば、

・**今はとてあらしやはてむ亡き人の心とどめし春の垣根を**

人やりならず悲しう思さる。

③　**夏、蜩・蛍につけ尽きぬ悲しみを詠む**

蜩の声はなやかなるに、御前の撫子の夕映えを独りのみ見たまふは、げにぞかひなかりける。

紫式部の墓（京都）

・**徒然とわが泣き暮らす夏の日をかごとがましき虫の声かな**

螢のいと多う飛びかふも、源氏「夕殿に螢飛んで」と、例の。古言もかかる筋にのみ口馴れたまへり。

・**夜を知る螢を見ても悲しきは時ぞともなき思ひなりけり**

注　「長恨歌」の玄宗皇帝が、亡き楊貴妃を偲ぶ条に「夕殿に螢んで思ひ悄然たり・・・」から。

④　**七夕の深夜、独り逢瀬の後の別れの涙を詠む**（「長恨歌」を踏まえる）

夜深う、一ところ起きたまひて、妻戸押し開けたまへるに、前栽の露いとしげく、渡殿の戸より通りて見渡さるれば、出でたまひて、

・**七夕の逢ふ瀬は雲のよそに見て別れの庭に露ぞおきそふ**

⑤　**秋、雁によせて亡き魂の行へを思う**（「長恨歌」を踏まえる）

神無月は、おほかたも時雨がちなる頃、いとど眺めたまひて、雲居をわたる雁の翼も、うらやましくまもられたまふ。

・**大空を通ふ幻夢にだに見えこぬ魂の行く方たづねよ**

何事につけても、紛れずのみ月日にそへて思さる。

⑥　**一年を終え、涙ながらに紫の上の文殻を焼く**

ましていとどかきくらし、それとも見分けかれぬまで降りおつる御涙の水茎にながれそふを、人もあまり心弱しと見奉るべきがかたはらいたうはしたなければおしやりたまひて、

・**死での山越えにし人を慕ふとて跡を見つつもなほ惑ふかな**

いま一際の御心惑ひも、女々しく人わるくなりぬべければ、よくも見たまはで、こまやかに書きたまへるかたはらに、

**・かきつめて見るもかひなし藻塩草おなじ雲ゐの煙とをなれ**

と書き付けて、みな焼かせたまひつ（「竹取物語」を踏まえる）。

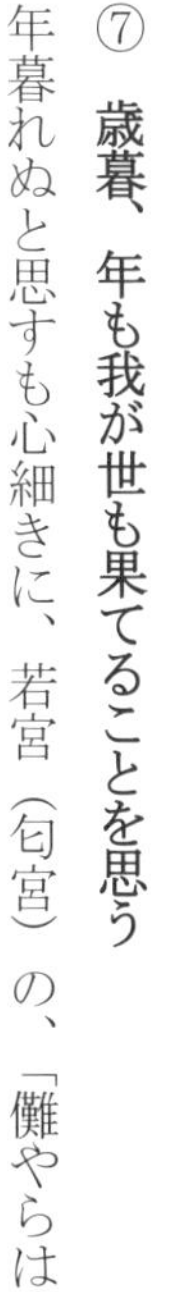

### ⑦　歳暮、年も我が世も果てることを思う

年暮れぬと思すも心細きに、若宮（匂宮）の、「儺やらはむに、音高かるべきこと、何わざをせさせむ」と、走り歩きたまふも、をかしき御有様を見ざらむ事とよろづに忍びがたなし。

**・もの思ふと過ぐる月日も知らぬ間に年も我が世も今日や尽きぬる**

この歌を最後に「雲隠」に入る。

紫式部像（武生　紫式部公園）

宇治の橋のたもと

### ⑻　紫の上のその後

源氏の正妻の葵上が夕霧出産後亡くなり、紫の上が明石の姫君（後の中宮）の養育など行ってきた。その後の六条院での生活が一番よき思い出になる。晩年になって、源氏が、朱雀院の女三の宮を正妻に受け入れざるを得なくなったことで、正妻でないだけに紫の上の悩みが大きく、それが遠因となって亡くなる。源氏にしても、不本意な女三の宮との

結婚が、薫出産で桐壺帝と同じ運命を背負うことになり、これを受け入れながら、紫の上を慕うことで終わっている。

## 二、六　まとめ

今まで見てきたように、道長の時代で百人一首にも女流歌人が頻繁に登場する中にあって、源氏物語の作者として、日本紀の局と評判を聞くにつけても、表向き目立たないように努めている姿が見える。紫式部日記には「**男だに、才がりぬる人はいかにぞや。はなやかならずのみ侍めるよ**」と、**やうくひとのいふも聞きとめてのち、一といふ文字をだに書きわたし侍らず、いとてづゝにあさましく侍り。・・・**」と言った具合である。

一方で、娘の賢子(大弐三位)の病気になった折には、この子の将来を案じた次の和歌を詠んでいる。

世を常なしなど思人の、幼き人の悩みけるに、から竹といふ物瓶にさしたる女房の祈りけるに

**・若竹の生ひ行末を祈るかなこの世を憂しと厭ふ物から**

大弐三位については次の機会に述べるが、母と違った生き方で大成している姿が伺える。

# 三　大弐三位とその周辺

## 三、一　歌人の周辺

この節では、今まで述べてきた紫式部と夫宣孝との娘賢子、後の大弐三位についてである。賢子は母紫式部が晩年の頃、母と同じ中宮彰子（当時上東門院彰子）に仕える。宮廷の中にあって、母は中宮彰子の教育担当の役目を果たし、一方では源氏物語が有名になる中で、他の女房に対しては極めて控えめにして過ごしている。賢子の方は、公達との交際もあり、親王の乳母になって従三位にまで昇進する。その後は、高階成章と結婚して為家を産んで八十歳以上の長寿を全うしている。その間に、歌合せにも参加するなど、母とは違った人生を送る。このことを念頭において彼女の和歌を通して探ってみたい。

## 三、二　経歴

大弐三位は、当初賢子の名前で知られており、他の殆どの女房の名前が知られていない中で、数少ない存在である。これも母紫式部が宮廷内で著名人として知られていたことによるのかもしれない。

ともかく、前記のように父宣孝との間の娘である。宣孝は、結婚（長徳四（九九八）年）当時四十五歳になっており、はやり病が蔓延していた時代に遭遇して、賢子が生まれて一、二年で亡くなる。長和年代か寛仁の初め頃（一〇一五年頃）宮中に出仕と見られている。母と同じ上東門院彰子である。この頃、母は晩年を迎えていた。

道長の娘嬉子（後朱雀院）（当時は東宮敦良親王）登花殿尚侍）が親仁親王（後の後冷泉天皇）出産（万寿二（一〇二五）年八月三日）後、日頃煩っていた赤斑と左大臣顕光・小一条院女御延子父子の怨霊（注参照）で二日後に崩御。続いて乳母も煩って八月九日退出したがために、急遽二人の乳母が選ばれており、その一人として越後弁（祖父が越後の守であったことからこう呼ばれた、後の大弐三位）が選ばれている。栄花物語によると、第二十六「楚王の夢」の中で次のくだりがある。

**「若宮の乳母頼成**（冬嗣の六男良門（北家）の子利基と続く系統で、紫式部もこの系統に属している。父為時の兄弟為頼の孫）**が妻は、煩ひてまかでにけり。その後は讃岐守長経が女、宰相中将**（道綱男兼経）**の子生みたる、又、大宮**（彰子）**の御方の紫式部が女の越後弁、左衛門督**（道兼男兼隆）**の御子生みたる**（女子か）**、それぞ仕うまつりける。大宮の御方には、猶この程過ぐさせ給べきなり。あはれにうつくしう見えさせ給へればつと抱き扱ひきこえさせ給。」**

その後、母紫式部も亡くなり、長元九（一〇三六）年頃東宮権大進高階成章と再婚。二年後に為家を産んでいる。寛徳二（一〇四五）年後冷泉天皇の即位に伴って、典侍に任ぜられ、従三位に昇叙。天喜二（一〇五四）年夫が正三位大宰大弐となるに伴い、大弐三位と呼ばれるようになる。その四年後、夫は赴任地で亡くなる。賢子も夫赴任中二度にわたってこの地を訪れている。

宮仕えしていた女房時代には、藤原頼宗、定頼や源朝任などとも交際があったことが、後述のように、歌のやり取りから知られている。

歌合せには長元五（一〇三二）年の上東門院菊合に「弁乳母」の名で出ているのが最初である。永承四（一〇四九）年の内裏歌合には「典侍」の名で参加している。承暦二（一〇七八）年の内裏後番歌合には息子為家の代詠しているのが記録として残っている。その後、八十歳を過ぎて永保二（一〇八二）年頃亡くなったと見られている。
注　三条天皇が、目が悪くなり、不遇の内に道長に退位を迫られた。加えて、その親王である敦明親王は帝位（小一条院）に就くことがなく、この親王に嫁いでいた顕光の女延子も道長の女寛子が嫁ぐことで親王から遠ざけられることになった。顕光は左大臣にはなっていたが、宮中の行事で失敗も多かったようで、実権は道長にあった。こうした背景から、父子で道長に恨みを持っていたことから「悪霊左府」の異名を取っていた。

## 三、三　大弐三位の歌

### 一　大弐三位と母紫式部並びに祖父為時に関係した歌

#### ①　大弐三位と母紫式部

・娘が病気になり、紫式部が行く末を案じて詠んだ次の歌が紫式部集に見える。

詞書「世をつねなしなど思ふ人の、幼き人の悩みけるに、から竹といふもの瓶にさしたる、女房の祈りけるを見て」

**若竹の生ひゆく末を祈るかなこの世を憂しといとふものから**（紫式部集五四）

・母紫式部が亡くなり、その後の母を忍ぶ賢子の歌が紫式部集の補遺に見える。

詞書「同じ宮（大宮　上東門院彰子）の藤式部、親（為時）の田舎なりけるに、「いかに（為時の越後に赴任中、安否を気遣かった手紙）」など書きたりける文を、式部の君亡くなりて、その娘(賢子)見侍りて、物思ひ侍りける頃、見て（歌集の編者）書きつけ侍りける」

**憂きことのまさるこの世を見じとてや空の雲とも人のなりけむ**

・詞書「この娘に、あはれなる夕べをながめ侍りて、人のもとに、おなじ心になど思ふべき人や侍りけむ」

**ながむれば空に乱るる浮雲を恋しき人と思はましかば**

注　これらの大弐三位の歌は大弐三位集には見えない。

② **祖父為時との贈答歌**

・詞書「年いたく老いたる祖父のものしたるとぶらひに」

**残りなき木の葉を見つつ慰めよ常ならぬこそ世の常のこと**

返し　　　　　　　　　　　　　　　為時

**永らえば世の常なさをまたや見む残る涙もあらじと思へば**

注　近親者の死は誰に当たるか不明である。紫式部もこの頃亡くなっているが、歌の内容から見て不自然で、父方祖父の為輔か

参考歌　この頃の木の葉を見ても慰めよ常にならぬ世ぞ常ならぬこと（定頼集）

③ **夫成章の赴任地に下向**

・詞書「後のたび、筑紫にまかりしに、門司の関の波の荒うたてば」

**ゆきとても面なれにける舟道に関の白波こころして越せ**

・詞書「筑紫にて、早蕨といふ題を」

**竈山ふり積む雪もむら消えていま早蕨も萌えやしぬらむ**

④ **源氏物語の歌との関連**（文献④藤三位集　中周子著参照）

・詞書「秋つかた、乳母のもとに、宿直物つかはししに」

**荒き風防ぎし君が袖よりはこれはいとこそ薄く見えけれ**

返し

**荒き風今は我こそ防がるれこの木のもとの陰に隠れて**

注　「桐壺」の中で、更衣亡き後の悲しみの歌。

**荒き風ふせぎし陰の枯れしより小萩が上ぞ静心なき**

・詞書「女院（上東門院彰子）、内裏におはしましころ、黒戸（清涼殿の北、滝口の南に連らなる部屋）にたちあかして、人（源朝任のこと）　注　大納言源時中の男」

返りごと

**知るらめや真屋の殿戸のあくるまで雨そそきして立ちぬれぬとは**（新後拾遺集巻第十二　恋二　一〇二九）

**いとほしと何にかけけむ雨そそぎ真屋のとかをに濡ると聞く聞く**

注　「紅葉賀」の中で、源氏が典侍と逢っていた折の歌。

**立ちぬるる人しもあらじ東屋にうたてもかかる雨そそきかな**

・詞書「幼き子、亡くしたる人に」（新古今集巻第八　哀傷　七八〇）

**別れけむなごりの袖も乾かぬに置きや添ふらむ秋の白露**

返し　　　　読人知らず

**置きそふる露とともに消えもせで涙にのみも浮きしずむかな**

注　「澪標」の中で、明石の君に嫉妬する紫の上を思って源氏は。

**誰により世を海山に行きめぐり絶えぬ涙に浮き沈む身ぞ**

・詞書「様々の題を人々詠みしに、水鶏を」

**夜もすがら叩く水鶏は真木の戸をすむ月影やさして入らむ**

注「澪標」の中で、源氏が荒れた邸の花散里の君を訪れた折。

**おしなべて叩く水鶏に驚かばうはの空なる月もこそ入れ**

## 二　百人一首の歌第五十八番歌と関連歌

・詞書「かれがれになる男の、「おぼつかなく」など言ひたりけるによめる」

**有馬山ゐなの笹原風ふけばいでそよ人を忘れやはする**（後拾遺集巻第十二恋二　七〇九）

この歌と同じような状況で歌った歌があるので、紹介する。

・詞書「かたらひける人の久しくおとづれざりければ、つかはしける」

**うたがひし命ばかりはありながらちぎりし中の絶えぬべきかな**（千載集巻第十五恋五　九一〇）

## 三　歌のやり取り

①　**定頼**（百人一首第六十四番歌の歌人）**との歌のやり取り**

・詞書「はじめて人（定頼）のもとに遣はしける」

**埋もるる雪の下草いかにしてつまこもれりと人に知らせむ**

返し

**垂氷する峰のあらしも萌えぬるをまだ若草の露やこもれる**

返し

嵯峨野の歌碑

つまにとは思いひもかけず忍ぶ草ちぎりし事をひきなかかへしそ

・詞書「おなじ人に、梅にさして」

見ぬ人によそへてぞ見る梅の花散りなむ後のなぐさめぞなき（新古今集巻第一　春上　四八）

返事に

春ごとに心をしむる花の色に誰がなほざりの袖か触れつる（新古今集巻第一　春上　四九）

・詞書「ほととぎすを聞きて、人（定頼）のもとに」

いく声か君は聞きつる郭公寝もねぬわれは数も知られず（玉葉集巻第三　夏三一七）

返し

二夜三夜待たせ待たせて郭公ほのかにのみぞわが宿は鳴く

・詞書「山里に侍しころ、人（定頼か？）に」

明けてくる人だにぞなき柴の戸を峰の嵐の吹きたてしより

返し

山風の吹きのみたつる柴の戸はあけても待たぬほどぞ知らるる

・詞書「権中納言定頼物へまかりける道に、門の前を通るとて荻の葉を結びて過ぎければいひ遣しける」

なほざりに穂末を結ぶ荻の葉のおともせでなど人のゆきけむ（新千載集巻第四　秋上　三二四）

返し

ゆきがてに結びし物を荻の葉の君こそおともせでは寝にしか

・詞書「中納言定頼かれがれになり侍りけるに、菊の花にさしてつかはしける」

つらからむ方こそあらめ君ならで誰にか見せむ白菊の花（後拾遺集第五　秋下　三四八）

返し
初霜にまがふまがきの白菊をうつろふ色と思ひなすらむ

②　頼通（宇治前関白太政大臣）との歌のやり取り

・詞書「高陽院（頼通邸）の梅の花を折りてつかはして侍りければ」
いとどしく春の心の空なるにまた花の香を身にぞしみける（新勅撰集巻第一　春上　四四）
返し
そらならばたづねきなまし梅花まだ身にしまぬにほひとぞ見る（新勅撰集巻第一　春上　四五）

③　源　朝任との歌のやり取り（前記の他に）

・詞書「すだれも動かさじといひける人の、さしもあらねば、うちの人入りにける、つとめて、おこせける。」頭の源中将
なべてやと思ふばかりにもろともに入佐の山の心地のみして
返し
いひそめし色も変はりぬ山あらきいかがいさめし手な触れそとは

・詞書「おなじ人、高陽院の花見に行く道より」
思ふことことなる我を春はただ花に心をつくるとや見る
返し
誰もなほ花のさかりは散りぬべき嘆きのほかの嘆きやはする

④　**堀川右大臣（頼宗）との歌のやり取り**

・詞書「堀川右大臣（頼宗）のもとにつかはしける」

**恋しさの憂きにまぎるる物ならばまたふたたびと君を見ましや**（後拾遺集巻第十四　恋四　七九二）

⑤　**後冷泉院との贈答歌**

・詞書「後冷泉院をさなくおはしましける時、卯杖の松を人の子に賜はせけるに、詠み侍りける」

**相生の小塩の山の小松原いまより千代のかげをまたなむ**（新古今集巻第七　賀　七二七）

・詞書「後冷泉院みこの宮と申しける時、梨壺のおまえの菊おもしろかりけるを、月あかき夜、いかがと仰せられければ」

**いづれをか分きて折るべき（折らまし）月影にいろ見えまがう**（霜置きそふる）**白菊の花**（新勅撰集巻第五　秋下　三一一）

注　括弧内の本文異同は藤三位集による。

注　参考歌　心あてに折らばや折らむ初霜の置きまどはせる白菊の花（古今集巻第五　秋下　二七七　百人一首第二十九番歌　凡河内躬恒）

・詞書「里に出で侍りけるを、聞こし召して後冷泉院御歌」

**待つひとはこころゆくとも住吉の里にとのみはおもはざらなむ**（新古今集第十七　雑中　一六〇五）

返し

**住吉の松はまつともおもほえで君が千歳のかげぞ恋しき**（新古今集巻第十七　雑中　一六〇六）

## 四　歌合での歌（歌合の中で、代表的なもを示す）

①　上東門院菊合（長元五（一〇三二）年）十月十八日）から

・二番　左　　伊勢大輔

眼も離れず見つつ暮らさむ白菊の花よりのちの花しなければ

右　　弁乳母

淡く濃く移ろふ色は置く霜に（または初霜の）みな白菊と見えわたるかな（玉葉集巻第五　秋下　七八〇）

・八番　左　　伊勢大輔

月影に紫深き菊の上は幾霜置きて染めし匂ひぞ

右　　弁乳母

菊の花移ろふ色を見てのみぞ思ふことなき身とはなりぬる

・九番　左　　小弁

夜な夜なの霜に色増す菊の花今日のためとや思ひ置きけむ

右　　弁乳母

夕蔭の風に乱るるむら菊は靡くかたにぞ色を変へける

②　長暦二（一〇三八）年晩冬の源大納言（師房）家歌合

・網代　左持　　弁乳母

網代にてひをのみ暮す宇治人は年のよるをぞ歎かざりける

盧山寺内の紫式部と大弐三位の歌碑

右　　作者不明

ひをへつつ散るもみぢ葉もこの里は網代によりて見るぞうれしき

・葦　左　　弁乳母

津の国の難波わたりは知らねども葦をしるしに訪ねてぞゆく

右　（作者と歌不明）

・**鷹狩　左勝**　　弁乳母

**御狩野の高くきこゆる鈴の音に忍ぶる雉を思ひこそやれ**

右　　宮内（一条天皇乳母か）

**箸鷹の飛ぶ尾の鈴の音すなり野辺の雉子は立つ空もあらじ**

③　**祐子内親王家歌合**（永承五（一〇五〇）年六月五日）**賀陽院にて開催　後朱雀天皇皇女）から**

・一番歌　桜　　左勝　　典侍

**吹く風ぞ思へばつらき桜花こころと散れる春しなければ**

右　　式部大輔資業

**君かすむ宿に匂へる桜花春来る人のかざしなりけり**

・七番歌　郭公　　左　　典侍

**いつしかと待ちつるよりも郭公聞きてぞいとどしづ心なき**

右勝　　式部大輔資業

伊丹地区の歌碑

**郭公去年にかはらぬ初声を寝覚めて聞けばとこ珍らなり**

・十三番歌　鹿　左勝　大弐三位

**秋霧の晴れせぬ峰に立つ鹿は声ばかりこそ人に知らるれ**

右　式部大輔資業

**妻恋に色にや出づるさを鹿の鳴く声聞けば身にぞ沁みける**

④　**承暦二（一〇七八）年四月三十日の内裏後番歌合**

・九番　七夕　左持　為家母

**織女**（たなばた）**の雲の衣もまれにきて重ねあへずや立ちかへるらむ**

右　大江匡房

**棚機のあひみぬ秋はなけれども年にや恋の数まさるらむ**

「左右とも心あまりて言葉たらず」とて持になりぬ

## 五　勅撰集から

・詞書「秋の頃をさなき子におくれたる人に」

**わかれけむなごりの露もかわかぬに置きやそふらむ秋の夕露**（新古今集巻第八　哀傷歌　七八〇）

・詞書「上東門院世をそむきた給ひにける春、庭の紅梅を見侍りて」

**梅の花なに匂ふらむ見る人の色をも香をも忘れぬる世に**（新古今集巻第十六　雑上　一四四五）

・詞書「三月の尽日に大弐三位糸を尋ねて侍りければ申しつかはしける」（後拾遺集巻第七　雑春　五三五）和泉式部

青柳の糸もみなこそ絶えにけれ春の残りは今日ばかりとて

返し(同五三六)　大弐三位

青柳や春と共には絶えにけむまだ夏引きの糸はなしやは

注　三位が十代の頃、式部に糸が無いか尋ねたところ無いと断られ、夏引きの糸はあるのではと返歌している。

## 三、四　まとめ

大弐三位は若い頃母と同じ上東門院彰子に仕え、公達との交流を図っているが、中でも定頼との歌のやりとりが多く残されている。それも三位から歌を送っている。どうも紫式部の娘と言うことで、相手は敬遠気味で本気にしなかったのではないかと思われる。その中で、ごく普通の結婚を二度行っている。親仁親王の乳母に選ばれたのには、やはり紫式部の存在が大きいように思える。その後は、その実績をバックに専ら歌会に顔を出すことで、存在感を示している。

# 四　赤染衛門とその周辺

## 四、一　歌人の周辺

ここでは、百人一首第五十九番歌の歌人赤染衛門を取り上げる。よく和泉式部と比較されて紹介されている。「かる た展望」第五十号にも一部両者の歌の優劣について紹介しているが、和泉式部が奔放で、恋多き歌人として、赤染衛門は主人によく尽くす淑女として取上げられている。この背景には、赤染衛門が、夫大江匡衡が尾張守として二度も下向の折に伴っていることに対して、和泉式部は、夫橘道貞が陸奥に赴任の折、同伴せずに為尊親王と恋に落ちたことによると見られる。この時代背景から見るとそのように見られないこともないが、若い頃は恋もしている。没年はよく判らないが、八十五歳以上の長寿であったと見られている。その間、夫の手助けをし、息子や孫、更には曾孫匡房（百人一首第七十三番歌）の育成を気遣い、和歌を通していろんな人々との交流が見られる。特に、道長の妻倫子に仕え、夫匡衡も儒者として宮中にお仕えし、尾張や丹波等の地方長官も歴任して正四位下に昇叙されている。特に尾張守として三度任官しているが、百姓たちの反乱を抑えた功績がある。一方、赤染衛門は夫と共に長く宮中のお側にお仕えし、道長を中心とした繁栄の物語でもある「栄花物語」の正編三十巻の編纂にも関与したと見られている。

更に、尾張での生活と夫の業績にも触れて、愛知県稲沢市にある「赤染衛門歌碑公園」の紹介。息子や娘更には孫や曾孫匡房（小倉百人一首第七十三番歌）に関する歌の紹介をする。次いで、和泉式部が夫道貞と別れたのに関して歌の交流を行っているので紹介する。

道長の妻倫子に仕えていた時代には、夫匡衡も儒者として宮中に仕えて、尾張や丹波等の地方長官も歴任して正四位下に昇叙されている。特に尾張守として三度任官しているが、百姓たちの反乱を抑え、大江用水の開作と尾張学校院興立などの功績がある。その中にあって、赤染衛門は知識も豊富で、夫の役柄を見事に支えていることが伺える。

## 四、二　経歴

この時代、女房の生没年は不明の場合が多いが、赤染衛門は、周囲の情報から天徳元（九五七）年と見られている。ちなみに、夫となる大江匡衡は天暦六（九五二）年生まれである。この時代、当時の百人一首の女流歌人は、生没未詳ながら、清少納言は康保年間（九六六年頃）、紫式部は天禄元（九七〇）年頃、和泉式部は貞元元（九七六）年頃と見られており、赤染衛門は年長者であったことが判る。

赤染衛門は、赤染時用（出自・生没年は不明）の娘になっているが、時用の後妻に入った母には先の夫の平兼盛の子を宿していたと「袋草紙」巻四所引きの「江記」（大江匡房日記）に見える。ただし、母の出自・生没年は不明である。赤染衛門という名は、時用が「右衛門少志」（「西宮記」巻二十三に、天暦十一（九五七）年）であり、その後、康保元（九六四）年に「右衛門志」であったと「日本記略」は伝えていることからそう呼ばれたと見られる。なお、「中古歌仙三十六人伝」の赤染衛門の項に父を「前大隅守」と伝えている。実父の平兼盛は、百人一首第四十番歌の歌人であり、村上天皇主催の天徳四年の内裏歌合せで、同じく百人一首第四十一番歌の壬生忠見と番えられて、それぞれ百人一首の歌を詠むが、判者の藤原実頼も補佐役の源高明も優劣の判断がつかず、主上の勅判を仰いで、兼盛の勝ちとなったと言う。兼盛は拝舞退出して他の勝負は聞かなかったと言う（「袋草紙」）。一方、負けた忠見が不食の病に陥り亡くなったと伝える（「沙石集」）が、その後の和歌も残されており、事実でないらしい。ちなみに、リニューアルした嵐山の「時雨殿」には、天徳内裏歌合の模様が人形で再現されている。

ともかく、兼盛は和歌に著名で、勅撰集には九十首収録されている。赤染衛門もその才能を引き継いで勅撰集に九十七首収録されているほか、私撰集にも入集している。さらに、屛風歌や歌合にも参加している。

赤染衛門は、天延二（九七四）年頃倫子にお仕えするため源雅信邸に出仕している。「赤染衛門集」を見ると、若い頃の最初の恋人は、後に夫となる匡衡の従兄弟にあたる為基である。匡衡と結婚後も歌のやり取りが続いており、四十六首が知られている。

一方、匡衡とは若い頃で六十三首、尾張下向でのやり取り、夫亡き後の哀傷の歌など数多くみられる。なお、匡衡との間に、挙周、江侍従のほか、娘がいたと見られる。挙周の孫が権中納言匡房で百人一首の第七十三番歌歌人である。

中年に入ると、宮仕え時や夫と共に尾張に下向する折の歌や任地での歌などのほか、息子挙周の恋愛・結婚の世話をやく時代の歌が並ぶ。

まず、愛知県稲沢市にある「赤染衛門歌碑公園」を紹介する。次いで、息子や娘更には孫や前出曾孫匡房に関する歌の紹介をする。更に、和泉式部が夫道貞と別れたのに関して歌の交流を行っているので紹介する。

道長の妻倫子に仕え、夫匡衡も儒者として宮中に仕えて、尾張や丹波等の地方長官も歴任して正四位下に昇叙されている。特に尾張守として三度任官しているが、前述のように百姓たちの反乱を抑え、大江用水の開作と尾張学校院興立などの功績がある。その中にあって、赤染衛門は知識も豊富で、夫の役柄を見事に支えていることが伺える。晩年寡婦となって、夫匡衡の哀傷、物詣や写経、さらには息子の昇進運動から娘の結婚の面倒を見る歌（娘の代作）が多い。

赤染衛門集の最後は、周りの人々の死を悼む歌や物詣。大江家の賀の歌群。屛風歌や歌わせなどが並んでいる。

## 四、三　赤染衛門集から

### 一　兼盛が実父と知っていたと思われる歌から

春、門の方を見出だしたれば、さねなり（実成　閑院太政大臣藤原公季男）の兵衛督降りて立ち給へるを、思ひがけぬ心地して「梅の立枝や（注参照）」と書きて奉りたりしかば、「うち笑ゑみてなむおはしぬる」とありし。後ほどへて、殿（道長邸）に帰り入りたりしかば、弁内侍（中宮彰子の女房）参りあひて「兵衛督なむ『かかる事のありしを、その歌を知らざりしかば、物も言はでなむやみにし。後に人に問ひてなむ聞きし。さばかりの恥なむ無かりし。あふことあらばかくなむわぶるとだに語れ』となむのたまひし」と言ふを、殿（道長）の御前聞かせ給ひて、いみじく笑はせ給ひき。さてまか出て二日ばかりありて、師走の内に節分したりし朝に、弁内侍に「一夜の御物語りこそ思ひ出でられ」とて

**・便りあらば来ても見よ**（道長に）**とやかすめまし今朝春めける梅の立枝を**

注　長い詞書であるが、「梅の立枝や」は次に示す拾遺集巻第一　春　十五　平兼盛の歌であり、当時この歌の本歌取りした歌が「源氏物語」や「更級日記」にも見られ、有名になっていた（参考文献③）。

冷泉院の御屏風の絵に梅の花ある家にまらうどきたる

**・わが宿の梅の立枝や見えつらむ思ひのほかに君がきませる**

筆者注　当時、勅撰和歌集は宮廷での会話として皆が良く知っておくべき必須事項であった。今回、赤染衛門が、兼盛の歌の二句を切り出して実成に贈ったが、送られた本人が知らなかったので、恥じていることを道長はじめ周りの女房の話題に上ったことを言っている。このような「赤染衛門集」の中で、他にはない長文の詞書をして兼盛の歌を話題

にしているところに、実父としての認識があったのではないかと見られている根拠になっている。

## 二　赤染衛門集巻頭歌から二首（智福山法輪寺詣で）

秋、法輪にまうで嵯峨野の花をかしかりしを見て

・**秋の野の花見る程の心をば行くとやいはむ留るとやいはむ**

注　公任、和泉式部、清少納言などがお参りしている。

つとめて帰るに空いみじう霧わたるに蜩の鳴きしに

・**いとどしく霧ふる空に蜩の鳴くや小倉のわたりなるらむ**

注　翌朝帰りの途中に霧がたちこめる中、小倉山のあたりから蜩の鳴き声を聞いた

## 三　百人一首第五十九番歌の歌との関連

（恋の相手道隆へ妹に代わりて詠む）

中関白殿の蔵人の少将と聞こえしころ、はらからのもとにおはして「内の御物忌にこもるなり。月の入らぬさきに」とて出で給ひにし後も月ののどかにありしかばつとめてたてまつれりしにかはりて

・**入りぬとて人の急ぎし月影は出でての後も久しくぞ見し**

注　中関白殿、正妻は儀同三司母、中宮定子や伊周の父、同じ人たのめておはせずなりにしつとめて奉れる

・**やすらはで寝なましものをさ夜更けてかたぶくまでの月をみしかな**（後拾遺集

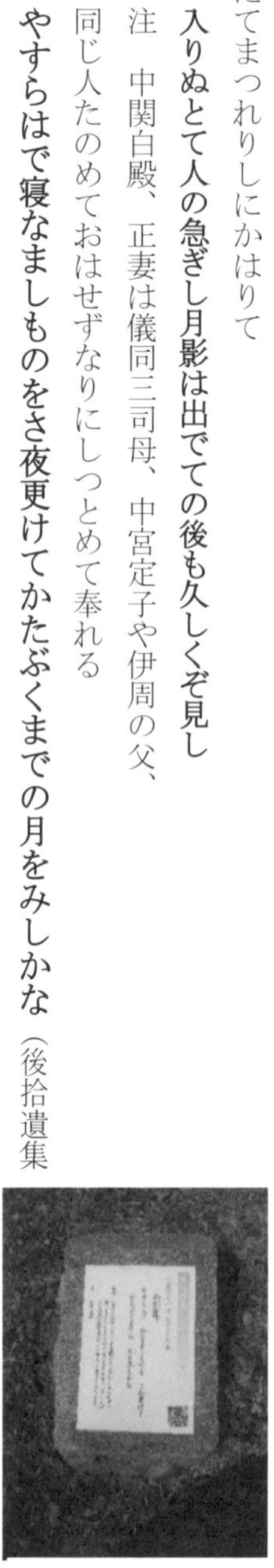

嵯峨野の歌碑

第十二　恋二　六八〇）
注　後拾遺集の詞書
中関白少将に侍りける時はらからなる人に物いひわたり侍りけりたのめて来ざりけるつとめて女に代わりて詠める。
同じ人わりなき裳の腰をときとりたまひて返し給ふとて
・**幾度の人のときけむ下紐をまれに結びてあはれとぞ思ふ**
返しかはりて
・**幾度か人もとくべき下紐の結ぶに死ぬる心地する身を**

## 四　大江為基との歌の贈答

為基に逢ったのは、為基と匡衡（後に夫になる）の祖父維時の菩提の折・法華八講時である。容姿端麗ではあったが病身でもあったようで、歌のやり取りが長く続く。しかし、最終的には、容姿端麗とは言い難いが実直で両親の勧めもあって前述のように従兄弟の匡衡と結婚する。一方、為基も他に妻を迎えている。

八講する寺にて、為基が赤染衛門に
・**おぼつかな君しるらめや足引きの山下水のむすぶ心を**
注　本歌「あしひきの山下水の木隠れてたぎつ心を堰きぞかねつる」（古今集巻第十一　恋歌一　四九一、読み人知らず）
返し　赤染衛門
・**むすびける山下水もしらざりつとくことをのみ保つ心に**
為基はまた続いて歌を橘につけて

・**珠かけし衣の裏にあらずとも香を訪ねても忘れざらなむ**
注　法華経巻四「五百弟子受記品」の「衣裏繫玉」の故事。衣の裏に宝珠を縫い付けた逸話。関連歌「ときかけつ衣の玉は住の江の神さびにける松の梢に」（後拾遺集巻第十八　雑四　一〇六九　増基法師）、「五月待つ花橘の香をかげば昔の人の袖の香ぞする」（古今集巻第三　夏　一三九、読み人知らず）
返し　赤染衛門
・**けふ聞くを衣の裏の珠にしてたち隔るをも香をば尋ねむ**
また為基
返し　赤染衛門
・**昔をもかけて忘れぬものなればたもつに珠の数や勝らむ**
返し　赤染衛門
・**数まさる珠とは掛じ頂きの一つの珠もわろきものかは**
注　参考文献①によると、頂の一つの珠は「法華経」巻五「安楽行品」の「髻（けい）中の明珠」の譬。転輪聖王が小国を征服するとき、勇士に田宅、城邑（むら）、衣服、珍宝、奴婢等を与えたが、王の髻中に秘蔵される一つの珠だけは与えなかった。一切の煩悩を対治する真の勇者に対してのみ与えられる。転輪聖王を仏に、髻を小乗の教えに、明珠を大乗の教えに譬ている。また、ここでは「髻中の明珠」を為基に例えていると説明されている。
久しうおともせで師走晦日に大江の為基
・**頼みつつ訪を待つまに春きなば我が忘するるになりもこそすれ**
返し　赤染衛門
・**春きなば忘るる数やまさらまし年こそせめてうれしかりけり**
同じ人（為基）患いし頃、薬王品を手づから書きて、「これ形見にみよ。くるしきを念じてなむ書きつる。後の世に

必ず導け」と言ひたりしに

返し　赤染衛門

・この世より後の世までと契りつる契りはさきの世にもしてけり

返し　為基

・程遠きこの世をさしていにしへにたれことづてしてまづ契りけむ

## 五　倫子の弟　時叙（ときのぶ）との歌の贈答

源雅信に仕えることになって間もない頃、時叙（十三歳の頃か）との歌の贈答

大原の少将入道わらはにおわせしころ、秋白き扇をおこせたまうて

・白露の置きてし秋の色変へて朽ち葉にいかで深く染まし

黄朽葉にしてたてまつるとて　返し

・秋の色の朽ち葉も知らず白露の置くにまかせて心やみせむ

## 六　匡衡との歌の贈答と赴任地へ赴く歌

### ①　出会いとその後の贈答歌

同じ道（初瀬街道）に、はづかしげなる男の、行き会ひたりしかば、わりなき心地して、赤染衛門

・憂き影を行きかふ人に初瀬河くやしき道にたちにけるかな

おもひかけたる人、数珠をおこせて

・恋わびて忍びにおつる涙こそ手に貫ける珠と見えけれ

返し　赤染衛門

・千連なる涙の珠もきこゆるを手に貫ける数はいくらぞ

「さがなき人思ひかけけり」と聞くに、やがていへり

・荒浪のうちよらぬまに住の江の岸の松かげいかにしてみむ

注　本歌「久しくもなりにけるかな住の江の松はくるしきものにぞありける」（古今集巻第十五　恋五　七七八　読み人知らず）

返し　赤染衛門

・住の江の岸の村松陰遠み浪よするかを人はみきやは

いちごをひわりごにいれておなじ人

・紅に袖匂ふまでぬける珠何のもるとも数へかねつつ

返し　赤染衛門

・もりつらむものはことにて紅の袖には何の珠かとぞみむ

おもひかけたる人のふな（鮒）をおこせて

・さまかへて世を心みむあすか川恋路にえつるふな人ぞこれ

返し　赤染衛門

・あすか川渕こそせにはなるときけ恋（鯉）さへふな（鮒）になりにけるかな

注　本歌「世の中は何か常なるあすか川昨日の渕ぞ今日は瀬になる」（古今集巻第十八　雑下　九三三　読み人知らず）

② 後朝の歌とその後の贈答歌

方違へに来る人のとのゐ物を出だしたればつとめていひたる

・夜宿りの朝の原の女郎花うつりがにてや人はとがめむ

返し

・宿かせば床さへあやな女郎花いかでうつれるかとかこたへむ

「ゆめゆめ千引の石にてを」といひたりしに赤染衛門

・まつとせし程に石とはなりにしをまたは千引に見せわかてとや

返し　匡衡

・まつ山の石はうごかぬけしきにて思ひかけつる浪にこさるれ

注　古歌「君おきてあだし心をわが持たば末の松山波もこえなむ」（古今集巻第二十　大歌所御歌　東歌　陸奥歌一〇九三）

兵衛佐なる人をおもひうたがひていひたる

・柏木はけしきの杜になりにけりなげきを今はいづちやらまし

注　兵衛佐の人物は明らかでないが、後拾遺集巻第十六雑二　九三三の詞書から、兵衛佐が入道前太政大臣とあるところから道長のことども受けとられる。

返し　赤染衛門

・柏木やならはのいかに成るとてか杜のけしきの気色たつらむ

③　匡衡と赴任地へ　赤染衛門の歌

尾張へくだりしに七月朔ごろにてわりなうあつかりしかば逢坂の関にて清水のもとにすずむとて
・**越えはてば都も遠くなりぬべし関の夕風しばしすずまむ**（後拾遺集巻第九　羇旅　五一一）
国にて春熱田の宮といふ所に詣でて道に鶯のいたう鳴く杜を問はすれば「中の杜となむ申す」といふに
・**鶯の声する程はいそがれずまだ道中の杜といえども**
丹後国にまかりけるときよめる
・**思ふことなくてぞ見まし与謝の海の天の　橋立都なりせば**（千載集巻第八　羇旅　五〇四）

④　**匡衡を偲んで**

丹波守亡くなりて（長和元年（一〇一二）七月十六日　六十一歳　日本紀略）七日の誦経にすとて装束どもとりていでたるに、睦月に着たりしかば、ねり重ねの下重ねのあざやかなりしに
・**重ねてし衣の色の紅は涙にしめる袖となりけり**
八月の廿日ごろ、月くまなかりける夜、虫の声いとあはれなりければ（定基僧都の母への返歌）
・**有明の月は袂にながれつつ悲しきころの虫の声かな**（続古今集巻第五　秋下　四八二）
「梅の花も咲きにけり、桜もみな咲くけしきになりてけり」と人の言ふをききて
・**君とこそ春来ることも待たれしか梅も桜もたれとかはみむ**
五月雨空晴れて月あかく侍りけるに
・**五月雨の空だにすめる月影に涙の雨ははるるよもなし**（新古今集巻第十六　雑上　一四八九）

## 四、四　哀傷

女院（上東門彰子）啓すべきことありて参りたりしに、一条院御事仰せられ出て、匡衡が御文つかうまつりしほどのことども仰せられて、いみじく泣かせ給ひしかば、悲しくおぼえて、まかでてつとめて参らせし

・**常よりもまたぬれそひし袂かな昔をかけておちし涙に**

御返し（上東門院）

・**うつつとも思ひわかれてすぐる世にみし夜の夢を何かたりけむ**（千載集巻第九　哀傷　五六六）

むすめのなくなりしに服きるとてよめる

・**我がために着よと思ひし藤衣身にかへてこそ悲しかりけれ**（風雅集巻第十七　雑下　二〇一八）

注　江侍従や挙周とは別の若い娘と見られる。

## 四、五　出家前後

尼にならば諸共にとせし人にさもいはでなりにたりしかば　言ひたる

・**諸共に着むやきじやといざなひて法の衣を思ひ立てかし**

返し　相手

・**人をこそまづはさきにと思ひしかおくるるばかり悲しきはなし**

大将殿（教道）に娘のさぶらひし時、尼にとてめ（海藻）を給はらせたりしに

・わたつみの年ふるあまの身なれどもかかる嬉しきめぞみざりける

## 四、六　尾張の生活と息子などへの気遣い

### 一　尾張の生活

前節では尾張赴任時にあたって、赤染衛門の歌を紹介した。ここでは、尾張に赴任した折の大匡衡の功績と、赤染衛門歌碑公園の歌碑について述べる。

まず、匡衡が最初は尾張権守として就任したのは正暦三（九九二）年であるが、この時には侍従との兼務もあってか赴任していないと見られている。次いで、長保三（一〇〇一）年の就任時も権守で、現地に赴任している。同時に、七月になってから赤染衛門も任地に赴いている。三回目は寛弘六（一〇〇九）年で、正官で赴任しており、この折にも赤染衛門も任地に赴いている。

匡衡の最初の赴任時は、前任者の時から長年にわたる農民の紛議の絶えない状況の中であった。その中で、前記の大江用水の開作と尾張学校院の興立は農民の不満を鎮めるために大いに効果があったようである。

一方、赤染衛門も熱田神宮に詣でた折、神社の様子や周りの景色を詠うとともに、周辺の神社にもお参りして農民の不満を解消すようお願いしていることが歌に詠まれている。この折の歌三首を次に示す。

国にて春、熱田の宮といふ所に詣でて、道に、鶯のいたう鳴く杜を問はすれば、「中の杜となむまうす」といふに

**・鶯の声する程は急がれずまだ道中の杜といえども**

注「道中の杜」には道中の「半ば」と「中の杜」を掛けており、当時「中杜神社」があったようだ。

詣でつきてみれば、いとど神さび、おもしろきところのさまなり。あそびして奉るに、風にたぐひてもののねどもいとどおかし

・**笛の音に神の心やたよるらむ杜の木**（こ）**風も吹きまさるなり**

注「風にたぐひて」は風と一緒になって。「たよるらむ」は心を寄せているのであろうの意である。

この比、国人腹立つことありて、「田もつくらじ。たねとりあげほしてむ」と言ふと聞きて、また、真清田（ますだ）の御社といふところに詣でたりしに、神に申させし

・**賎**（しづ）**のをの種干すといふ春の田を作り真清田の神にまかせむ**

かくて後、田皆作りてきとぞ

注　農民の不満の背景には受領が私利をむさぼっており、国民が国司の悪政を訴えていたことがあげられる。尾張でも前任者が農民から訴えられていた。後任の国衡が善政を行い、赤染衛門も側面から手助けした様子が伺える。

## 二　赤染衛門歌碑公園

歌碑公園は名古屋鉄道「国府宮駅」から徒歩五分の所にあり、線路を挟んで反対側に国府宮神社（大国霊神社）がある。

この公園開園の発端は、稲沢市経済環境商工課の案内書によると、昭和六十年に、赤染衛門研究会の黒内婦美氏が「歌集・あかぞめ」を出版し、新聞で紹介されたことに始まる。最終的には市制三十周年記念行事の一環として、地元・短歌グループ・行政の三者で愛知県観光施設費補助金事業として昭和六十三年九月に工事が始まり、平成元年二月にオープンし

赤染衛門歌碑公園の案内板

た。公園には夫婦が詠んだ歌二首、衣かけの松跡の碑（移設）と松、いわれを示した擬木案内板、三角案内板などよりなっている。当地を訪れた折の写真と歌二首を次に示す。

この二首を詠んだのは寛弘六年の二回目の赴任時であり、十月二十八日に着任し、十一月二十五日には誕生した敦良親王の名を考え上京し、明る年三月には丹波守に遷任されている。このような慌ただしい時期にあたる。

国にいきつきたりしに、初雪の降りしに、守

**・初雪とおもほえぬかなこの度はなほ故郷を思ひいでつつ**

かへし

**・珍しきことはふりずぞ思ほゆる行き帰り見る所なれども**

注　これらの歌中には掛詞や縁語を織り込まれた歌で、初雪を目の前にして二度目の尾張赴任の折に詠まれている。「ふる」に「降る」と「旧る」、「ゆき」は「雪」と「行き」などの掛詞が見られる。「ふりずぞ思ほゆる」は新鮮な感じがするの意。

赤染衛門歌碑公園の内容については前記しているが、当地を訪れた折の

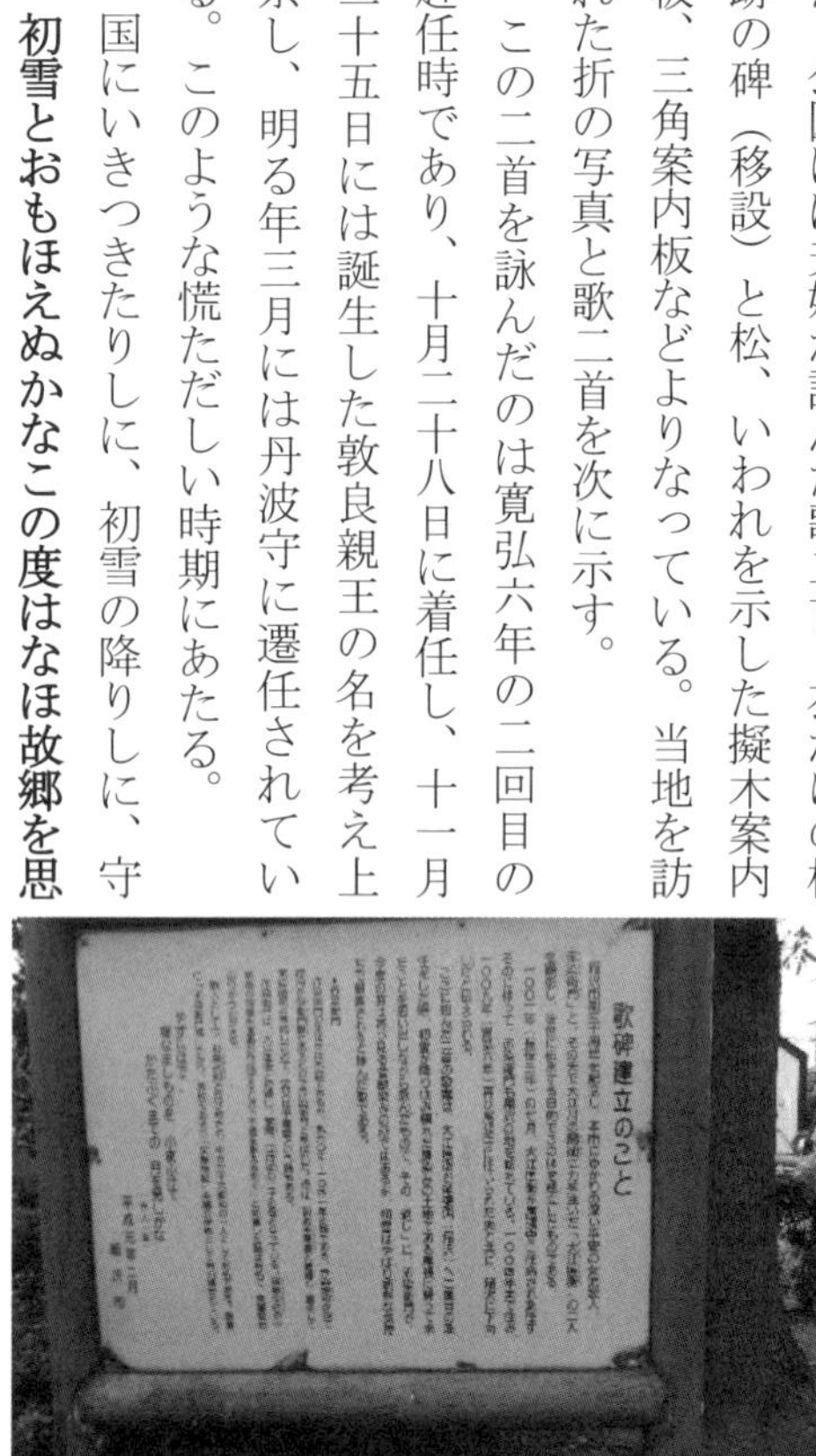


歌碑建立の由来

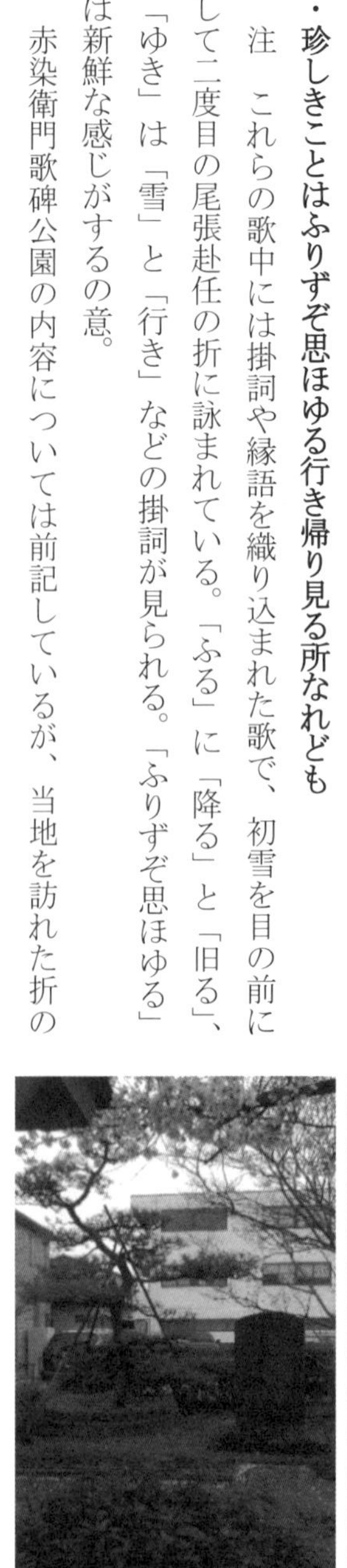

衣掛の末跡全景と碑のその部分拡大写真

寛弘六年赴任時の歌の歌碑

関係の写真を示す。

## 四、七　息子などへの気遣い

ここでは、息子挙周のこと、娘や孫のこと並びに曾孫匡房誕生時に詠んだ歌などについて述べる。

### 一　息子挙周について

息子や娘には相手ができると歌の代作をしている。ここでも挙周の代作から紹介する。

人の娘の幼きをけそうしけるに「まだ手もかかず」とて、かへり事もせぬに「やらむ」と挙周いひしに代はりて

**・和歌の浦の潮間に遊ぶ浜千鳥ふみすさぶらむ跡な惜しみそ**

注　相手がまだ幼くて「まだ字も書きません」と言ってきたのに挙周が手紙を贈ろうと言ったので代作した歌です。浜千鳥の足跡のように戯れ書きでもよいですからお手紙下さい、と呼びかけしている。相手の素性が不明。

「大人になるほどを暫し待て」と親のいひたるにやらせし

**・高砂のまつとて一人過ぐすとも我をこすべき浪もこそあれ**

注「まつ」は「松」と「待つ」を掛けている。また、「こすべき浪」とあわせて、「君をおきてあだし心を我が持たば末の松山浪も越えなむ」（古今集巻第二十　東歌　陸奥歌　一〇九三）を踏まえている。この元歌を踏んだ歌が小倉百人一首第四十二番歌　清原元輔にある。ところで、赤染衛門集では、この娘の家との歌のやり取りが何回か続くが、結局その後は続かなかったようだ。

挙周が明順が娘にものいひそめて、新蔵人にていとまなくて、えいかぬにやらむといひしに代はりて

**・暁の鴫の羽がき目をさめてかくらむ数をおもひこそやれ**

注　挙周が明順の女のところに通っていたようだが、蔵人に新任し、忙しくて通っていなかったため、手紙を贈ろうということで、お詫びの歌である。

なお、高階明順は高階成忠の男で、妹に道隆と結婚し伊周・定子（一条天皇の中宮）の母である貴子がいる。

また、この歌は、「暁の鴫の羽がき百羽がき君が来ぬ夜は我ぞ数かく」（古今集巻第十五　恋五　七六一　読み人知らず）が元歌になっている。余談ながら、この歌と関連させて小野小町に通ってくる深草少将との百夜通いでは「鴫」が榻（しぢ・牛車の道具）に読み替えられて登場している。

返し　中将の尼（明順女の母か？）

**・夢にだに見ぬ夜の数や積もるらむ鴫の羽がき手こそたゆけれ**

注　ここでも返歌は代作である。挙周の訪れないことを歎いている。なお、中将の尼は明順の妻であり、成順を生んでいる。また、成順は伊勢大輔（小倉百人一首第六十一番歌）を妻に迎えている関係がある。しかし、明順女の母であったかどうかは確認されていない。

同人に雪の降る日やらむといひしに

**・み吉野の山の初雪眺むらむ春日の里も思ひこそやれ**

返し　中将の尼

**・眺めやる山辺も見えず思ふより松の木の葉や雪隠すらむ**

注　挙周が雪の日に明順女に歌を贈ろうと言ったので、代作した歌と、同じく中将の尼の返歌。挙周は吉野にいて、明順女は春日に居る。このような状況で、相手が、吉野の雪のことを思いやって下さっていると思いますが、挙周は春日の様子を思いやっています。と言ってやった返歌は吉野山の雪は松の葉が隠すのでしょうか見えませんが、とにかく待っているのです。「松」と「待つ」を掛ける。

挙周が殿上して、草深き庭にてをがみしに

**・草分けて立ゐる袖のうれしさにたえず涙の露ぞこぼるる**

注　挙周が昇殿を許されたのは、寛弘八（一〇一一）年二月十日のことである。任官・叙位の御礼言上に参内すると、天盃を賜り、叙任にあずかった者は、庭に下って拝舞するようである。

挙周が和泉はててのぼるままに、いとおもう患らひしに、「住吉のしたまふ」と人の言ひしが、みてぐらたてまつられしに書付し

**・頼みては久しくなりぬ住吉のまづこの度はしるし見せてよ**

注　和泉の守の任期が切れたのは、治安三（一〇二三）年頃と見られる。帰任の途中患い、これは住吉神社の神のなさることだという人があったので、捧げものをして、神に霊験あれと病気平癒を祈った。

**・千世へよとまだ嬰児にありしよりただ住吉の松を祈りき**

注　息子がまだ稚児であった時より千年も長生きするように住吉の松にあやかるようにお祈りしてまいりました。

**・かはらむと祈る命は惜しからで別ると思はむ程ぞ悲しき**

注　息子に代わって自分の命をお取りくださいと祈る自分の命は惜しくはないが、息子と別れると思うであろうことが悲しい。

奉りての夜人の夢に、ひげいと白き翁、このみてぐら三つながらとるとみておこたりにき

住吉に献上した夜、ある人の夢に髭のたいそう白い翁が現れ、みてぐら（幣で神へのお供えのこと）を三つ納めたので、息子の病気がなおった。「おこたりにき」はこの場合なおった意にとる。

和泉はててのち三河になりての年、石清水の祭りの使いひせしを、見に出でて

・**色深くかざしの藤も見ゆるかな嬉しきせぜの涙そはりて**

注　毎年三月午の日に行われる石清水八幡宮の「石清水臨時祭」の使いの役目は、この祭式のすべてにかかわる重要な役目である。「賀茂祭」を北祭と呼ばれるの対して、この祭りを南祭と呼ばれ重要視されていた。挙周が使いになったのは万寿三（一〇二六）年頃と見られている。赤染衛門にとっては名誉なことであった。

## 二　娘、孫、曾孫のこと

娘のもとによりきよが文おこせたりけるに、「まだてもかかず」といはせたれば、「ただ鳥のあとをみむ」といひたるに

・**浦なれぬ千鳥の跡はありもせじ空にかけるを人は見よかし**

注　娘はよく知られる江侍従ではなくもっと幼少の子か。「よりきよ」は源頼清のことか。まだ字も書けない幼い子に頼清が何でもよいからただ書いたものが見たいと言ってきたので、海辺の砂浜に慣れていない千鳥は足跡がなく空を飛ぶのをご覧下さい（字は書けませんよ）と返歌している。

また同じ人

・**沖つ島たまもかりふね浦風にしづ心なき物をこそ思へ**

返し

・**玉藻刈る沖つ島人こち風にいたくもわびじ浦なれぬらむ**

注　沖つ島あたりで海草を刈る舟が、海を吹く風に不安な思いをするように物思いにふけっていると言ってきたので、海草を刈る沖の島の人は慣れているので東風があってもそんなにもつらくないでしょう、と言って返した。

稚児をばここに迎えておきたるに、駒の形を作りておこさせて

**・我が野辺になつかぬ駒と思ふにはてなれにけるを慰めにけむ**

かえし

**・その駒は我に草かふ程こそあれ君がもとには如何にはやれば**

注　明順女と一緒に住んでいたが、女は別にすむようになって、子供（成衡か能高か不明）は赤染衛門と一緒にいる。ここに、駒の形をした玩具をよこしてきて、この子を手放すことへの母親の気持ちの歌をよこしたのに対して、駒に飼葉を詠み込んで、どうして育てられなかったかを疑問視している。当時は母方で子供を育てていた。

成衡がをの子生ませたりしにうぶ衣ぬふ程におぼえし

**・雲上に登らむまでも見てしがな鶴の毛衣としふとならば**

七日夜

**・千代を祈る心の内の涼しきは絶えせぬ家の風にざりける**

注　孫の成衡に曾孫匡房（小倉百人一首第七十三番歌）が生まれた（長久二（一〇四一）年）ようで、千年も長生きして殿上人になるように産着を縫って、次にお七夜を祝っている。期待通りに七一歳まで生きて、正二位権中納言大蔵卿にまで昇進している。

## 四、八　赤染衛門と和泉式部並びに道貞との交流

和泉式部と道貞と仲たがひて、帥の宮（冷泉院第四皇子敦道親王）に参ると聞きてやりし

**・うつろはでしばし信太の森を見よ帰りもぞする葛の裏風**

返し　しきぶ

・**秋風はすごく吹くとも葛の葉の恨み顔には見えじぞ思ふ**

注　息子挙周が和泉式部の妹と夫婦関係になっていたこともあって、式部とは縁戚関係から道貞も含めて親しくしていたようである。

「道貞、陸奥国になりぬ」と聞きて、和泉式部にやりし

・**行く人も留るも如何に思ふらむ別れて後のまたの別れは**

返し　しきぶ

・**別れても同じ都にありしかばいとこの度の心ちやはせし**

## 四、九　まとめ

赤染衛門は長く宮仕えしており、交流の歌や歌合時の歌など多数見られるが、今回も身近なところでの歌のやり取りの紹介になってしまった。長寿で、宮中にお仕えしていた期間も長く、「栄花物語」の作者の一人であったこともうなずける。

最後に、稲沢市を訪問した折、教育委員会事務局の北條献示氏にお世話になり深謝する。

# 五　小式部内侍、伊勢大輔とその周辺

## 五、一　歌人の周辺

ここでは小式部内侍と伊勢大輔を採り上げる。小式部内侍は、前述のように和泉式部の娘であり、百人一首の歌は、定頼との問いに答え、母の居る丹後までの地名を詠み込み、加えて掛詞や縁語を巧みに用いて機知にとんだ即興の歌である。一方、伊勢大輔の百人一首の歌は、奈良から献上された八重桜の受け取りを紫式部が新参女房の大輔に譲り、併せて道長から和歌を詠むことを命ぜられた折の歌である。これもまた八重や九重を巧みに詠み込んだ即興の歌である。

このように、百人一首の歌に共通性のある二人を採り上げることにする。更に共通するところがあるので、最後に述べている。もっとも、小式部内侍は出産がもとで、二十六、七歳で亡くなり、和泉式部を悲しませることになるが、大輔の方は、長寿を全うし、歌会などにはよく出ている。

# 五、二　小式部内侍とその周辺

## 一　小式部内侍の系譜

橘道貞と和泉式部の娘。生年未詳で、万寿二年（一〇二五）十一月　二十六、七歳くらいで亡くなっている。母と同じ中宮彰子に寛弘六年（一〇〇九）頃仕える。初め堀河右大臣頼宗と交際していたが、その弟二条関白教道との間に男子（後の権僧正清円）を出産。また、範永との間に女子（堀河右大臣家女房範永女）を出産。万寿二年十一月に、滋井頭中将公成の子頼仁（後の頼忍阿闍梨）を出産後亡くなっている。他に、定頼とも交流が認められる。

## 二　勅撰和歌集撰歌から

①　金葉集Ⅱ（二奏本）巻第九　雑上　五五〇（百人一首第六十番歌）
詞書「和泉式部、保昌に具して丹後国に侍りけるを、中納言定頼（百人一首第六十四番歌）つぼねのかたにまうできて、歌はいかがせさせ給ふ、丹後へ人つかはしけむや、使ひはまうでこずや、いかにも心もとなくおぼすらむ、などたはぶれて立ちけるを、ひきとどめてよめる。」

**・大江山いく野の道の遠ければまだふみもみず天の橋立**

注　この歌に関係して、俊頼（百人一首第七十四番歌）の歌論書「俊頼髄脳」

嵯峨野の歌碑

には、貫之（百人一首第三十五番歌）が歌を詠むのに十日も二十日もかけていると言った後に、この歌が紹介されて、即興も良い歌があると言っている。その後に、この歌のいきさつを述べている。その中で先に述べた、詞書に追加すれば、母が丹後に下向している間に、都に歌合の歌人に撰ばれ、出詠歌を考えていたところで、恋愛関係にあった定頼より母に代作を依頼したかといういたずら心を起こしたことが背景になっている。ところが、逆にその場を立ち去ろうとした折、御簾から半ば乗り出して、軽く定頼中納言の直衣の袖を押さえてこの歌が詠まれたものだから、めんくらって、しばらく返歌なども考えたが、思いつかず袖を引き払って逃げてしまった。このように、素早い発想で詠むのも立派であると言っている。

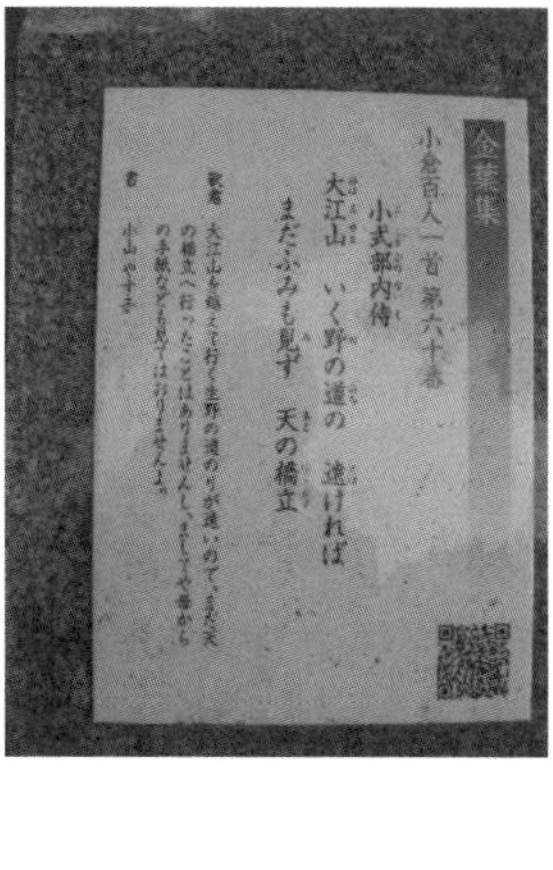

② 教道との歌

詞花集巻第九　雑上　二八〇

詞書「二条関白（教道）、白川（京都市左京区岡崎周辺）へ花見になむといはせて侍りければ、よめる」

**・春のこぬところはなきを白川のわたりにのみや花はさくらむ**

後拾遺抄巻十七　雑三　一〇〇一

詞書「二条前大臣、日頃患いて、おこたりて後、『など問はざりつるぞ』と言ひはべりければよめる」

**・死ぬばかり嘆きにこそは嘆きしかいきてとふべき身にしあらねば**

③ 続後撰集巻第二　春下　一四五

・見てもなほおぼつかなきは春の夜の霞をわけていづる月影

④　玉葉集巻第二　春下　一八四

・雪かとぞよそにみつれど桜花をりては似たる色なかりけり

⑤　続後撰集巻第四　夏　二六三

詞書「七月七日の夜、小弁上東門院にまゐりて、あくるあしたいでけるにつかはしける」

・たなばたのあひてわかるゝなげきをもきみゆゑけさぞ思ひしりぬる

⑥　金葉集Ⅲ（三奏本）巻第三　秋　一七六（新後拾遺集巻第十　羇旅　八七四）

詞書「屏風の絵にあふさかの関かけるところをよめる」

・人もこえこまもとまらぬあふさかのせきは清水のもる名なりけり

⑦　新千載集巻第十四　恋四　一四七六

・かねてより思ひしことのかはらぬはほどなく人のつらきなりけり

## 三　和泉式部と小式部内侍の和歌

①　小式部内侍十一歳頃の歌　住吉の浦に母子で院のお供をした折浦に浮かぶ千鳥や鴎をみて

（和歌威徳物語）

・ちはやぶる神の斉（い）垣にあらねども波の上にも鳥居たちけり

②　小式部内侍が病が重い折

・いかにせむいくべき方もおぼほえず親に先立つ道を知らねば

③　小式部内侍亡き後和泉式部の歌

詞書「内侍の亡せたるころ雪の降りて消えぬれば」

・などて君むなしき空に消えにけむ淡雪だにもふればふる世に

④　詞書「小式部の内侍みまかりて後、常に持ちて侍りける手箱を誦径にせさすとて」

・恋ひわぶと聞くだに聞けば鐘の音打ち忘らるる時の間ぞなき（新古今集巻第八　哀傷　八一六）

④　詞書「小式部内侍、露置きたる萩織ろたる唐衣を着てはべりけるを、みまかりてのち、上東門院より尋ねさせ給ひけるに、奉るとて」

・置くとみし露もありけりはかなくも消えにし人を何にたとへむ（新古今集巻第八　哀傷　七七五）

返し　　上東門院

・思ひきやはかなく置きし袖の上の露を形見にかけむものとは

⑤　詞書「内侍亡くなりて次の年七月に例やる文に名のかかれたるを」

・もろともに苔の下には朽ちずして埋もれる名を見るぞ悲しき

⑥　詞書「小式部内侍亡くなりてのち、むまごとどもの侍るを見て」

・留めおきてたれをあはれと思ひけむ子はまさるらむ子はまさりけり

・身にしみて物のかなしさ雪げにもとどこほらぬは涙なりけり

・いにしへはありけることと聞きながらなほ悲しさのふりがたきかな

・憂きことも恋しきことも秋の夜の月には見ゆるここちこそすれ

## 五、三　伊勢大輔とその周辺

### 一　伊勢大輔の系譜

大中臣氏に属し、平安中期の女流歌人。神祇伯正三位輔親の娘、祖父は百人一首第四十九番歌の能宣である。一〇〇七年頃から上東門院彰子に仕える。高階成順（なりのぶ）との間に康資王母、筑前乳母、兼俊母などの勅撰歌人を産んだ。一〇六〇年の志賀の大僧正の九十賀の歌を詠んだのが記録上の最後のようである。

### 二　伊勢大輔の関連歌（勅撰集・伊勢大輔集から）

①　百人一首第六十一番歌とその関連歌について

裏：大江山・・・の歌碑　　表：生野の里碑

写真：福知山市　生野の里バス停脇の小式部内侍の歌碑

・いにしへの奈良の都の八重桜けふ九重ににほひぬるかな

これには百人一首にはない次の詞書がある。

「詞花集」巻第一　春　二七　詞書「一条院御時、奈良の八重桜を人の奉りけるを、その折、御前に侍りければその花を題にて歌よめとおほせごとありければ」

「金葉集（三奏本）」巻第一　春　五八　詞書「奈良の八重桜を内にもてまゐりたるを、うへ御覧じて歌とおほせごとありければつかうまつれる」

「伊勢大輔集」　詞書「女院（上東門院彰子）の中宮と申しける時、内におはしましに、奈良（興福寺）から僧都の八重桜を参らせたるに、今年の取り入れ人は、今まゐりぞとて、紫式部の譲りしに、入道殿（道長）聞かせ給ひて、ただには取り入れぬ物を、と仰せられしかば」

さらに、「伊勢大輔集」では、次の詞書と院（彰子）の返歌がある。

「殿の御まへ殿上にとりいだせさせ給ひて上達の君達ひきつれてよろこびにおはしたりし院（彰子）の御返し」

・九重に匂ふをみれば桜狩重ねて来る春かとぞ思ふ

注　清輔（百人一首第八十四番歌）の「袋草紙」には

伊勢大輔、上東門院の中宮と申す時、初めて参れり。輔親の娘なり。歌詠むらむと心にくく（心惹かれて）思しめす間に、八重桜をある人進（奉）る。御堂御前に御座す（おはします）時、件（くだん）の花の枝を大輔が許へさしつかはして、御硯の上に壇紙（真弓の樹皮から作った厚手の上質紙）を置き、同じくさしつかはしたるに、人々目を属（つ）けて如何申すと見あへるに、とばかり有りて硯ひきよせて、墨をとりあげ静かにおしすりて、歌を書きてこれを進る。御堂

長岡京小倉山荘邸内の伊勢大輔歌碑

とりて御覧ずるに、誠にきよげにかきたり。

・**古へのならのみやこの・・・・・・・**

殿を始め奉りて、万人感歎し、中宮鼓動すと云〻。また、かの人の第一のうたなり。卒爾（俄か）にも寄らざる事か。

② **紫式部と伊勢大輔との関連歌について**

「伊勢大輔集」　詞書「紫式部、清水に籠りたりしに参りあひて、院の御料にもろともに御灯（あかし）奉りしを見て、樒（しきみ）の葉に書きておこせたりし

・**心ざし君にかゝぐる燈火のおなじ光にあふが嬉さ**

かえし

・**古の契りも嬉し君がためおなじ光にかげをならべて**

## 三　上東門院との関連歌（後拾遺集から）

①　詞書「上東門院住吉にまゐらせ給ひて帰るさに人々歌よみ侍りけるに」

・**いにしへにふり行く身こそ哀れなれ昔ながらの橋をみるにも**（巻第十八　雑四　一〇七五）

②　詞書「上東門院長家民部卿の三条の家に渡らせ給ひたりける頃、俄かに御幸ありて近き人々のいへめされければ、まかるべき所なき由奏せさせ侍りけり。その御返りごとに歌を詠みてまゐらせよと仰せられければ、雪降る日詠みてまゐらせける」

・**年つもるかしらの雪は大空のひかりにあたるけふぞうれしき**

家を返しにすと仰せられてゆるされにけり（巻第十九　雑五　一一一六）

③ 詞書「一条院うせさせ給ひて上東門院里にまかり出で給ひにける、またのとし五節の頃むかしを思ひ出でて、うえのおのこどもを引き連れてまゐりて侍りける中によみて出しける」

・**早くみし山井の水のうす氷うちとけざまはかはらざりけり**（巻第十九　雑五　一一二一）

## 四　成順とそれらしい人との関連歌（後拾遺集・伊勢大輔集から）

① 詞書「高階成順石山に籠りて久しうおとし侍らざりければよめる」これは伊勢大輔集では「年頃ありし人のまたしのぶるほどに石山にこもりておとせぬに」とあり。

・**みるめこそ近江のうみにかたからめ吹だに通へ志賀の浦風**（巻第十三　恋三　七一七）

② 詞書「世中さわがしき頃、久しうおとせぬ人の許につかはしける」

・**なきかずにおもひなしてやとはざらむまだ有明の月待ものを**（巻第十七　雑三　一〇〇五）

③ 詞書「高階成順よをそむき侍りけるに麻の衣を人の許よりおこせ侍るとて　よみ人しらず

・**けふとしも思やはせし麻衣涙の玉のかかるべしとは**（巻第十七　雑三　一〇二八）

返し　伊勢大輔

・**思ふにもいふにもあまることなれや衣の玉のあらはるる日は**（巻第十七　雑三　一〇二九）

## 五　伊勢大輔集から

① 詞書「その人なくて後わざの経の外題四条中納言（定頼）にかかせ聞こえしにそへられたりし」

・極楽の蓮の花のひものうえに露の光をそふるけふ哉
返し
・ひもの上に蓮の露を結置けば磨ける玉の光こそませ

②　詞書「おなじころ　さがみ（百人一首第六十五番歌の歌人）」
・みし月の光なしとや嘆くらむ隔つる雲に時雨のみして
返し
・月影の雲隠れにしこの宿に哀れをそふるむら時雨かな

③　詞書「同じ人（相模）二月十五日の日の入り方に」
・常よりもけふの入り日の便にや西を遥かに思ひやるらむ
返し
・けふはいと涙にくれぬ西の山思ひ入日の影を眺めて

④　詞書「同じ日夜中ばかりに、伊勢大輔が許に遣しける（後拾遺集巻二十　神祇雑六　釈教　一一八三では慶範法師とある）」
・いかなればけふしも月のさよ中に照らしも果てで入りしなるらむ
返し
・世を照らす月隠れにしさ夜中は哀れ闇にや皆惑ひけむ

⑤　詞書「またの年の忌日に」

注　後拾遺集詞書「成順におくれ侍りてまたの年、はてのわざし侍りけるに」

・**別れにしその日ばかりは返りきていきもかへらぬ人ぞ悲しき**（巻第十　哀傷　五八五）

## 五、四　歌合から

①　詞書「上東門院、菊合はせさせ給ひけるに、左の頭つかまつるとてよめる」（長元五（一〇三二）年十月十八日関白左大臣頼道の後見で開催）

・**めも離れず見つつ暮らさむ白菊の花よりの後の花しなければ**（後拾遺集巻第五　秋下　三四九）

②　詞書「永承四（一〇四九）年（十一月九日）内裏の歌合に擣衣（とうい・きぬた）をよみ侍りける」

・**さよふけてこころしてしてうつ声聞けば急がぬひともねられざりけり**（後拾遺集巻第五　秋下　三三六）

③　詞書「正子内親王の絵合し侍りけるに、かねのそうしにかき侍りける」

・**うの花のさけるかきねは白波の立田の川のゐぜきとぞみる**（後拾遺集巻第三　夏　一七六）

④　詞書「永承五（一〇五〇）年六月五日、祐子内親王家の歌合によめる」（関白左大臣頼道の賀陽院にて）

・**きゝつともきかずともなくほととぎす心まどはすさ夜のひと声**（後拾遺集巻第三　夏　一八八）

・**夕霧に妻惑はせる鹿のねや夜ぬる萩も驚かるらむ**

⑤　詞書「後冷泉院の御時后の宮の歌合によめる」（皇后宮春秋歌合　天喜四（一〇五六）年四月三十日）

**・さよふかく旅の空にてなく雁はおのが羽かぜや夜さむなるらむ**（後拾遺集巻第四　秋上　二七六）

注「袋草子」には、「まことに身にしむ歌なり。殿（頼道）・内大臣殿（頼宗）をかしがらせ給ふ。左より、「右歌夜二つあり」とて、右負く」とある。左は頭の中将顕房の歌で、

**・いづれをかわきて引かまし春の野になべて千年の松のみどりを**

**・秋の夜は山田のいほにいなづまの光のみこそもりあかしけれ**（後拾遺集巻第四　秋下　三六八）

⑥　詞書「しがの大僧正（明尊）のために九十の賀殿のせさせ給うけるに杖の歌召せば参らする」（伊勢大輔集）

**・萬代を竹の杖にぞ契りつる君し久しくつかむがために**

かえし（明尊の弟子の前律師慶暹）

**・君を祈る年の久しくなりぬれば己がさかゆく杖ぞうれしき**

注「袋草子」によると、康平三（一〇六〇）年十一月二十六日、関白頼道により白河第にて催されたさん賀のとき贈られる杖にそえられる祝歌は伊勢大輔に召す。

## 五、五　三才女

「新訂　尋常小学唱歌　第五学年用」作詞　芳賀矢一、作曲　岡野貞一

①「一番」夏山繁樹（大鏡・雑々物語から）

・色香も深き紅梅の　枝に結すびて　勅なればいともかしこし　鶯のとはばいかにと　雲ゐまで　聞こえ上げたる言の葉は　幾世のはるかかをるらむ

注　村上天皇の世に紫宸殿の梅木を探してまいれとのことで、上役の舎人から命を受けた繁樹が京の町から持ち帰った。それには次の歌が添えてあった。

・勅なればいともかしこしうぐいすの宿はと問はばいかがこたへむ

注　右の歌は、勅撰集では拾遺集巻第九　雑下　五三一　右大将道綱母の歌として入首詞書は「内より人の家に侍りける紅梅を掘らせ給ひけるに、鶯の巣くひて侍りければ家のあるじの女まづかく奏せさせ侍りける」。歌の後に「かく奏せさせければ掘らずなりにけり」とある。「大鏡」などではこの歌を、紀内侍（紀貫之の娘）作となっている。三才女と言えば、一般には紀内侍と次の小式部内侍、伊勢大輔を言う（明治書院：和歌大辞典）。

②「二番」小式部内侍

・みすのうちより　みやびとの　袖引き止めて　大江山いく野の道の　遠ければ文見ずといひし　言の葉は　天橋立末かけて　後の世永く朽ちざらむ

③「三番」伊勢大輔

・きさいの宮の仰せ言　御声のもとに　いにしへの　奈良の都の八重桜　今日九重ににほゐぬと　つかうまつりし

言の葉の　花は千歳も散らざらむ

## 五、六　まとめ

ここでは両歌人を採り上げたが、一方の小式部内侍は早く亡くなっているので歌は少なく、一方の伊勢大輔は長寿であったので歌も多い。この不釣合いをどうするか苦心した。そこで、二人の共通点は何かに焦点を絞って執筆した次第である。なお、余談ながら「三才女」の載っている尋常小学唱歌の教科書を、何年も神田の古本屋や古書市を探してやっと見つけた折には大変な喜びだったことを思い出す。もう十六年以上前にもなるだろうか。早速、毎月開催している地元公民館での「百人一首の会」に紹介した記憶がある。

最後に、ここでは省略したが、「宇治拾遺物語」に小式部内侍と定頼の逸話が紹介されていることを付して終わりとする。

# 六　清少納言と枕草子

## 六、一　歌人の周辺

百人一首第六十二番歌で知られる清少納言は、「枕草子」の作者としてよく知られている。道長の時代の前の中関白家の道隆が関白の時代にその娘を一条天皇の后として入内させ、中宮定子として宮中にあった頃、女房としてお仕えして、その素養と機転のきいた応答で定子サロンを華やいだものにしている。この清少納言の「枕草子」から、主に和歌を通して宮中における交流した人との状況を述べることにする。

しかし一方では、中関白家の道隆亡きあと息子の伊周が道長との確執に敗れ、没落していく中での定子を支える清少納言が「枕草子」の中で息づいて見える。更に、「清少納言集」から代表的な歌を紹介する。また、同時代の歌人との歌のやり取りを紹介する。最後に、「紫式部日記」から、清少納言評を紹介し、「清女伝説」を述べることにする。

## 六、二　系譜

生年は康保二か三（九六五か九六六）年頃で、梨壺の五人の一人で後撰集の撰者、清原元輔（百人一首第四十二番歌）の娘で、深養父（百人一首第三十六番歌）の曾孫にあたる。天元四（九八一）年頃橘則光と結婚し、則長を翌年に生む。

しかし、まもなく離婚するが、交流はその後も長く続いたようで、兄妹と称されている。その間に、棟世と結ばれ、重通と小馬命婦を儲ける。中宮定子には正暦四（九九三）年ごろ出仕と見られている。長保二（一〇〇〇）年二月に中宮定子は中宮彰子の立后に伴い皇后定子立后。同年十二月内親王の出産にともない崩御。その後、暫くして宮仕えを辞している。一〇二〇年以降に没かと見られている。

その後の消息が不明のこともあって、時代が下ると落魄の伝説「清女伝説」が生まれる（「無名草子」「故事談」など）。「枕草子」を見ると、お仕えした中宮定子サロンを描いたことでよく知られている。

この間に、一条帝や清少納言のお仕えしていた中宮定子やその一族の中関白家の人々。更に百人一首第六十二番歌で知られる行成や実方（百人一首第五十一番歌）はじめ、公任（百人一首第五十五番歌）や和泉式部（百人一首第五十六番歌）等との交流があったことが知られている。

ところで、清少納言の和歌は、勅撰集入集が十四首と当時活躍した女房と比較して多くない。しかし、私家集「清少納言集」も残されているし、「枕草子」の中で和歌も散見される。

## 六、三「枕草子」執筆の背景

「枕草子」には諸本が伝わっており、三〇一段あるいは跋文となっているが、その中で、「この冊子、目に見え、心に思うことを、人やは見むとすると思ひて、つれづれなる里居（退屈な宿下がり）のほどに書き集めたるを、あいなう（おもしろくなく・いけないこと）、人のために便なき（不都合な）いひ過ぐしもしつべきところどころもあれば、ようかくし置きたりと思ひしを、心よりほかにこそ漏り出でにけれ。

宮の御前に内の大臣（伊周　中宮の兄）の奉り給へりけるを、中宮「これになにを書かまし。上（一条天皇）の御前には史記といふ書をなむ書かせ給へる」などのたまわせしを、清少納言「(中宮が書かれるなら)枕にこそは侍らめ」と申ししかば、中宮「さは、得てよ(ではそなたにあげよう)」とて賜はせたりしを、あやしきをこよやなにやと尽きせずおほかる紙を書き尽くさむとせしに、いとものおぼえぬことぞおほかるや」。

このような背景があって、「枕草子」を書いていたが、その草稿を里にいる折訪れた左中将(経房　醍醐天皇の皇子源高明の子)様が見つけて持って行かれた。その後戻ってきたが、皆に知られるようになった。完成は、皇后定子崩御の後、宮仕えを辞して何年か後と見られている。この間、道隆が亡くなり、伊周が道長との確執で敗れ中関白家が没落していく中で、中宮定子も落飾するが、第一皇女脩子の出産もあって還俗する。一条帝の愛が支えとなる。清少納言は、この間道長方に内通していたとのうわさがたって宮中を離れる(一三八段)が、皇后定子に請われて復帰する。皇后定子は第二皇女媄子出産とともに崩御(長保二(一〇〇〇)年十二月)。

このような背景もあったが、「枕草子」では中関白家の没落のことには殆ど触れておらず、良き時代の内容で綴られている。

皇后定子鳥戸野陵　泉涌寺近くの京都市東山区今熊野泉山町

## 六、四　清少納言の和歌から

### 一　百人一首第六十二番歌と行成・実方について（枕草子一三一段）

詞書「大納言行成（三蹟の一人・謙徳公（伊尹百人一首第四十五番歌）が祖父、義孝が父（百人一首第五十番歌））物語などし侍りけるに、内の御物忌にこもればとて急ぎ帰りて、つとめて鳥の声に催されてといひおこせて侍りければ、夜深かりける鳥の声は函谷関のことにやといひにつかはしたりけるを、たちかえりこれは逢坂の関にはべりとあればよみ侍りける」（長徳四（九九八）年頃か）。

**・夜をこめて鳥の空音ははかるともよに逢坂の関はゆるさじ**（後拾遺集巻第十六　雑二　九三九）

返し　　行成

**・逢坂は人越え易き関なれば鳥鳴かぬにもあけて待とか**

注　史記、孟嘗君列伝十五に出ているもので、中国の戦国時代に斉の孟嘗君が、秦に交渉に行ってそのまま捉えられ、やっと逃れて夜半に函谷関に至った。しかし、鶏鳴によって開門する時間に達してなく、追手が迫っていた。そこで、食客中に鶏鳴を良くするものがおり、その鳴きまねで門を開けて遁れることが出来たという故事によっている。

嵯峨野の歌碑

「枕草子」では、明日は帝の御物忌なので、宮中に詰めなくてはならずと言って丑の刻（午前一時から三時）前に帰っていった。その後、行成は孟嘗君の故事にちなんで、言い訳の手紙をよこした。そこで、ここは函谷関のことではなく逢坂の関なので許しませんよと清少納言が和歌を贈った。それに対して、また行成から和歌が返ってきた。逢坂の関なれば、鶏が鳴かなくても開けて待ってくれますよと言ってよこした。

後日談　行成は三蹟の一人でもあったことから、書の一通は僧都の君（隆円）が三拝九拝して頂戴し、他の一通は中宮定子もお手元におかれた。ところが、行成は清少納言の手紙を殿上人の皆が見ていると言ったことに対して、清少納言の方はほんとうは見せているのに、誰にも見せていませんと応酬しているところが面白い。

ところで、行成は書は有名であるけれども和歌は勅撰集にも入集はしているけれども多くはない。そのことを裏付けることとして、「大鏡」第三　伊尹（行成祖父）伝によると、行成は何事にもそつなく多才の様であったが、和歌は苦手のようで、次のような逸話が残っている。ある日、清涼殿で和歌について論議している中で、行成だけが黙っているので、「難波津に咲くや・・・」にこの歌について意見を聞いたところ、暫くして「さあ、良く判りません」と答えたので、参加者は大笑いして和歌論議がそれっきりになったと伝えている。

一方、行成のそつなさを伝える例として、清少納言とも関係の深い実方（百人一首第五十一番歌）とのやり取りが「古事談第二　臣節　三二　実方、行成の冠を投げ捨て陸奥に左遷せらるる事」に見える。これによると、両者が、殿上にて口論の間、実方が行成の冠を取って、小庭に投げ捨て退散したが、行成の方は、静かに主殿司を呼び冠を取り寄せ砂を払いて整然としていた。これを陰よりご覧になった一条院が、その後、行成を蔵人頭に取り立て、実方を陸奥守に任じ「歌枕見て参れ」と命じられたと伝えている。

しかし、これらの逸話は必ずしもそのまま受け取っては良いものではなさそうで、行成は多くはないが勅撰集にも入集している（先の清少納言同様、祖父や父が和歌に通じているとなまじおかしな和歌は詠めないという意識が働くのかもしれない）し、蔵人頭の任官も源民部卿俊賢（醍醐天皇の皇子源高明の子）の引立てがあったと、「大鏡　中　八七」に見える。

一方、実方の方も、官位の任官と陸奥への赴任にあたって送別の宴を催されており、左遷ではなく陸奥の金属資源の管理を任されていたということも一方では見られている。

## 二　清少納言と中宮定子の和歌について

①　清少納言自身は、和歌に対して、「枕草子九六段」のなかで、中宮から

**・元輔が後といはるる君しもや今宵の歌にはづれてはおる**

これに対して返し

**・その人の後といはれぬ身なりせば今宵の歌をまづぞ詠ままし**

皆が和歌を詠んでいるのに清少納言が黙っていたので、中宮様からの呼びかけに対して、なまじ有名な元輔の娘であるために和歌を詠みたくても詠めませんと答えている。

②　清少納言が中宮様にお仕えして間もない頃（一七九段、正暦三、四年頃か）、恥ずかしくしている中で、中宮様より「われをば思ふや」と問われ、「いかがは（思ひ奉り侍らざらむ　等の言葉が省かれている）」とお応えすると、台盤所の方でくしゃみをする人がいたので、中宮様は「あな、心憂。空言をいふなりけり。よし、よし」と言って奥に入られた。夜が明けて翌日中宮様から、薄い緑色の薄様紙に書かれた美しい手紙が届けられた。

**・いかにしていかに知らましいつわりをそらにただすのかみなかりせば**

昨夜のくしゃみをした人には腹立たしいが、中宮様の素晴らしいお歌とお心にたして、和歌を詠んでお渡しした。

**・薄さ濃さそれにもよらぬ花ゆゑに憂き身のほどを見るぞ侘しき**（花でない嚔のために疑いを掛けられてつらい目に遭うことが悲しいことでございます）

注　「嚔」は「はな」と読んで「くしゃみ」のこと

③　清少納言が物忌で暫くよその家に滞在している折に、同じ状況に有った中宮様から（二八四段）

返し

**・いかにして過ぎにしかたをすぐしけむ暮らしわづらふ昨日今日かな**

**・雲の上も暮らしかねける春の日をところがらとも眺めつるかな**

「今宵のほども少将にやなり侍らむとすらむ」とて、暁に参りたれば、中宮「昨日の返し『かねける』、いとにくし。いみじうそしりき」とおほせらるる、いとわびし。まことにさることなり。

注　里にいる折、宰相の君（藤原顕忠右大臣の子重輔左衛門左の娘）から浅緑の紙に中宮様の和歌と添え書きをしたとてもきれいな趣のある書が届けられた。清少納言が返歌した歌の中で、「かねける」が中宮のお気に召さなかったようだが、清少納言の本当の気持であったと言っている。この取り違えは、清少納言がいなくて暮らしあぐねている、というお気持ちをそのまま受け止めた清少納言に思い上がった態度と受け止められと見られたところにあったようである。

## 三　実方との和歌のやり取りから

実方は「枕草子」では、三三段に登場しているが、和歌のやり取りは八六段「宮の五節出ださせたまふに」に見える。正暦四（九九三）年十一月十五日の五節に中宮から舞姫をお出しになるが、青摺りの唐衣と汗衫（かざみ）をお着せになる。赤紐を美しく、右肩からあわび結びに結び下げて、とても光沢を出した白い衣を唐衣の上に着せた（白い小忌衣）珍しいいで立ちでいる。この中で、小兵衛という女房の赤紐がほどけたので、そばにいた実方が様子ありげに、すぐには結ばないで次の和歌を詠んだ。

**・あしひきの山の井の水の凍れるをいかなる紐のとくるなるらむ**

と意味ありげな和歌を詠んだので、女房が困っていると、清少納言が代わりに次の代作をして、弁のおもとという女房から伝えさせた。

**・うは氷あわに結べる紐なればかざす日影にゆるぶばかりを**

この和歌を、どもりながら聞き取りにくい様子で終わってしまった。

また、三〇二段「まことにや、「やがては下る」といひたる人に」

**・思ひだにかからぬ山のさせも草たれか伊吹の里は告げしぞ**

注　この歌を贈った相手は不明ではあるが、実方の百人一首第五十一番歌

**・かくとだにえやは伊吹のさしも草さしも知らじなもゆる思ひを**

の和歌と対比すると関係ありそうに思える。

逢坂の関の歌碑

## 六、五「枕草子」から

①［三一段］　菩提といふ寺に、結縁の八講せしに詣でたるに、人のもとより（女房の一人からか）「とく帰りたまひね。いとそうぞうし」と言ひたれば、蓮の葉のうらに、

**・もとめてもかかる蓮の露をおきて憂き世にまたは帰るものかは**（清少納言集十八番歌、千載集巻第十九　釈教　一二〇六）と書きてやりつ。まことに、いと尊くあはれなれば、やがてとまりぬべくおぼゆるに、さうちうが家の人のもどかしさも忘れぬべし。

注　菩提という寺（京都市東山阿弥陀峰の南にあったと言われている）で、結縁の八講（仏道に縁を結ぶための法華八講で、散華という役があり、読経しながら造花の蓮の花びらをまき散らしながら歩く）が行われた。その造花の葉の裏に歌を書き送った。「蓮の露」は八講の法事たとえ。「さうちが家」は「列仙伝六」にある湘中老人が黄老の書に読み耽って、あまりの面白さに家路の巳陵の道を忘れてしまったという故事による。

②　**［八〇段］**　左衛門の尉橘則光に

注　実家に帰っている折、一部の人にしか居所を話しておらず、左衛門の掾則光（元夫で、その後も交流が続く）が来ては、宰相の中将斉信から何処か何処かと問われるので困っていると言って一折に、清少納言が贈った歌。

**・かづきするあまのすみかをそことだにゆめ言ふなとやめをくはせけむ**

注「海に潜って姿を見せない海女のように、自分のいる所を明かさないでほしいと言って一ので布（め）を食べさせたのでしょうか」といった意味である。これには、その前に則光が斉信から居所を聞かれ、困って布を食べてごまかしたとの背景を踏んでいる。しかし則光はこの意味が判らなかったようで、すれ違いを起こしている。

**・崩れ寄る妹背の山のなかなればさらに吉野の河とだに見じ**

注「いままではあの妹山背山と吉野河をはさんで交わりを結んできましたが、仲がすっかり崩れてしまったので仲良しの河とは思わない」と贈った。この歌も見なかったのかどうかそのままで、則光は遠江の介になったので会う機会もなくそのままになってしまった。

③【一〇二段】「二月晦頃風いたう吹きて空いみじう黒きに、雪少しうち散たるほど、黒戸に主殿司来て、「かうてさぶらふ」といへばよりたるに、「これ、公任（百人一首第五十五番歌）の宰相殿の」とあるを、見れば、懐紙に

**少し春ある心地こそすれ**

とあるは、げに今日の景色にいとようあひたる。」とあって、急いで上句を付けて返事をするように、ということで、

**「空寒み花にまがえて散る雪に」**と震える手で書いて返した。どう採られか心配であったが、左衛門の督で中将の実成様から、俊賢の宰相（西宮左大臣源高明の三男）からは内侍に推挙しようなどおっしゃっていたとのことを伺った。

注　公任の下句が「白氏文集」十四南秦雪から「・・・二月山寒少有春。我思旧事猶惆悵」によっていると見た清少納言は上句にそれを踏まえて詠んだ。

④【一二七段】　正月七日の日の若菜を六日、人の持て来騒ぎ

・**摘めどなほ耳無草こそあはれなれあまたしあればきくもありけり**

注　見知らない子が草を持ってきたので、聞いたところ急に返答できなかったので、女房達でこれは「耳無草」と云い合っていたところ、今度は「菊」を持ってきたので、詠んだ歌。耳が無いので子供が返答できない状況と菊を持ってきたので「聴く」を詠み込んでいる。しかし子供はこの歌を判りそうにもなかった。

⑤【二六二段】　心から思ひ乱るることありて里にあるころ

・**かけまくもかしこき神のしるしには鶴の齢となりぬべきかな**

注　この段の最初には思い悩んで憂鬱になっている折、きれいな白い普通紙を見たり、すばらしい筆、白い色紙、陸

奥紙など手に入れるととても心が和むと中宮定子様に申しあげたことがあった。その後、思い悩むことがあって実家に宿下がりしていた折、中宮定子様から素晴らしい紙を二十包みご下賜になった。併せて、「すぐに参上するように」との伝言であった。中宮定子様が以前お話ししたことを覚えていらして贈り物をされたことに感激してこの歌が詠まれた背景を持っている。

⑥【二八六段】　物忌みしにとて、かりそめなるところに

**・さかしらに柳のまゆのひろごりて春の面を伏する宿かな**

注　三月頃物忌するために、ほんの暫く泊っていたよその家の庭にある柳の葉が女性の眉のように細いのが良いのに広く見えたので、詠んだ歌。春の面目を潰している宿だと嘆いている。

⑦【二九八段】　馬寮の御秣（まくさ）積みて侍りける家より出でもうで来て侍る男に

**・みまくさをもやすばかりの春の日に夜殿のさへなど残らざるらむ**

注　火事で焼け出された実情を訴えてきた男に、この歌を書きつけて与え、すぐ中宮様に呼ばれて、その場を去った。その男、字が読めないようで、その後どうなったであろうと話し合った経緯を持っている。

⑧【三〇〇段】　ある女房が男に別の女に通っていないか確かめた

**・誓へ君遠江の神かけてむげに浜名の橋見ざりきや**

注　遠江の守の子の男性と恋愛関係にある女房が、お仕えしている同じ宮の女房と親しい関係にあるとの噂を聞いて、その男に確認したところ、親などを証人としてそんなことが無いと誓わせて下さいと言ってきた。どう返答してよ

いか困った女房に対して詠んだ歌。「神」に「守」を、「橋」は他の女房を暗示している。

⑨［三〇一段］　便なき所にて、人にものを言ひけるに、胸のいみじう走りけるを、「など、かくある」と言ひける人に、

・**逢坂は胸のみ常に走り井の見つくる人やあらなむと思へば**

注　人(相手は不明)に見られては都合の悪いところで気がそぞろで話している折に詠んだ歌。逢坂の関に「走り井」がある。「見つ」に「水」を掛けている。

## 六、六「清少納言集」から

「清少納言集」には、「枕草子」にある和歌のように活き活きした物とは違って、悩みの多い歌が多いように思える。

### 一　橘則光が相手か

最初の夫橘則光と疎遠になりかけている状況の和歌のようで、則長をもうけるも別れることになる(正暦二(九九一)年頃)。もっとも、「枕草子」の中では、その後も兄妹と呼ばれていて、交流は続けられているようである。

①　詞書「ありとも知らぬ間に、紙三十枚文を書きて」

・**忘らるる身のことはりと知りながら思ひあへぬは涙なりけり**（一番歌）

注　詞花集恋下では、詞書が「心変わりしたる男に言ひ遣はしける」となっており、忘れらていると判っていながら

思いきれないで涙を流さすにはおれない状況。

②　詞書「聞くことの有る頃、度々来れども、物も言はで返す、恨みて、つとめて」

・**如何ばかり契りしものをから衣きてもかひなし憂き言の葉は**（四番歌）

注　あれほど約束していたのに「き」（「来」と「着る」を掛ける）てもつれない言葉ばかりで。男からのこの歌に、清少納言が次の二首を贈る。

・**身を知らずたれかは人を恨みましちぎりてつらき心なりせば**（五番歌）

詞書「同じ人に逢ひて、誓言立てて、『さらに逢はじ、物も言はじ』といひて、またの日」

・**我ながら我が心をも知らずしてまた逢ひ見じと誓ひけるかな**（六番歌）

③　詞書「人語らひたりと聞く頃、いみじうあらがふを、みな人言ひ騒ぐを、誠なりけりと聞きはてて」

・**濡れ衣と誓ひしほどにあらはれてあまた重ぬるたもときくかな**（八番歌）

④　詞書「腹立ちて返事もせずになりて、『維摩会（ゑ）に大和へなむ行く』と言ひたるに」

・**ここながらほどの経るだにある物をいとど十市**（とをち）**の里と聞くかな**（十番歌）

⑤　詞花集巻第九　雑上　三一六（定家八代抄では「恋」の部に入れている）

詞書「たのめたる夜、見えざリける男の、後にまうで来たりけるに、出でてあはざりければ、言ひわびて、「つらきことをしらせつる」など言はせたりければよめる」

・**よしさらばつらさは我にならひけりたのめてこぬは誰かをしへし**（四二番歌）

## 二　実方との関係

①　続千載集巻第十一　恋一　一〇七三

詞書「みなつきの比、萩の下葉にかきつけて人のもとへつかはしける」

・**これを見ようへはつれなき夏草も下はかくこそ思ひみだるれ**（十九番歌）

注　清少納言集には詞書に「世の中いとさわしき年、（中宮定子の兄、伊周左遷事件のことか）とほきひとのもとに、はぎの青き下草の黄ばみたるにかきつけて、六月ばかりに」とあり、実方に贈った歌か。

②　詞書「右大将殿（実方の叔父藤原済時）の、子なくしたまへえるが、帰りたまふに」

・**神無月もみじ葉何時も悲しきに子恋の杜はいかが見るらむ**（二八番歌）

返し　　実方の君

・**いつとなく時雨降りしく袂にはめづらしげなき神無月かな**（二九番歌）

③　詞書「内なる人（宮中にいる女性）の、人目包みて（他人の目を憚って）「内にては」といひければ実方」

・**出づと入ると**（月の出入りに女性の姿を重ねる）**天つ空なる心ちして物思はする秋の月かな**（三一番歌）

④　詞書「実方の君の陸奥国に下るに」

・**床も淵ふちも瀬ならぬ涙河袖のわたりはあらじとぞ思ふ**（三三番歌）

この和歌は、「清少納言集」にあるものの、詞書が違って「小大君集」にも見える和歌が混入したか。

⑤ **関連歌として「実方集」より挿入掲載**

「実方集」に次の和歌のやり取りが見えるので紹介する。

詞書「清少納言とて元輔がむすめ宮にさぶらふと大方に懐かしくて語らひて人には知らせず絶えぬ中にてあるをいかなる折にか久しく訪れぬをおほぞうにて物など争うを女さしよりて忘れたまへなよと云えばいらへはせで立ち帰り

・**忘れずよまた変わらずよ瓦やの下たく煙したむせびつつ**

返し

・**賎のやの下たく煙つれなくて絶えざりけるも何によりそも**

## 三　晩年の歌から

① 詞書「津の国(摂津の国)にある頃、内御使いに忠隆を」

・**世の中をいとふなにその春とてや・・・・**(一二三番歌)

・**のがるれど同じ難波の潟なればいづれも何か住吉の里**(一二四番歌)(忠隆は清和源氏の流れで、蔵人・式部の丞)

注　この頃、再婚した藤原棟世と赴任地の摂津国に下向していた。皇后定子の崩御後の虚無感を戴いていたか。

② 詞書「年老いて、人にも知られで籠りゐたるを、尋ねで出でたれば」

・**訪ふ人にありとはえこそ言ひ出でね我やは我と驚かれつつ**(一二五番歌)

注　訪問者は赤染衛門(百人一首第五十九番歌)か

③詞書「山のあなたなる月を見て」

・**月見れば老いぬる身こそ悲しけれつひには山の端に隠れつつ**（二六番歌）

注　②③の歌は、最晩年の頃のようで、愛宕山の中腹、月輪寺に近いところに住まいするか。

④　**関連歌として「赤染衛門集」より挿入掲載**

詞書「赤染衛門集」には元輔の家と清少納言の家の間の垣が大雪で倒れているのを見て

・**あともなく雪降るさとは荒れにけりいずれ昔の垣根なるらむ**

注　赤染衛門は清少納言より少し年配のようだが、八十歳位まで長生きしている。

## 四「和泉式部集」から、清少納言との歌のやり取り（和泉式部は清少納言より十年近く後輩か）

①　詞書「同じ日（五月五日か）清少納言（「に」がないか）」

・**駒すらにすさめぬ程に老いぬれば何のあやめも知られやはする**（四九五番歌）

返し

・**すさめぬに姤さも姤しあやめ草引きかへしてもこま返りなむ**（四九六番歌）

注　お互いに老いの心境を詠っている。菖蒲草を「引く」に「引き返す」を、「駒返り」に若返るの意を含んでいる。

②　詞書「五月五日菖蒲の根を清少納言にやるとて」

・**此れぞ此れひとの引きける菖蒲草むべこそ閨の妻と成りけれ**（五二九番歌）

返し

・閨ごとの妻に引かるる程よりは細く短き菖蒲草かな（五三〇番歌）
また、返し
・さはしもぞきみはみるらむ菖蒲草ね見けむひとに引き比べつつ（五三一番歌）
注　菖蒲草を引き抜いて、閨の軒端に葺くことにかけて、両者の恋のさや当てを詠ったもの。

## 六、七　清少納言と紫式部（清少納言は紫式部より数年先輩か）

清少納言が中宮定子にお仕え始めた時期と紫式部がお仕えした彰子入内時期のずれがあって、両者の交流した記録が見られないが、紫式部はその日記の中で、清少納言のことを次のように批評している。

「清少納言こそ、したり顔にいみじう侍りける人。さばかりさかしだち、真名書きちらして侍ほども、よく見れば、まだいと足らぬこと多かり。かく、人にことならむと思ひこめる人は、かならず見劣りし、行く末うたてのみ侍れば、艶になりぬる人は、いとすごうすずろなるをりも、もののあはれにすすみ、をかしきことも見すぐさぬほどに、おのづから、さるまじくあだなるさまにもなるに侍るべし。そのあだになりぬる人の果て、いかでかはよく侍らむ」と和泉式部や赤染衛門に比べて厳しい評をしている。本人は、幼少の頃より漢籍をよくし、中宮彰子などに講話をしているにもかかわらず、一の字も知らないと言ってをり、女房連中の中では極めて慎ましやかな態度をとっている。一方では、「紫式部日記」の書き出しなど、「枕草子」の影響を受けたと思われるところもある。

これに比べて、先輩である中宮定子に仕えている清少納言は、百人一首の例や「枕草子」に見るように、漢籍の素養を遺憾なく発揮して定子の評判を高めている。

これらのことは、清少納言と紫式部といった個人的な資質もあるかもしれないが、後の皇后定子（崩御のわずか八が月前から）のサロンと中宮彰子のサロンの違いが大きいように思われる。

中宮定子の母である儀同三司の母（貴子・百人一首第五十四番歌）は高階家の出で、漢籍の素養のある家柄である。そのことから、女房としてそのような知識のある人を仕えさせていた背景がある。清少納言も漢籍の素養があり、代々和歌の道で優れた家系であり、本人ももちろん素養を持っていたと思われるが、和歌の道ではそれほどの歌を残していない。「枕草子」にあるように、当意即妙な対応が中宮定子をして感歎せしめたと言える。その卑近な例は、「枕草子」第二八四段である。

雪いと高う降りたるを、例ならず御格子まゐりて、炭櫃に火おこして、物語などして集まりさぶらふに「少納言よ、香爐峯の雪、いかならむ」と、おほせらるれば、御格子上げさせて、御簾を高く上げたれば、笑はせたまふ。人々も、「さることを知り、歌などにさへ歌へど、思ひこそ寄らざりつれ。なほ、この宮の人には、さべきなめり」と言う。これらのことからすると、紫式部の清少納言を個人攻撃する評は当たらないということになる。これには、中宮定子の時代から中宮彰子の時代へと時代が代わっていくことも大きく関係していると見られる。ところが、この紫式部評が後の清女伝説に受け継がれていく。

## 六、八　清女伝説「清女落魄」

### 一　能因本「枕草子の」奥書

「乳母子のゆかりありて、阿波の国に行きて、あやしき萱屋に住みける。つづりといふ物をぼうしにして、あをなといふ物乾しに、外に出でて帰るとて、『昔の直衣姿こそ思ひ出らるれ』と言ひけるこそ・・」と書かれており、現に阿波には縁の所も見られる。これに似た内容が、「無名草子」にも見られる。

## 二「古事談」第二　臣節から

① **五五段「零落したる清少納言、秀句の事」**

若き殿上人あまた同車して、家の前を通りかかった折、家が破壊しているのを見て「少納言、無下にこそ成りけれ」と言っているを聞いて、簾を掻き揚げ（枕草子の「香爐峯の雪」のパロディ）、鬼形の如き女法師、顔を出して「駿馬の骨をば買わずやありし」（戦国策　燕「燕王馬を好みて骨を買う」から来ており、自ら名馬の骨に例える）。

② **五七段「清少納言の難に逢う事」**

頼光（御堂関白記によれば弟の源頼親）が四天王等を遣わして藤原保昌（和泉式部の元夫）郎党の清監（清原致信　清少納言の兄で、大宰少監）を打たしむとある（寛仁元（一〇一七）年三月十一日）。この時居合わせた尼僧姿の清少納言も殺されかねない中、女性であることを示して難を逃れたとのこと。その後、頼親が職を解かれている。この背景には頼親と興福寺の争いがあると見られている。

御寺泉涌寺境内の清少納言の百人一首歌碑「赤染衛門集」や「前大納言公任卿集」によると、月輪地区に元輔が昔住みける家の傍に、清少納言が住んだとある。この近辺らしい

## 六、九　まとめ

最初の方では、清少納言の「枕草子」の中から百人一首の和歌と、お仕えしていた中宮定子ならびに、恋人であったとも見られている実方との和歌のやり取りを中心に述べてきた。後半では、交流のあった他の人々との和歌を中心にした紹介を行い、清少納言の人となりを述べてきた。更に、後日談として落魄の伝説「清女伝説」にも触れた。

清少納言は、「清少納言集」に見るように、皇后定子崩御後暫くして、夫棟世の赴任地摂津の国で暮らしたようだ。その後、最晩年は月の輪あたりに住まいしていたらしいことが判る。この地は、夫棟世の所有であったらしい。

後の「清女伝説」は強烈な印象を受けるが、紫式部の評が、その後時代を経て受け継がれ、広まったと見られる。「小野小町伝説」の「深草の少将の百夜通」や「髑髏伝説」とも相通じるものがある。

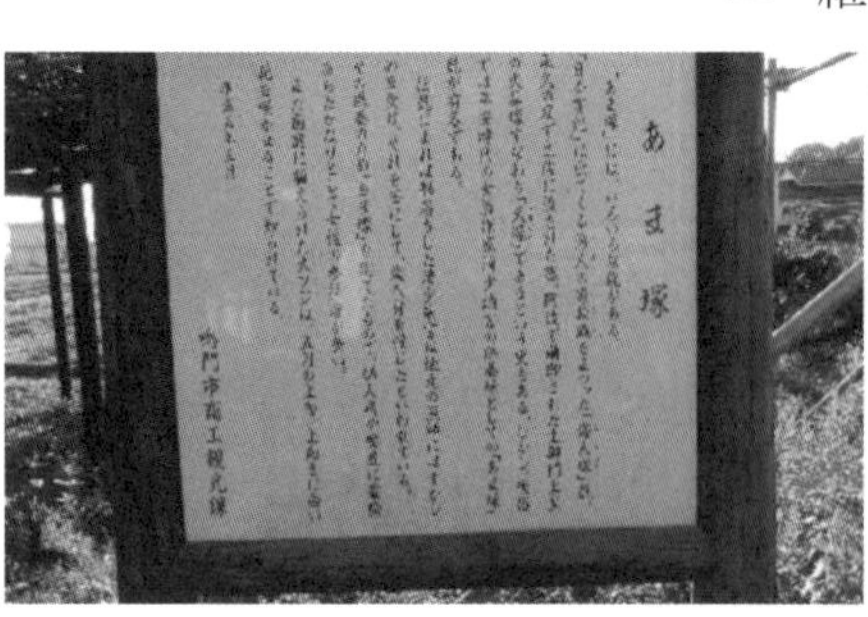


四国阿波の縁の所

# 七　相模と歌合並びに相模集から

## 七、一　歌人の周辺

百人一首第六十五番歌で知られる相模は、その名の通り夫公資が相模の守であったところからその名が付けられている。相模の国は現在住まいする神奈川県であり、自動車のナンバープレートは最近「湘南」になったが当初は「相模」であった。ただ、国分寺跡などは知られているが、残念ながら国庁がどこにあったかは特定されていない。このことはともかくとして、地元ということもあって縁の所もありなじみが深い。

加えて、最近、友人の中西久幸さん（名人位・クイーン位戦の前夜祭前の調査研究部主催の講演をお願いしたことがあり、百人一首の著書も多く、万葉集の歌碑の収集も行っていらっしゃる）にご案内頂いた京都の源頼光（相模の養い親と見られている）縁の所からその代表的な逸話を紹介する。

更に、主に勅撰集入集歌から四季の歌、恋の歌と哀傷歌をピックアップして述べる。次いで、走湯百首について述べる。夫が相模の守として赴任中に伊豆権現に奉納した一連の百首歌である。これは、初度奉納百首、権現返歌百首、再度の奉納百首から成り立っている。その中から主な歌を紹介する。最後に、相模の地に所縁のある日向薬師に奉納した物詣歌を述べて終わりとする。

## 七、二 系譜

生没年未詳であるが、正歴から長徳年間（九九二～九九五）に生まれ、康平四（一〇六一）年三月十九日の祐子内親王名所歌合に出詠後は記録にない。父は判っていないが、勅撰作者部類には源頼光となっている。ただ、頼光は養父とみる説がある。母は能登守慶滋保章女であると中古三十六歌仙伝に見える。

寛弘六（一〇〇九）年大江嘉言（後に夫となる公資は甥）が対馬守として下向の折に代作した送別歌が最初の頃詠んだ歌のようだ。暫くして三条天皇に入内したばかりの妍子に乙侍従で宮仕えしている。長和三（一〇一四）年頃、大江公資と結婚したと見られている。治安元年（一〇二一）に夫が相模守に任命され、伴に相模に下向する。これより「相模」と呼ばれる。四年後、夫の任期が明け京に戻る間に日向薬師参詣や、走湯百首歌奉納など行う（これらについては後で述べる予定）。夫の赴任中から夫婦仲が思わしくなく、上京後、定頼と交際などもあって、長元年間の初め頃（一〇三〇年頃）離婚したと見られる。この間に、一条天皇と定子中宮の間に生まれた一品宮脩子内親王に仕える。宮仕えと共に、夫との赴任中に詠んだ走湯百首歌が都に知れ渡っており、四十歳前後になっていたが、歌人として数々の歌合せに出詠することになる。その最初が、長元八（一〇三五）年の関白左大臣頼通歌合であり、前述のように康平四（一〇六一）年の祐子内親王（後朱雀天皇第三皇女）名所歌合に出詠以後は記録がない。なお、この間に、大納言源師房邸の歌筵と見られ、頼通歌壇と伴にあった、和歌六人党（範永、棟仲ら）が結成（長暦から長久年代の一〇四〇頃）されており、能因法師と共に相模も指導的立場にあったとされている。

## 七、三　百人一首第六十五番歌

**・恨みわびほさぬ袖だにあるものを恋に朽ちなむ名こそ惜しけれ**（後拾遺集第十四　恋四　八一五「永承六年内裏の歌合に」）

解説　この歌の出典は、永承六（一〇五一）年五月五日内裏根合における詠題「恋」の歌である。これには、甲本（十巻本）、乙本（廿巻本断簡）と丙本（宮内庁書陵部蔵歌合卅二種本）が伝わっている。五番左で勝負は、甲本で記入されておらず、乙本で勝、丙本で持（引き分け）、となっている。一方、「栄花物語巻第三十六根あわせ」では五番左で、相模の「勝」となって、乙本に沿っている。ちなみに右相手は右近少　源経俊朝臣で、その歌を次に示す。

**・下もゆる歎きをだにも知らせばや焼**（たく）**火神のしるしばかりに**

注「焼火神」は、隠岐国の海中の神火のことで、焼火権現といって、その神に祈ると効験ありとのこと。

解説　歌合に先だって根合わせが行われている。「栄花物語」によると、州浜の垣根を尋ね歩いて、泥地に下り立っては引いてきた一丈三尺（約三・九ｍ）もある菖蒲があったと報告されている。一方、中宮（章子内親王）の女房達の装束は、菖蒲襲の袿をみな艶出しをした上に、撫子の織物の表着を重ね、蓬の唐衣と楝（おうち）の裳着を着用していた。一方、皇后宮（寛子）の女房は、菖蒲、楝、撫子、杜若などで、金銀

嵯峨野の歌碑

で花鳥の細工を施し、袖口などに縁取りをしたいずれも素晴らしい衣装の限りをつくした装束であったと示されている。

## 七、四　歌合から

### 一　長元八（一〇三五）年五月十六日　関白左大臣頼通歌合（法華三十講の法楽として催された歌合）

**二番　五月雨**　（判者は百人一首第四十九番歌大中臣能宣の子輔親）

左勝　　相模

**・五月雨は美豆の御牧のまこも草かりほすひまもあらじとぞ思ふ**（後拾遺集巻第三　夏　二〇六）

右　　東宮大夫頼宗

**・五月雨の空を眺むるのどけさは千代をかねたるここちこそすれ**

注　判者の評は甲本（十巻本）によると、「時折節に従ふとて勝つ」と評している。「袋草紙」によると、「この歌講じ出づる時、殿中鼓動して洛外に及ぶと云云」とある。なお、右歌人は甲本（十巻本）に記載なく、乙本（廿巻本）に頼宗となっているが、「栄花物語巻第三十二　謌合」（山中裕、秋山虔、池田尚隆、福長進校注・訳　小学館）では梅沢本を底本としながらも、「左経記」を勘案して東宮学士義忠朝臣としている。

解説　賀陽院水閣で行われたようで、晴儀の歌合として、天徳四（九六〇）年の村上朝期に於ける天徳内裏歌合に匹敵する、長保五（一〇〇三）年の左大臣道長歌合を凌駕する大臣家の歌合せになる。歌人として、相模（四十歳代）を始めとして、百人一首歌人の赤染衛門、公任、能因法師のほか別れた夫大江公資も見える。この時、赤染衛門は七十歳半ばにあったようで、最も多くの歌を詠んでいる。

## 二　長久二（一〇四一）年二月十二日　弘徽殿女御生子歌合（判者は権左中弁大和守藤原義忠）

**一番　霞**

左　　相模

**・春の来しあしたの原の八重霞日を重ねてぞ立まさりける**（続千載集巻第一　春上　三五）

右勝　　侍従乳母

**・春はなほ千種（ぐさ）に匂ふ花もあれどおしこめたるは霞なりけり**

判者評　霞の春の景色は、吉野の山わたりにて年来見馴れて侍れば、げに定め申し侍りぬべきを、このあしたの原、一ところに八重よりもまさりて立ち添ふと侍れば、かしこばかりの春の心いぶせう見え侍めり。なほ大方に万づおしこめたるらむこそ、さることと思ひ知られ侍れ。

**五番　早蕨**

左　　相模

**・狩人の外山をこめて焼きしより下萌え出づる野辺の早蕨**

右勝　　侍従乳母

**・花をだに折て帰らむ早蕨は荻の焼野にいまぞ生ひ出づる**

判者評　早蕨と言ふことは、いにしへの人々も様々に言ひ侍るを、これも一つの筋なり。花をだに折て帰らむとは、げにいとおかしく思ひよりて侍るを、萌え出づるを見るばかりならば、ほかもなどか求めて、などか帰らざりけむ。さて、かり人の外山をこめてと侍るは、いとあまり東路にふりたるやうに言ひつる、疎ましくこそ侍れば、かれはまされるにや。

解説　主催者弘徽殿女御生子は長和三（一〇一三）年八月十七日権中納言教通と大納言公任の女の間に生まれた一女である。長暦三（一〇三九）年十二月廿一日に後朱雀帝に入内して梅壺に居たことから梅壺女御とも言われる。後朱雀院崩御の後、天喜元（一〇五三）年出家して尼となり、治暦四（一〇六九）年崩じた。

この歌合では、相模の外、赤染衛門、伊勢大輔、良暹等の百人一首の歌人も参加している。

## 三　永承三（一〇四八）年春　鷹司殿倫子百和香歌合

**七番　桃の花**

左　　斎院出羽

・君が代に幾たび折らむ三千歳の春を数へて咲く桃の花

右　　相模

・君が代の三千歳に咲く桃の花百千（ももち）の色をつみぞ重ねむ

**九番　岩躑躅**（未木和歌抄　巻第六　春六　二二二四と五）

左　　良暹

・知りぬらむ三世の仏の岩躑躅云はねど思ふ心深さは

右　　相模

・ふりはへて折りに来たれば高麗錦紅深きをかつ躑躅かな

十番　藤の花

左　　　　　　　　　　侍従乳母

・藤の花咲きぬるときは松が枝に人の心もかかりぬるかな

右　　　　　　　　　　相模

・藤の花たづぬる人の心さへ木高き松にかかりぬるかな

解説　倫子は道長と結婚し、彰子、頼通、妍子、威子、教通、嬉子の二男四女を生み、後一条、後朱雀、後冷泉三代の外祖母として、御堂の栄花を道長と共にしたことはご存知と思う。

「百和香」はもともとその名の通り、合わせ薫き物の一名称と見られるが、ここでは、詠題の示す通り、花の香りを百和香に譬えたものとみられる。歌人では、相模の外、先に示した侍従乳母、良暹などが参加している。

## 四　永承四年（一〇四九）十一月九日　内裏歌合

八番　初雪

左　　　　　　　　　　式部大輔

・梅が枝のまだ咲かなくに散る花は今朝初雪の降りかかるらむ

右勝　　　　　　　　　相模

・都にも初雪降れば小野山の槇の炭がま焚きまさるらむ（後拾遺集巻第五　冬　四〇一）

十二番　千鳥（後拾遺集巻五　冬　三三八と三三九）

左　　　　　　　　　　堀河右大臣

・佐保側の霧のあなたに鳴く千鳥声は隔てぬものにぞありける

右　　相模

・難波潟朝満つ汐に立つ千鳥浦づたひする声ぞきこゆる

注　これらの歌は、後拾遺集の入手歌から示したもので、歌合の本文補遺十に相模の歌が掲載されている。根幹本文の甲本では、左に中宮亮兼房朝臣の歌があって、左に堀河右大臣の歌が、内大臣の歌として掲載されている。

十四番　恋

左持　　中宮亮兼房朝臣

・つれなさに思ひ絶えなでなほ恋ふるわが心をぞいまは怨むる

右　　相模

・いつとなく心そらなるわが恋や富士の高嶺にかかる白雲（後拾遺集巻十四　恋四　八二五）

解説　冷泉天皇による内裏歌合であり、内裏が消失しており、京極殿の西の対で行われたと見られる。この内裏歌合は寛和二（九八六）年に開催された花山院内裏歌合以来六十三年にして初めて復活した歌合であったが、天徳四年の歌合を意識して開催された歌合ではあったが、実質は永らく続いてきた大臣家歌合と変わらないもので、関白左大臣頼通が再配していたようである。判者は先に述べた師房であった。ただ、歌人は百人一首に見られる相模の外、能因法師、大弐三位、伊勢大輔、経信などが入っており、後拾遺集の十四首を始め、二十首がその後取上げられている。能因の百人一首六十九番歌はこの時詠まれている。

## 五　永承五（一〇五〇）年四月廿六日前麗景殿女御延子歌絵合

一番　鶴

左　　　　　　　　　　　　　　　　相模

・万づ代の影を並べて鶴のすむ藤江の浦は松ぞ木高き（続後拾遺集巻第十　賀歌　六二五）

心ばへあり、姿形をかしきはしるし等の百人一首の歌人も参加している。

右　新中納言読み給う　　　　　　　伊勢大輔

・葉替へせぬ松の塒（ねぐら）に群れ居つる千歳を君にみな譲るかな

つづきなどもおかしと聞こゆるに、左の人々、葉替へつとあるをなむ、言ひ難じ給ふやうありける。

二番　卯花（後拾遺集巻三　夏　一七五と一七六）

左　　　　　　　　　　　　　　　　相模

・見渡せば波のしがらみかけてけり卯花咲ける玉川の里

したたかに聞こゆれど、

右　　　　　　　　　　　　　　　　伊勢大輔

・卯花の咲きけるさかりは白波の立田の川の堰とぞ見る

末いまめかしく心有など侍る。ゆかりごとにぞ。

三番　月

左　　　　　　　　　　　　　　　　相模

・宿ごとに変わらぬものは山の端の月を眺むる心なりけり

絵のさまをかしく思ひあるようなりなど賞め給うに、

右　　　　　　　　　　　　　加賀左衛門

・**山の端のかからましかば池水に入れども月は隠れざりけり**

なべてならずや。

解説　後朱雀天皇の皇女正子内親王を楽しませようとして、その母の女御延子と祖父の頼宗が取り図ったとみられる。源氏物語の絵合の巻の絵合は良く知られているが、史実として残されている中では最古の例である。

古今著聞集には、次のように述べている。「春の日の徒然に暮らすよりは、常ならぬ挑みごとを御前にご覧ぜさせばや。昔よりきこゆる花合は、散りて古き根にかえりぬれば匂い恋し。古今後撰など青柳のいと繰り返し見れども飽かず。紅葉の錦染め出だす心も深き色なれども、左右に定めて歌の心詠み人を絵に描きて合わせられけり。古の歌の深きに添えて、今の言葉のあさきが混じり足らむ珍らしくやとて、歌三つを連ねけり。題は、鶴・卯花・月になむ侍りけり。」

## 六　永承五（一〇五〇）年六月五日庚申　祐子内親王歌合　判者　内大臣頼宗

**六番　桜**

左勝　　　　　　　　　　　　相模

・**浅緑霞む山辺は白栲**（たへ）**の桜にのみぞ春は見えける**

右　　　　　　　　　　　　　能因法師

**十二番　郭公**

左持　　　　　　　　　　　　相模

・**春霞志賀の山越えせし人に逢う心地する花桜かな**

・五月雨も飽かでぞ過ぐる郭公夜深く聞きし初音ばかりに（新勅撰集巻第三　夏　一七二）

右　　能因法師

・夜だに明けば尋ねて聞かむ郭公信太の森の方に鳴くなり

十八番　萩

左持　　相模

・露結ぶ萩の下葉や乱るらむ安騎野の原に牡鹿鳴くなり（続千載集巻第四　秋上　三九七）

右　　能因法師

・秋の野に妻を恋ひつつ鳴く鹿はしがらむ萩に慰みやする

解説：主催者は祐子内親王であっても、実質は外祖父の頼通である。相模を始め、百人一首歌人の伊勢大輔、大弐の三位、能因法師の外、和歌六人党の面々も出詠している。このように、晴儀の歌合の上に、歌人本位の新形式の歌合と見られている。

## 七　康平三（一〇六〇）年三月十九日　祐子内親王名所歌合

二一番　恋　逢はでの森　　相模

・歎きのみ茂くなりゆく我が身かな君に逢はでの森にやあるらむ

「和歌色葉集」によると次の詞書有、

高倉の一宮にて、国所の名を合わせ給ひけるに、相模が詠めるなり。逢はでの森は尾張の国にあり、昔妻夫を見むとて尋ね行きけるに、彼の森に行き付きて、逢ひ見ずして死にけり。是によりて、逢はでの森とは名付けけり。さてその国を、をはりと言ふは、終と書きてけるを、尾張とは注するなりと言へり。

解説　この歌合には、相模の外、百人一首歌人の祐子内親王家紀伊が参加している。なお、開催された年代が、康平三年なのか四年なのかの異同がある。ここでは、和歌色葉集によった。

## 七、五　歌合せからのまとめ

相模が最も宮廷で活躍した歌合の中からその代表的な内容について紹介した。歌合せを通じて年代の違った人々との交流を通して、相模の活躍した時代が見えてくる。村上朝期の最も有名な天徳歌合以来、武士の台頭もあって、停滞状況にあったが、本格的な歌合せは、藤原摂関家が主催する時代から再び華やかとなる。これが、天皇家が主催する歌合せへと引き継がれるが、その主たるところは摂関家であった。このような時代に相模があり、ここでの交流を通じて和歌のやり取りを行っている。これにつては次節に譲る。更に、夫公資とともにあった相模での走湯百首など後述の「七、九」で述べることにする。

## 七、六　和歌による交流

前節で述べてきたように、数々の歌合に出詠しており、それに伴って、個人的な交流もあって歌を交わしている。そこから代表的なところを紹介する。

### 一　和泉式部との交流

相模は和泉式部（百人一首第五十六番歌）より二〇歳程度若い間柄であるが、相模との繋がりは、和泉式部の父大江雅致と相模の夫大江公資が同じ大江氏であること、和泉式部の夫橘道貞と相模の最初の恋人であった橘則長（清少納言（百人一首第六十二番歌）の子）等の繋がりが想定されている。

相模と和泉式部の歌のやり取りを次に紹介する。最初の贈答歌は一条天皇第一皇女一品脩子内親王がまだ出家されていない（治安四（一〇二四）年三月）以前の時のようで、家の庭の植え込みを自慢して

・**わが宿を人に見せばや春は梅夏は常夏秋は秋萩**

注　「常夏」は撫子の別称

これを見て、一品の宮相模

・**春の梅夏の撫子秋の萩菊の残りの冬ぞ知らるる**

注　「一品の宮」にお仕えしている相模からで、「返し」でないところから、和泉式部の歌を伝聞ではなく、どうして見たかについては不明の所がある。

相模の歌では、冬を入れた内容になっているのが、面白い。

次に、小式部内侍（百人一首第六十番歌）が出産で亡くした母和泉式部の悲しみの中での相模の贈答歌がある。当時は出産に伴ってのこのような事例が比較的多く見られたようである。

同じ頃、相模が妻のもとより、おばのもとに

・**親おきて子に別れけむ悲しびの中をばいかが君も見るらむ**

注　小式部内侍が亡くなったのは、万寿二（一〇二五）年十一月のようで、詞書から相模守の妻と言うことで、相模があてられている。

返し

**・親のため人の喪事は悲しきをなぞか別れをよそに聞きけむ**

注　今までは人ごとのように思っていたが、我が身が経験して初めて子を亡くした親の辛さを感じた。

## 二　伊勢大輔と赤染衛門

伊勢大輔（百人一首第六十一番歌）は相模より十歳程度年上で、ともに後一条朝から後冷泉朝に活躍した歌人であり、上東門院彰子と三条中宮妍子（相模が公資と結婚する前、最初お仕えした。大江公資と離別後は一品宮脩子内親王にお仕えする）とそれぞれお仕えした方は違っていたものの、いずれも道長の娘であり、早くから交流が見られる。次に、赤染衛門は相模より四〇歳程も年長で長命であった。相模とは、関白左大臣頼通歌合や弘徽殿女御生子歌合などで同席している。また、伊勢大輔の父（大中臣輔親）が亡くなった折には、次に示すように、その死を悲しむ歌を詠み交わしている。

相模が久しくおとせざりしかば、木の葉に書きて

**・木の葉だに風の便りに問ひくるにひとこそ人を忘れはつめれ**

注　伊勢大輔の歌に対して、この時は相模からの返歌は見られていない。

三位（大輔の父大中臣輔親）うせて後、世の中徒然におぼえし頃、赤染（衛門）がもとに

**・あとくれて昔恋しき敷島の道を問うとふ尋ねつるかな**

返し、赤染（衛門）

**・八重葎たえぬる道と見えつれど忘れぬ人はなほ尋ねけり**

これを聞きて、相模

**・文かよふ人だになきは敷島の道知らぬ身は憂きにぞ有りける**

返し（伊勢大輔）

・**いそのかみふるのの道の導にはいまゆく末も君をこそせめ**

注　輔親が亡くなったのは、長暦二（一〇三八）年のこと。

入道（大輔の夫高階成順）がうせたる頃、時雨のせしに、相模

・**見し月の光なしとや歎くらむ隔つる雲に時雨のみして**

返し（伊勢大輔）

・**月影の雲隠れにしこの宿にあはれをそふるむら時雨かな**

注　成順が亡くなったのは、長久元（一〇四〇）年八月十四日のこと。

## 三　能因法師（能因法師集から）

能因法師（百人一首第六十九番歌）は相模の夫大江公資と親交があったことと、その後は共に和歌六人党（藤原範永をはじめとする友人・血縁からなるメンバーで、一〇四〇年前後の大納言師房家歌合に同席している）を指導し、歌合にも同席している間柄である。

公資朝臣のさがみになりてくだるに（寛仁四（一〇二〇）年云云）　能因法師

・**故郷を思ひいでつつ秋風に清見が関を越えむとすらむ**

「清見が関」は現在の静岡市清水区にあり、天武天皇の時代に設けられ、当時東国から守る関所として使用されていたが、鎌倉時代になるとその機能もすたれていった。

津の国に住む昆陽の入道（能因）、歌ものがたりなど大方にいふなりけり。門の前をわたるとて、「急ぐ事ありてえ参らず、何事か」と言ひたれば

・**なには人急がぬ旅の道ならば昆陽とばかりも言ひはしてまし**

注「昆陽」は伊丹市の地名で、これに「小屋」「来や」「此や」など掛詞として歌に詠まれている。ここでは、昆陽に住む能因と、歌では「来や」を掛けている。小曽部（高槻市）にも居住しており、縁の所がある。

## 四　権中納言定頼

定頼（百人一首第六十四番歌）は大納言公任（百人一首第五十五番歌）の息子であり、前述のように小式部内侍の百人一首の歌を詠ませた張本人であることは良く知られている。その他にも数々の女房との交流が見られる。相模もその一人であるが、最初に仕えた三条中宮妍子に出仕の折と、一時大江公資との結婚によって途絶えるものの、公資と別れた後も再び交流が始まっている。後の七、九節で述べる相模の「走湯百首」に返歌があるがその作者が定頼ではないかという説もある。しかし、定頼との仲も長く続かなかったようである。

### ①　定頼を想い独詠

あさましくこちめきて吹く秋風やと見る程に、靡く薄の常ならず。眺めやるかたもおもむきたるに

・**花薄ただそのかたを招くとも風の便りにほのめかさばや**

・**しらじかし思ひもいでぬ心にはかく忘れられず我歎くとも**（千載集巻第十三　恋三　七八一）

・**転寝にほどなく目覚めし夢をだにこの世にまたも見でぞやみなむ**（千載集巻第十五　恋五　九〇四）

よそながら憎からず見し人の、音せざりしに

・**逢ふことのなきよりかねて辛ければさてあらましに濡るる袖かな**（後拾遺集第十一　恋一　六四〇）

解説　千載集の恋三や恋五をみると、既に定頼と交際があり、相模が思い悩んでいることが歌に見られる。

② **定頼とのやり取り　その一**

九月の廿日あまり、時雨をかしきほどの夕暮に、ある所にさしおかせし。としごろの北の方（定頼妻）を去りて離れゐ給へりと聞きしかば

・**人知れず心ながらや時雨るらむふけゆく秋の夜半の寝覚めに**（後拾遺集第十六　雑二　九三七）

覚え無き人の消息をあやしがり聞こえたりしかば

・**かすめても何か言ふべき浅緑うはのそらなることならなくに**

返し

・**霞むるもおぼつかなしや浅緑春に知られぬ埋れ木にして**

いかで聞き給ひけむ、久しうありてかれ（定頼）より

・**年経ぬるしたの心やかよいけむ思ひもかけぬ人**（相模）**の水茎**（消息）

使ひ人とめて返り事

・**もりにける岩間がくれの水茎に浅き心をくみやみるらむ**

解説　定頼が妻と別れていると聞いて手紙をやって相手から遣いをよこして返事してきたことに対して、遣いを待たせておいて返歌した三首である。相模の方が積極的である様子が伺える。

③　**定頼とのやり取り　その二**

人のもと（定頼）より。「自らはほかにてを（以前、自宅以外の他の場所でお目に掛かれればと相模が手紙を出していたか）」と言はせしを思ひ出でたるにや

・**初霜のおきふしぞ待つ菊の花しめのほかにはいつかうつろふ**
返し（相模）
・**折りそめば霜がれぬべき色を見てうつろひがたき白菊の花**
解説　相模から積極的な誘いをかけておきながらも、いざとなると、多くの女房との交際の多い定頼に戸惑いをみせている。

④　**定頼とのやり取り　その三**
風いたう吹く日、梢のこらず見えしに、ある所に
・**言の葉につけてもなどか問はざらむよもぎの門もわかぬあらしに**（後拾遺集第十六　雑二　九五六）
返し（定頼）
・**八重ぶきのひまだにあらば葦のやにおとせぬ風はあらじとをしれ**（後拾遺集第十六　雑二　九五七）
また返し（相模）
・**こやとても風に靡びかばくゆりつつ葦火の煙たちやまさらむ**
注　和泉式部「津の国の昆陽とも人をいふべきにひまこそなけれ葦の八重ぶき」後拾遺集第十二　恋二　六九一
解説　相模の方が積極かと言えば、何処か躊躇が見られる歌のやり取りである。

## 五　大納言経信

経信（百人一首第七十一番歌）とは後冷泉天皇主催の二度の歌合で同席・出詠しているので、互いに周知の仲である。

ところで、経信との歌のやり取りは、相模が仕えている一品宮脩子内親王の所に出向いた経信が連歌の下の句を相模

に贈る。これに対して相模がすかさず上の句を贈っていることが経信集に見える。それを紹介する。
十月ばかりに、入道一品宮に参りたりしに、相模が急ぎ出てあひて、こと人となむおもひつるにといひしかば、心なくまゐりにけるかなといひしほどに、月いとあかかりしに、しぐれのせしを見て

**月ふり隠す雨のおとして**

といひしかば、相模

**から衣袖こそぬるれ秋の夜は**

注　経信が相模の待ち人でないのを祭して、時雨が月(相模の待ち人)を隠していると、言ったのに対して、相模が、そうなんです。そのために袖が時雨で濡れるように、涙でぬれていますと上の句で返歌している。

## 七、七　養い父頼光の説話と伝説

頼光には後世に成立した「今昔物語」「宇治拾遺物語」や室町時代の「御伽草子」並びに「能」などに採り上げられた武勇伝がいろいろ紹介されている。その代表的なものに、丹波大江山の酒呑童子討伐と土蜘蛛退治がある。これには、頼光四天王が関わっており、渡辺綱、坂田金時、碓井貞光、卜部季武の四人に加え、酒呑童子討伐には和泉式部の夫藤原保昌等の家臣団を率いていたことが知られている。

大江山酒呑童子の最初の作品は重要文化財「大江山絵巻」二巻本(大阪の逸翁美術館蔵)で南北朝時代(十四世紀)に書かれたもの。

上品蓮台寺内の源頼光朝臣塚(「土蜘蛛」縁の所)

その後、室町時代に入ると、謡曲「大江山」として伝わる。江戸初期に入って「御伽草子」が刊行されて一層の普及が見られようになる。物語は大江山に住む鬼が都を荒らしまわるので、その退治を頼光以下四天王と保昌が神々の加護を得て退治すると言う物語である。福知山市大江町では「日本の鬼の交流博物館」始め縁の所がある。この背景には、世の中の政情不安もあって、都を荒らしまわる盗賊類の征伐がその背景に見られるようだ。

もう一つの土蜘蛛退治の話は、「土蜘蛛」と「土蜘蛛草紙」が見られる。いずれも頼光の土蜘蛛退治であるが、話の内容が少々違っているようだ。

東京国立博物館にある、重要文化財の「土蜘蛛草紙」は南北朝時代の絵巻で、「御伽草子絵巻」として、前記「大江山絵巻」と共に角川書店より発行されている。またこれも能の五番目物として演じられている。東海大学の建学祭の折、この演目を拝見した記憶がある。

## 七、八　相模集から

### 一　四季の歌

詞書「春の歌とて」

・**花ならぬなぐさめもなき山里に桜はしばし散らずもあらなむ**（玉葉集巻第二　春下　二二九）

詞書「仲春」

・**なにか思ふなにかをか嘆く春の野に君よりほかに菫つませじ**（相模集）

詞書「正子内親王の、絵合しはべりける、かねの草子に書付はべりける」

・見渡せば波のしがらみかけてけり卯の花さける玉川の里（後拾遺集第三　夏　一七五）

詞書「花橘をよめる」

・五月雨の空なつかしく匂ふかな花橘に風や吹くらむ（後拾遺集第三　夏　二一四）

詞書「題知らず」（相模集詞書「蝉の声」）

・下紅葉一葉づつ散る木（こ）のしたに秋とおぼゆる蝉の声かな（詞花集巻第二　夏　七八）

詞書「題知らず（百首歌・早秋）」

・手もたゆくならす扇のおきどころ忘るばかりに秋風ぞ吹く（新古今集巻第四　秋上　三〇九）

詞書「題知らず」（相模集詞書「文月の八日暁に風のあはれなるを、昨日の夜よりといふことを思ひいでて」）

・暁の露は涙もとどまらでうらむる風の声ぞのこれる（新古今集巻第四　秋上　三七二）

注　大江朝綱「和漢朗詠集」風従昨夜声弥怨　露及明朝涙不禁（風は昨夜より声いよいよ恨む　露は明朝に及んで涙禁ぜず）

・あはれにも暮れゆく年の日かずかな返らむことは夜のまと思ふに（千載集巻第六　冬　四七一）

詞書「年の暮れの心をよめる」

## 二　恋の歌

・いかにせむ水隠（みこも）り沼の下にのみ忍びあまりて言はまほしきを（玉葉集巻第九　恋一　一二七一）

詞書「恋のうたのなかに」

・たのむるをたのむべきにはあらねども待つとはなくて待たれもやせむ（後拾遺集第十二　恋二　六七八）

詞書「男の「待て」といひおこせてはべりけるに返り事に詠み侍りける」

詞書「しのびて物思ひ侍りけるころ、色にやしかりけむ、うちとけたる人、などか物むつかしげにはと言ひはべりければ、心のうちにかくなむ思ひける」

・もろともにいつかとくべき逢ふことのかたむすびなる夜はの下紐（後拾遺集第十二　恋二　六九五）

詞書「恋の歌とて」

・もえこがれみをきるばかりわびしきは嘆きのなかの思ひなりけり（玉葉集巻第十一　恋三　一五二八）

詞書「題知らず」

・わが袖を秋の草葉にくらべばやいづれか露のおきはまさると（後拾遺集第十四　恋四　七九五）

詞書「題知らず」

・焼くとのみ枕のうへにしほたれてけぶり絶えせぬとこのうらかな（後拾遺集第十四　恋四　八一四）

詞書「ほどなく絶えにける男のもとへ言ひつかはしける」

・ありふるも苦しかりけりながからぬ人の心を命ともがな（詞花集巻第八　恋下　二五三）

詞書「大江公資にわすられてよめる」

・夕暮れは待たれしものを今はただゆくらむかたを思ひこそやれ（詞花集巻第八　恋下　二六八）

詞書「題知らず」

・うたた寝にはかなくさめし夢をだにこの世にまたは見でややみなむ（千載集巻第十五　恋五　九〇二）

詞書「題知らず」

・色変る萩の下葉を見てもまづ人の心の秋ぞしらるる（新古今集巻第十五　恋五　一三五二）

詞書「題知らず」

・稲妻はてらさぬ宵もなかりけりいづらほのかに見えしかげろふ（新古今集巻第十五　恋五　一三五三）

詞書「題知らず」

・我も思ふ君もしのぶる秋の夜はかたみに風の音ぞ身にしむ（新勅撰集巻第十五　恋五　一〇二一）

## 三　哀傷

詞書「枇杷皇太后宮（三条天皇の后・妍子）かくれて後、十月ばかり、かの家の人々の中に、たれともなくてさしおかせける」

・神無月しぐるる頃もいかなれや空にすぎにし秋の宮人（新古今集巻第八　哀傷　八〇四）

詞書「（永承四年」二月十五日のことにやありけむ、かの宮（脩子内親王）の葬送の後、相模がもとにつかはしける小侍従命婦」

・古への薪もけふの君が世もつきはてぬるをみるぞ悲しき（後拾遺集第十　哀傷　五四六）

返し

・時しもあれ春のなかばにあやまたぬ夜はの煙はうたがひもなし（後拾遺集第十　哀傷　五四七）

# 七、九　相模集のうち走湯権現奉納百首から

夫公資とともに赴任地相模国にあった治安三（一〇二三）年正月伊豆山の走湯権現に参詣し、百首歌を奉納している（初度奉納百首）。その後、権現返歌百首があり、更に相模の再度奉納百首がある。

## 一　初度奉納百首から（相模集二二二～三一九）

詞書「常よりも思ふ事あるをり、心にもあらで東路へ下りしに、かかるついでにゆかしき所見むとて、三とせといふ年の正月、走湯に詣でて、なに事もえ申しつくすまじうおぼえしかば、みちに宿りて、雨つれづれなりしをり、心の内に思ふことを、やがてたむけの幣を小さきそうしに作りて書きつけし。百ながらみな古めかしけれども、やがて、さしはへてけしきばかりかすむべきならねば、まことにさかしう心づきなき事多かれど。にはかなりしかば、社の下に埋ませてき。精進のほどは斎（とき）といふ事をぞせし。」

① 子をねがふ
・薫物の子を得むとのみ思ふかな一人ある身の心細さに
・光あらむ玉の男児得てしかな掻き撫でつつも多したつべく

② うれへをのふ
・いづれをかまづ憂へまし心には能はぬ事の多くもあるかな
・数ならぬ我は我にぞ嫌はるる人とひとしきめをみてしかな

③ 心の中をあらはす
・手にとらむ思ふ心はなけれどもほの見し月の影ぞこほしき
・忍れど心の内にうごかれてなほ言の葉にあらはれぬべし

④ 夢
・いかでとく夢の標しをみてしかな語り伝ふる例にもせむ

・慈しき君が面影あらはれてさだかにつくる夢を見せなむ

⑤　雑

・明け暮れの心に掛けて箱根山二年三年出でぞたちぬる
・東路にきては悔しと思へども伊豆に向かふぞ嬉しかりける
・清めつつ書きこそ流せ水茎のしるしも早くあらはれよとて

## 二　権現返歌百首から（相模集三二〇〜四二一）

詞書「いかでかみつつけむ。四月十五日に、かのやまのある僧のもとから、権現の御かへりとておこせたりしかば、あさましう、思ひかけず、はづかしうこそ書きつづけたれど、うるさければとどめつ」

・身にきけるみそじあまりのたまづさをかざされぬれば光をぞます

①　子まうす

・独のみある物ならはたきものゝ子は得易しと思ひしらなむ
・光あらば祈りしことも叶ひぬといはせてしかな撫子の花

②　うれへ

・何れをも何か憂れふる今よりは能わぬ事もあらじとぞ思ふ
・波の越す松は色こそまさりけれあさく頼むな思ひそめてき

・さしながらみな理は音に聞くただすの神ともろ心して

③　心の中

・いはねども頼みをかけは何事か心の中にかなはさるへき

・憐れびに又憐れびをそへたらばこの世かのよに思ひ忘れじ

④　夢

・夢ならばことかたざまにちがえつつ語りあわせむしるしあらせむ

・今は唯身には離れぬ影なれば夢ならずともみえざらめやは

⑤　雑

・箱根山あけくれ急ぎこし道の標しばかりはありと知らなむ

・何事が悔しかるべき伊豆にきて身の栄ゆべき影をみつれば

## 三　再度の奉納百首から

詞書「とりしかば、またこれよりただならむやはとて、さてその年館（たち）の焼けにしかば、「かかる事なむある。穢らはしきほどにおのづから」と人の言ひしかば、あやしく本意なくて、上るべきほそちかくなりて例の僧にやりし、これよりも序のやうなることあれど、さかしうにくければ書かず。」

① 子をねがふ

・たきものの子ばかりしみてこひしかどかひなかりける身をくゆるかな

・ひろふべきかたもなぎさに身ゆるかなこをや言ふらむうつせがひとは

② うれへ

・憂かりける身のおこたりの理は憂れへて後も我のみぞする

・神ながら人ながらとぞ恨めしき憂へし事のはしもならねば

③ 心の中

・言ひ出でて心の内にくだくれば水を結びて石やうつらむ

・憐れびをあらはすとみば何事か心のうちに思ひしもせむ

④ ゆめ

・憂き事を違ふる夢の見えたらば寝ても覚めても嬉と思はむ

・良き事を急ぎも見せばよとともにただ夢主の神をほがはむ

⑤ 雑

・ふたつなき心にいれて箱根山祈るわが身をむなしからすな

・この度は心もゆかぬ相模路にわたにしより物をこそ思へ

**・走る湯に行き通ひにしみづぐきは神の心はゆかざらめやは**

注　奉納したのは伊豆か箱根かが分かれているが、「走湯」に見られるように、伊豆の方であり、一連の歌の中でもそのことが伺える。次に「権現返歌」は誰がよこしたかについてであるが、近藤みゆき氏が指摘しているように、定頼ではないかと思われる。もちろん、「歌は権現の社の下に埋めた」とあるので、別に都に写しを送っているとしか考えられない。

## 七、十　物詣歌

詞書「はるかなるほどに有りしおり目にわづらふことありて日向という寺にこもりて薬師経などよませしついでにいでし日はしらに書きつけし」

**・さしてこし日向の山を頼むには目も明に見えざらめやは**

注　日向薬師は神奈川県伊勢原市の大山の東隣にある。元正天皇霊亀二（七一六）年行基が開創したと伝えられ、歴代天皇の帰依深く、また、頼朝、政子をはじめ足利氏、北条氏、徳川氏の助力を得て今日に至っている。

## 七、十一　まとめ

相模が最も宮廷で活躍した歌合の中からその代表的な内容について紹介した。最初に紹介した歌合せを通じて年代の違った人々との交流を通して、相模の活躍し

日向薬師境内の歌碑

た時代が見えてくる。村上朝期の最も有名な天徳歌合以来、武士の台頭もあって、停滞状況にあったが、本格的な歌合せは、藤原摂関家が主催する時代から再び華やかとなる。これが、天皇家が主催する歌合せへと引き継がれるが、その主たるところは摂関家であった。このような時代に相模があり、ここでの交流を通じて和歌のやり取りを行っている。次いで、相模と同時代の歌人との交流を主体に述べてきた。更に、夫相模守と共に過ごした相模での生活と、「走湯百首」を中心に述べた。子供の授かることを願うが、これが叶わず、夫ともうまくゆかずこの苦悩が読み込まれている。

相模は、夫公資の赴任に伴って相模の地にやってきたが、あまり馴染めなかったようで、走湯百首にあるように、子供の授かることを願っている。結局これも叶わない中で、その後公資と別れて一品宮脩子内親王に出仕する。その後は都にあって、数々の歌合に出詠し、七十歳までの動向が知られている。

# 八　周防内侍の和歌と今物語から

## 八、一　歌人の周辺

ここでは百人一首第六十七番歌の周防内侍を取り上げる。父は平棟仲（従五位上周防守）、母は加賀守従五位下源正職の女で、後冷泉院女房で、小馬内侍と呼ばれた。本名平仲子、一〇三七年頃生まれ～一一〇九年以後程なく没す。後冷泉天皇代に出仕。治暦四（一〇六八）年四月に天皇崩御により一旦退官したが、その後、後三条天皇、白河天皇、堀河天皇の四代に渡って宮廷に使えた。掌侍正五位下に至る。歴代の多数の歌合せに参加。勅撰集には三十六首入首。周防内侍集がある。女房三十六歌仙の一人。栄華物語の作者の一人（第三十八「松のしづく」～第四十「紫野」）と見られている。

注　第一「月の宴」～第三十「鶴のはやし」赤染衛門、第三十一「殿上の花見」～第三十七「煙の後」出羽弁

## 八、二　百人一首第六十七番の歌（千載集巻第十六　雑歌上　九六一）

詞書　二月ばかり月あかき夜、二条院にて人々あまたゐあかして物語などし侍りけるに、内侍周防よりふして「枕を

がな」と忍びやかにいふを聞きて、大納言忠家（俊成の祖父）「是を枕に」とて、かひなを御簾の下よりさし入れて侍りければよみ侍りける。

**春の夜の夢ばかりなる手枕にかひなくたたむなこそ惜しけれ**

忠家返歌　**千載集巻第十六　雑歌上　九六二**

詞書　といひ出し侍りければ返事に詠める

**契りありて春の夜ふかき手枕をいかがかひなき夢になすべき**

注　百人一首の歌は、その後、新時代不同歌合（後九条内大臣基家の撰　文永期（一二七〇年頃））で平政村と女房三十六人歌合（撰者不明　鎌倉中期ごろ）で中務と合わせられる。

注　この歌は、定頼にからかわれて即座に詠んだ小式部内侍の百人一首の歌「大江山いくのの道」や同じく小式部の教通（二条前大臣）に「死なむとせしになど問はざりつるぞ」と言われて詠んだ「死ぬばかり嘆きにこそは嘆きしかいきてとふべき身にしあらねば」などのように当意即妙の歌である。

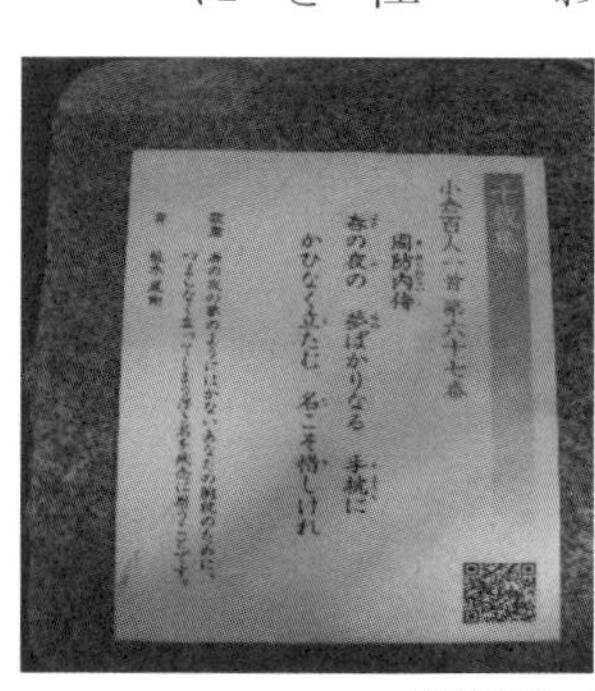


嵯峨野の周防内侍の歌碑

## 八、三　歌合せから代表的な歌を紹介

一　前関白師実歌合せ（嘉保元（一〇九四）年八月十九日）

桜　三番

左勝　　周防内侍

**山桜をしむ心の幾たびか散るこのもとにゆきかへ**（または「か」）**るらむ**

右　　顕綱朝臣

**花ゆゑにかからぬ山ぞなかりけり心は春の霞ならねど**

右の歌の「かからぬ山」といふ事は、中比（ごろ　今と昔の中間）の歌にて、皆人知りたる歌なり。また、霞は「かからぬ」とは詠まれてやあらむ。おぼつかなければ、左の勝ちとや申べからむ、とて負く。

注「かからぬ山」の例歌は「思へども猶うとまれぬ春霞かからぬ山もあらじと思へば（古今集巻第十九　俳諧歌　一〇三二　読み人知らず）」、「いづくとも所定めぬ白雲のかからぬ山はあらじとぞ思ふ（拾遺集巻第十九　雑恋　一二一七　読み人知らず）」、「白雲と遠（おち）の高嶺に見えつるはまどはす桜なりけり（金葉集巻第一　春　四二　春宮大夫公實）」

**郭公　三番**

左勝　　周防内侍

**夜をかさね待ちかねやまのほととぎす雲のよそにて一声ぞきく**

右　　顕綱朝臣

**あくるまでまちかねやまのほととぎすけふもきかでやくれむとすらむ**

この歌どもは、ただ同じようにのみ聞こえ侍るを、左はほととぎす聞きたる歌なり。右のはまだ聞かねば、先々も聞きたるをぞまさるとは申すめる。

**月　三番**

左勝　　周防内侍

常よりも三笠の山の月影は光さしそふあめのしたかな

右　　　　　　　　　　　　　　　　　顕綱朝臣

いははしのかみのちぎれるかひもなくくまなく照らす秋の夜の月

右のいははしのかみのこころよまれたるは、かつらぎのかみにや侍らむ。さらばこのはしをば、えわたらじとこそいひつたへたれ。月にはわたさじとやはあらむ。月のあかきが昼のようなればとあらばこそさもみえめ。さらは月のかぎりをよまれたれば、かみもさやはいひしとおぼさむと思たまふれば、ひだりの勝ちにや侍らむ。

雪　三番

左　　　　　　　　　　　　　　　　　周防内侍

雪もみなふるかひありてつもればや白雲かかる山となるらむ

右勝　　　　　　　　　　　　　　　　顕綱朝臣

とやまにはしばのしたばも散りはててをちのたかねに雪ふりにけり

左の歌は、白雲かかるやまとなるらむといふことば、ふるきこととこそおぼえはべれ。右の歌のしたばしもちりはつといふこともいかがあらむ。

祝　三番

左　　　　　　　　　　　　　　　　　周防内侍

君が代はかめのをやまにすむ鶴のけごろもさへや千代をかさねむ

右勝　　　　　　　　　　　　　　　　顕綱朝臣

君が代はながゐのはまのさざれいしのいはねの山となりはつるまで

## 二　堀河院艶書合（康和四（一一〇二）年五月から）

堀河院和歌をもたぐいなく詠ませたまひて、五月の頃つれづれに思し召しけるにや、歌詠む男女、詠み交はさせてなむご覧じける。

内にて、殿上の人々歌詠むときこゆるに、宮づかへ人のもとに懸想の歌詠てやれと仰せ言にて（五月二日）

一番　大納言公実

**おもひあまりいかで漏らさむ奥山の岩かきこむる谷の下水**

二番　返し　周防内侍

**いかなれば音にのみ聞く山河の浅きにしもは心よすらむ**

また同じ月の七日に、ありつる女房のもとに、恋の歌よみてまゐらすべきよし仰せられければ、七日と聞こえて参らす。

二九番　周防内侍

**人知れぬ袖ぞつゆけき逢ふことはかれのみまさる山の下草**

三十番　返し　宰相中将（関白師実の息子忠教）

**奥山の下かげ草はかれやする軒ばにのみは自れなりつつ**

## 三　郁芳門院媞子内親王根合（寛治七（一〇九三）年五月五日）

**恋**　**五番**

左先読　大弐（藤原道宗女）

衣手はなみたにぬれぬくれなゐのやしほは恋の染めるなりけり

右　　　　　　　　　　　　　　　　　内周防掌侍

恋わひてなかむる空のうき雲や我しもたえの煙りなるらむ

・「今鏡　上　根合」によると。判者は六条の右大臣殿（源顕房）せさせ給へり。右の歌詠めけるを、判者、「あはれつかうまつりたる歌かな」と侍りければ、右の歌人「勝ちぬ」とて、この歌詠むじて立ちにけるとなむ。二位大納言の宰相におわせしにかはりて、孝善が「ひくてもたゆく長き根の」と詠みとどめ侍るぞかし、とある。

注　あやめ草ひくてもたゆく長き根のいかであさかの沼に生ふらむ　孝善（金葉集第二　夏　一二七）

・「中右記」（宗忠　左方人）逸文によると、判者の顕房が判する前、左右の念人（味方の勝利を祈念してひいき応援・助力する人）である上達部たちは座を起っていたとあり、

・「江記」（大江匡房　右念人）によると、周防掌侍のもとに歌がよくできているので、慶賀の使いをしたとある。

・「袋草紙下巻　故人の和歌の難」から

郁芳門院媞子内親王根合に、周防内侍の歌に、「わがしたもえのけぶりなるらむ」とよめる、また人の、「もえむ烟のそらにたなびく、禁忌有るの由人申しけり」と云々。作者の凶かと思ひしに、先ず女院崩御の後にぞ内侍は隠れにしぞと、俊頼朝臣書き置ける。顕昭考へ言ふ、この事俊頼髄脳に有り。

筆者注　袋草紙（藤原清輔著周防内侍）「故人の和歌の難」にあるように、「憚るべき禁忌の語」と云われる言葉があり、公のところでの披露は慎むべきとされている。

しかしこの場合には、郁芳門院媞子内親王は直ぐ崩御されたわけではなく、二一歳の若さではあったが、永長元（一〇九六）年八月七日に崩御されている。また、周防内侍は前述のように、一一〇九年以後まで生存していたと見られている。このことからすると、結果的には、禁忌にあたらなかったことになる。

この禁忌の語に関して、定家が後鳥羽院の勅勘を被ることになった順徳天皇内裏での二首和歌会（一二二〇年）での歌がある。

**ささやかに見るべき山は霞つつわが身のほかも春の夜の月**
**道のべの野原の柳下もえぬあはれなげきのけぶりくらべに**

最初の歌は中務（拾遺集）の「さやかにも見るべき月をわれはただ涙に曇るをりぞ多かる」からの本歌取りである。次の歌は、菅原道真の歌と伝えられる「道のべの朽木の柳はるくればあはれむかしとしのばれぞする」（新古今集）と「夕されば野にも山にも立つけぶりなげきよりこそ燃えさかりけれ」（大鏡）の本歌取りである。

注　「十訓抄上　一ノ四十七」で、「禁忌の詞」についで「したもえの煙」があり、

周防内侍が郁芳門院の歌合せに、「わがしたもえの煙なるらむ」とよめりけるも、時の人、「いかに」とかや申しけるとぞ。必ずしも、これによるべきかはと思えども、人のいひならはせること、捨てらるべきにあらず。詮は、かかる失錯をせじと思慮すべき。近くは中御門摂政殿（良経）も、「朝眠遅覚不開窓」朝眠、遅く覚めて窓を開かずといふ詩を作り給ひて、いく程なく御とのごもりながら、頓死せさせ給ひにけるとぞ。

追記　定家にとっては、亡き母の遠忌にあたっており、内裏の参内は辞退したいところであったが、固辞できずに参内した背景もあって、このような歌の詠進となったと考えられる。二首目の歌が、道真の歌が元に有ることに加えて、「けぶりくらべに」の句が、宮廷内で避けるべきものであり、定家の歌が、院から寓意的に採られ勘気を被ることになった。以後出仕差し止となり、閉門して謹慎している。その間に、承久の乱が起こり、院は隠岐に配流されることになる。

## 八、四　勅撰集から

・心変りける人の許に遣はしける（後拾遺集第十三　恋三　七六五）

**契りしにあらぬつらさも逢ふことのなきにはえこそ恨みざりけれ**

注　周防内侍集の詞書「としごろつねにある人のほかにありしかば」

・後冷泉院うせ給ひて世の憂きことなど思ひ乱れて籠りゐて侍りけるに後三条院位につかせ給ひて後七月七日参るべき由仰せ事侍りければ詠める（後拾遺集第十五　雑一　八八九）

**天の河同じ流れと聞きながら渡らむ事のなほぞ悲しき**

・右大弁通俊蔵人頭になりて侍りけるを程へてよろこびいひにつかわすとて詠める（後拾遺集第十七　雑三　九八〇）

**嬉してふ事はなべてに成りぬればいはで思ふに程ぞへにける**

・白河院の御時中宮おはしまさで後その御かたは草ののみ茂りて侍りけるに、七月七日わらはべの露とり侍りけるをみて（新古今集巻第八　哀傷歌　七七七）

**浅茅原はかなくおきし草の上の露を形見と思ひかけきや**

注　讃岐典侍日記には嘉永二（一一〇七）年七月堀河天皇が崩御、鳥羽天皇が位についた折、お召しがあり、周防内侍との場合と時代が違うものの重なることからこの歌が引用されている。

・権中納言通俊後拾遺撰び侍りける頃まづかたはしもゆかしくなど申して侍りければ、申し合せてこそとてまだ清書もせぬ本を遣し侍りけるをみて返し遣すとて（新古今集巻第十八　雑下　一七二六）

**浅からぬ心ぞみゆる音羽川せき入れし水の流れならねど**

注　後拾遺集は応徳三（一〇八六）年九月に撰進されている。

・例ならでうづまさにこもり侍りけるに心ぼそく覚えければ（新古今集巻第十八　雑一七四四）

**斯しつつゆうべの雲となりもせば哀れかけても誰か忍ばむ**

・家を人にはなちてたつとて柱にかきつけ侍りける（金葉集第九　雑上　六二八）

**すみわびてわれさへ軒の忍草しのぶかたがたしげき宿かな**

注　周防内侍集の詞書「もろともにありし母、はらからなども皆なくなりて、心ぼそくおぼえて、住み憂き旅どころ（仮の宿）にわたりて、仏など供養するに、草などのしげくみえしかば」

**・この歌についての後日談から**

①　「今鏡下　第十　敷島の打聞」から

堀河の帝の内侍にて、周防とかいひし人の、家を放ちてほかに渡るとて、柱に書き付けたりける。「住みわびて・・・」と書きたる。まだその家は残りて、その歌も侍るなり。見たる人の語り侍りしは、いとあはれにゆかしく。その家は、かみわたりに、いづことかや、「冷泉堀河の西と北との隅なる所」とぞひとは申しし。おはしまして御覧ずべきぞかし、まだ失せぬ折に。

②　「今物語　三九　周防内侍の家」から

昔の周防内侍が家の、あさましながら、建久(一一九〇年代)のころまで、冷泉堀河の西と北とのすみに、朽ち残りてありけるを、行きて見ければ、「われさへ軒のしのぶ草」と、柱に昔の手にて、かきつけたりしがありける、いとあはれなりけり。これを見て、ある歌よみ書き付けける。

**これやその昔の跡と思ふにもしのぶあはれのたえぬ宿かな**

注　この歌は「隆信集」にある。この詞書には「昔、周防の内侍の、ふる里の柱に我さへのきのしのぶ草といふ歌かきおきたるあとの、近頃までやぶれゆがみながらありしを、人々まかりて、故郷懐旧といへることをよめりしに」とある。

また、西行の「山家集(七九九)」に「周防内侍、われさへ軒の、とかきつけるふるさとにて、人々おもひを述べけるに」

**いにしへはついゐし宿もあるものを何をかけふのしるしにせむ**

追記　「冷泉堀河の西と北とのすみ」冷泉小路と堀河小路とが交差する西北の隅地。もともと当地には冷泉院が営まれていたが、度重なる火災によって、天喜三（一〇五五）年以降は再建されなかった。現在の二条城の近くかと推定されている。

## 八、五　まとめ

周防内侍は今まで見てきたように宮廷に仕え数々の歌合に参加しており、そればかりではなく栄花物語作者の一端を担っている。

加えて宮廷を去った後においても、今鏡や今物語に後日談が掲載されているように後々迄も皆さんの記憶にとどめていることを物語っている。

# 九　祐子内親王家紀伊と勅撰集並びに堀川百首

## 九、一　歌人の周辺

一宮紀伊とも言われており、生没年未詳。「和歌大辞典」（明治書院）によれば、父は散位平経重（作者部類）や平経方（尊卑分脈）とも言われている。母は高倉一宮祐子内親王（後朱雀天皇皇女）家小弁で、娘紀伊も同じ内親王に出仕している。詳しいことは判らず、歌合せなどに参加して初めてその所在が判る。天喜四（一〇五六）年四月三十日皇后宮寛子春秋歌合せに方人女房として初出。その後、康平四（一〇六一）年三月十九日祐子内親王家歌合、承歴二（一〇七八）年四月三十日内裏後番歌合、嘉保元（一〇九四）年八月十九日前関白師実歌合、康和四（一一〇二）年五月堀河院艶書に出詠。堀河院百首の歌人。永久元（一一一三）年一一月の少納言定通歌合までの記録が見られる。家集に「一宮紀伊集（祐子内親王家紀伊集）」がある。勅撰集には三十一首入集。女房三十六歌仙の一人。

## 九、二　百人一首第七十二番の歌（金葉集第八　恋下　四六二、四六三―三奏本）

詞書　堀河院御時艶書合（けそうぶみあはせ）に詠める

中納言俊忠

・人しれず思ひありその浦風に波のよるこそいはまほしけれ

注　ありそ―越の国の有磯海で、激しい浦風を導いている

返し

・音に聞く高師の浦のあだ波はかけじや袖の濡れもこそすれ

注　定家の「八代抄」や「百人一首」では「浦」は「浜」になっている。このように、百人一首では、勅撰和歌集から撰歌しているが、定家による本文異同がみられる。

## 九、三　高師浜探索

高石神社境内の紀伊の歌碑

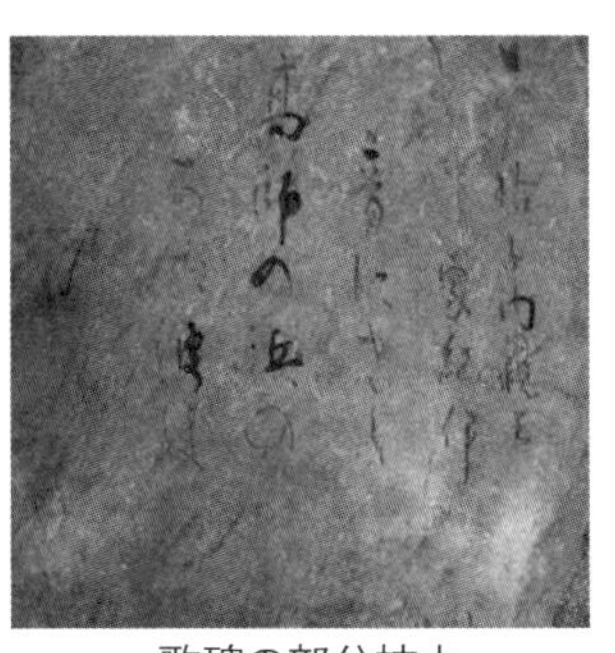
歌碑の部分拡大

紀伊の百人一首の歌は、堀河院御時艶書合の時の歌であり、そこに赴いた歌ではないが、今の高石市高師浜の所縁のところを訪れた。まず、高石神社境内に紀伊の歌碑があるので、そこを訪れた。その時が、翌日お祭りがあるというので、神社の周りを整備されている方にお目にかかり、お世話になりました。その後は図書館や海岸近くの風景を見た。

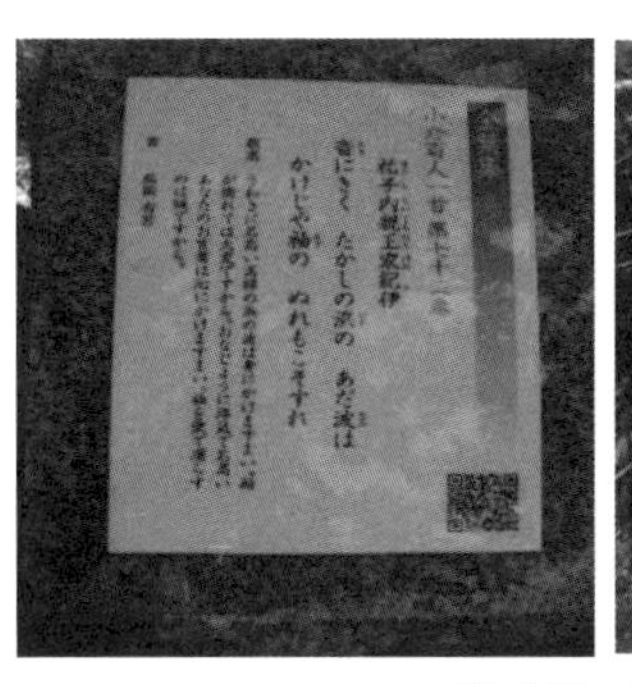

嵯峨野の歌碑

## 九、四　勅撰集から紀伊の歌紹介

### 一　後拾遺集

琵琶など弾き暮らしつつ遊びて日くるれば帰りし人に

・**我が恋は天原なる月なれや暮るればいづる影をのみ見る**（第十二　恋二　六八八）

注　この歌は昼間琵琶など弾いて過ごし、暮時に帰っていくので、いわゆる恋の歌というより女性にとってみれば、男性の無粋さを歌っているか。

### 二　金葉集から

宇治前太政大臣家歌合せに、月を詠める

・**鏡山峰よりいづる月なれば曇るよもなき影をこそ見れ**（第三　秋　一九〇）

注　寛治八（一八九三）年八月十五日に大殿高陽院にて行われた歌合で、摂関家に対する祝意を込めている。

### 三　詞花集から

同じ歌合せに詠める（前出の寛治八年の歌合せ）

高石神社

海岸近くの「あだなみ橋」

・**朝まだき霞なこめそ山桜たづね行く間のよそめにも見む**（巻第一　春　一二一）

注　山桜を目指して出かけて行く時遠くからも見えるように霞よ立ち込めないでおくれ。

## 四　新古今集から

題しらず

・**置く露もしづ心なく秋風に乱れて咲ける真野の萩原**（巻第四　秋上　三三二）

注　花が乱れ咲いているなかで、露も秋風に吹かれてこぼれる様を詠んでいる。

堀河院に百首歌を奉った時に

・**浦風に吹上げの浜の浜千鳥波立ち来らし夜半に鳴くなり**（巻第六　冬　六四六）

注　冬の日の浜辺の風と浜千鳥の鳴き声の情景を思い浮かべて詠んでいる。堀河院百首歌については続いて掲載。

## 五　新勅撰集から

題しらず

・**ききてしも猶ぞまたるるほととぎす鳴く一声にあかぬ心は**（巻第三　夏　一四六）

注　夏の深夜から暁にかけて鋭い声でただ一鳴きするのを見落とさないとしている様子は、百人一首第八十一番歌後徳大寺左大臣の詠んだ「ほととぎす鳴きつる方を眺がむればただ有明の月ぞ残れる」思い出してほしい。

## 六　続後撰集から

宇治に住み侍りけるころ、都なる人のもとにつかはしける

・**里なれぬ山ほととぎす話らふに都の人のなどか音せぬ**

宇治前関白太政大臣

返し

祐子内親王家紀伊

・**都にはいかばかりかは待ちわぶる山ほととぎす話らひし音を**（巻第四　夏　一八〇―一八一）

注　お互いに便りがなく待ちわびている。参考歌　大中臣輔親「足引きの山ほととぎす里なれて黄昏時に名乗りすらしも」拾遺集巻第十六　雑春　一〇七六

祐子内親王家歌合に秋の湊といふ所を詠める

・**音に聞く秋の湊は風に散る紅葉の舟のわたりなりけり**（巻第七　秋下　四四九）

注　康平四（一〇六一）年三月十九日の歌合で詠んだ歌で、水に浮かぶ紅葉を舟の渡しに見立てている。

忍のびて人につかはしける

読み人知らず

・**人知れず思ひそめてし山がはの岩間の水も漏らしつるかな**

返し

祐子内親王家紀伊

・**かひなしや岩間の水を漏らしても住むべきことのこの世ならねば**（巻第十一　恋一　六九一―六九二）

注　じっと我慢していましたが、深い思いを初めて漏らしたという頼りに対して、紀伊の歌はあなたが浮気心だから受け付けませんよといなしている。

参考歌　下野　睦まじくもなき男に名立ける比、その男の許より春もたちぬ、今は打ち解けねかしなど云ひて侍りけれ「更でだに岩間の水は漏るるものを氷溶けなば名こそ流れめ」後拾遺集第十六　雑二　九四四

契かへと申しける人に

・**あだ浪を君こそ越さめ年経ともわが松山は色もかはらじ**（巻第十五　恋五　九四八）

注　あなたの方こそ心変わりするかもしれませんが、常盤の緑が変わらないように私はそのようなことがありません。本歌「君をおきてあだし心をわが持たば末の松山浪も越えなむ」古今集巻第二十　東歌　陸奥歌　一〇九三

## 七　玉葉集から

人のもとにつかはしける

・**逢ふことのかくて絶えなばあはれ我が世々のほだしとなりぬべきかな**（巻第十一　恋三　一五三七）

注　逢うことが絶えると、私のこの世もあの世も障しさわりとなってしまうと嘆いている。

思ふことありてよみ侍りける

・**恋しさに耐えて命のあらばこそあはれをかけむ折りも待ち見め**（巻第十三　恋五　一八一五）

注　あまりの恋しさにも堪えて長らえる命があるのならそれを待っていたいが、弱りはてたわが身では難しかろう。

思ふことありて山里に侍りける比

・**はしたか（箸鷹）のすずろにかかるすまひして野辺のきぎす（雉）とねをのみぞなく**（巻第十四　雑一　一九一二）

注　箸鷹の尾につける鈴ではないが、思いもよらぬ山里に隠れ住んで、雉の様に鳴く（泣く）ばかりです。

月あかき夜、人の家の泉を見て

・**濁り無き泉に映る月を見て住むらむ人の心を覗く**（巻第十四雑一　一九四三）

注　濁りのない泉に映る月を見て、住んでいる人もそうであろうとお察しした。

## 九、五　堀河院百首

この百首は、「祐子内親王家紀伊集」に「左京の権大夫百首」の詞書で示されているところから、当初、康和四、五（一一〇二、三）年頃、俊頼が中心になって企画・推進したことが伺える。その後に、堀河院の歌壇の中心であった、源国信によって、公実、顕季、匡房らとともに、形式的にも晴れの百首歌として纏められ、長治二、三（一一〇五、六）年頃に堀河天皇に奏覧されている。伝本によって違いが見られ、作者は十四人からその後加わった二人を含めたものまで各種伝わっている。作者は、公実、匡房、国信、俊頼などに、肥後、紀伊、河内が、春から冬、恋、雑の部立で、百の詠題のもとに各人百首を詠んでいる。この中から、紀伊の歌を幾つか紹介する。

### 一　春部

立春

・**春くればおほみや人それながらあらたまりてもめづらしきかな**

注　大宮人には変わりないが、元日の節会における束帯に衣装改める新鮮さを詠っている。

参考　母小弁の歌（後拾遺集第一　春上　一五）がある。

・むれてくる大宮人は春を経て変らずながらめづらしきかな

霞

・**見渡せば春は霞にこめられていづれなるらむみ吉野の山**

参考　壬生忠岑（拾遺集巻第一　春　一）

・春立つといふばかりにやみ吉野の山も霞みて今朝はみゆらむ

うぐいす

・**われならぬ人きくらめやめづらしきあしたのはらの鶯の声**

注　「あしたのはら」大和国の歌枕で、奈良県北葛城郡王寺町から香芝町あたりの丘陵をいい、朝の原にかける。

参考　ひとりのみあはれなるかとわれならぬ人に今宵の月を見せばや

若菜

・**さそはねどかたみにぞみる若菜つむこころはのべにかよひけりとも**

参考　貫之集

・行て見ぬひともしのべと春の野のかたみに摘める若菜なりけり

梅

・**まつ人はをのづからきぬわがやどのむめのにほひの色しこければ**

参考　平兼盛（拾遺集巻第一　春　一五）

・わが宿の梅の立枝やみえつらむ思ひほかに君が来ませる

早蕨

・**まだ来にぞ摘みにきにけるはるばるといまもへいづるのべの早蕨**

注　「はるばると」は「遙々」と芽を「張る張る」が懸詞。

桜

・**たぐひなくみゆるは春のあけぼのににほふ桜の花盛りかな**

注　「暁」は陽が昇る前の薄暗い頃を言う。「東雲」は陽が昇る前に空が明るくなってきた頃を言う。その後、陽が昇るころが「曙」で、さらに明るくなった「朝ぼらけ」と区別している。

・花盛春のみ山の曙に思ひ忘るな秋の夕暮

帰雁

参考　源為善（後拾遺集第十九　雑五　一一〇三）

・**散る花をみるやわびしきとしをへて春しも宮こかへるかりがね**

喚子鳥

注　「としをへて」は毎年毎年のこと

・**まだしらぬ道ふみまどふ山路にはよぶこどりこそみちしるべなりけれ**

参考　よみ人知らず（古今集巻第一　春上　二九）

・をちこちのたづきも知らぬ山中に覚束なくも呼子鳥かな

注　古今伝授に三木三鳥がある。三木は「をがたまの木（もくれん科の常緑喬木）」、「めど（馬道）にけずり花（削り花）」、「かはなぐさ（川菜草で川もずく）」のこと。三鳥は、「百千鳥」、「呼（喚）子鳥」、いなおほせ（稲負）鳥」をいう。呼子鳥は万葉集にも詠まれている。

菫菜

・**すみれ咲く春の野べにはさしてゆく道さまたげにこころとまりぬ**

注　「さしてゆく」は目指して行くこと。「とまりぬ」には「惹かれる」意と「泊まる」意が懸詞。

参考　紀貫之（拾遺集巻第十六　雑春　一〇一七）

・思ふ事ありてこそ行け春霞道さまたげに立ちな隠しそ

藤花

・ふぃじの花岸の白波あらえども色は深くぞにほひましける

やまぶき

・山ぶきの花みる人や昔よりここにゐで（井出）とはいひながしけむ

参考　侍従乳母（倫子百和香歌合）

・山吹のはなみるほどの立ちうさにゐでの里とはいふにぞありける

## 二　夏部

更衣

・みにしみて花いろごろもをしけれどひとへにけふはぬぎぞかへつる

注「ひとへ」は「ひたすら」や「心に決めて」のほかに「単衣」を懸詞。

葵

・としをへて松のを山のあふひ（葵）こそいろもかはらぬかざしなりけれ

注「松のを山」は「山城国の歌枕」で松尾大社の裏山。松尾大社の四月下卯日の神幸祭と五月上酉日の還幸祭があり、葵を用いた。

参考　公任集

・年ふれど変らぬものはそのかみに祈りかけてし葵なりけり

郭公

・不如帰夏は山路に家ゐしてまちどをなりしはつねをぞきく

早苗

・**をくれじとやまだの早苗とるたごのたまゆらもすそほすひまぞなし**

盧橘

・**さつき闇花橘のかほるかにあやなく人のまたれこそすれ**

注　「あやなく」は「わけがわからず」の意。

参考　凡河内躬恒（古今集巻第一　春上　四七）

・春の夜の闇はあやなし梅の花色こそ見えね香やは隠るる

蚊遣火

・**しづのをのそともにつくるかやり火のしたにこがれてよをやすぐさむ**

注　夏に蚊を追い払うためにクスやカヤ、スギの青葉、かんきつ類の皮等をいぶしていた。

蓮（はちす）

・**水清み池のはちすのはなざかりこの世のものとみえずもあるかな**

注　蓮は汚泥や濁りみずのなかで生育するのに対して、極楽の池の水はどこまでも澄み切っていると見ている。

氷室

・**夏の日ひむろと聞けどあやにくに涼しき水のこほりなりけり**

注　「あやにく」は予想外の状態をいう。「ひむろ」を最初は「火室」と勘違いして、「氷室」に気づく。

荒和禊（あらにぎのはらへ）

・**思ことおほぬさにてぞなつはつるかわのせごとにみそぎをばする**

注　「おほぬさ」は「大幣」と「多きこと」を懸ける。「なつ」は「夏」と大幣を「撫でる」を懸ける。

# 三　秋部

七夕

・七夕のあふせのなどかかまれならむけふひく糸の長契りきに

注　七夕の日は五色の糸を竿に懸けて針糸布等を供える

萩

・をく露のしづ心なき秋風に乱れてさけるまのゝ萩原

薄

・秋風に招くおばなは夕間暮れたがそでとこそあやまたれけれ

参考　はな薄招くま袖とおぼえつつ秋はのちこそゆかれかりけれ（堀河百首歌より　薄　隆源）

蘭

・藤袴また着なれけむ懐かしきかににほひつつ色はふりせず

参考　宿りせし人の形見か藤袴忘られがたに香ににほひつつ（古今集巻第四　秋歌上　二四〇　紀貫之）

荻

・荻のはを吹こす風の音たかみ穂にいでて人に秋を知らする

参考　荻の葉に吹き来る風ぞ秋来ぬと人に知らるるしるしなりけれ（古今和歌六帖　六　をぎ　凡河内躬恒）

露

・日に磨き風にみがける草むらの露こそ玉をぬき乱りけれ

参考　白露に風の吹きしく秋の野はつらぬきとめぬ玉ぞ散りける（後撰集巻第六　秋中　三〇八　百人一首第三十七

番歌　文屋朝康）

霧

・秋霧の立ち隔てたる麓にはをちかた人ぞうとくなりける

槿花

・東雲に起きつつを見む朝顔は日陰まつまのほどしなければ

月

・久方の月をはるかに眺むれば思くまなくかたぶきにけり

注　「思くまなくかたぶきにきえり」は八十島巡り見る心地すると解されている。参考　ももしきの大宮ながら八十島を見る心地する秋の夜の月（拾遺集巻第十七　雑秋　一一〇六　読み人知らず）

擣衣

・頼めをきしほどふるままに小夜衣恨めしげなる槌の音かな

虫

・秋の夜の虫の音聞けばいとどしく我もの思ひもよをされけり

菊

・霜枯れの匂ゐもさらにたぐひなく籬の菊はのぞけくぞ見る

紅葉

・薄く濃くそめかけてけり立田姫紅葉の錦むらむらにみゆ

九月尽

・たまさかにあかず別れし人よりも勝りて惜しき秋の暮かな

## 四　冬部

初冬

・**風はやみ冬のはじめは山がつのしづの松垣ひまなくぞゆふ**

時雨

・**神無月しぐるる頃はあづまやの雨宿りする人ぞたえせぬ**

参考　東屋の真屋のあまりのその雨そそぎ我立ち濡れぬ殿戸開かせ（催馬楽・東屋）

霜

・**置く霜は偲びの妻にあらねどもあした侘しく消へ帰るらむ**

霰

・**かき暗し俄かにも降る霰かな深山をろしの風にたぐいて**

参考　吹き迷ふ深山おろしに夢覚めて涙もよほす滝の音かな（源氏物語。若紫）

雪

・**白雪の降りしきぬれば苔むしろ青根が峰も見えずなりゆく**

参考　み吉野の青根が峰の苔むしろ誰か織けむたてぬきなしに（万葉集巻第七　雑歌　一一二〇　作者未詳）

千鳥

・**浦風に吹き上げの浜の浜千鳥浪たちくらし夜半に鳴くなり**

氷

・**奥山のみなかみ深く凍ればやおちこし滝の音もきこえぬ**

参考　氷こそ今はすらしもみ吉野山の滝つ瀬音もきこえず（後撰集巻第八　冬部　四七八　読人知らず）

鷹狩

・み狩人近くなりゆく鈴の音を交野ののきぎす如何聴くらむ

炭竃

・四方山の冬の景色になるままに小野の炭竃煙たちます

除夜

・はかなしや我が世も残り少なきになにとて年の暮を急ぐぞ

## 五　恋

初恋

・よそながら恋はいろにもあらなくに心に深く思ひそめてき

参考　などてかくはいあひ難き紫を心深く思ひそめけむ（源氏物語、真木柱）

不被知人恋（人知れぬ恋）

・人知れぬ恋ひには身をもえぞなげぬ止まらむなをしゐてをしめば

不遇恋

・いたづらにあはで過ぎぬる恋ひにのみ朽ちぬる袖の名をいかにせむ

参考　頼めつつ逢はで年ふるいつはりに懲りぬ心を人は知らなむ（古今集巻第十二　恋二　六一四　凡河内躬恒）

初遇恋

・つれなさに思ひ懲りずと嘆きしを今朝は嬉しき心なりけり

後朝

・あひ見てのあしたの恋ひにくらぶれば待ちし月日はなにならぬかな

参考　逢ひ見ての後の心にくらぶれば昔は物も思はざりけり（拾遺集巻第十二　恋二　七一〇　百人一首第四十三番歌　敦忠）

遇不遇恋（一度逢って後何らかの事情で再び逢えなくなった恋）

・蜻蛉のほの見し人に逢ひ見ねばあるにもあらぬ恋ひぞけぬべき

参考　玉かぎるほのかに見えて別れなばもとなや恋ひむ逢ふ時までは（万葉集巻第八　秋雑歌　五二六　山上憶良）

旅恋

・あふ事を渚の丘に宿りしてうらがなしかる恋ひもするかな

注　渚の丘　河内国の歌枕

参考　逢うことのなぎさにし寄る浪なればうらみてのみぞ立ち帰りける（古今集巻第十三　恋三　六二六　在原元方）

思

・打ちもいでぬ中の思ひの苦しきは煙絶えねば知る人ぞなき

参考　さざれ石の中に思ひは有なめどうち出る事のかたくもあるかな（伊勢集）

片思

・浪寄する荒き磯辺の片思ひにひまなく袖を濡らしつるかな

恨

・**我からと思ひしれどもまくず原返し返しぞ恨みられける**

参考　秋風の吹き裏返す葛の葉の恨みても猶恨めしきかな（古今集巻第十五　恋　五八二三　平貞文）

## 九、六　まとめ

母と同じ裕子内親王に仕えて、歌合などに出詠している。ここで、百人一首の歌と勅撰集から紹介した。併せて、高師浜を訪れ歌碑を紹介した。当地でお世話になった方々に深謝いたします。

次いで、主に歌合などで詠んだ歌が多いので、その一端をを紹介している。併せて嵐山の歌碑を紹介した。今後も一連の歌碑を紹介する。まだ見学していない方はぜひ京都を訪れた折に立ち寄ってください。なお、時雨殿も改装されて新しくなっている。嵯峨嵐山文華館として二〇一八年十一月からリニューアルオープンしている。

# 第四章　平安時代後期（院政期）

# 一　待賢門院堀河と歌合並びに久安百首から

## 一、一　歌人の周辺

百人一首第八十番歌の待賢門院堀河を採り上げる。最初は白河院皇女令子内親王に仕えた後、待賢門院璋子に仕える。待賢門院は崇徳院の生母であるが、鳥羽院の中宮でありながら崇徳院は白河院の皇子ではないかとの噂が絶えなかった。その後、鳥羽院は美福門院との皇子を近衛天皇にしたが、早世したので、美福門院と図って、待賢門院との皇子を後白河天皇にするなどがあり、後の保元の乱の基になっている。このような背景の中で、待賢門院堀河は待賢門院の落飾に従い共に落飾している。次いで、「久安百首」の中から主だった歌を紹介する。堀河の歌は、どちらかというところの百首歌に集約され、千載集始め多くの勅撰集に入集している。

## 一、二　経歴

平安時代院政期の代表的な女流歌人で、生没年未詳であるが、保元の乱で、後白河天皇と争って讃岐に流されることになる崇徳院（一一一九〜一一六四年）時代前後に活躍した。父は村上源氏神祇伯顕仲で、村上源氏は師房－顕房－

顕仲と続く。姉妹には大夫典侍や待賢門院兵衛（後に上西門院に仕える）などがいる。初め前斎院白河院皇女令子内親王に仕えて前斎院六条と呼ばれた。後に待賢門院璋子（鳥羽天皇中宮）に仕えて堀河と呼ばれた。康治元（一一四二）年二月待賢門院の出家に伴い殉じて落飾する。堀河には結婚し、子供を儲けた経緯があり、父に預けていたことが、新千載集の所載歌より知ることが出来る。西行との贈答歌も残されている。

歌合では、大治元（一一二六）年の「摂政左大臣忠通歌合」、父の主催した大治三（一一二九）年八月の「西宮歌合」、同年九月二十一日の「南宮歌合」、同年九月二十八日の「住吉社歌合」などでは、伯女や伯卿女で出詠している。また、崇徳院が催し、久安六（一一五〇）年に奏覧された「久安百首」の作者に名を連ねる。久安二年頃「待賢門院堀河集」を自撰している。勅撰集には、七〇首近い歌が入集している。その大半は「久安百首」からである。また、女房三十六歌仙の一人である。

## 一、三　百人一首第八十番の歌（千載集巻第十三　恋三　八〇二）

詞書　百首の歌奉りける時恋の心をよめる　待賢門院堀河

**・長からむ心もしらず黒髪の乱れて今朝は物こそ思へ**

注　後朝の歌。二区切れ。「久安百首　恋歌下一〇〇三」で出詠したもので、「待賢門院堀河集」には見えない。

嵯峨嵐山の歌碑

## 一、四　夫、子供についての歌

詞書　ぐしたる人の亡くなりたるを歎くにをさなき人のものがたりするに

**・いふかたもなくこそものは悲しけれこは何事を語るなるらむ**

注　待賢門院堀河集一二〇

詞書　子日にあたりたりける日、神祇伯顕仲もとに養いたりける稚児のもとに申し遣はしける

待賢門院堀河

**・いざけふはねの日の松を引き連れて老木の千世をともにいのらむ**

返し

神祇伯顕仲

**・祈るとも老木の松は朽ち果てていかでか千代をすぐべかるらむ**

注　新千載集巻第一六　雑歌上　一一六五、一一六六

子の日の小松引きは、今の門松の起源となった行事で、その日に健康長寿を願う。

## 一、五　待賢門院崩御の後に詠んだ歌

詞書　待賢門院かくれさせ給ひて後六月十日比、法金剛院に参りたるに、庭も梢もしげりあひて、かすかに人影もせざりければ、これに住み初めさせ給ひし事など、只今の心ちして、哀れつきせぬに、日ぐらしの声たえずきこえければ

**・君こふるなげきのしげき山里はただ日ぐらしぞともになきける**

注　法金剛院は待賢門院が出家後住んだところ

## 一、六　西行関係の歌（山家集から）

西行（俗名　佐藤義清）がどうして出家したかについては、いろいろ取り沙汰されているが、その理由はつかめないでいる。出家時には妻子のことを弟に託していることや、その後も子供のことに世話を焼いているところがある。小説では、待賢門院との失恋がきっかけなどを持ち出している。ただ、待賢門院は西行より十七歳年長であり、一方、堀河の方は、説がさまざまであるが、少なくとも二十歳以上年長であろうと見られている。現在ならともかく当時においてこの年齢差において契りを結ぶことに疑問が残る。また、西行と堀河の歌の贈答は、出家後のことである。しかし、山家集において恋の歌が多いことが憶測を呼んでいる所以である。西行については、和歌以外に残されているものが無いがゆえに前記のように、家族まで捨てて若くして出家したきっかけが判っていない。

山家集から見て、義清時代には、徳大寺出の待賢門院を遠くから眺めている状況であり、女房との歌のやり取りも、待賢門院の落飾後の頃からになる。ただし、昔を偲ぶ述懐歌があり、具体的な女性は特定できないが、このあたりにヒントが隠されているのかもしれない。

詞書　待賢門院かくれさせおはしましける御あとに、人々またの年の御はてまで候はれけるに、南面の花散りける頃、堀河局の許へ申しおくりける

・**尋ぬとも風のつてにも聞かじかし花と散りにし君が行く方を**（八五〇）

返し

・**吹く風の行く方しらするものならば花と散りにし君が行く方を**（八五一）

詞書　堀河局仁和寺に住みけるに、参るべきよし申したりけれども、まぎるることありて、程経にけり。月の比、前を過ぎけるを聞きて、いひ送られける

**・西へ行くしるべと頼む月影のそらだのめこそ甲斐なかりけれ**（九二六）

返し

**・さし入らで雲路をよぎし月影は待たぬ心ぞ空に見えける**（九二七）

詞書　待賢門院の堀河局、夜を遁れて西山に住まると聞きて尋ね参りたれば、住み荒したるさまに、人の影もせざりしかば、あたりの人にかく申し置きたりしを聞きて、いひおくられたりし

**・しほなれし苫屋も荒れてうき浪に寄る方もなきあまと知らずや**（八一二）

返し　　　　　　　　　　堀河局

**・苫の屋に浪立ち寄らぬけしきにてあまり住み憂きほどは見えにき**（八一三）

**・この世にて語らひおかむ不如帰死での山路のしるべともなれ**（八一八）

返し　　　　　　　　　　西行

**・不如帰なくなくこそは語らはめ死での山路に君しかからば**（八一九）

注　詳しい年代は不明であるが、その後かなり年を経ての事らしい。

## 一、七　歌合せから

### 一　摂政左大臣忠通歌合

この歌合は大治元（一一二六）年八月に行われている。題は旅宿鴈と恋で俊頼や定信らが参加している。

旅宿鴈

五番　左持　　　　堀河

・かりがねとともに越路にあらねどもおなじ旅寐に鳴きわたるなり

右　　　　　参河

・かりがねも旅のそらにぞきこゆなる草のまくらはひとりと思ふに

判　ともに悪しうもきこえず。同じほどの歌にや、仍持と定め申す。

恋

五番　左　　　　時昌

・君恋ふることのはばかり色に出でてあはでの森のちりぬべきかな

右　　　　　堀河

・つれなしとかつは心をみやま木のこりずも斧のおとづるるかな

判　前の歌は、「色にいづることのは」と「あはでの森」とはおなじきか。おぼつかなきようにきこゆれど、なほあはでの森のことの葉なめりと思ひなせば、悪しうもきこえず、次の歌は、歌めいたり。いとおかし。但、近曽しのびたる人の歌に、見しやうにおぼえ候へば、ひが事にや候ふらむ。読み合わせたらば、よし隠れの歌なりとて、おしてとりたらば、主や鼻むかむとおぼえ候ふかな。

## 二　神祇伯顕仲西宮歌合

この歌合は父が主催し、大治三（一一二八）年八月廿九日に行われている。判者は前左衛門佐基俊

月寄述懐

四番　左　　四位少将公教朝臣

**・いとどしく照りこそまされ紅葉葉に日影うつろふ天のかご山**

右　　伯卿女

**・天の原時雨にくもる今日しもぞ紅葉のいろは照りまさりける**

判　左の「日影うつろふ天のかご山」は、紅葉にうつる日の光とおぼえて、小忌のかざせる日陰によみたがへつべき心地こそし侍れ。又、紅葉するやうは、所々に名聞こえたる山共の多かる中に、天のかご山まで思ひよられけむも、万葉集などのように古めかしくぞおぼえ侍る。右の「時雨にくもる今日しもぞ」とよめる、文字つづきの強（したた）かさは、紅葉の色の今一しほは染みまさりにけるにやとぞみえ侍る。

萩寄恋

十番　左　　大夫典侍

**・秋萩の下葉の露にあらねども消えぬばかりぞ人は恋しき**

右　　伯卿女

**・わすられて年ふる里の浅茅生に誰がため敷ける萩の錦ぞ**

判　左の歌、「消えぬばかりぞ人は恋しき」といへるこそ歌めきて、見どころある心地し侍るに、右の、「年ふる里の浅茅生に敷ける萩の錦」もげにとがめまほしきことのこそはと、ひとかたならず心うつりて、これも勝負のほど思ひわかれ侍らず。

## 三　神祇伯顕仲南宮歌合

この歌合も父が主催し、大治三（一一二八）年九月廿一日に行われている。判者は大僧正行尊。但し、判者のコメントは見られない。

紅葉昼

四番　左　　仲房

・秋霧の朝な夕なに立田山昼ぞ紅葉のいろは見えける

右　　伯女

・紅にそむる時雨のひるまにも濡れ色にのみ見ゆるもみぢ葉

鹿暁

六番　左　　頭弁

・秋深み霜まつ峯野の鐘の音に声うちそへて男鹿鳴くなり

右　　伯女

・衣手の山の裾野にたつ鹿のうら淋しきは暁の声

## 四　神祇伯顕仲住吉社歌合

この歌合も父が主催し、大治三年（一一二八）年九月廿八日に行われている。この時の判者は父が勤めている。

一番　月述懐

左　　前和泉守道経

・**くまもなき月に心を慰めて憂き身に年のつもりぬるかな**

右　　伯女

・**月きよみ心もすめる秋の夜や身を浮雲の晴れ間なるらむ**

判　左和歌、うるはしく詠まれて侍り。されど、「くまもなき月に心を」といえるこそふるめかしくや。右歌、今めかしく侍れど、少し元の心ゆかずおもたまえらるれば。

法金剛院庭園内の歌碑

伊丹地区の歌碑
こやの池に生ふる菖蒲のながき根はひく白糸のここちこそすれ（待賢門院堀河集より）

## 一、八　久安百首

久安六年御百首や崇徳院御百首とも言われ、崇徳院主催の第二度百首である。俊成奥書に「康治（一一四二〜三年）之比賜題、久安六（一一五一）年各詠進畢」とあるところから、給題から詠進まで七から八年を要したことになる。その間に、当初の作者の内没した作者を入れ替えたりもしているが、この時には十四名の全員の百首が奏覧されている。しかし、その後も、俊成は院から百首の部類を下命され、翌年には完了奏覧されている。その後の保元の乱（一一五六年）で、崇徳院は隠岐に配流となり、再部類が命ぜられていたが、再奏覧されなかった。当初この百首から「詞花集」（顕輔撰　一一五一年）の撰集資料とのことであったようだが、期限に間に合わず五首の入集にとどまっている。その後の「千載集」（俊成撰　一一八八年）には、そのことを踏まえて、この集から一二六首を入集させている。

なお、「久安百首」は春・夏・秋・冬の四季部六〇首、恋部二〇首、雑部二〇首の部立てからなっている。

## 一　春

立春

・**暮れはてていづこまでゆく年なれば夜の間に今朝は立ち返るらむ**

・**雪深き岩の懸け路跡絶ゆる吉野の里も春は来にけり**（千載集巻第一　春上　三）

参考歌　世にふればうさこそまされみ吉野の岩の懸け路ふみならしてむ（古今集巻第十八　雑下　九五一　読み人知らず）

子日

・**常磐なる松も春をば知りぬらむ初子を祝ふ人に引かれて**

参考歌　野辺に出でて今日引きつれば常磐なる松の末にも春は来にけり（中務　宇多天皇皇子中務卿敦慶親王の女、母伊勢は百人一首第十九番歌の歌人）

霞

・**霜枯れはあらはに見えし芦の屋のこやのへだては霞なりけり**（新勅撰集巻第一　春上　一一）

梅花

・**吹き過ぐる風にたぐへど梅の花にほひは袖に留りぬるかな**

参考歌　梅の花吹き過ぎて来る春風はたが振る袖と驚かれつつ（堀河院百首　顕季　六条藤家始祖　百人一首歌人の息子顕輔第七十九番歌、孫清輔第八十四番歌の歌人がいる）

桜

・**いづ方に花咲きぬらむと思ふより四方の山辺に散る心かな**

参考歌　ともすれば四方の山辺にあくがれし心に身をもまかせつるかな（後拾遺集第十七　雑三　一〇二〇　増基朱雀朝から一条朝の歌人。歌集に「いほぬし」が知られており、後拾遺集以下二七首が入る）

・**白雲と峰の桜は見ゆれども月の光はへだてざりけり**

参考歌　白雲と見えつるものを桜花今日は散るやと色ことになる（後撰集巻第三　春下　一一九　貫之　百人一首第三十五番歌の歌人、古今集仮名序）

・**山風に岩越す滝の白波と見ゆるは花の散るにぞありける**

参考歌　よそにては岩越す滝と見ゆるかな峰の桜や盛りなるらむ（金葉集二度本　春部　四三　堀河院　一〇七九―一一〇七　堀河院歌壇が形成され堀河百首、堀河院艶書合などがある）

菫

・**宿近き籬のうちに咲くをこそつぼ菫とは云ふべかりけれ**

注　「つぼ菫」は今のタチツボスミレで、春に内側に紫色の細かい筋のある白い小花が咲く。

暮春

・**何のため暮れ行く春の惜しからむ花も匂はぬ埋れ木の身に**

## 二　夏

初夏

・飽かざりし花の匂ひはほととぎす待つ寝ざめにも忘れやはする

郭公

・ほととぎす雲居を過ぐる一声は空耳かとぞあやまたれける

蓮

・色色の花に心を染めしかど今は蓮の上をこそ思へ

注　「蓮の上」は蓮華の台を暗示している。

夏夜月

・夏の夜も月の光の涼しさに宿れる水はむすばでぞ見る

## 三　秋

立秋

・秋の来る気色の森の下風に立ちそふものはあはれなりけり（千載集巻第四　秋上　二三八）

注　「気色」は鹿児島県国分市のことか。ようす、けはひの意を掛ける。

七夕

・七夕の逢ふ瀬絶えせぬ天の川いかなる秋か渡りそめけむ（新古今集巻第四　秋上　三二四）

・重ねても飽かぬ思ひやまさるらむ今朝立ち返る天の羽衣

注「思ひ」のひは緋で、涙の緋を掛ける。

女郎花

・**秋風に何なびくらむ女郎花吹けばかれゆく夫と知らずや**

注「女郎花」は気まぐれを暗示しているか。

刈萱

・**吹く風も梅雨もかはらぬ草むらになど刈萱の分きて乱るる**

月

・**月清み千草の花の色はえて光をそふる露の白玉**

・**行く月のいかに巡れば秋の夜のなかに今宵は照り勝るらむ**

参考歌　月影は山の端出づる宵よりもふけ行く空ぞ照りまさりける（後拾遺集第十五　雑一　八三七　長房　一〇二九―一〇九九　後冷泉朝歌壇で活躍）

・**残りなくわが世ふけぬと思ふにも傾く月に澄む心かな**（千載集巻第十六　雑下　九九九）

参考歌　年暮れてわが世ふけゆく風の音に心の中のすさましきかな（紫式部集　紫式部　百人一首第五十七番歌の歌人、源氏物語で有名）

露

・**はかなさをわが身の上によそふれば袂にかかる秋の夕露**（千載集巻第四　秋上　二六四）

霧

・**さらぬだに夕べ寂しき山里の霧の籬に牡鹿鳴くなり**（千載集巻第五　秋下　三一一）

参考歌　山里の霧の籬のへだてずば遠方人の袖もみてまし（好忠　百人一首第四十六番歌の歌人）

虫

・秋深き寝覚めをいかに慰めむともなふ虫の声も嗄れ行く

九月尽

・ゆく秋をおしむに小夜のふけぬれば冬のさかひに入りやしぬらむ

## 四　冬

初冬

・秋はてて花も残らぬませのうちに一本菊のたぐひなきかな

落葉

・神無月木の葉も霜に降りはてて峰の嵐の音ぞ寂しき

雪

・槙野の戸のひま白むとて開けたれば夜深く積もる雪にぞありける

注　「ひま」はいたといたのすき間

参考歌　冬の夜に幾たびばかり寝覚めして物思ふ宿のひま白むらむ（後拾遺集第六　冬　三九二　増基）

・降る雪に園のなよ竹折れ伏して今朝は隣の隠れなきかな

歳暮

・昔など年の終はりを急ぎけむ過ぐれば老いとなりけるものを

参考歌　春くれば待たれしものを老いぬれば今宵の明けむことぞ悲しき（堀河百首　除夜　永縁　一〇四八―一一二五　大蔵大輔藤原永相男、母は大江公資女、興福寺の僧）

・過ぎぬれば我が身の老いとなるものを何故明日の春を待つらむ（堀河百首　除夜　肥後　元永・保安の頃活躍、京極関白師家家に出仕、晩年は令子内親王に出仕）

## 五　恋

恋上

・**袖ぬるる山の井の清水いかでかは人目もらさで影を見るべき**（新勅撰集巻第十一　恋一　六五九）

参考歌　人目もる山の井の清水むすびてもなほあかなくにぬるる袖かな（肥後集）

・**逢ひ身ねど心ばかりは通い路の音に聞きてもあはれしらなむ**

・**沸返り思ふ心は有馬山絶えぬ涙や出で湯なるらむ**

参考歌　沸返り思ふ心は（堀河百首述懐　俊頼　百人一首第七十四番歌の歌人、父は経信，息子俊恵も百人一首歌人）

つきもせず恋に涙を沸かすかなこや七栗の出で湯なるらむ（後拾遺集第十一　恋一　六四三　相模　百人一首第六十五番歌の歌人）

恋下

・**夢のごと見しは人にも話らぬに如何にちがへてあはぬなるらむ**（新勅撰集巻第十三　恋三　八三四）

・**憂き人を偲ぶべしとは思いきやわが心さへなどかはるらむ**

・**逢はぬ間は浦の浜木綿恨みつつかくことのはを夢にだに見よ**

参考歌　周防内侍親しくなりてのちゆめゆめこのこともらすなと申しければよめる

逢はぬ夜はまどろむことのあらばこそ夢にも見きと人に語らめ（金葉集三奏本第八　恋下　四七五　源信宗）

・**待ちわびていく夜な夜なを明かすなむ鴫の羽がきかず知らぬまで**

参考歌　暁の鴫の羽がき君が来ぬ夜はわれぞ数書く（古今集巻第十五　恋五　七六一　読み人知らず）

・頼めずは憂き身のとがと嘆きつつ人の心を恨みざらまし（新後撰集巻第十三　恋三　九九八）

・深くのみ契りしことを思い出では音はしてまし山川の水

## 六　雑

神祇

・石清水流れの末ぞ頼まるる心もゆかぬみづくなれども

釈教

・色々に憂き身を祈る幣なれば手向くる神もいかが見るらむ

・海人小舟阿弥陀に心掛けつれば西の岸には泛子や引くらむ

注　「泛子（うけ）」は浮きのことで、「海人小舟」の縁語。「承へ引く」（承知する）を掛ける。

参考歌　憂きよをし渡すと聞けば海人小舟法に心を掛けぬ日ぞなき（金葉集三奏本第十　雑下　六二九　懐尋法師

康平二年生　出自未詳）

・みな人の導かるなる蓮の糸をただひとすぢに頼みてぞふる

・なほざりに手折りし花の一枝に悟り開くる身とぞなるべき

参考歌　なほざりに折りつるものを梅の花濃き香にわれや衣そめてむ（後撰集巻第一　春上　一六　閑院左大臣　藤

原冬嗣　七七五年—八二六年。嵯峨天皇の時代に活躍）

無常

・夢の世をおどろきながら見る程にただ幻のここちこそすれ

参考歌　うつつにも幻の世と思ふ身にまた夢さへ何とむるらむ（堀河百首　夢　隆源　出家して比叡山に入る。叔父の通俊の後拾遺集の編纂を助ける）

離別

**・行く人もをしむ心もとどめかね忘するなどだにえこそいはれね**

羈旅

**・道すがら心も空にながめやる都の山の雲隠れぬる**（千載集巻第八　羈旅　五一三）

参考歌　さしてゆく山の端もみなかき曇り心も空にきえし月影（紫式部集）

**・ふるさとにおなじ雲居の月を見ば旅の空をや思ひ出づらむ**（続古今集巻第十　羈旅　八八二）

参考歌　東路の旅の空をぞ思ひやるそなたに出づる月を眺めて（後拾遺集第十三　恋三　七二五　経信　百人一首七十一番歌の歌人）

**・はかなくもこれを旅寝と思ふかないづくも仮の宿とこそ聞け**（続後拾遺集巻第九　羈旅　五七七）

参考歌　とどまらむとどまらじとも思ほえずいづくもつひの住処ならねば（金葉集三奏本巻第六　別離　三四四　三河入道　寂照　俗名　大江定基　九六二─一〇三四）

物名　きりぎりす

**・秋は霧きり過ぎぬれば雪降りて晴るる間もなきみ山辺の里**（千載集巻第十八　雑下　一一七七）

参考歌　雪消えばゑぐの若葉も摘むべきに春さへ晴れぬ深辺の里（金葉集三奏本巻第一　春　九　曽禰好忠）

## 一、九 まとめ

崇徳天皇の母后待賢門院璋子は一一二九年法金剛院の仁和寺を起工、翌年完成している。ここに、天皇の行幸があり、堀河が次の歌を詠んでいる。

詞書　崇徳院の御時法金剛院に行幸ありて、菊契千秋といふことを講ぜられ侍りけるに

**・雲の上の星かと見ゆる菊なれば空にぞ千代の秋は知らるる**

その後、母后は一一四五年八月崩御。一一五六年保元の乱で崇徳院は弟君の後白河天皇に敗れ、法金剛院に入った翌日讃岐に配流の身となる。堀河は過去の良き時代を思い浮かべながら、泣く泣く見送ったであろう。崇徳院は、時代に翻弄された生涯であった。このことが、武家の世の中の前触れであったことは当時は知るよしもなかったかと見られる。

有吉保著の「百人一首」など大抵の解説書には、待賢門院堀河は当初、伯女や伯卿女などとも呼ばれていたとある。ところが、父の主催した歌合などには姉妹で歌を披露しているとも書かれており、これらが混乱しているようにも見える。

# 二　皇嘉門院別当の歌合と勅撰集から

## 二、一　歌人の周辺

生没年未詳。大納言師忠の曾孫。正五位下太皇太后亮源俊隆の娘。藤原忠通（百人一首第七十六番歌の作者）の娘（右大臣後摂政関白九条兼実の異母姉）崇徳院皇后聖子（皇嘉門院）に仕える。このような関係で、一一七〇年代右大臣兼実（忠通の子）家の歌合せや百首歌などに出詠している。保元の乱（一一五六年）で崇徳上皇が讃岐に配流され、聖子は出家し、皇嘉門院別当もその後年代が不明ながら尼となって、皇嘉門院崩御後も伏見の法性寺に身を寄せている。

その後、兼実は源平の争乱後関白太政大臣になっていたが、土御門通親の策謀で失脚させられ、法性寺で出家し、後法性寺入道前関白太政大臣として余生を送っている。

勅撰集入集歌は九首で、そのうち千載集に二首、新勅撰集に二首入集している。

## 二、二　百人一首第七十六番の歌（千載集巻第十三　恋三　八〇六）

詞書「摂政右大臣の時の家の歌合せに、旅宿逢恋といへるこころをよめる」

・難波江の蘆のかりねのひとよゆゑみをつくしてや恋ひわたるべき

注「かりね」は「刈り根」と「仮寝」、「ひとよ」は「一夜」と「一節」をまた、「みをつくし」は「身を尽くし」と「澪標」を掛ける。

歌意　難波江での粗末な小屋での一抹の恋が身を尽くすほど命が尽きるまで恋し続けるのだろうか。

同じ歌合せの同じ題で隆信（長門守為経（寂超）美福門院加賀との子）集には次の和歌がある。

・並べつる枕も仮の草なれば何かは床のかたみなるべき

注　美福門院加賀は後に俊成と結婚して定家が生まれる。また、隆信の子に信実がおり、父子ともども歌仙絵で有名である。

## 二、三　右大臣（兼実、後の関白太政大臣）家の歌合せから

一　安元元年十月十日（四〇一）　判者　清輔朝臣

**落葉**

左勝　女房皇嘉門院別当

・ひとむらも枝に木の葉のとまらねば庭をぞ秋のかたみとはみる

右　小侍従

嵯峨嵐山の歌碑

・紅葉散る小川の浪のの立つ度にきれぎれになるから錦かな

評　右歌、「紅葉散る小川の浪」といへる、たよりなき心地に、猶山などの事あらまほしき。「きれぎれになる」といへるも、おびただしきやうなれば、左勝ちとやもうすべからむ。

初雪

左勝　　女房別当

・めずらしと神も見るらむ榊葉に白ゆふ（木綿）かくる今朝の初雪

右　　小侍従

・めずらしく我は待ち見る初雪をいとひやすらむ小野の里人

評　左歌、めづらしからぬ心なれども、よくつづけられて侍り、右歌、「待ち見る」といえる詞、いとしもなし。また、古歌に「寒さをこふる小野の炭焼き」とよめるは、冬のくるをばうれしき事におもへるこそ。初雪をいとふべしとはおぼえず。大方歌がらも劣りはべるにや。

暁恋

左持　　女房別当

・鳥の音も我もかはらぬ暁にかへりし人の影ぞ恋しき

右　　小侍従

・おもひきや歎きて過ぎし年月に今朝の別れの勝べしとは

評　左歌、月あらまほし。右歌は、後朝の歌にこそ侍めれ。暁恋はなほ分別すべき事なり。左はあるべき事なし。右は題の心なければ、同じほどのことに侍めり。

## 二　治承三（一一七九）年十月十八日（四二六）　判者　皇太后大夫入道釈阿（俊成）

### 月

左持　　別当局

・**照る月の姿ばかりはおもなれて影めづらしき秋の空かな**

右　　道因法師

・**限りありて入らぬ月をも如何せむ山の端までは曇らずもがな**

評　左、「姿ばかりは面馴れて」といへる月の姿などは、先々云ひ馴れてもおぼえや侍らむ。末句は優に侍る。右、上句は落月にやと見え侍る。末句は東峯に出づるより西山に傾くまで、「曇らずもがな」と、ただ、大方の事と聞こえ、当時月あかきには見え侍らず。但し、歌姿はよろしく侍れば、これもまた持となす。

注　道因法師は百人一首第八十二番歌　思ひわびさても命はあるものを憂きに堪えぬは涙なりけり

### 祝

左持　　別当局

・**君が代のするゑをはるかに御蓋（かさ）山さしながらこそ神にまかすれ**

右　　大弐入道

・**数知らぬためしはなにと人問わば君が御代とぞいふべかりける**

評　左歌、祝ひの心深く侍りぬべけれど、「さしながら」といふ言葉数あるものをおきて、「むれたる」といへるは、さながらといふには叶ふべきにや侍らむ。右歌、姿もおかしく祝の心も侍りぬれば、持と申し侍るべし。

**恋**（新千載集巻第十五　恋五　一五三九）

・紅に片敷く袖はなりにけり涙や夜半の時雨なるらむ

## 二、四　勅撰集入集歌から

### 一　千載集から　巻第十二　恋一　六九四

詞書摂政右大臣（兼実）の時の百首歌に、忍恋の心を詠み侍りける
・忍び音の袂は色に出でにけり心にも似わぬわが涙かな
注　前右京権大夫頼政　六九三　あさましやおさふる袖の下くぐる涙のするゑを人やみつらむ

### 二　新勅撰集から

巻第十一　恋一　六六七
詞書　家に百首歌よみはべりけるに（後法性寺入道関白太政大臣兼実）
・思ひ河いはまによどむ水茎をかきながすにも袖はむれけり
注　後法性寺入道関白太政大臣　六六六　紅の涙を袖にせきかねてけふぞおもひの色にいでぬる
巻第十三　恋三　七八七
詞書　後法性寺入道関白家百首詠み侍りける　初遇恋
・うれしさもつらきも同じ涙にてあふ夜もそでは猶ぞかはかぬ
注　皇太后宮大夫俊成　七八六　おもひわび命絶えずはいかにしてけふとたのむる暮れを待たなし

## 三　続後撰集　巻第十　釈教歌　六〇八

詞書　後法性寺入道関白家百首歌に、般若心経、色即是空々即是色

**・雲もなくなぎたる空の浅緑むなしき色も今ぞ知りぬる**

## 四　玉葉集　巻第十　恋二　一四四八

詞書　詞書：後法性寺入道関白家百首詠み侍りける中に

**・帰るさは面影をのみみにそへて涙にくらす有明の月**

注「明け方、女の元から帰った男が、女に贈った歌」と云う趣向の基に詠んだ歌（後朝の歌でしかも男性仮託の歌）

## 五　続後拾遺集　巻第四　秋上　二八九

詞書　題知らず

**・宮城野の萩の下葉のうつろふをおのが秋とや鹿の鳴らむ**

## 六　新拾遺集　巻第十四　恋四　一二四〇

詞書　後法性寺入道関白家百首歌に　遇不逢恋

**・つれなきを恨みし袖もぬれしかど涙の色はかはりやはせむ**

注　「遇不逢恋」は逢瀬を遂げた後、逢うことが難しくなった恋

## 二、五　まとめ

崇徳院が保元の乱で敗れて、讃岐に配流されお仕えしていた皇后が皇嘉門院となってもお仕えしていた。その間に歌人として、歌合に参加しており、勅撰集にも入首しているので、それらを通して紹介してきた。従って、これらの和歌を通して評価することになる。

# 三　式子内親王と三種類の百首歌を中心に

## 三、一　歌人の周辺

式子内親王は久安五（一一四九）年、父鳥羽上皇四宮雅仁親王（後の後白河天皇）と母上﨟播磨局藤原成子（後の高倉三位）との間に生まれる（生年については諸説あるが、京都大学本「兵範記」断簡に含まれていた嘉応元年七月二十四日の式子内親王斎院退化上の裏書に「斎主高倉三腹御年二十一」と記されていたことによる）。保元元（一一五六）年**保元の乱**起こる。平治元（一一五九）年十月内親王宣下と賀茂斎院卜定。その年の十二月平治の乱起こる。永暦二（一一六一）年四月時初めて賀茂斎王となる。嘉応元（一一六九）年七月、病により斎院退下。四条殿に住まい。定家の姉竜寿、式子内親王のもとに出仕か。

承安四（一一七四）年三条高倉邸に移る。翌年、疱瘡の流行や京の大火があり、三分の一が焼ける。安元三（一一七七）年三月母成子死去。四月には安元の大火、六月には成親、西光、俊寛らによる**鹿ケ谷の陰謀事件**起こる。翌年今まで後見であった成子の弟公光死去に伴い、吉田経房後見か。その後、治承四（一一八〇）年五月**以仁王挙兵**する。式子内親王の弟以仁王と源三位頼政とが平氏打倒を企て失敗したが、平家打倒の動きが盛り上がるきっかけになった。同年八月**頼朝挙兵**。

治承五（一一八一）年一月三日、俊成と共に高倉第に定家初めて参ず。その年、閏二月**清盛死去**。大飢饉に見舞われる。

養和元年と改元され、式子内親王は法住寺萱御所（後に後白河法皇の御陵となる）に移られ、定家も参ず。式子の家司として仕える。

寿永二（一一八三）年二月定家の姉健寿が八条女院（鳥羽上皇皇女暲子）に仕える。同じ頃、俊成に**千載集の撰集**の勅命下る。その年、七月式子内親王八条女院の山荘常磐殿に移るか。八月、後鳥羽天皇四歳で践祚。この年から翌年にかけて、京中に強盗横行や大地震が起きる。この年、八条殿で女院と同居。定家の姉たちも仕える。元暦二（一一八五）年三月**壇ノ浦で平家滅亡**。文治四（一一八八）年千載集成立。兼実、後白河法皇から大炊御門殿を貸与される。

文治六（一一九〇）年、八条院が病気になられたのは式子内親王が**以仁姫宮に悪心を抱き呪詛**したとの噂がたって、押小路に移ることを余儀なくされる。この翌年頃、この頃出家か。法名「**承如法**」である。式子内親王の**A百首歌**成立か。

建久三（一一九二）年二月、後白河法皇病状悪化（同三月崩御）で、遺領配分され、式子内親王に大炊御門殿遺贈される。しかし、兼実が入っており、やむなく吉田経房別邸に入る。この年頼朝鎌倉に幕府を開く。建久五（一一九四）年以前に**B百首歌**成立か。建久九（一一九六）年三月橘兼仲（経房の娘婿で、式子内親王の母方の親戚公時の家司）妻の**妖言事件**（後白河法皇の「我を祭れ、社を作り国を寄進せよ」との託宣がある）があり、これに式子内親王も同意したということで、洛外追放になり経房邸から定家の姉竜寿の小宅に移る。背景には、生前の後白河法皇と兼実との確執がある。

その後、建久七（一一九六）年一一月、源通親のクーデター（これが可能としたのは、通親の養女宰相君が後鳥羽上皇の皇子、後の土御門天皇が生まれており、頼朝のバックアップがあった）で兼実一族が政界から追放され、式子内親王も、やっと大炊御門殿に移ることが出来た。

正治二（一二〇〇）年七月**後鳥羽上皇の初度百首**が召され、式子内親王や定家が召される。これにもとづいて式子内親王の**C百首歌**が完成する。

この年の暮れから、式子内親王の病状が悪化。翌年早々、法然に今生での最後の対面を願う。法然からは生前にお会いしなくても、あの世でお会いしましょうとの長文の返書（「シャウ如ハウ（正如房）」に遣わす御文）が来る。この宛名が式子内親王の法名「承如法」と違っていたことから、永らく式子内親王とは気づかれなかった。同年式子内親王死去。同年十一月定家らに**新古今集の撰進**の勅命下る（一二〇五年に一応の完成を見る）。

注　法然（一一三三年～一二一二年）は当初は比叡山で天台宗に学ぶが、承安五（一一七五）年、専修念仏に開眼し、浄土宗の開祖となる。当時は戒律の厳しい皇室や貴族に広まっていた聖道門仏教にあって、法然は民衆を相手としたがために、貴族からは、「無位無官の乞食坊主」と揶揄されていた。しかし、その中にあって、兼実は法然に帰依し、戒師として建仁二（一二〇二）年一月二十八日に出家し、法名円証と号している。また、式子も帰依することになる。その後、専修念仏の停止要求が比叡山の僧徒や興福寺の衆徒からだされ、後鳥羽院の女房の念仏法会に参加し、密通事件の噂などあって、院宣により関係した僧の処刑（建永の法難）が行われた。翌年の承元元（一二〇七）年には、兼実の救済の働きにもかかわらず、法然は土佐（実際は兼実縁の讃岐）に親鸞は越後に配流になる。兼実は配流を止めることが出来なかったが、讃岐を配流地として援助している。その年の十二月勅免の宣旨が下り、建暦元（一二一一）年十一月法然の入京も許される。

## 三、二　式子内新王の歌

### 一　百人一首第八十九番歌

**・玉の緒よ絶えなば絶えねながらえば忍ぶることの弱りもぞする**

恋の苦しさによって、絶えそうな私の命が絶えるのなら絶えても良い、このまま生きながらえていると、この恋を隠しておけないで知られてしまうからと、極めて恋の苦しみを魂の叫びとして歌い上げている、との意である。なお、初恋や忍ぶ恋は、男性が女性を想い詠んだ歌であるところから、この歌も男性に代わって詠んだ歌と見られている。

注　式子内新王集全集の詞書には「百首歌の中に忍恋を」とあり、新古今集巻第十一恋一　一〇三四に入集している。

この百首歌は前述のAからC百首には含まれていない、別の百首で、勅撰集入集歌であるが全体が伝わっていない集の分類で説明されている。ところで、この歌は詠題歌であるので、特別の対象となる相手は特定出来ないけれども、後に謡曲「定家」あるいは「定家蔓」に見るように、定家と式子内親王の悲恋の恋ゆえに式子の墓に蔓が巻き付いて式子内親王を苦しめるという伝説が生まれている。一方では、前述のように法然が式子内親王に出したと見られる長文の手紙が見つかり、忍恋の相手が法然であると見られ

嵯峨野の歌碑

るようになっている。

先に触れたA百首歌の成立が建久二（一一九一）年頃と見られており、前小斎院百首歌と呼ばれている。次に紹介のB百首歌は建久五（一一九四）年五月二日の奥書のある百首歌で、吉田経房邸時代の時期と見られている。式子内親王は、父である後白河法皇から大炊御門殿を遺領配分されたが、法皇の崩御後も大炊御門殿には摂政関白九条兼実が居座り、やむなく経房邸に住まいすることになる。このような時期に成立した百首歌となる。

更に、式子内親王の知られているC百首歌と、勅撰和歌集に採り上げられた和歌を紹介する。

C百首歌は後鳥羽院正治初度百首に詠進した百首歌である。正治二年（一二〇〇）七月中旬に後鳥羽院から沙汰があったと見られている。定家の明月記九月五日には、『天晴陰し、夜に入り暴風雷雨。大炊殿（式子内親王の住まい）に参じ、御歌を給はりて之を見る。皆以て神妙（不可思議なほどすぐれている）。秉燭（灯火を手に持つ）の程、廬に帰り、又御歌を見る。殊勝不可思議なり。深更に退下するの後、大雨雷鳴。八日には天晴る。夜に入り隆信朝臣来談さる。和歌の事なり。「歌猶以て殊に御感有」と。面目と謂ふべし。』が紹介されている。

一方、式子内親王はこの前年より病気が重くなってきており、翌年一月二十五日に亡くなっている。死期を前に法然に手紙を送り、来訪を乞うている。

しかし、来訪はなく法然から式子に長文の手紙（冥土でお会いしたい）が届けられる。

## 二　A百首歌から

### ①　春

**・春もまづしるく見ゆるは音羽山峰の雪より出づる日の色**

注　「しるく見ゆる」は、それとはっきりと見えるのはの意。

・**春くれば心も溶けて淡雪のあはれ降りゆく身を知らぬかな**

注　「あはれ」は、打ち解けての意。「降り」はわが身の「古り」を掛けている。

・**跡絶えて行へもかすめ深く我が世を宇治山の奥のふもとに**

本歌　跡絶えて心澄むとはなけれども世を宇治山に宿をこそかれ（源氏物語　橋姫巻）

注　「跡絶えて」は、本歌から出家隠遁の意を踏まえている。源氏物語の歌は、冷泉院が八の宮に阿闍梨を通して届けた歌に対して返した歌。

冷泉院のうたは、「世をいとふ心は山にかよへども八重たつ雲を君や隔つる」

・**梅の花恋しきことの色ぞそふうたて匂ひの消えぬ衣に**

本歌　散るとみてあるべきものを梅の花うたて匂ひの袖にとまれる（寛平御時きさいの宮の歌合の歌　素性法師　古今集巻第一　春上　四七）

注　「うたて」つらく、いやなこと。

・**はかなくて過ぎにし方をかずふれば花に物思ふ春ぞ経にける**（新古今集巻第二　春下　一〇一）

注　「はかなくて」は、不安で心細い漂った状態をいう。

②　**夏**

・**春の色のかへうき衣脱ぎ捨てし昔にあらぬ袖ぞ露けき**

本歌　花の色に染めしたもとのをしければ衣かへうきけふにもあるかな（「冷泉院の東宮におはしましける時、百首歌たてまつれとおほせられければ」源重之　拾遺集巻第二　夏　八一）

注　出家し俗世の衣を捨てて法衣をまとって居る身であれば、「衣かへ憂き」の心情はないはずであるが、出家後も葛藤の有る心をのぞかせているさまを示している。

・**忘れめや葵を草に引き結び仮寝の野辺の露の曙**（新古今集巻第三　夏　一八二）

注　斎院に奉仕していたとき、神館での詞書有。「神館」は葵祭りの前夜斎院が宿った仮に作った館のこと。

・**松陰の岩間をくぐる水の音に涼しくかよふひぐらしの声**

注「かよふ」は水の音とひぐらしの声が融けあっていること

③　**秋**

・**夕霧も心の底にむせびつつ我が身ひとつの秋ぞ更け行く**

本歌　月見ればちぢに物こそ悲しけれ我が身一つの秋にはあらねど（百人一首第二十三番歌、古今集巻第四　秋上　一九三　大江千里）

・**宵のまにさても寝ぬべき月ならば山の端近き物は思はじ**（新古今集巻第四　秋上　四一六　題しらず）

本歌　山の端に雲のよこぎるよいひのまは出でても月ぞ猶またれける（新古今集巻第四　秋上　四一四　道因法師）

**秋の歌とてよみ侍りける**

・**それながらむかしにもあらぬ月影にいとどながめをしづ**（倭文）**のをだ巻**（新古今集巻第四　秋上　三六八）

本歌　詞書「五条のきさいの宮（仁明天皇の后で冬嗣の女順子）西の対に住みける人（高子で後の二条の后）にほいにはあらでものいひわたりけるを、睦月の十日余りになむ他へ隠れにける。あり所は聞きけれどもえ物もいはで、またの年の春梅の花盛りにつきの面白かりける夜、こぞを恋ひてかの西の対に行きて月のかたぶくまであばらなるいたじきに臥せりて詠める」

・月やあらぬ春や昔の春ならぬ我が身ひとつはもとのみにして（古今集巻第十五　恋五　七四七　在原業平（伊勢物語））

・いにしへのしずの苧環（をだまき）繰り返し昔を今になすよしもがな（伊勢物語三二段）
参考歌　いにしへのしづの苧環（をだまき）いやしきもよきも盛りはありしものなり（古今集巻第十七　雑歌上　八八八　読み人知らず）
注　「しづ」は古代の日本製の麻糸の綾織物。「いやしき」は、卑しい我が身といやしげく巻くを掛ける。

④　**冬**
・**真木の屋に時雨は過ぎて行くものを降りも止まぬや木の葉なるらむ**
注　「真木の屋」は、檜（ひのき）などで葺（ふく）いた家。
・**さびしさは宿のならひを木の葉しく霜の上にも眺めつるか**（玉葉集巻第六　冬歌　八九九）
注　寂しさを諦めようとして諦めきれない寂しい心を見つめている歌。
・**またれつる隙（ひま）しらむほのぼのと佐保の河原に千鳥なくなり**
本歌　暁のねざめの千鳥たがためか佐保の河原にをちかえり鳴く　はつせへまで侍りける途に、佐保山のわたりに宿りて侍りけるに、千鳥の鳴くをききて（拾遺集巻第八　雑上　四八四　能宣）

⑤　**恋**
・**尋ぬべき道こそなけれ人知れず心は馴れて行きかへれども**
注　忍恋で、石丸晶子はその著書において法然に対して忍ぶ恋と見ている。
・**ほのかにも哀れはかけよ思い草下葉にまがふ露ももらさじ**
注　我が思草の露を、第三者はもちろん相手にさえ漏らすまいとしている忍ぶ恋。

・**知るらめや葛城山にゐる雲の立ゐにかかる我が心とは**（新後撰集巻第十一　恋一　七九）

注　「立ゐ」立ったり座ったり

・**あはれともいはざらめやと思ひつつ我のみ知りし世を恋ふるかな**

注　「我のみ知りし」は我のみ知るという関係が外部に漏れていることを暗示している。

・**恋ひ恋ひてよし見よ世にもあるべしといひしにあらず君も聞くらむ**

注　この歌は、「遇不逢恋」とも取れるが、一連の歌から「不逢恋」と見られる。

・**つらしともあはれともまづ忘られぬ月日幾たび巡り来ぬらむ**

注　体面上既に終わった恋のようであるが、中々忘れらないで月日が巡っている状況か。

・**恋ひ恋ひてそなたになびく煙あらばいひし契のはてと眺めよ**

注　歌題として「寄煙恋」なども知られているが、これに属する歌である。

⑥　**雑**

・**山深くやがてとぢにし松の戸にただ有明の月やもりけむ**

注　「松の戸」は、白氏文集の中に「陵園妾」があり、御陵の守役として幽閉された宮女を哀れんだ詩に由来する。

・**日に千度心は谷に投げ果ててあるにもあらず過ぐる我が身を**

本歌　世の中のうきたびごとに身をなげば深き谷こそ浅くなりなめ（古今集巻第十九　誹諧歌　一〇六一　読み人知らず）

・世の中の憂き度ごとに身をなげばひとひに千度我や死にせむ（和歌九品　一七）

・**見しことも見ぬ行く末もかりそめの枕に浮かぶ幻の中**

注　この世の出来事は全て有りて無きがごとしと知ることによって、それを超えようとしている。

**・浮き雲を風にまかする大空の行くへも知らぬはてぞ悲しき**

注　「浮き雲」は憂き雲であり、煩悩の雲をしめす。

**・始めなき夢を夢とも知らずしてこの終はりにやさめてはてぬべき**

注　「始めなき夢と夢とも知らずして」のうち、「始めなき」は仏教語で「無始」を言い、いくら遡ってもその始点を知りえない状態のことで、無始よりの無明長夜に見る夢を悟ることなくしての意。

## 三、三　B百首歌から

### ①　春

**・匂ひをば衣に止めつ梅の花ゆくへも知らぬ春風の色**

本歌　梅が香を袖に移して留めてば春はすぐともかたみならまし（寛平御時きさいの宮の歌合の歌　古今集巻第一　春上　四六　読み人知らず）

参考歌

・吹く風をなにいとひけむ梅の花散りくる時ぞ香はにほひける（拾遺抄巻第一春　一六　凡河内躬恒）

・梅の花匂ひを送る春風の色をも袖にうつさましかば（三百六十番歌合　春　四

般舟院陵

式子内親王の陵は明月記などでは「常光院」となっているが、所在は不明。この「般舟院陵」は謡曲「定家」と結び付けて見られている

七　藤原家隆）

・吹きすぐる風にたぐへど梅の花にほひは袖に留りぬるかな（久安百首　一〇〇九　待賢門院堀河）

・**この世には忘れぬ春の面影よおぼろ月夜の花の光に**

参考歌

・雪深きまののかやはら跡たえてまだこととほし春の面影（拾遺愚草巻上　千五百番歌合百首　一〇六九　藤原定家）

・照る月も雲のよそにぞ行き巡る花ぞこの世の光なりける（新古今集巻第十六　雑上　一四六八　藤原俊成）

・**たえだえに軒の玉水おとづれて慰めがたき春の故郷**

参考歌

・春雨のふるとは空に見えねどもさすがに聞けば軒の玉水（老若五十首歌合　春　七二　鳥羽院宮内卿）

・木のもとは日数ばかりを匂ひにて花も残らぬ春の古里（「残春」　拾遺愚草巻上　歌合百首　八一五　藤原定家）

② **夏**

・**待ち待ちて夢かうつつかほととぎすただ一声の曙の空**

本歌　ほととぎす夢かうつつか朝露のおきて別れし暁の声（「題しらず」　古今集巻第十三　恋三　六四一　読み人知らず）

・**春秋のいろのほかなるあはれ哉蛍ほのめく五月雨のよひ**

参考歌

・夜を知る蛍は多く飛びかえどおぼつかなしや五月雨のやみ（相模集　五三九）

③　**秋**

・**草枕はかなく宿る露の上をたえだえみがくよひの稲妻**

参考歌

・あさぢふの露の宿りに君をおきて四方のあらしぞ静心なき（源氏物語賢木巻一五〇）

・はかなさをともに見むとや思ふらむあだなる露に宿る稲妻（千五百番歌合　秋二　一三〇六　小侍従）

・**月見れば涙も袖にくだけけり千々に成り行く心のみかは**

本歌　月見ればちぢにものこそ悲しけれ我が身ひとつの秋にはあらねど（「是貞親王の家の歌合によめる」　古今集巻第四　秋上　一九三／百人一首第二十三番歌　大江千里）

・**眺むれば我が心さへはてもなく行くへも知らぬ月の影かな**（続拾遺集巻第五　秋下　三三〇／題林愚抄　秋三　三九〇七）

本歌　我が恋は行くへも知らずはてもなし逢ふを限りと思ふばかりぞ（古今集巻第十二　恋二　六一一　凡河内躬恒）

参考歌

・夜もすがら人を誘ひて月影のはては行くへも知らで入りぬる（「月」清輔集　秋　一五一　藤原清輔）

・月を見て心うかれし古への秋にもさらに巡りあひぬる（新古今集巻第十六　雑上　一五三一　西行）

④　**冬**

・**神無月風にまかする紅葉葉に涙あらそふみ山べの里**

参考歌

・露おつる楢の葉あらく吹く風に涙あらそふ秋の夕暮（拾遺愚草　一八〇四　藤原定家）

・**たのみつる軒端の真柴秋暮れて月にまかする霜のさむしろ**

参考歌

・真柴ふく宿のあられに夢覚めてあり明がたの月を見るかな（「山家暁霰といへる心を詠める」千載集巻第十六　雑上　一〇一四　大江公景）

・谷越の真柴の軒の夕煙よそめばかりはすみうからじや（「山家」拾遺愚草巻上　関白左大臣家百首　一四八四　藤原定家）

## ⑤　恋

・**沖ふかみ釣りするあまのいさり火のほのかに見てぞ思ひ初めてし**

注　沖で釣りをしている海人のイメージを心の奥底で恋をしているイメージに重ねている。

参考歌

・よそにても有りにしものを花すすきほのかに見てぞ人は恋しき（拾遺集巻第十二　恋二　七三二　読み人知らず）

・**思ふより見しより胸にたく恋をけふうちつけに燃ゆるとや知る**（玉葉集巻第九　恋一　一二五六）

参考歌

・思ふより袂は深く染めてけり心の色や涙なるらむ（「初恋の心を」続古今集巻第十一　恋一　九五三　藤原忠良）

・思ふより波越す袖を頼むかな人の心の末の松山（「恋」明日香井集巻上　正治元年五十首　八五一　飛鳥井雅経）

・**哀れとはさすがに見るやうち出でし思ふ涙のせめて漏らすを**

参考歌

・けふこそはいはがき沼のみごもりにうちいでがたきそこの心を（「恋」明日香井集巻上　詠千日影供百首　四二一　飛

鳥井雅経）

・かぎりなくおもふ涙やかはとみて渡り難くはなりまさるらむ（伊勢集　三三二／続古今集巻第十一　恋一　一〇一八）

**・思ひかね浅沢小野に芹摘みし袖の朽ちゆく程を見せばや**

注　浅沢小野は摂津国歌枕。

俊頼髄脳では、「芹つみし昔の人も我がごとや心に物はかなはざりけむ」の歌について、「芹摘む」は恋の不遇の文脈に用いられるとして、次の説話を挙げている。

宮中の掃除をする男が、風の吹き上げた御簾の奥で芹を食する后を見て恋をし、今一度見たいがために、芹を摘んでは御簾の辺に置き続けたが、かいなく、男は病となり「芹を摘んで供養して欲しい」と言い残して死んでしまった。

参考歌

・住吉の浅沢小野のかきつばた衣に摺りつけ着む日知らずも（万葉集巻第七　一三六一　作者不詳）

・人知れぬ涙に袖は朽ちにけりあふよもあらばなににつつまむ（拾遺集巻第十一　恋一　六七四）

**・かりにだにまだ結ばねど人言の夏野の草としげき比かな**

本歌　人ごとは夏野の草のしげくとも君と我としたづさはりなば（拾遺集巻第十三　恋三　八二七　柿本人麿）

参考歌

・人ごとを繁みと妹に逢わずして心の中に恋ふるこの頃（万葉集巻第十二　二九四四　作者不詳）

**・我が恋は逢ふにもかえずよしなくて命ばかりの絶えやはてなむ**

本歌　命やはなにぞはつゆのあだ物をあふにしかへばをしからなくに（「題知らず」古今集巻第十二　恋二　六一五　紀友則）

・**かりそめに伏見の里の夕露のやどりはかへる袂なりけり**

注　はかない満たされぬ恋を男の立場に立って詠んでいる。また、「かりそめに伏見の里」には「伏見」に「臥す」を掛けている。伏見には、大和と山城があるがここでは後者か。

参考歌

・かりそめにふしみの野辺の草枕露けかりきと人にかたるな（新古今集巻第十三　恋三　一一六五　読み人知らず）

・**浅ましや安積**（あさか）**の沼の花かつみかつ見馴れても袖はぬれけり**

注　「浅ましや」はここでは「驚いたことだ」あるいは「意外なことだ」の意であるが、悪い意味に使われることが多い。

参考歌

・みちのくの安積の沼の花かつみかつ見る人にこひやわたらむ（古今集巻第十四　恋四　六七七　読み人知らず）

・**入りしより身をこそくだけ浅からず忍ぶの山の岩のかけ道**

注　「身をこそくだけ」は「はなはだしく苦労することよ」の意。人目を忍んでやっと出逢っても、更に忍ぶ苦労は増すばかりなのである。

参考歌

・あふ事のかたき岩ともなりけるをいかなる恋の身をくだくらむ（「恋」久安百首　九七二　藤原清輔）

・忍ぶ山忍びて通うみちもがな人の心の奥も見るべく（伊勢物語十五段　一三　男）

・きえねただ忍ぶの山の峰の雲かかる心の跡もなきまで（新古今集巻第十二　恋二　一〇九四　飛鳥井雅経）

・**常磐木の契りやまがう竜田姫知らぬ袂も色変わりゆく**

参考歌

・雲となり雨となりてや竜田姫秋の紅葉の色を染むらむ（続古今集巻第五　秋下　五一四／「紅葉」長秋詠藻下　右大臣家百首　五五二　藤原俊成）

注　自分の心も、相手の心も、変わっていないようで変わっているのではないか、疑ってみる心がある

・**たそかれの荻の葉風にこのごろのとはぬならひをうち忘れつつ**

注　このところ恋の相手が訪れないことの中に、黄昏の人待ち時の荻の振る舞いに気持ちが揺らぐ。

⑥　**雑**

・**けふはまた昨日にあらぬ世の中を思へば袖も色かはり行く**

注　変わる事を歎いている歎き迄も変ることを見せつけ、逃れがたい無常観

参考歌

・世の中は何か常なる飛鳥川昨日の渕ぞ今日は瀬になる（古今集巻第十八　雑下　九三三　読み人知らず）

・**あはれあはれ思へば懐かしつひのはて偲ぶべき人誰となき身を**

本歌

・忍ぶべき人もなきみはあるをりにあはれあはれといひやおかまし（「世の中つねなく侍りける頃詠める」後拾遺集巻第十七　雑三　一〇〇九　和泉式部）

・**年経れどまだ春知らぬ谷の中の朽木のもとも花を待つかな**

注　生きる意味がいまだに見いだせない、また見出せそうにもない自分であるが、なんとかしてそれを見出そうと思う強い願いが感じられる歌

・**鶴の子の千たび巣立たむ君が世を松の陰にや誰もかくれむ**

注　谷の中の朽木のもとに住む者から、松の陰に住む者を連想している。松に住む鶴を譬として、君は民を守り、民は君を祝うという上下調和の世界を描いている。

## 三、四　C百首歌（後鳥羽院正治初度百首歌）から

### ①　春

・**峰の雪もまだふる年の空ながらかたへかすめる春の通い路**（式子内親王集　春　二六七七二）
本歌　夏と秋と行きかふ空の通い路はかたへ涼しき風や吹くらむ（古今集巻第三　夏の歌　一六八　凡河内躬恒）

・**山深み春ともしらぬ松の戸にたえだえかかる雪の玉水**（新古今集巻第一　春歌上　三）
参考歌　山深みなほ影寒し春の月空かき曇り雪は降りつつ（新古今集巻第一　春歌上　二四　越前）

・**にほの海や霞のをちにこぐ舟のまほにも春のけしきなるかな**（新勅撰集巻第一　春上　一六）
派生歌　住吉の霞のうちに漕ぐ舟のまほにも見えぬ淡路島山（藤原秀能）

・**眺めつるけふはむかしになりぬとも軒端の梅はわれをわするな**（新古今集巻第一　春歌上　五二）
参考歌　こちふかば匂ひおこせよ梅の花主なしとて春を忘るな（拾遺集巻第十六　雑春　一〇〇六　贈太政大臣菅原道真）
派生歌　出でていなば主なき宿となりぬとも軒端の梅よ春をわするな（源実朝）

・**夢のうちもうつろふ花に風吹きてしづ心なき春のうたた寝**（続古今集巻第一　春歌上　一四七）
参考歌　鶯の鳴く野辺ごとに来てみればうつろふ花に風ぞ吹きける（古今集巻第二　春下　一〇五　読み人しらず）
ひさかたの光のどけき春の日にしず心なく花の散るらむ（古今集巻第二　春歌下　八四　百人一首第三十三番歌　紀

友則）

・**花は散りその色となくながむればむなしき空に春雨ぞふる**（新古今集巻第二　春歌下　一四九）

参考歌　思ひあまりそなたの空を眺むれば霞を分けて春雨ぞふる（新古今集巻第十二　恋歌二　一一〇七　皇太后宮大夫俊成）

② **夏**

・**いにしへを花橘にまかすれば軒のしのぶに風かよふなり**（正治初度百首　九九）

本歌　五月まつ花橘の香をかげば昔の人の袖の香ぞする（古今集巻第三　夏歌　一三九　読み人知らず）

・**かえりこぬ昔を今と思ひ寝の夢の枕ににほふ橘**（新古今集巻第三　夏歌　二四〇）

本歌　古のしずのおだまき繰り返し昔を今になすよしもがな（伊勢物語三二段）

・**声はして雲路にむせぶほととぎす涙やそそく宵の村雨**（新古今集巻第三　夏歌　二一五）

本歌　声はして涙は見えぬほととぎす我が衣手のひつをからなむ（古今集巻第三　夏歌　一四九　読み人知らず）

・**五月雨の雲はひとつにとぢはててぬきみだれたる軒の玉水**（続国歌大観　二六七九八　正治初度百首　夏）

参考歌　ぬきみだる人こそあるらし白玉のまなくも散るか袖のせばきに（古今集巻第十七　雑歌上　九二三　在原業平）

・**すずしやと風の便りを尋ぬればしげみになびく野べのさゆりば**（風雅集巻第四　夏歌　三九二）

参考歌　夏深み野辺のさゆりば風過ぎて秋おもほゆる森の蔭かな（文治六年女御入内和歌　藤原俊成）

③ **秋**

・**うたたねの朝けの袖にかはるなりならす扇の秋の初風**（新古今集巻第四　秋歌上　三〇八）
本歌　おほかたの秋来るからに身に近くならすあふぎの風ぞ涼しき（後拾遺和歌抄第四　秋上　二三七　藤原為頼）
・**寄せ返る波の花ずり乱れつつしどろに移す真野の浦萩**（式子内親王集秋　二六八二）
注　真野の浦萩は真野の浦の岸辺の萩のことで、真野川が琵琶湖に注ぐところ。古く萩の名所とされた。
・**我がかどの稲葉の風におどろけば霧のあなたに初雁のこゑ**（玉葉集巻第四　秋歌上　五七八）
注　秋来ぬと目にはさやかに見えねども風の音にぞ驚かれぬる（古今集巻第四　秋上　一六九　藤原敏行）を踏まえて季節の移ろいへの驚きを読みとる。
・**ながめわびぬ秋よりほかの宿もがな野にも山にも月やすむらむ**（新古今集巻第四　秋上　三八〇）
本歌　いづこにか世をばいとはむ心こそ野にも山にもまどふべらなれ（古今集巻第十八　雑歌下　九四七　素性法師）
参考歌　如何にしてもの思ふ人の住かには秋よりほかの里を訪ねむ（新勅撰集巻第四　秋歌上　二二五　相模）
・**ふけにけり山の端近く月さえて十市の里に衣打つこゑ**（新古今集巻第五　秋歌下　四八五）
参考歌　寝覚してきけば物こそ悲しけれ遠路の里に衣打つ声（按納言集　長方卿集　二八四二五　秋）
・**桐の葉も踏み分け難くなりにけり必ず人を待つとなけれど**（新古今集巻第五　秋歌下　五三四）
派生歌　庭の雪も踏み分け難くなりぬなり更でも人を待つとなけれど（後鳥羽院）

④　**冬**

・**さむしろの夜半の衣手さえさえて初雪白し岡野辺の松**（新古今集巻第六　冬歌　六六二）
派生歌　あやしくも夜のまの風のさえさえて今朝雪白し庭のあさぢふ（後鳥羽院）

・**天つ風氷をわたる冬の夜の乙女の袖を磨く月影**（新勅撰集巻第十六　雑歌一　一一一三）
注　乙女は五節の舞姫をさす。
参考歌　天津風雲の通い路吹き閉ぢよ乙女の姿暫しとどめむ（僧正遍照　古今集巻第十七　雑上　八七二　百人一首第十二番歌）

・**日かずふる雪げにまさる炭竈の煙も寂し大原の里**（新古今集巻第六　冬歌　六九〇）
参考歌　炭竈のたなびくけぶり一筋に心細きは大原の里（続国歌大観　八二〇五　山家集下　雑　西行）

⑤　**恋**

・**しるべせよ跡なき波に漕ぐ舟の行へも知らぬ八重の潮風**（新古今集巻第十一　恋歌一　一〇七四）
本歌　白波の跡なき方に行く舟も風ぞ便りの標なりける（古今集巻第十一　恋歌一　四七二　藤原勝臣）

・**夢にても見ゆらむものを嘆きつつうちぬる宵の袖の気色は**（新古今集巻第十二　恋歌二　一一二四）
参考歌　夢にても見るべきものを稀にても物思ふ人のいを寝ましかば（和泉式部続集　和泉式部）
夢にてもまたあふことやかたからむまどろまれぬぞせめて悲しき（続千載集巻第十四　恋四　一五三七　正三位為実）

・**逢ふことをけふ松が枝の手向草いくよ萎るる袖とかは知る**（新古今集巻第十三　恋三　一一五三）
本歌　白波の浜松が枝の手向ぐさ幾代までにか年の経ぬらむ（万葉集巻第一‐三四・新古今集巻第十七　雑歌中　一五八六　川島皇子）

・**待ち出でてもいかに眺めむ忘るなどいひしばかりの有明の月**（続後拾遺集巻第十四　恋四　八九〇）
本歌　今こむといひしばかりに長月の有明の月を待ち出でつるかな（古今集巻第四　恋四　六九一　百人一首第二一番歌）

## 三、五　それ以外の歌から

ここでは今まで紹介してきた三種類の百首歌以外の主に勅撰集に選歌されている歌を取り上げる。

### ①　春

後京極摂政前太政大臣（良経）にはやうすみ侍りけるを、かしこに移りゐて後の春、八重桜につけて申しつかはしける

・**故郷の春を忘れぬ八重桜これや見しよにかはらざるらむ**（続後撰集巻第二　春歌中　一一二）

返し　　後京極摂政前太政大臣

・**八重桜をりしる人のなかりせばみしよの春にいかであらまし**（続後撰集巻第二　春歌中　一一三）

注　この贈答歌は式子内親王が、やっと大炊殿に移住が叶った折、先住者であった兼実の次男後京極良経に贈った時のやり取り

家のやへ桜を折らせて、高倉院皇子惟明親王のもとにつかはしける

・**やへ匂う軒端の桜うつろひぬ風よりさきに問ふ人もがな**（新古今集巻第二　春歌下　一三七）

返し　　高倉院皇子惟明親王

・**つらきかなうつろふまでに八重桜とへともいはですぐる心は**（新古今集巻第二　春歌下　一三八）

### ②　恋

百首歌の中に、「忍ぶ恋」を

・**忘れてはうちなげかるる夕べかな我のみ知りてすぐる月日を**（新古今集巻第十一　恋歌一　一〇三五）

注　新古今集のこの歌の前に式子内親王の百人一首の歌がある。

百首歌中に

・**さりともと待ちし月日ぞ移り行く心の花の色にまかせて**（新古今集巻第十四　恋歌四　一三二八）

本歌　色見えで移ろふものは世の中の人の心の花にぞありける（古今集巻第十五　恋歌五　七九七　小野小町）

・**いきてもよ明日まで人もつらからじこの夕暮れをとはばとへかし**（新古今集巻第十四　恋歌四　一三二九）

注　この歌は、百人一首の歌とともに、式子内親王の代表歌と見られている。片恋の苦悩の中で、死期まで迫った極限の苦しみを詠んでいるようだ。

③　**雑**

後白河院がお崩れになった後、百首を詠んだとき

・**斧の柄の朽ちし昔は遠けれどありにしもあらぬ世をも経るかな**（新古今集巻第十七　雑歌中　一六七〇）

本歌　詞書　筑紫にいたときに、よく出かけて行って碁を打った人の基に、京へ帰ってから贈る。

故里は身し毎もあらず斧の柄の朽ちしところぞ恋しかりける（古今集巻第十八　雑歌下　九九一　紀友則）

注　晋の王質が山で仙人の碁を打つのを見ているうちに、斧の柄の朽ち果てたのに驚いて、家に帰ってみると、故郷の様子は全く変わっていたという故事からきている。

④　**釈教歌**

百首歌の中に、「毎日晨朝入諸定」の心を

・**静かなる暁ごとに見渡せばまだ深き夜の夢ぞ悲しき**（新古今集巻第二十　釈教歌　一九七〇）

注　詞書の内容は、毎朝の勤行に、心を静めて観念の境地に入ることで、まだ煩悩の闇に閉ざされた夢のような自分が悲しいと訴えている。

## 三、六　まとめ

式子内親王は、七歳で斎院に卜定され、一七歳で病により退下。お付きの人以外との交流が殆どないままに、疫病や大火にも見舞われる。加えて、以仁王（当初は式子内親王の兄と見られていたが、二歳年下の弟か）が平家打倒を企てるが失敗や、あらぬ疑いを立てられて住居を変わらざるを得ない状況にあっている。このような状況にあって、和歌を詠むことが救いになっている。俊成と定家からの影響が感ぜられる。更に晩年法然に帰依する。今回主に採り上げたA百首の成立は建久二年頃と見られている。

今まで式子内親王の歌を見てきたが、内親王は後白河院から贈られた大炊殿に当初は入居出来ず、藤原兼実が失脚した後になって入居出来にばかりか、橘兼仲妻（身を寄せている経房の娘婿で式子にとって母方の親戚の公時の家司）妖言事件があり、それは後白河法皇の託宣と称し、妖言を発し夫妻が流罪になった事件である。これに式子内親王が関与したと疑われた。その結果、同意した罪で洛外追放となったが、措置が緩和され、沙汰やみになった。この話が九州に流されたとの伝承説となって、当地（大分県別府市観音寺温泉）に式子内親王のお墓（供養塔）が残されている。更に、法然との交流について、最後に遭いたい旨の手紙を書いていたが、叶わなかったようである。

一方では、「いきてもよ明日・・・」を定家に送ったとの説があり、室町時代になって定家が絡んだ謡曲「**定家**」を世阿弥の娘婿である金春禅竹によって生み出された。これは、式子内親王と藤原定家の悲恋・恋の妄執の物語である。もっとも実際は、俊成と共に最初に訪問して以来、亡くなるまで、式子内親王家を訪れており、このような伝説が、謡曲として残されているが、身分的にも年齢的に見ても考えにくい。これと同じような状況は、待賢門院と西行の場合にも言われることに似ている。

これらのことはともかく、皇女として生まれたがために身動きの取れない境遇の式子が和歌を通して自己主張を続けることで人生を過ごしたとしか思われない。

大分県かるた協会の方撮影

# 四　殷富門院大輔と歌合並びに勅撰集から

## 四、一　歌人の周辺

生没年未詳であるが、一一三〇年頃から一二〇〇年頃の人。平安末期から新古今時代に活躍した歌人。父は藤原北家勧修寺流従五位下藤原信成。母は従四位上文章博士式部大輔菅原在良の女。姉に殷富門院播磨がおり、本人も同じ後白河院皇女亮子内親王（殷富門院　安徳天皇、後鳥羽院の准母）に出仕。建久三（一一九二）年、殷富門院落飾の折、殉じて出家か。俊恵法師が営んだ「歌林苑」（京都市左京区北白川周辺の地）の会衆として活躍。住吉社歌合、別雷社歌合など数々の歌合に出詠。自らも歌会を催し、文治三（一一八七）年には定家、家隆、隆信、寂蓮らに百首歌を求めている。また、西行や頼政とも親交を持っている。沢山の歌詠みであったことから「千首大輔」（愚問賢註）と呼ばれた。勅撰集には六十三首入集。中でも、新古今集に十首、新勅撰集に十五首入集している。鴨長明の「無名抄」の「大輔と小侍従一双の事」では「『近く女歌詠みの上手にては、大輔・小侍従とてとりどりに言はれ侍りき。大輔は今少し物など知りて、根強く詠む方は勝り、小侍従（石清水八幡別当光清娘、太皇太后多子の女房。「待宵の小侍従」と言われる）はなやかに、目驚く所詠み据うることの優れたりしなり。』とぞ俊恵法師は申し侍りし。」と書かれている。「歌仙落書」によると、「古風を願ひてまた寂びたるさまなり」と評されている。「殷富門院大輔集」が残されており、現存歌集では四百首近く残されている。

殷富門院大輔の生きた時代は、保元と平治の乱を経て平家の全盛と没落、更には鎌倉幕府の成立の時代に一致する。先の式子内親王の時代とも重なる。

注「愚問賢註」は南北朝時代の歌論書　頓阿、二条良基著（一三六三年）で、良基の問いに頓阿が答える形式で、歌の本質、風体、本歌取りなどについて、二条派の主張を根拠として説いたもの。

次いで勅撰集の入首歌から紹介する。中でも千載集が五首、新古今集が一〇首、新勅撰集が一五首と一番多い。その他にも種々の勅撰集に入集しているので、その代表的な和歌を紹介する。

最後に、殷富門院大輔の稿の終わりに寺院巡礼関連の歌を紹介する。先にも述べたように、歌詠みとしては華々しい活躍をする一方で、平家の栄枯盛衰と伴にあった背景も映し出されているかと思われる。

なお、殷富門院大輔の和歌が多数収録されている「未木和歌集」について注で説明する。

注　未木和歌抄
撰者は冷泉為相の門弟藤原長清で、伏見天皇の勅撰集である玉葉集の計画（撰者は京極為兼）に伴って為相が長清に集めさせていた。しかし、最終的には為相は撰者に入らなかったが、未木和歌抄として残されている。十四世紀初め頃の成立で、三十六巻五九六題に部類する膨大な資料となっている。

本集は、中古・中世の和歌史的事実や散逸した歌書類の本文復元に欠かせない資料になっている。

## 四、二　百人一首第九十番歌

詞書「歌合し侍りける時、恋の歌とて詠める」

・**見せばやな雄嶋のあまの袖だにも濡れにぞ濡れし色は変はらず**（千載集巻第十四　恋四　八八六）

本歌（殷富門院大輔の歌はこの本歌に返歌する歌になっている。）

・松島や雄島の磯にあさりせしあまの袖こそかくはぬれしか（後拾遺集第十四恋四　八二七　源重之）

本歌は、袖が海女のよりももっと涙でぬれていると言っていることに対して、返歌で更に血の涙にぬれていると返した。ただ、本歌は女の立場で詠まれた歌なので、男女の贈答歌にはならない。

注　千載集では殷富門院大輔の歌の前に詞書が同じで俊恵法師の次の歌がある。

・思ひかねなほ恋ぢにぞかえりぬるうらみはすゑもとはらざりけり

とあって、この歌は俊恵の家集「林葉集」では「歌林苑」での歌合雑載（仁安二（一一六七）年十二月）で、副文献資料として対で示されている。

なお、殷富門院大輔の稿の最後に寺院巡礼関連の歌を紹介する。先にも述べたように、歌詠みとしては華々しい活躍をする一方で、平家の栄枯盛衰と共にあった背景も映し出されているかと思われる。

嵯峨野の歌碑

なお、殷富門院大輔の和歌が多数収録されている「未木和歌集」について注で説明する。

注　未木和歌抄

撰者は冷泉為相の門弟藤原長清で、伏見天皇の勅撰集である玉葉集の計画（撰者は京極為兼）に伴って為相が長清に集めさせていた。しかし、最終的には為相は撰者に入らなかったが、未木和歌抄として残されている。十四世紀初め頃の成立で、三十六巻五九六題に部類する膨大な資料となっている。

本集は、中古・中世の和歌史的事実や散逸した歌書類の本文復元に欠かせない資料になっている。

## 四、三　歌合から

### 一　太皇太后宮大進清輔朝臣家歌合

永暦元（一一六〇）年七月　藤原清輔が主催した歌合。判者は源通能

桜

八番　左持　殷富門院大輔

**・憂き世をばまた何にかはなぐさめむ花にさきだつ命ともがな**

右　侍従　師光

**・桜咲く春の山風峯越せば雪降り積もる谷の細道**

判者評　左近少将通能朝臣

共になだらかなり。それにとりて右は勝りともいひつべけれども、所も旧（ふ）りたり。左も珍らしうしもなし。よき持にこそ。

月

十九番　左勝　　　　　　　　　　　　　　　　殷富門院大輔

**・うちはらふ枕の塵もかくれなく荒れたる宿を照らす月影**

右　　　　　　　　　　　　　　　　　　　豊後守頼輔

**・秋の夜の月見る袖の置く露や昼にかはれるしるしなるらむ**

判者評　　　　　　　　　　　　　　　　　左近少将通能朝臣

共に明く、本意ありておぼゆれども、今少し詞馴れたれば左勝とす。持ともいひつべし。

## 二　散位敦頼住吉社歌合

嘉応二（一一七〇）年一〇月九日、藤原敦頼（後の道因）が主催した歌合で摂津住吉社に奉納された。判者は俊成。殷富門院大輔は藤原定長（後の寂蓮）と競い、持一勝二であった。

旅宿時雨

九番　左勝　　　　　　　　　　　　　　　殷富門院大輔

**・うらさむくしぐるる夜はの旅衣岸の埴生にいたくにほひぬ**

右　　　　　　　　　　　　　　　　　　　　定長

**・おもへただ都のうちの寝覚めだにしぐるるそらはあはれならずや**

判者評　　　正三位行皇后宮大夫兼右京大夫藤原朝臣俊成

左歌「岸の埴生にいたくにほひぬ」といへる姿こはき心ちすれど、万葉の風躰とみえたり。右歌、心はよろしきを、「思へただ」とおける、誰にいへるにかあらむ。かやうの言葉は、歌のかへし、恋の歌などにこそつかふことなれ。左歌つよかるべし。

## 三　沙弥道因広田社歌合

承安二（一一七二）年十二月、道因が主催した歌合。社頭雪・海上眺望・述懐の三題について五八人が詠んだ。判者は俊成。摂津広田社に奉納された。

社頭雪

十番　左　殷富門院大輔

・**しめのうちの松ふきすます風の音もむもるばかりにふれる白雪**

右勝　従三位平朝臣経盛

・**白雪はとだえもみえず降りにけりいづこなるらむ朱**（あけ）**の玉垣**

判者評　藤原俊成

左、「松ふきすます」といひ、「むもるばかりに」などよめる気色、深く思へることは見え侍り。右、「とだえも見えず降りにけり」といへる姿と心にとりて、いとおかしきうへに、左の「ふきすます」は、なほあまりなる詞にやあらむ。よりて又以右為勝。

海上眺望

十番　左　殷富門院大輔

・**いづかたへ浦わたりするむら鳥の立つかとみれば雲に消えゆく**

右勝　従三位経盛

・**沖つ波立ちゐるほどぞ知られける阿波の島山見えみ見えずみ**

判者評　　　　　　　　　　　　　　藤原俊成

左歌、姿は優に見え侍り。「むら鳥」といへるや、千鳥・鴎などらば、さまで遠からずや侍らむ。舟などを鳥かと見る程ならば、雲に消えむもいますこし便りや待ちらまし。右歌、させる難なく眺望のこころあり。かつと申し侍るべし。

述懐

十番　　左勝　　　　　　　　　　殷富門院大輔

・**身の程の思ふばかりはいはれねど知るらむものを神の心に**

右　　　　　　　　　　　　　　従三位平朝臣経盛

・**ねぎごとをわきてあはれと思はなむ神の恵みはあまねけれども**

判者評　　　　　　　　　　　　　　藤原俊成

左歌、詞外にあらはさざれど、心の内にこもりて優にきこえはべり。右歌も、さることなりときこえて、難なくは侍れど、左なほ「おもふばかりは」などいへる姿よろしく見え侍り。よりて左の勝ちと申し侍るべし。

## 四　宰相入道観蓮歌合

承安二（一一七二）年閏十二月藤原教長（観蓮）邸での歌合。本文拾遺として次の歌が見える

隔川恋

二十九番　　　　　　　　　　　　殷富門院大輔

・**松浦河川瀬の霧の絶え間あれや赤裳匂へる釣り少女見む**

大宰大弐重家卿

・**あふせ河袖つくばかり浅けれど君ゆるさめばえこそ渡らね**

## 五　権禰宜賀茂重保別雷社歌合

治承二（一一七八）年三月十五日、上賀茂神社の神主賀茂重保が主催し、霞・花・述懐の三題について六〇人が詠んだ定家・俊恵・二条院讃岐といった歌人が参加。判者は俊成。

霞

八番　左持　実守

**・昨日まで雪降りつみしみ吉野の春知り顔に今朝は霞める**

右　殷富門院大輔

**・霞立つ巨勢の春野の玉椿つらねもあへず見えみ見えずみ**

判者評　藤原俊成

左歌、めづらしきふしにあらねど、詞つづきことなる咎なく、優に侍るべし。右「巨勢の春野の」などいへる姿、ことに不被庶幾之言葉に見え侍れど、彼の「つらつら椿つらつらにみれどもあかず巨勢の春野は」とかやいへる万葉集の歌をおもへるなるべし。ひとへに古風を存せるうへに、霞のたえまたえまつらねもあへぬ、心留めてみゆ。よりて又持とす。

同じ歌合で藤原俊成の歌

**・杣くだし霞たなびく春くれば雪消の水も声あはすなり**

述懐

八番　左勝　実守

・位山花をまつこそ久しけれ春の都にとしをへしかど
　　右　　　　　　　　　　　　　　　　殷富門院大輔
・みたらしや清きながれにわたすらむ数にはもれし水屑なりとも
判者評　　　　　　　　　　　　　　　　　藤原俊成
左歌、「花を待つこそ久けれ」といひて「春の都に年をへしかど」といへば、心・姿誠によろしくも侍るかな。右歌、おもふ心優には侍れども、位に心うつりて、水際の水屑思ひわかず侍るなるべし。よって以左為勝。

## 六　寿永元（一一八二）年以前　権禰宜賀茂重保男女房歌合

月詣集巻七から
詞書　重保が家にて、男女左右に分かちて歌合し侍りけるに、家に野の花を移すといふことをよめる。
　　　　　　　　　　　　　　　　　　殷富門院大輔
・花薄き淋しき宿に移ろひて招きし野辺の人や恋しき
同じ歌合で　　　　　　　　　　　　　藤原信輔朝臣女
・移し植ゑて花は野辺にもかはらねど朝立つ鹿の声ぞ聞こえぬ

## 七　文治二（一一八六）年十月廿二日　太宰権帥経房歌合

　　祝
十七番　左勝　　　　　　　　　　　　宮内卿季経
・我が君を千代に千代とぞ御熊野の浦の浜木綿いのりかさぬる

右　　　　　　　　　　殷富門院大輔

・もろ人の同じ心の言霊に疑ひもなし君が千歳は

衆議判者評　　　　　　宮内卿季経朝臣書詞

右歌、「詞づかいすべらかならず」など申しあはれたり。左歌はとかく申すべきならねば、人々に任せ奉りてうけたまはるに、「可勝」など侍りしかば、憚りながらその由を書付侍る成り。

月

十七番　左勝　　　　　　季経

・さやけさは昼にかはらぬ空ながらあはれぞ月のしるしなりける

右　　　　　　　　　　殷富門院大輔

・曇りなき軒端の月にあくがれて幾夜離（が）れしつ閨のさむしろ

衆議判者評　　　　　　宮内卿季経朝臣書詞

この番（つが）ひ、またとかく申すべきにあらねば、人々にまかせ奉りて承れば、「左歌、させる咎なし。後の七七句よろし。」とのたまひ合ひたり。右歌「軒端の月」こころ得ず。軒のあまりに漏り来ともあるべき。軒端に月のあらむさまなり。また『幾夜離れしつ閨』とて、ありなむ狭莚（さむしろ）あまりなり。」などもうさるる人ものし給ひて、以左勝と定められぬ。

鹿

十七番　左　　　　　　　季経

右勝　　　　　　　　　　　　　　　　殷富門院大輔

・佐保山にあかつきかけて啼く鹿はおのが後朝なりやしぬらむ

・妻恋の鹿の音きかぬ都だに慰めがたき秋の夕べを

衆議判者評　　　　　　　　　　　　宮内卿季経朝臣書詞

左歌の、あまりに風情を求めたる様なりとおぼえながら出だして侍るを、人々もさように申され侍めり。右歌、「よくよまれたり。」と申しあはれて、勝つよし定まり侍りぬ。

紅葉

十七番　左持　　　　　　　　　　　季経

・紅葉ばの八しほの岡ときさしかど名よりも深き色にぞありける

右　　　　　　　　　　　　　　　　殷富門院大輔

・立田姫いかに染めたる紅葉葉のみる心さへ色になるらむ

衆議判者評　　　　　　　　　　　　宮内卿季経朝臣書詞

この番ひ、いかがと思ふ給ふるに、左右ともにさしたる咎なしとて、持に定められ侍りぬ

恋

十七番　左勝　　　　　　　　　　　季経

・木綿襷（ゆふだすき）かくる心は神さびてあはでの森に年ぞ経にける

殷富門院大輔

・とにかくにあな口惜しの世の中や憂き身のほどよ人の辛さよ　　宮内卿季経朝臣書詞

衆議判者評

このたびの番ひ、いかがと思う給ふるに、右歌読みあげられてのち、ことのほかなる由の人々侍れば、あまりに覚えながらその由を書付侍りぬるこそ。さは侍れども、人々の定め給ふ事をとかく申しがたさに、左勝ちと書き記し侍りぬることの慎ましさ。

## 四、四　勅撰集入集歌から

### 一　千載集

忍恋の心を詠み侍りける

・**思ふこと忍ぶにいとど添ふものは数ならぬ身の歎きなりけり**（巻第十二　恋二　七四一）

参考歌

・忍ぶるも苦しかりけり数ならぬ身には涙のなからましかば（詞花集巻第九　雑上　三二五　出羽弁）

題知らず

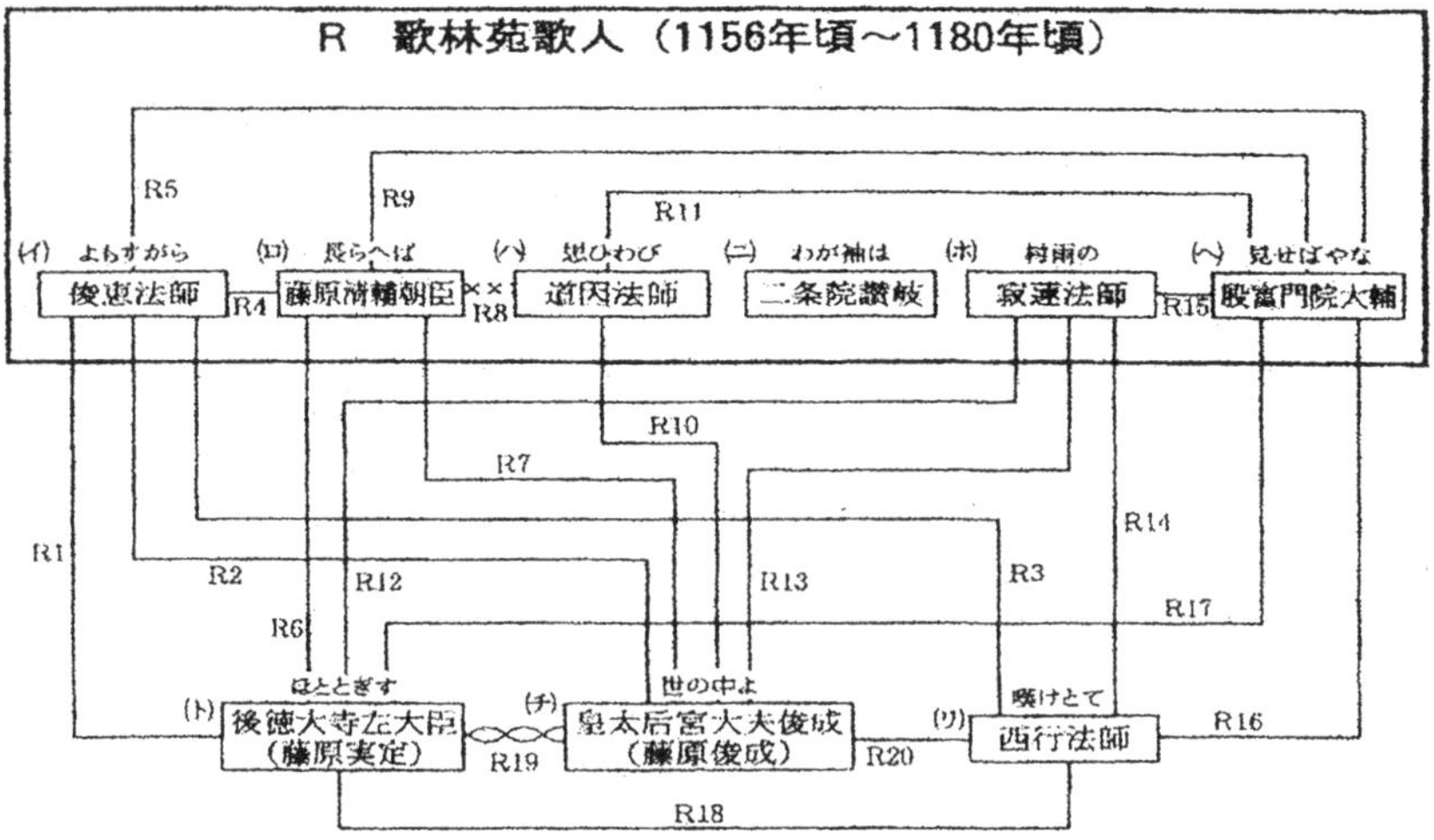

神田龍一著「百人一首の作者達」近代文藝社(2014)p.226

・**変りゆく景色を見ても生ける身の命をあだに思ひけるかな**（巻第十五　恋五　九二六）

恋歌とて詠める

・**なほざりの空頼めとて待ちし夜の苦しかりしぞ今は恋しき**（巻第十五　恋五　九四五）

参考歌

・なほざりの空頼めせであわれにも待つにかならずいづる月かな（後拾遺集第十五　雑一　八六二　小弁）

題知らず

・**つくづくと思へばかなしあか月の寝覚めも夢を見るにぞありける**（巻第十七　雑中　一一三九）

## 二　新古今集

百首歌詠み侍りける時、春歌とて詠める

・**春風の霞吹きとく絶え間より乱れて靡く青柳の糸**（巻第一　春歌上　七三）

本歌

・浅緑乱れて靡く青柳の色にぞ春の風も見えける（後拾遺集第一　春上　七六　藤原元真）

花歌とて詠める

・**花もまた別れむ春は思ひ出よ咲き散るたびの心づくしを**（巻第二　春下　一四三）

題知らず

・**眺めつつ思ふにぬるる袂かな幾夜かは見む秋の夜の月**（巻第四　秋上　四一五）

久我内大臣、春頃うせて侍りける年の秋、土御門内大臣中将に侍りける時、遣しける

・**秋深き寝覚めに如何思ひいづるはかなく見えし春の夜の夢**（巻第八　哀傷歌　七九〇）

土御門内大臣

返し

・見し夢を忘るる時はなけれども秋の寝覚めはげにぞ悲しき（同七九一）

注　久我内大臣は源正信、土御門内大臣は子の通親。

恋歌あまた詠み侍けるに

・**洩らさばや思ふ心をさてのみはえぞ山城の井出のしがらみ**（巻第十二　恋歌二　一〇八九）

本歌

・玉藻刈る井出のしがらみ薄きかも恋のよどめる我が心かも（万葉集巻第十一　物に寄せて思を陳べたる歌　二七二一）

作者未詳）

注「井出」は水をせき止めたところ。

題知らず

・**明日知らぬ命をぞ思ふをのづからあらば逢ふよを待つにつけても**（巻第十二　恋歌二　一一四五）

本歌

・如何にして暫し忘れむ命だにあらば逢ふ夜の有りもこそすれ（拾遺集巻第十一　恋一　六四六　読み人知らず）

題知らず

・**忘れなば生けらむものかと思ひしにそれもかなはぬこの世なりけり**（巻第十四　恋歌四　一二九六）

注「生けらむものか」は反語。

・**かざし折る三輪の茂山かき分けてあはれとぞ思ふ杉立てる門**（巻第十七　雑歌中　一六四四）

本歌

・我が庵は三輪の山もと恋しくはとぶらひ来ませ杉立てる門（古今集巻第十八　雑歌下　九八二　詠み人知らず）

## 三　新勅撰集

・**たれとなく問はぬぞ辛き梅の花あたら匂ひを一人眺めて**（巻第一　春歌上　三九）

参考歌

・君ならで誰にか見せむ梅の花色をも香をも知る人ぞ知る（古今集巻第一　春上　三八　紀友則）

・一人のみ眺めて散りぬ梅の花しるしばかりなる人は問ひこず（新古今集巻第一　春上　五四　八条院高倉）

・**桜花散るをあはれといひひていづれの春にあはじとすらむ**（巻第二　春歌下　一一一）

本歌

・世の中をかくいひひいひのはてはては如何にやいかにならむとすらむ（拾遺集巻第八　雑上　五〇七　詠み人知らず）

・**鵲の寄り羽の橋をよそながら待ち渡る夜になりにけるかな**（巻第四　秋歌上　二〇九）

・**空寒みこぼれて落つる白玉のゆらくほどなき霜がれの庭**（巻第六　冬歌　三九二）

参考歌

・かきくらし霰降りしけ白玉をしける庭とも人の見るべく（後撰集巻第八　冬　四六四　読み人知らず）

薩埵（さった）王子の心を詠み侍りける

・**身を捨つる衣懸けける竹の葉のそよいかばかり悲しかりけむ**（巻第十　釈教歌　六〇六）

注　「三宝絵」によると、三人の王子（摩訶波羅、摩訶提婆、摩訶薩埵の三兄弟）があり、飢えた虎の親子に遭遇して、摩訶薩埵王子が身を投げ出して虎を救おうとする。この王子は後の釈迦如来と言う。王子の名前を見ると般若心経に見える。

恋歌よみ侍りけるに

・**うち忍びおつる涙の白玉の漏れこぼれても散りぬべき哉**（巻第十一　恋歌一　六九二）

注　「涙がこぼれ落ちる」に人目を忍ぶ恋が漏れる意を掛けている

題知らず

・**あひ見てもさらぬ別れのあるものをつれなしとてもなに歎くらむ**（巻第十二　恋歌二　七四九）

参考歌

・老いぬればさらぬ別もありといへばいよいよ見まくほしき君かな（古今集巻第一七　雑上　九〇〇　業平母）

注　「さらぬ別れ」とは死を意味する。

恋歌よみ侍りけるに

・**まだ越えぬ逢坂山の石清水掬ばぬ袖をしほるものかは**（巻第十二　恋歌二　七五四）

参考歌

堀河院御時、百首歌たてまつりける時、恋の心をよみ侍りける

・おもひあまり人に問はばやみなせ川むすばぬ水に袖はぬるやと（千載集巻第十二　恋二　七〇四　大納言公実）

恋歌よみ侍りけるに

・**憂かりける与謝の浦波かけてのみ思ふにぬるる袖を見せばや**（巻第十二　恋歌二　七六六）

参考歌

・住吉の岸にきよするおきつ浪まなくかけても思ほゆるかな（後撰集巻第十二　恋四　八一八　読み人知らず）

・**待つ人は誰と寝待の月影をかたぶくまでに我眺むらむ**（巻第十五　恋歌五　九六六）

参考歌

・寝て待ちし二十日の月のはつかにもあひみしことをいつか忘れむ（続古今集巻第十三　恋三　一一七三　坂上是則）

注　十六日はいさよひ、十七日はたちまち、十八日はゐまち、十九日はねまちであるが、ここでは参考歌にも有るように二十日の月を云っているようだ。

・**如何にせむ今ひとたびのあふことを夢にだに見て寝覚めずもかな**（巻第十五　恋歌五　九七六）

本歌

・あらざらむこの世のほかのおもひでに今一度のあふこともがな（後拾遺集第十三　恋三　七六三　百人一首第五十六番歌　和泉式部）

・**命ありてあひ見むことも定めなくおもひし春になりにけるかな**（巻第十六　雑歌一　一〇二八）

本歌

・春ごとに花のさかりはありなめどあひ見むことは命なりけり（古今集巻第二　春下　九七　読み人知らず）

・**今はとて見ざらむ秋の空までもおもへば悲し夜半の月影**（巻第十六　雑歌一　一〇九〇）

注　「今は」はもうこれで終わりの意。別れを表すことば。

・**ほのかにも垣根の梅のにほふかな隣を占めて春はきにけり**（巻第十六　雑歌一　一一一七）

参考歌

・冬ながら春の隣の近ければ中垣よりぞ花は散りける（古今集巻第十九　雑体　誹諧歌　一〇二一　清原深養父）

注　深養父の歌には、詞書があり、明日春が立とうとする日、隣の家の方から、風が雪を吹いてよこしたの見て、その隣家へ詠んでやるとある。

・**狩衣しかまのかち**（飾磨の褐）**に染めて着む野ごとの露にかへらまく惜し**（巻第二十　雑歌五　一三六五）

きむのこと（琴の琴）

注　「着む野ごと」に詠みを入れた物名歌。

参考歌

・我が恋はあひ初めてこそまさりけれしかまのかちの色ならねども（詞花集巻第八　恋下　二三三　藤原道経）

## 四　その他の勅撰集

百首歌よみ侍りけるとき

・**いたづらに老いにけるかなあはれ我が友とはしるやもりの下草**（続後撰集巻第四　夏　二二二）

注　殷富門院大輔集　四五では第二句以下は「老いにけらしなあはれ我が友とはみずや」となっている。月詣集巻第六　五一九の本文も殷富門院大輔集と同じ。

参考歌

・大荒木の森の下草老いぬれば駒もすさめず刈る人も無し（古今集巻第十七　雑上　八九二　読み人知らず）

秋の暮の歌

・**たぐひなく心ぼそしやゆく秋の少し残れる有明の月**（続後撰集巻第七　秋下　四四七）

注　去ってゆく秋の気配に比べ物に無いくらいこころ細く思う状況。

題しらず

・**きえぬべき露のうきみのおきどころいづれの野辺の草葉なるらむ**（続古今集第十六　哀傷歌　一四二二）

注　きえぬべき：今にも消えてしまいそうな。

虫をよませた給うける

・**長き夜の友とぞたのむきりぎりす我もつひにはよもぎぅのもと**（玉葉集第十四　雑歌上　二〇〇八）

注　「きりぎりす」はコオロギの古名、「よもぎふ」ヨモギなどが生い茂ったところの意で、訪れる人がなく荒れた住まいを言う。

類歌　人の家を訪れた夜、きりぎりすの鳴いたのを聞いて読む

・きりぎりすいたくななきそ秋の夜の長き思ひは我ぞまされる（古今集巻第四　秋の歌上　一九六　藤原忠房）

恋歌とて

・**死なばやと思ふさへこそはかなけれ人の辛さはこの世のみかは**（風雅集巻第十四　恋五　一三三五）

題しらず

・**あかざりし匂残れるさむしろはひとりぬるよもおきうかりけり**（風雅集巻第十四　恋五　一三九一）

注　殷富門院大輔集では「移り香にまさる」と題している。

「あかざりし」飽くことの無かったことで、もっとその香りにひたっていたかったこと。「さむしろ」の「さ」は接頭語で、「むしろ」はい・かま・あし・竹などで編んだ敷物の総称を言う。

## 四、五　寺院巡礼関連の歌

殷富門院大輔や先に紹介した式子内親王の時代は、保元と平治の乱を経た閉経の全盛と没落、更には鎌倉幕府の成立の時代に一致する。疫病の流行とも相まって大変な時代であった中で、寺院巡礼は重みを帯びてくる。戦乱で荒らされた寺院仏閣もあり、その再興に尽力されている時代とも重なる。

殷富門院大輔は、人麻呂の墓、次いで、天王寺、高野山、東大寺、興福寺、元興寺、法隆寺、薬師寺、大安寺、西大寺を訪れている。以上のところをお参りして和歌をしたためているので、ここに紹介する。

① **人麻呂の墓**にて経供養すとて、人々の御歌申し具して読みあぐるついでに古きを思ふ心を

・**いにしへの名のみのこれるあとにまたものがなしさもつきせざりけり**

注　「経供養」とは、経文を書写し、仏前に供えて仏事を修する法会。この場所については現在不明。

親にせむなど語らひたる人、この墓のところへ同じ心に沙汰しいでたちて、具せんとすれば

・**もろともに柿のもとへと行く人はこの身とらむと思ふなるべし**

かえし　　ゑんき(円教)

・**このみとる柿のもとへとたづぬれば君ばかりこそ道をしりけれ**

・**言の葉もききしる人のなかりせば柿のもとにやくちはてなまし**

② **天王寺**へ参りて

・**うれしくもまたかなしきはいにしへののりつたへけむむまやどの跡**

注　天王寺は聖徳太子の建立と伝えられている。

③　さまざまめでたき事も、ふりぬるをのみこそ伝へきけ、**高野の大師**、いまだおはしますなるこそきくもめづらかに、かの鶏足山をこそはるかにきき伝へましに、これもおはしますこそ心おごりにおぼえて

・**高野山**（たかのやま）**かみなき道にたづねいりて峯の朝日の光をぞまつ**

注　「鶏足山」は梵語で、印度伽耶城の東南にある山。釈迦十大弟子の一人迦

高野山

葉がこの山の洞窟に入定し、如来の遺法と衣を捧持（両手で捧げ持つ）して、弥勒に授与するため弥勒仏の出世を待ったという故事による。

④　**東大寺**へ参りたれば、大和唐土にも類おはしまさぬ仏を見まゐらせ、帝后のはこばせ給ひけむ土をふむ契りのうれしさ、おぼえぬ涙落ちぬ。昔の法の庭にて、はるかなる末の世をいひかわさせ給ひけむ真如の契り、くちせぬ御歌どもこそかえすがえすも悲しけれ。仲麻呂が明州にて詠める歌をば、唐国人え聞き知らぬを、かよえる耳利（き）きのいひ知らせけるにこそ、心えてめで感じけれ。いはんや唐土よりもはるかに、事かはりあらぬ世の南天笠（じく）より、ただいまわたり給へる人に、いつしかうれしさのあまりに、わが国の事とてよみかけ申し給へるを、とりあへぬ御かへしなどこそ、まことに仏たちの御しわざをかしく、またむかし黄金のなくて、人の国より参らするを心もとなくおぼしめして、この御仏のためと祈り請はせ給ふに、はじめてみちのくにより黄金まゐらせたる詔書、家持のよまれたる短歌反歌などこそ、みるにめづらかなれ

東大寺

・**かびらゑの光の庭にほどもなく日のもとまでを契りおきけむ**

注　「かびらゑ」は迦毗羅衛で、梵語の音訳。北インドヒマラヤ山麓の地名（今のネパール国タライ地方）でお釈迦様が誕生されたところ。「光の庭」は釈迦生誕の地を仏法興隆の地として賛美した表現

・**さきそめしこがねの花はすべらぎの光をひらくはじめなりけり**

注　陸奥で金が発見され、大仏鋳造にも貢献している。

⑤　**興福寺**の御仏に、光明皇后のかきつけ給へる御歌こそめでたく

・**けふみずはみそぢ二つ**（三十二相を具した）**の御姿のあとをよそにどきかまし ものを**

注　光明皇后の御歌（仏足石を見ての詠）

みそぢあまり二つの姿そなへたる昔のひとの踏める跡ぞこれ

南円堂（興福寺の堂の一つ、弘仁四（八一三）年藤原冬嗣建立）

つくりはじめに知らぬ人い出来て詠める歌に、やがてかなはせ給へる御栄どもこそ、春日の御ときにこゆるもげにとおぼえたる

・**これやこのふだのむかひに咲く藤のにほひさかゆるしるしたえせぬ**

注　「ふだのむかひ」は「補陀落」の海の向こう岸を言う。これも梵語の音訳で、光明山。インドの南海岸にあり、観世音菩薩の住むところとされ、インド洋を補陀落の海と言う。奈良の猿沢の池をこれに見立てている。

参考歌　補陀落の南の岸に堂建てて今ぞ栄む北の藤波（新古今集神祇歌）

藤原氏北家の繁栄を祝した歌。

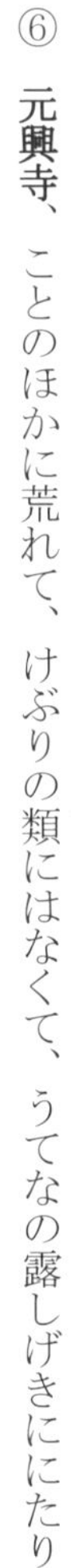

⑥　**元興寺**、ことのほかに荒れて、けぶりの類にはなくて、うてなの露しげきににたり

・**飛ぶ鳥や飛鳥の仏あはれびのそのはぐくみにもらし給ふな**

注　「うてなの露」は蓮のうてなと読んで、仏像の台とする蓮華の座。ここでは、蓮の葉に置く露のこと。

興福寺

元興寺

これに**智光**が曼荼羅おはします

・**夢のうちに手のきは見せし極楽を説く御法にぞ思ひあはする**

この聖たち、昔の芹つみしとかやきこゆる、思ひかけぬるものからあはれに

注　智光法師は和銅から宝亀年間（七〇九～七八〇）頃の人。「この聖たち」は、智光と頼光を言う。日本往生極楽記によれば、極楽坊で智光と壁を隔てて住む親友の頼光は、人と語ることなく無言に終始して往生した。智光は夢に頼光の所に至り、彼が浄土に往生出来たのは無言に徹して阿弥陀の世界を求め行じたためと知った。智光はその導きにより仏前に問うと、仏は右手を挙げ、掌中に小浄土を現された。智光は夢から覚めて画工に命じ、夢に見た浄土相を描かせ、一生これを観じて往生することを得たと言う。

「芹つみし」は心に叶わぬ葉ことに言う往時の諺。俊頼髄脳に、「芹つみし昔の人もわがごとや心に物はかなはざりけむ」とあり、智光が詠んだ歌とされる。奥儀抄によると、門番の嫗の子（後の智光）が池のほとりで芹を摘んでいる間に奇麗な姫（実は行基菩薩の化身）を見て恋心に病み臥したが、姫の教導によって学問を納め、修行をして立派な僧になった。

⑦　**法隆寺**、舎利の御箱の歌こそ、きくにうれしけれ

・**かぎりありし鶴の林のかたみをばとどめおきける斑鳩の里**

注　「鶴の林」釈迦が涅槃に入った枸尺那揭羅（くしながら）城外跋提河（ばっだいか）の西岸にあり、その時樹木の色が鶴の羽毛のように白く変じたと言う。

夢殿

・まよひなきのりを渡しし夢殿の夢ぞまことにうつつなりける

⑧　薬師寺　竜宮をうつせり

・十あまり二つの誓ひ深くして浪のしたなる宮づくりかも

注　「十あまり二つの誓」は薬師如来の十二条の誓願をいう。相好具足、光明照被、所求満足、安立大衆、持戒清浄、諸根完具、除病安楽、転女成男、去邪趣正、息災離苦、饑渇飽満、荘具豊満の十二大願。

⑨　大安寺　兜率天（とそってん）をうつせり

・光まつあさひのかげをうつしおきて入りにし月のすむにぞありける

注　仏教の宇宙観にある天上界の一つ。欲界の六天（四王天、とう利天、夜摩天、兜率天、化楽天、他化自在天）のうちの第四にあたるところ。梵語で、上足、妙足、知足と訳す。「光まつ」は東の空に朝日の昇るのに例えて大安寺の建立されたことを言う。「入りに

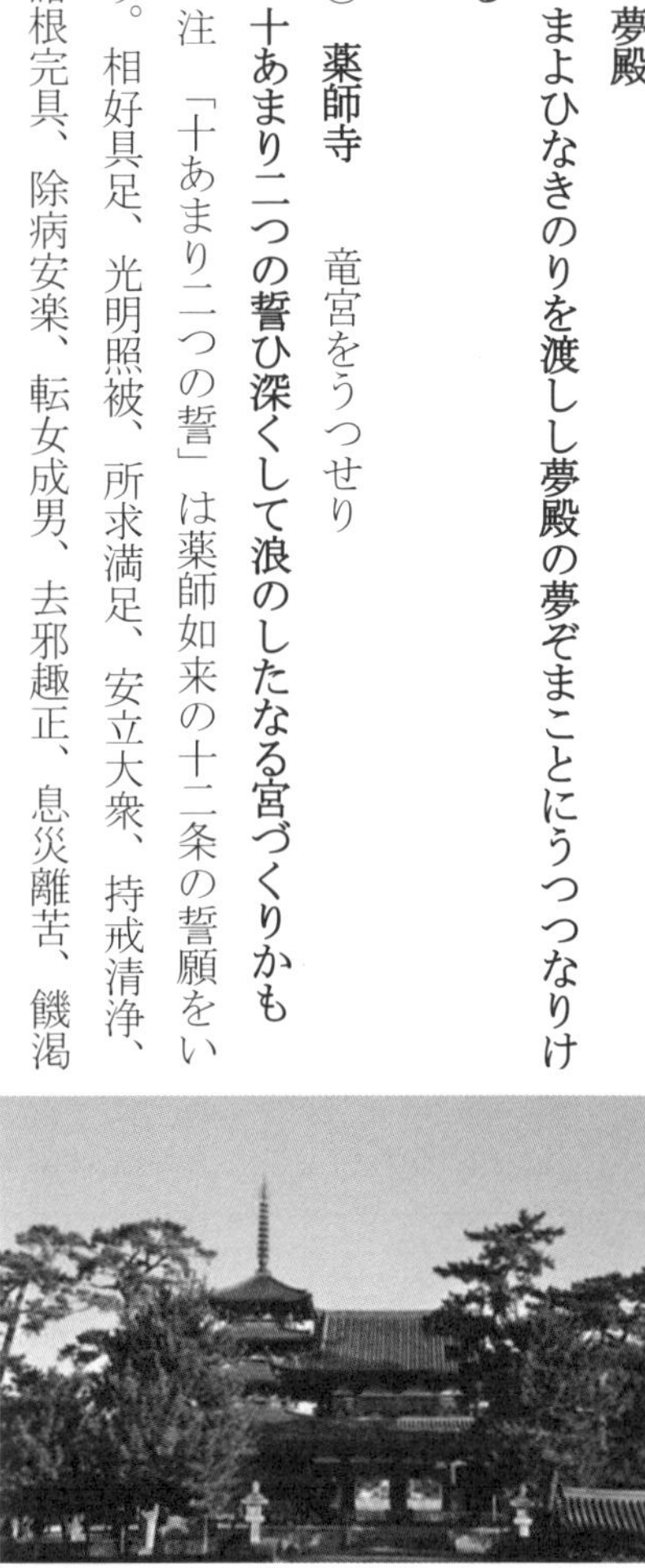

上：法隆寺、下：法隆寺夢殿

薬師寺

大安寺

し月」は西の空に没した月に例えて大唐西明寺の面影があることを示す。

⑩　**西大寺**

**・さりともと西の大寺たのむかなそなたの願ひともしからじを**

注「そなたの願ひ」は西方への願いで、極楽往生を願うこと。「ともしからじを」はまんぞくさせられるであろうということ。

## 四、六　まとめ

最初に述べたように、勅撰和歌集の入首歌から代表的な和歌を取り上げた。ここに採り上げた和歌を見ていくと、孤独な悲しい歌ばかりのように思える。殷富門院大輔が活躍していた時代は、華々しく謳歌していた平家一門が滅び、源氏が台頭する時期に一致している。

最後に殷富門院大輔の稿として寺院巡礼関連の歌を紹介した。鴨長明の「無名抄」によると「近く女歌よみの上手にては、大輔・小侍従とてとりどりにいはれ侍りき」と述べている。当時最高の女流歌人と目されていたようだ。その歌風は「歌仙落書」によると、「古風を願いてまたさびたるさまなり」と評されており、本歌取りや初句切れを多用した技巧的な面を持っていた。また、歌集が多いことから、「千首大輔」の異名もあった。

この様な華々しい活躍をしていた中で、一方では、平家の栄枯盛衰と伴にあった時代背景も見逃せないと思っている。

南都七大寺巡礼　南都七大寺は聖武天皇の崩御され七五六年五月に読経寺として「続日本紀」に見える。七大寺巡行は清和上皇が八七九年十月に大和の国の名山巡行に出かけられ、それが切掛けで貴族たちの間で南都七大寺への巡礼が

西大寺

流行したと言われている。それ以前に噴火や地震の多発なども要因になっているのかもしれません。

なお、奈良国立博物館のホームページの中に、教主護国寺観智院伝来の書籍で、作者が大江親道の「七大寺日記」の紹介があった。写真はホームページから転載。

# 五　二条院讃岐と歌合並びに勅撰集から

## 五、一　歌人の周辺

二条院讃岐は父は源三位頼政と見られているが、母に源斉頼養女（小田剛著、和泉書院から）の外にも説が見られる。他の女流歌人もそうであるように生没年未詳ではあるが、生まれは永治元（一一四一）年頃と見られている。その根拠として、正治二（一二〇〇）年初度百首歌の中で、「暮れはつる年のつもりを数ふればむそじの春も近付きにけり」があり、これから推定してのことである。また、建保四（一二一六）年の内裏百番歌合の後、その後は出詠していないことから、七七歳か七八歳で亡くなったのではと見られている。

頼政は源氏に有って、保元の乱や平治の乱で活躍し、平家に味方し平家隆盛のために武勲を立てるが、中々認められず、地位が低いと嘆いており、歌を詠むことによって官位を望むことが出来た逸話が残されている。

**人知れぬ大内山の山森はこがくれてのみ月を見るかな**

と詠んだ歌が帝の目に留まり、正下四位にあがる。ともかく殿上人の最下位クラスである。

そこで再び歌を詠んだ

**のぼるべき頼りなき身は木の下に椎（四位）を広げて世を渡るかな**

この歌の功によって三位へと昇進する。そこで以後源三位頼政と呼ばれる。

仁平（一一五〇）年代に、近衛天皇が夜となると物の怪に取りつかれお困りであった。高僧の大法秘法も効果が無く、紫宸殿の屋上に至る怪物の仕業ではないかと、この怪物（鵺　頭は猿、胴は狸、尾は蛇、手足は虎に似た姿、声は凶鳥の化け物―実際は虎つぐみと云う鳥で羽を拡げれば人間の背丈ほどもある怪鳥）退治を頼政が命ぜられた。見事弓で討ち果たし、帝も回復されたということである（平家物語より）。その他にもいろいろ逸話が残されているが、中でも治承四（一一八〇）年以仁王を抱いて平家打倒を図ったが、勢力が乏しく宇治の平等院で自害することになる。この時、兄の仲綱も加わっており、亡くなっている。これが平家滅亡の先駆けとなったことは事実である。

このような背景の中で、父が兵庫頭として二条天皇に仕えていたことから、讃岐も二十歳前に宮中に仕えるようになる。その頃は内裏歌合が盛んな時期で、讃岐も出詠していると見られ、この頃と見られる歌が残されているが確証はない。

二条天皇の崩御（永万元（一一六五）年七月）に伴って、宮中を離れ、まもなく藤原重頼と結婚する。併せて、父が加わっていた俊恵法師が主催する歌林苑（殷富院大輔―百人一首の女流歌人（その二十八）参照）の歌会に参加している。

また、その後の数々の歌合に参加しているようであるが、完全な形で残されている歌合は、治承二（一一七八）年の別雷社歌合と建久六（一一九五）年の民部卿家歌合に出詠していることである。その後、建久元（一一九〇）年後鳥羽天皇の中宮仁子（のちの宣秋門院）に出仕するが、その七年後には出家する。晩年では、建保元（一二一三）年の内裏歌合に出詠の外、建保四（一二一六）年内裏百番歌合に出詠の後、まもなく亡くなったのではないかと見られている。

讃岐は、百人一首の女流歌人では最後を飾っており、時代の変遷に翻弄されながらも歌人として一生を全うした人生であったようだ。

## 五、二　百人一首第九十二番歌

詞書「寄石恋といへる心を」

・**わが袖は潮干に見えぬ沖の石の人こそ知らね乾く間もなし**（千載集巻第十二　恋二　七五九）

本歌

・我が袖は水の下なる石なれや人に知られで乾く間もなし（和泉式部）

・ともすれば涙に沈む枕かな潮満つ磯の石ならなくに（源三位頼政）

・なごの海潮干潮満ち磯の石となれるか君が見え隠れする（源三位頼政）

これらの歌を本歌としながらも、和泉式部の歌は、「水の下なる石」で潮の満ち干に関わりが無く、頼政の歌は「見え隠れする」石であるの対して、讃岐の歌は「潮干に見えぬ」石で恋の哀切感が一段と強い。

注　この歌によって、「沖の石の讃岐」と呼ばれた（古事類苑）。この沖の石にちなんだ讃岐の縁の所として、若狭国（福井県）遠敷郡矢代浦の沖の海底にあるとの説や、後には宮城県多賀城市の名所にもなっている。

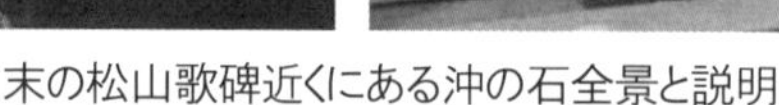

末の松山歌碑近くにある沖の石全景と説明

## 五、三　歌合から

一　六条斎院禖子内親王歌合（永承五年二月三日庚申　一〇五一年）

桜　左かつ　二条院讃岐

・木のもとに行きてを折らむ春の内は深山桜もよそにては見じ

右　出　羽

・かばかりの匂ひはあらじ桜花吉野の山に峰つづくとも

雁　左ぢ　二条院讃岐

・この春は都の花を惜しみ見よいづこもかりの宿りと思はば

右　禖子内親王家式部

・ゆく空もなくなく帰るかりがねの花の都や立ち憂かるらむ

二　六条斎院禖子内親王歌合（永承六年正月八庚申　一〇五二年）

滝の音に春を知る

左　小　馬

・山高み落ち来る滝の音にこそ氷解けぬる春を知らるれ

右かつ　二条院讃岐

・春の来るほどぞ知らるる深山べに落ち来る滝の音の高さに

雨中柳

左かつ　　小　馬

・雨降れば玉貫ける心ちして夜も見まほし青柳の糸

右　　二条院讃岐

・春雨の降りそめしよりいつしかと垣根の柳色づきにけり

## 三　六条斎院禖子内親王物語歌合（天喜三年五月三日　一〇五六年）

あらば逢ふ夜のと嘆く民部卿

左　　出羽弁

・常よりも濡れそふ袖は時鳥鳴きわたる音のかかるなりけり

菖蒲うらやむ中納言

右　　二条院讃岐

・あやめ草なべてのつまとみるよりは淀野に残る根をたづねばや

## 四　高陽院殿七番和歌合（寛治八年八月十九日　一〇九五年）

郭公

四番　左勝　　讃岐君

・ほととぎす夏の夜な夜な待ち待ちて去年も今年も一声ぞ聞く

右　　　　　　　　　　　　　　　　　　　正家朝臣

・**聞きつともいかが語らむほととぎすおぼつかなしや夜半の一声**

判者　帥大納言経信卿

「右の歌の、問ふ人も無きに、にはかに『如何かたらむ』とはべるこそ、続かぬやうに聞こゆれ。左の勝ちにや。」

## 月

四番　左勝　　　　　　　　　　　　　　　讃岐君

・**秋の夜はいとど長くぞなりぬべき明くるも知らぬ月の光に**

右　　　　　　　　　　　　　　　　　　　匡房の卿

・**常磐山下葉の露のかずごとに影さしそふる秋の夜の月**

「左めづらしきことも見えねど、右の歌の『常磐山』とよめるは、常磐山にのみやは露はおくらむ、又下葉といふことは如何なることにかと見たまふれば、左や勝つべからむ。」

## 花

二番　左　　　　　　　　　　正二位行権大納言藤原朝臣実房

・**さくら花散りなむのちの形見にはかはりてみえよ峰の白雲**

右　　　　　　　　　　　　　　　　　　　二条院讃岐

・**咲き初めて我が世に散らぬ花ならばあかぬ心のほどはみてまし**

「左右共に、姿・詞いとをかしうこそ侍れ。但し、左は『かはりて見えよ』と云ふ心や如何が。雲は花の前後同じくや侍らむ。右は『我が世』の詞、たれも詠むことには侍れど、歌合のときは如何にぞや、用意あるべく見え侍るなり。持とすべし。」

**霞**

二番　左　　　　　　　　　　実房（三条入道左大臣）

**・むら雲のたえまの空やうつるらむまだらに見ゆる朝霞かな**

右勝　　　　　　　　　　讃岐

**・春霞分け行くままに尾上なる松の緑ぞ色かはりぬる**

「左、村雲の空霞にうつりて、霞の色まだなる心は、いとをかしく侍り。右、『春霞』とおける初の句や、いますこし思ふべからむとみえ侍れど、分け行くままに松の緑色まさるらむ心・姿、優には侍るにや。右の勝なるべし。」

**述懐**

二番　左勝　　　　　　　　　　実房

**・人はまた同じ祈りを祈るともただしき道を神は理（ことは）れ**

右　　　　　　　　　　讃岐

**・いかでのみたのみぞわたるよそながら御手洗河の音にたたねど**

「左存ニ故実之風一叶ニ雅頌之時一彼毛詩序云『頌者美ニ盛徳之形容一以ニ其成功一告ニ於神明一者也。』といへる。この心なるべし。右、『御手洗川の音（をと）にたてねど』といへる、歌ざまはをかしく侍るを、よそながらたのみわたらむも本意なくやあらむ。以って左勝となす。」

## 五、四　勅撰集から

### 一　新古今集から

①　四季の歌から

百首歌たてまつりし春の歌

**・山たかみ峰の嵐に散る花の月に天霧る**（あまぎる）**明け方の空**（新古今集巻第二　春下　一三〇）

この和歌は、後鳥羽院の正治初度百首にも採られている。高山の峰の嵐に散る桜の花びらが月を曇らせている明け方の空を描いている。これを月に天霧ると表現している。

類歌　御芳野の月にあまぎる花の色に空さへにほう春のあけぼの（後鳥羽院　詠五百首和歌など）

百首歌たてまつりし時

**・なく蝉の声も涼しき夕暮れに秋をかけたる森の下露**（新古今集巻第三　夏　二七一）

この和歌も正治初度百首に採られている。季節は夏であるが、涼しく聞こえる夕暮れの蝉の声に秋を感じながら詠んでいる。

類歌　秋近きけしきの森に鳴く蝉のなみだの露や下葉そむらむ（新古今集巻第三　夏　二七〇　摂政太政大臣）

経房卿家歌合に暁月の心を詠める

**・おほかたの秋の寝覚めの露けくはまた誰袖に有明の月**（新古今集巻第四　秋上　四三五）

経房は俊成の甥で、当時権中納言であった。式子内親王が経房邸に移ったことは先の展望で書いている。ところで、この時の歌合では左衛門督　隆房が左で、「秋はただ鴫のの羽音の過ぐるまで月すむ夜半の数をこそかけ」であったが、判者俊成は右の勝ちとしている。

類歌　おほかたの秋の気色はくれはててただ山の端のあり明けの月（拾遺愚草一四四　秋　定家）

・**散りかかる紅葉の色は深かけれどわたればにごる山川の水**（新古今集巻第五　秋下　五四〇）

この和歌も正治初度百首に採られている。本歌は「龍田川もみぢ乱れて流るめり渡らば錦なかやたえなむ（古今集巻第五　秋下　二八三　読み人知らず）」

類歌　散りかかる紅葉の雨にまさればや色のみ深き山川の水（後鳥羽院御集　八五八　詠五百首和歌　冬）

・**世にふるはくるしき物を槙の屋にやすくも過る初時雨かな**（新古今集巻第六　冬　五九〇）

類歌　袖濡らす物とはきけど槙の屋に過ぐるはをしき初時雨かな（続拾遺集巻第八　雑秋　六三六　荒木田延季）

・槙の屋に時雨は過ぎて行くものを降りも止まぬや木の葉なるらむ（式子内親王集五八　冬（Ａ百首））

②　**雑歌・釈教歌から**

百首歌奉りし時秋歌

・**昔見し雲ゐをめぐる秋の月今いくとせか袖に宿さむ**（新古今集巻第十六　雑上　一五一二）

この和歌は、正治初初度百首にも採られている。昔見た宮中、雲ゐを巡っている秋の月今後何年懐古の涙で袖に宿すであろうかとの懐古の感情を謡っている。

類歌　雲ゐにて眺るだにもあるものを袖に宿れる月を見るらむ（赤染衛門集　二六九）

千五百番歌合に

・**身の憂さに月やあらぬとながむれば昔ながらのかげぞもりくる**（新古今集巻第十六　雑上　一五四〇）

本歌　月やあらぬ春や昔の春ならぬ我が身ひとつはもとの身にして（古今集巻第十五　恋の歌五　七四七　在原業平）

この和歌は伊勢物語第四段にも入る有名な歌で、長い詞書が付いている。

詞書　昔、ひんがしの五条に、おほきさいの宮（皇太后宮）、おはしましける、西の対に、住む人（二条の后）、有りけり。それを、ほいにはあらで、心ざしふかかりけるひと、ゆきとぶらひけるを、睦月の十日ばかりのほどに、ほかにかくれにけり。ありどころはきけど、人のいきかよふべき所にもあらざりければ、なほ、うしと思ひつつなんありける。またのとしの睦月に、梅の花盛りに、こぞをこひていきて、立ちて見、ゐてみ、見れど、こぞににるべくもあらず。うちなきて、あばらなるいたじくに、ゆきのかたぶくまでふせりて、こぞをおもひいでて、よめる。

百首歌たてまつりしとき

・**ながらへて猶君が代を松山のまつとせしまに年ぞへにける**（新古今集巻第十七　雑中　一六三四）

参考歌　かくしつつとにもかくにも長らへて君が八千代にあふよしもがな（古今集巻第七　賀　三四七　光孝天皇）

詞書　仁和の御時（光孝天皇）、僧正遍昭のために七十賀を催された時の御歌

君が代にくらべていはば松山のまつの葉数は少なくなかりけり（千載集巻第十　賀　六三三　孝善）

入道前関白（藤原兼実）家に十如是歌よませ侍りけるに如是報

・**憂きも猶むかしの故と思はずば如何にこの世を恨み果てまし**（新古今集巻第二十　釈教　一九六六）

注　「十如是」は、信じてあやまりのない法が十あるのを言う。また、「是是報」は一切のものは先天的に備わっている報で、因縁による報を言う。前世の宿縁と思うから恨み通すことはしない。

類歌　身の憂さを思ひ知らずは如何に猶心のままに恨みはてまし（新後拾遺集巻第十五　恋五　一二五九　尊円）

### ③　恋歌から

恋の歌とて詠める

・**海松布**（みるめ）**こそ入りぬる磯の草ならめ袖さへ波の下に朽ちぬる**（新古今集巻第十二　恋二　一〇八四）

本歌　潮満てば入りぬる磯の草なれや見らく少なく恋ふらくの多き（万葉集巻第七　雑歌　一三九四）この歌は拾遺集巻第十五　恋五　九六七　坂の上郎女として入る。

千五百番歌合に

・**うちはえて苦しき物は人めのみ忍ぶのうらの蜑**（あま）**のたくなは**（新古今集巻第十二　恋二　一〇九六）

注　歌合では右に家隆「唐衣日も夕暮れの空の色くもらば曇れ待つ人も無し」に併せられて、判者師光・生蓮で「左歌、なびやかにいひくだされて侍るうへに、右歌も面白く侍るに、少し歌合せには恋の心やすくなく侍らむと思ひたまふれば、猶左も勝侍りなむ」なお、「なは」は延縄のこと。

参考歌　伊勢の海のあまのつりなは打ちはへて苦しとのみや思ひ渡らむ（古今集巻第十一　恋一　五一〇　読み人知らず）

類歌　伊勢の海の浪のよるよる人待つと苦しき物はあまのたくなは（正治初度百首　二一八〇　恋　丹後）

百首歌たてまつりし時

・**泪川たぎつ心の早き瀬をしがらみかけてせく袖ぞなき**（新古今集巻第十二　恋二　一一二〇）

注　後鳥羽院の正治初度百首に採られている。

類歌　泪川袖のゐせきも朽ち果ててよどむかたなき恋もするかな（金葉集第七　恋上　三七七　皇后宮右衛門佐）

参考歌　かくばかりなみだのかはの早ければたぎつ心のよどむまぞ無き（久安百首二七六　恋　教長）

経房卿歌合に久恋を

・**跡たへて浅茅が末に成りにけり頼めし宿の庭のしら露**（新古今集巻第十四　恋四　一二八六）
注　歌合では左に左衛門督「忍びつつ恋わたるまに朽ちにけりながらの橋をまたや作らむ」に併せられて、判者釈阿（俊成）「左歌、・・右歌また、浅茅が末に成りにけり、とおき頼めしやどの白露、といへる心詞あはれに、苔の袖にさへ露かかる心地し侍れば、いづれをまさるとも申し分きがたくなむ　持」

## 二　新勅撰集から

千五百番歌合に
・**百敷や大宮人の玉かづらかけてぞなびく青柳の糸**（新勅撰集巻第一　春上　二六）
注　歌合せでは右に内大臣に併せられて、「春雨のこころぼそくも故郷は人来といとふ鳥ののみぞなく」の判者忠長は「ひとくといとふ鳥のみぞなくと侍る、まことに心細く思ひやられはべり、勝にはべるなし」
類歌　春の日の光もながし玉鬘かけてほすてふ青柳のいと（続後拾遺集巻第一　春上　四五　為家）

百首歌の中に
・**今よりの秋の寝覚めをいかにとも荻のはならで誰か問うべき**（新勅撰集巻第四　秋上　二二二）
この和歌は正治初度百首に採られている。
類歌　今よりの秋の寝覚めよいかならむ初雁がねも鳴きてきにけり（新拾遺集巻第五　秋下　四九〇　雅冬）

千五百番歌合に
・**うちはへて冬はさばかり永き夜に猶残りける有明の月**（新勅撰集巻第六　冬　四〇三）

注　歌合では右に越前が併せられて「よもすがらさえつるとこのあやしさにいつしかみれば峰の初雪」に対して、判者季経は「左歌、心をかしき上に、猶残りける有明の月、宜しくや／、左の、なほ残りける有明の月は、心にもとどまれりと申すべし」

類歌　在明の光のみかは秋の夜の月はこの世に猶のこりけり（拾遺愚草　一四一　定家）

千五百番歌合に

・**蛙なく神なび河に咲花のいはぬ色をも人のとへかし**（新勅撰集巻第十一　恋一　六九二）

注　歌合では右に定家が併せられて「たれかまたもの思ふことををしへおきしまくらひとつを知る人にして」に対して、判者生蓮「左の、神なび河に咲く花のいはぬ色などは、ふるまはれて侍るに、右の・・・勝ちにや侍らむ」

参考　山吹の花咲にけりかわづなくゐでのさと人いまや問はまし（千載集巻第二　春下　一一二　基俊）

## 五、五　まとめ

二条院讃岐は先に述べたように百人一首に入る歌によって「沖の石の讃岐」と評判になるが、その場所は何処かとなると後世の人によってゆかりの地として伝わっている。まず紹介されているのは、先に示した写真にあるように末の松

嵯峨野の歌碑

山の碑のある近くの所である。次いで、父源三位頼政のゆかりの地、小浜線小浜で下車して敦賀方面に戻る海岸線にある。沖のところに小さな岩が遠望出来る。近くに讃岐館跡がある。更に永源寺があり、これは讃岐が開祖と言われている。そこに讃岐の位牌が収められており、庭には讃岐の歌碑がある。ここでは毎年十一月頃讃岐姫にちなんで嶺南地方の皆さんでかるた大会が開かれている。

二条院讃岐の館跡

海上遠方に沖の石が展望

釣姫トンネルの讃岐の
百人一首和歌

上：永源寺内の讃岐の歌碑
左：永源寺内 讃岐の位牌がある

永源寺碑

永源寺

# 六　補記　一条院皇后定子

## 六、一　歌人の周辺

一条院皇后定子は、清少納言の枕草子で知られるように、中宮定子として知られている。中関白道隆の長女で、母は高階茂忠女貴子です。同母兄に伊周と隆家がいる。また一条天皇との間に脩子内親王、敦康新王などがいる。

ところで、定子は正暦元年（九九〇年）十五歳の時に入内し、まもなく中宮となる。その後清少納言が出仕したとみられる。ところが、父道隆が亡くなったこともあって、道長が力を持ち始め、伊周の官位が上ではあったが若気の過ちか、一条天皇の前任者の花山院の御車に矢を仕掛けた事件を起こす。伊周が通っていた故藤原為光の娘三の君と同じ屋敷に住む四君に通っていた花山院ではあったが、間違えて事件を起こす。その結果、伊周は太宰府に、隆家は出雲にそれぞれ流罪となった。このことにより中関白家は没落する。この事があって、定子も落飾したが、再度の入代を催促され、長徳四年に第一皇子敦康親王を出産するが跡を継ぎことはなかった。ただ、伊周と隆家赦免され帰還が許された。帰還後伊周は中華王朝由来の官名である儀同三司として准大臣の唐名として用いられた。そのため伊周の母貴子は儀同三母と称された。

中宮定子は、その後道長の娘彰子が入代したこともあって、皇后となる。幸いなことに一条天皇からは寵愛されるが、長保二年十二月十五日皇女出産後崩御する。二十五歳の若さであった。鳥辺野に土葬された。

## 六、二　一条院皇后定子と一条院の和歌

まず、百人秀歌第五十三番歌の和歌を紹介する

一条院の御時皇后宮隠れ給ひて後、御帳のかたびらの紐に結びつけられたる文を見つけたれば、内にもご覧ぜさせよとおぼし顔に、歌三つ書きつけられたるなかに

**・夜もすがら契りし事を忘れずは恋ひむ涙のいろぞゆかしき**（後拾遺集第十　哀傷　五三六）

注　皇后定子から一条天皇への遺詠にあたる。また、この歌には白楽天の「長恨歌」から、玄宗皇帝と楊貴妃の「比翼連理」を踏まえている。

続いて「栄花物語」巻第七　とりべ野　では後二首見られる。

**・知る人もなき別れ路に今はとて心細くも急ぎたつかな**（後拾遺集第十　哀傷　五三七）

注　死期が間近に迫った辞世歌と見られる。

**・煙とも雲ともならぬ身なりとも草葉の露をそれと眺めよ**（栄花物語巻第七　とりべ野）

注　当時火葬が多かったが、皇后定子は土葬を望まれたようです。栄花物語では、親族が参列し、とりべ野に埋葬し、皇后定子を慕う歌が見えるが、ここでは省略する。

内（一条院）には、「今宵ぞかし」とおぼしめやりて、よもすがら御殿籠らずおもほし明かさせ給て、御袖の氷もところせきおぼしめされて、世の常の御有様ならば、霞まむ野辺も眺めさせ給べきを、「如何にせむ」とのみおぼしめされて、

後拾遺和歌集第十　哀傷　五四三の詞書きには、一条院御製として　長保二年十二月に皇后宮うせさせ給ひて御葬送

の夜雪の降りて侍りければよませたまうけるとある。

・**野辺までに心一つ**（栄花物語では「心ばかり」）**は通へどもわがみゆきとは知らずやありけむ**（栄花物語では「あるたむ」）などぞおぼしめし明かしける。

今まではあまりにも悲しい和歌ばかりなので、勅撰集から一条院皇后の宮の歌を紹介する。とは言ってもどこか寂しい歌ばかりである。

一条院の皇后の宮に侍るべき人の日向国へまかりけるにつかはしける

・**あかねさす日にむかひても思ひいでよ都はしのぶながめすらむ**（金葉集三奏本第六　別離　三五一）

注　詞華集巻第六　別　にも入集している）

屏風のゑに、塩釜の浦書きて侍りけるを

・**いにしへのあまや煙となりぬらむ人目も見えぬ塩釜の浦**（新古今集巻第十八　雑歌下　一七一五）

注　塩釜の浦の絵には煙は見えても海女の姿が見えない煙となったのであろうか

儀同三司（中宮定子の兄伊周）の遠き所に侍りけるにつかはされける

・**雲のなみけぶりのなみのたちへだてあひみむことのかたくもあるかな**（続古今集巻第九　離別歌　八三五）

注　伊周が前述のように大宰府に流されるので、そのことを踏まえている。

悩みたまひけるところ、枕のつつみ紙に書きつけられける

**・なきとこに枕とまらばたれか見てつもらむちりをうちもはらはむ**（続古今集巻第十六　哀傷歌　一四六八）

今まで一条院皇后定子の勅撰集入集の和歌を見てきたが、一条帝の愛情にもかかわらず一族の衰退振りを思うとき、どうしても背景にあって、苦しみながら逝去されるに至ったと思わざるを得ない運命にあったかと思われる。

## 六、三　中宮定子と清少納言とのやりとり

今まで述べてきたことはあまりにも悲しいことばかりなので、最後の章を纏めるにあたって、清少納言の「枕草子」にある定中宮子との和歌のやり取りなどを紹介するのが良いかと思ったのですが、**六．四．二項**で述べているので、色々調べた結果、次に示す内容でこの稿を終了にしたい。

枕草子二八四段から

二八四段　雪のいと高う降りたるを、例ならず御格子まゐりて、炭びつに火おこして、物語などして集まりさぶらふに、(宮)「少納言よ、香爐峯の雪、いかならむ」と、おほせらるれば、御格子上げさせて、御簾を高く上げたれば、笑はせたまふ。

人々も、「さることは知り、うたなどにさへ歌えど、思ひこそよらざりにつれ。なほ、この宮の人には、さべきなめり」と言ふ。

注「白氏文集」十六に「香爐峯下新たに山居をトし、草堂初めて成る、たまたま東壁に題す、日高く睡足りて猶起くるにものうし、小閣衾を重ねて寒さを怕れず　遺愛寺の鐘　枕を欹てて聴き　**香爐峯の雪は簾を撥げて看る**　匡廬すなはち　便　是各地を逃るるの　司馬なほ老送るの官となす　心泰に　身寧(やすき)は　是帰する　處　故郷何ぞ獨り長

安にあり」によっている。

## 六、四　まとめ

一条院皇后定子は、今まで述べてきたように、一条帝の愛情のもとに、道長との確執において中関白家の衰退の中で、一旦は落飾に迄追いやられるが、復帰して皇子が授かるも死の床に就く。そう思うとき、短い年月ではあったが、枕草子にあるように、清少納言と一緒に過ごした時期が最も充実した時期であったと思われる。

# 別章一
# 百人一首と百人秀歌について

## 別一、一　その伝来について

　百人一首のことを述べる前に、百人秀歌のことについて述べたい。百人秀歌は戦後（一九五一年）になって有吉保博士によって宮内庁書陵部で発見された（有吉保「百人一首の書名成立過程について」古典論叢　創刊号一九五一年七月）もので、それまで百人一首を誰が選歌したかについて諸説があったが、これも定家撰であろうと言うことになった。しかしまだ今でも疑いを持っておられる方もいらっしゃることも事実である。

　ところで、この百人秀歌は嵯峨山荘色紙形京極黄門（定家のことで、晩年の住居が一条京極にあり、中納言であったことによる）撰となっており、冷泉家に伝わっているものである。百人秀歌は、天智天皇から入道太政大臣までの百一首であり、歌の配列順序にかなりの違いがみられるものの、九十七首は百人一首と一致している。その違っている歌について以下に示す。

　百人秀歌に無くて百人一首にある歌を百人一首の番号で示す。

七十四　うかりける人を初瀬のやまおろし（よ）はげしかれとは祈らぬものを　源俊頼朝臣
九十九　人もをし人もうらめしあぢきなく世を思ふゆゑに物思ふ身は　後鳥羽院
百　　　百敷きや古き軒端の忍にもなほあまりある昔なりけり　順徳院

　百人秀歌にあって百人一首にない歌

五十三　夜もすがらちぎりしことをわすれずはこひなんなみだのいろぞゆかしき　一条院皇后（定子）

七十三　春日野のしたもえわたる草の上につれなく見ゆる春のあは雪　権中納言国信
七十六　山桜咲き初めしよりひさかたの雲居にみゆる滝の白糸　源俊頼朝臣
九十　きのくにのゆらのみさきにひろふてふたまさかにだにあひみてしかな　権中納言長方

百人一首と百人秀歌を比較して目に付くことは、百人一首では後鳥羽院と順徳院という配流された二院が入っていることである。全体の配列を見ても百人一首はほぼ年代別になっているが、百人秀歌では対に組まれた配列になっている。加えて、本文を見ると百人秀歌はどちらかというと勅撰集の本文であるが、百人一首が違っているところがあると言える。

このようなことから、百人秀歌は定家撰と認められたものの、百人一首はいつ頃誰が編纂したかについては意見の分かれるところとなっている。大方の見方は、これも定家撰であると見られるようにはなっているが、まだ疑問を持つ方もある。

そこで、百人一首を見てみると、その作者の出典と年代に示すように、天智天皇から順徳院までの約六百年に及ぶ年代の百人から、各一首を十の勅撰集（但し、最後の続後撰集は息子の為家が編纂しており、成立した時点では定家が亡くなっているので、手持ちの歌撰集から選定したと思われる。恐らく全てが定家手持ちの歌撰集から選んでいると見られる）からの出典となっている。

出典を見ると、古今集が二十四首で一番多く、後拾遺集、千載集、新古今集が各十四首で次に多い。また、万葉時代の歌人については。後撰集、拾遺集や新古今集の出典になっているばかりか天智天皇や柿本人麿（当時は人丸）の歌などが本人の歌でないことや、新古今集に収録された万葉集に見られる歌が、新古今調に変わっている。このように、万葉集の原歌と違っているのは、万葉集が古今集の「読み人知らず」の中に見えるものの、万葉集そのものが編纂されてから長年月の間忘れられていたことと関係がある。その後、和歌所（九五一年から）に始まる古典への回帰への研究活動が進んでいたものの、この時代になってやっと形を変えて宿ったと見ることが出来る（もっとも、万葉集は普及が遅れていたことに加えて勅撰集と見なされていたこともあって、過去の勅撰集への撰歌は少なく、広く普及するまでには至っていない現状もある）。

更に、猿丸大夫とされる古今集出典の原歌は、「読み人知らず」となっており、藤原公任「三十六人撰」で猿丸大夫として認知されていることからも、勅撰集からの撰歌は結果論であることがわかる。

百人一首が撰歌された後、約百年を経て頓阿が「水蛙眼目」跋文に関係した記事を載せており、更に約七十年たって、藤原満基が最古の注釈書「応永本百人一首抄」を発表している。しかしこれは後に宗祇によるものと見られるようになる。このように、約百年以上に渡って、全く消息が掴めないでいたこともあって、いつの時代においても定家撰と認められていたわけではない。今日のように定家撰と認められる（まだ疑問視する人もいる）ようになったのは、前述の有吉保博士の「百人秀歌」の発見以来のことである。これには次に示す奥書があり、黄門撰と明記されていることが大きい。奥書には**「上古以来の歌仙の一首、思い出づるに随いてこれを書きいだす。名誉の人、秀逸の詠皆これを漏らす。用捨は心にあり、自他の傍難あるべからざるか」**とある。

ところで、「まえがき」にも書いたように、冷泉家には「為村（上冷泉家第十五代当主　一七一二年〜一七七四年）本百人秀歌」がその後見出されている。その跋文には次のように書かれている。（吉海直人著「もう一つの『百人秀歌』」同志社女子大学　学術研究年報第七十巻　二〇一九年より）

障子色紙の歌の事は即ち伝来の一帖百人秀歌なり。御記に中院障子色紙形歌古来の人歌各一首自天智天皇及家隆・雅経卿としるされたり。此一帖その写の証本にて百一首あり。題号は嵯峨山荘色紙歌と心得べし。此の撰歌は当家の秘本他にしる人なし。子孫末第輩此御自撰を崇敬信仰して秘蔵熟得すべし。流布の一本を百人一首といふも元来百人一首のことなれば百人一首と後に称来ものならむ。百人に一首づつゆへ百人一首といふにてはなし。今世に伝はるは中院殿の用捨をそへられしなり。一条后宮定子・国信・長方はなくて後鳥羽順徳の両院御製あり。歌の次第も相違し俊頼朝臣の歌一向相違す。歌の数も百一首にてはなし。両様とも信用して曩祖二代の尊慮を崇敬すべし。

と明快に論じている。

## 別一、二　百人一首の成立とその背景

百人一首が定家撰と認められるようになった経緯について簡単に紹介する。百人一首の存在が示されたのは、成立後百数十年も経ってからという事実もあるが、鎌倉時代後半から定家の子孫内々に定家撰と伝え続け、南北朝・室町時代に広く普及していた。ところが、一時資料がないためもあって、江戸時代、実証を重んじる国文学者から頓阿周辺のひとによる偽撰せつ、安藤為章（一六五九〜一七一六年）の「年山紀聞」の中での撰定蓮生、染筆定家説をだし、尾崎雅嘉や香川景樹に支持され、昭和十年頃まで一部で信じられていた。

しかし、「百人秀歌」の発見や後鳥羽院色紙の発見（これはその後定家の書でないとみなされる）もあって、定家撰を裏付けられる大きな役目を演じている。特に「百人秀歌」の発見が大きい。

ところで、話を戻して、このような百人一首はどのような背景で編纂されたのだろうか。この時良く引き合いに出されるのが、定家の日記「明月記」一二三五年五月二十七日条に「**予もとより文字を書くことを知らず。嵯峨中院の障子の色紙形、ことさら予書くべきの由、彼の入道懇切なり、極めて見苦しきことといえども、なまじいに筆を染めてこれを送る。古来の人の歌各一首、天智天皇より以来家隆・雅経卿に及ぶ**」とあることである。この中で、示される彼の入道

とは、定家の子為家の舅宇都宮頼綱（入道蓮生）のことである。頼綱は失脚（執権時政が牧氏と図って、将軍実朝に謀反起こす動きがあったが、頼綱も疑いを持たれたので、出家してその意の無いことを示した。その後、息子泰綱が鎌倉幕府の評定衆に加えられて復権する）した身とはいえ、鎌倉方の有力者である。

明月記の内容を見ると、一見百人一首に相当しそうであるが、百首とは言っていないし、百人一首では天智天皇から後鳥羽院・順徳院なので配列が一致しない。このようなことからこれは百人秀歌ではないかと見る向きもある。

これに対して、私は百人秀歌でもなく百人一首でもないと見ている。恐らく百人秀歌に近い形で何首か送ったのではないか。ただ、これは残されていないので判らないでいる。

## 別一、三　本文異同について

今まで百人秀歌と百人一首についてその伝来について述べてきたが、両歌集の同じ作者の和歌で本文を比較すると違いが見られることが判る。伝本が幾つかあるので、その中の違いも見られるが、それ以上にはっきりとした違いが見られる。即ち、勅撰集と比較してその本文異同がどうなっているのか詳しく調べた。即ち、勅撰集の本文と比較して、百人秀歌と百人一首の本文がどのように違っているかを丹念に調べた。最も百人一首の写本は四十種類に上っているが、百人秀歌は何種類も見られないので、代表的な歌集に絞っている。また勅撰和歌集は国歌大観を参照した。

このような状況での本文比較において、その代表的な異同を次に述べる。

## 主な本文異同表

| 歌番号と初句 | 勅撰集 | 百人秀歌 | 百人一首 |
| --- | --- | --- | --- |
| 10 これやこの | つつ | つつ | ては |
| 13 つくばねの | ける | ける | ぬる |
| 14 みちのくの | みだれむとおもふ | みだれむとおもふ | みだれむとおもふ |
| 42 あひみての | ものも | ものも | ものを |
| 62 よをこめて | そらねに | そらねに | そらねは |
| 70 さびしさに | いづく | いづく | いづこ |
| 85 よもすがら | あけやらぬ | あけやらぬ | あけやらで |

以上の例に見るように、百人秀歌は勅撰集と同じ本文であり、百人一首に違いが見られる本文の存在することである。このような経過から浮かぶのは、百人秀歌が先に勅撰集の本文によって編纂され、その後、後述のように、百人一首が編纂されたと見ることが出来る。では誰が百人一首を編纂したかということになるが、百人一首はその伝来から見て、外部に出さない御子左家に内々受け継ぐべく、同じく定家が、定家好みの本文にして密かに伝えようとしたが、二条家の断絶によって最初は弟子について古今伝授と共に宗祇によって伝えられてきたと思っている。その間に、当初は作者名を記入していなかったが、為家によって作者名が入れられたのではないかと見ている。

# 別章二

# 小倉百人一首の撰歌過程と歌〜一、二番歌と九九、百番歌について

## 別二、一　はじめに

ご存じのように、小倉百人一首は勅撰集である古今集から新勅撰集、更には定家が亡くなって、その子為家が編纂した続後撰集からの入首歌である。しかし、百人一首（以下単にこのように呼称する）は定家撰であるので、いずれも定家手元の歌撰集より採られていると見られる。それは定家撰の八代集（二四代集）に代表されることでも窺い知ることが出来る。

この間、約三五〇年に渡っており、平安時代の中期から後期、鎌倉時代に及んでいる。更に言えば、歌人は万葉の時代まで遡っている。このような広い時代背景の中で定家がどのような撰歌意識の基に百首歌を編纂したかを探り、巻頭の天智天皇と持統天皇並びに最後の後鳥羽院、順徳院の歌について触れてみたい。

## 別二、二　百人一首は最初から定家撰と見られていたか

百人一首は最初から定家撰と見られていたか？との問いにはそうではないと言いたい。

百人一首は室町になって連歌師宗祇の近辺から知られるようになった。それには、古今伝授が重要な役目を果たしている。即ち、古今集は当初二条家内の一子相伝であったが、断絶とともに二条家の弟子に伝えられるようになる。中でも東常縁から連歌師宗祇に伝えられた古今伝授が主流となり、戦国武将細川幽斎に引き継がれ、御所伝授と共に国学者にも広まっていった経緯がある。それが今日に伝えられている。江戸時代になって、刷り物が盛んになったことも広がった要因として挙げられる。

ところで、百人一首の伝来経緯を見ると、当初は古今伝授と共に伝えられたが、独立して百人一首としての伝来が見られるようになる。入道蓮生の「嵯峨中院色紙和歌」のあったことが、世の中に知られるようになったのは、安藤為章の年山紀聞（一七一四）で、定家の「明月記」（嘉禎元（一二三五）年五月二十七日条）が紹介された後のことである。

「予本より文字を書くことを知らず、嵯峨中院の障子の色紙形、ことさらに書くべき由、彼の入道懇切なり。極めて見苦しき事といへどもなまじいに筆を染めこれを送る。古来の人の歌各々一首、天智天皇以来より家隆・雅経に及ぶ」。

これを見る限り、百人一首と見られなくもないが、違うものと判断される。またこの日記から、入道蓮生撰歌して定家に書いてもらったという人もいる。

私は、後に発見（一九五一年、有吉保先生により宮内庁書陵部から）された百人秀歌に近いものであったかと思っている。

「百人秀歌」は百一首で、奥書には**「上古以来の歌仙の一首、思い出づるに随いてこれを書きいだす。名誉の人、秀逸の詠皆これを漏らす。用捨は心にあり、自他の傍難あるべからざるか」**とある。これが定家の撰歌の基準であるとすれば、百人一首は定家としては公表するものではなく、御子左家に伝える秘すべきものであったのではないかと見ている。そのためになかなか世の中に示されることなく世の中に出てきたときには、未だに判らないで伝わってきたことが多く見られる所以である。

## 別二、三　小倉百人一首のその後の伝来

### 一　小倉百人一首の作者表記は誰が行ったか

・百人一首は古今集から続後撰集の勅撰集から撰歌されている（九〇五年〜一三六二年）。
・定家は一二四一年に亡くなっている。新勅撰集は一二三五年に成立している。「明月記」の蓮生の嵯峨中院色紙和歌も一二三五年。
・後鳥羽院の院号は一二四二年七月のことである。
以上のことより、小倉百人一首は最初作者表記はなく、為家によって作者表記を加えて成立したと見られている。また、続後撰集の後鳥羽院と順徳院の歌は、定家が新勅撰集を撰歌するにあたって、最初は入れる予定であったが、鎌倉幕府から両院の帰還が認められず、両院の歌を含む百首を削除した経緯がある。同時に、新勅撰集からも、初稿から約百首削除している。

### 二　東常縁から宗祇への古今伝授

・古今集は、当初御子左家では一子相伝で伝えられてきた。ところが、定家―為家―二条為氏から続く二条家が断絶して、二条流として弟子に引き継がれた。
・古今集の秘伝を伝授することが、東常縁から連歌師飯尾 宗祇へ行ったことから始まったとされている。
これとともに、小倉百人一首も引き継がれたと見ることが出来る。もっとも最初からこの名称がつけられていたわけ

ではなく、小倉山荘色紙和歌などと呼ばれていた。
・古今伝授　清濁、談義、伝授、口伝、切り紙、奥書、免許の種類があり、順次伝授される。時代が下ると儀式化が強くなる。
・東常縁から、宗祇への伝授では、室町時代の騒乱の中にあって、三島、郡上大和（常縁の城「篠脇城」がある）などで伝授されている。郡上八幡に宗祇水などが伝えられている。
・古今伝授は、六条藤家の顕季に始まる「人麿影供」を伴った儀式の中で行われた。
・伝授の中心は、三木（おがたまの木、めどりに削り花、かはな草）、三鳥（呼子鳥、ももち鳥、いなおほせ鳥）である。

注

・郡上大和町には、国文学者島津忠夫氏が提唱して創らせた「古今伝授の里フイールドミュージアム」がある。
・宗祇は、旅の途中箱根で亡くなっている。墓は裾野市の定輪寺にある。墓前には、郡上大和町より「宗祇桜」が贈られている。
・小倉色紙の発祥は宗祇にあるとされる。これがお茶会で披露されて珍重された（「幽斎抄」の「山荘色紙和歌講述」）。

## 三　三条西家から細川幽斎へ古今伝授

・宗祇に古今伝授された後、三條西実隆（三条西流）、牡丹花肖柏（堺伝授）、近衛尚通（近衛流）などに伝えられた。
・三条西実隆に伝わった三条西流が三条実枝に伝わり、更に武将細川幽斎（藤孝）に伝わることになる。実枝としては、実子に相伝するつもりであったが、幼かったがために、一時預けで幽斎に相伝したつもりであった。
　ところが、実枝の子公国にも相伝しているが、それより前に次に示すように次々と相伝していった。このことが古今伝授の広まりとともに、今日我々が目にする小倉百人一首の広がりの元になっていることである。以上のことから、宗祇と幽斎に感謝しなければならない。

## 四　幽斎から御所伝授への逸話と小倉百人一首の普及

・御所伝授の逸話

慶長五（一六〇〇）年七月二十日関ヶ原の合戦前、石田三成方に田辺城を囲まれ、幽斎は死を覚悟で籠城する。ところが、まだ、智仁親王への古今伝授が済んでいないことから、途絶えることを心配された後陽成天皇の勅命で、石田方が兵を引き、勅使に城を明け渡す。これが、関ヶ原合戦の二日前であり、石田方の兵を釘付けにした功績も見られる。その後、忠興が軍功を立てるとともに城を取り返す。

## 五　小倉百人一首の普及

① 小倉百人一首の注釈書は、「宗祇抄」に始まる。
② 幽斎は「百人一首幽斎抄」（慶長三（一五九八）年）を表す（今までの注釈書の集大成）。
③ 幽斎著、中院道勝補訂、菱川師宣絵入「百人一首像讃抄」（延宝六（一六七八）年）が当時ベストセラーになっている。
④ 北村季吟著「百人一首拾穂抄」天和元（一六八一）年「幽斎抄」を元とし、「宗祇抄」以来の師貞徳説まで含む旧注の集大成。

## 別二、四　勅撰和歌集における万葉歌人の扱い

**歌人は本当にその歌を詠んだか**

・天智天皇　**秋の田のかりほの庵のとまをあらみわが衣では露に濡れつつ**（後撰集巻第六　秋中　三〇二）

参考歌　秋田刈る仮廬を作り我が居れば衣手寒く露ぞ置きにける（万葉集巻一〇　秋雑歌　二一七四　読み人知らず）

注　この万葉歌が読人知らずで、新古今集にも入る

・柿本人麿　**あしびきの山鳥の尾のしだり尾の長々し夜をひとりかもねむ**（拾遺集巻第十三　恋三　七七八）

注　万葉集巻一一　二八〇二　思へども思ひかねつ足引きの山鳥の尾の長きこの夜を　の左注に「或本歌曰」として見える。本来は作者未詳歌である。

## 別二、五　天智天皇の百人一首歌とその他の歌

### 一　天智天皇について

天智天皇（六二六〜六七一年）は、中大兄皇子の時代に中臣鎌足らと謀り、蘇我入鹿を暗殺する乙己の変（六四五年）を起こす。その後、大化の改新を行って様々な改革を行った。

一方、百済復興のために、白村江の戦いに挑むも大敗し、近江大津宮へ遷都し遣唐使を派遣する。ここで、即位した。

白村江の戦い以後は、国土防衛のために防人などを拝して九州の備えを固めた。行政機構の整備や冠位二十六階への拡大、戸籍の作成公地公民制の導入などの導入を行った。漏刻（水時計）を作り、鐘鼓を打って時報を開始した。六七二年崩御。その後、壬申の乱で大友皇子が敗退し、大海皇子が天武天皇として即位する。その後、天武系が続くが、称徳天皇崩御後は、天智天皇の孫白壁王が即位して光仁天皇となり、以後天智系統が続く。

## 二　百人一首の歌

天智天皇の百人一首歌は前述のように、**「秋の田のかりほの庵のとまをあらみわが衣では露に濡れつつ」**（後撰集）であり、これには万葉集巻一〇巻二一七四の「秋田刈る仮廬を作り我が居れば衣手寒く露ぞ置きける（読人知らず）」（更に、新古今集巻第四の四五四には読み人知らずとして「秋田守る仮庵つくりわが居れば衣手寒し露ぞ置きにける」も入首している）を借りて、農民の苦労をしのんだ天皇としての気持ちを詠んだ歌と見られている。

このような天智天皇の歌の発想から持統天皇の歌も、持統天皇の歌を借りた、平安の都から想像し伝説を踏まえた、安寧を祈る天の香具山の歌と見ているとの見方は如何だろうか。従って、持統天皇であるが、平安朝であればかるたの歌仙絵に見るように重ね着でも良いのかも知れない。と云うように飛躍した考えも成り立つのではないだろうか。とは言ってみても「持統天皇」となればどうしてもその人のその時代を考えてしまうためにすっきりしないことには変わりはない。

こう見てくると、いつも付きまとうのは、百人一首の解釈の問題が生じてくることである。第一に作者の気持ちがあり、勅撰和歌集の出典があり、勅撰和歌集の撰者の意図があり、時代の経過に伴う見方の違いがあり、最後に定家の見方がある。更に、本文の違いも更に複雑にさせている。これらの点も念頭に置いて歌を鑑賞する必要がある。

大和三山の歌としては、中大兄の皇子（天智天皇）の万葉集巻第一　雑歌　一三がある。

中大兄の三山（みつの山）の歌一首

**・香具山は　畝火ををしと　耳梨と　相争そひき　神代より　かくあるらし　いにしへも　然にあれこそ　うつせみも　嬬をあらそふらしき**

注　三山を一女二男に見立てている。「をを し」を男らしいと読む（中西進説）か「愛しい」と読むかによって男女が違ってくる。

（反歌）**香具山と耳梨山とあひし時立ち見に来（こ）し印南国原**

注　阿菩（あぼ）大神が調停のために仲裁に来たが、播磨まで来て争いがやんだのでそこに留まった（播磨風土記）。

**・朝倉や木の丸殿に我がをれば名乗りをしつつ行くは誰がこそ**（新古今集巻第十七　雑歌中　一六八七）

筑前の国に設けられた斉明天皇の行宮（あんぐう）でいらしたときの歌。

## 別二、六　持統天皇の百人一首歌とその他の歌

### 一　持統天皇について

持統天皇（六四五～七〇二年）の時代について述べたい。ご存じのように、中大兄皇子（後の天智天皇）の皇女の一人である鸕野讃良皇女で、同じく皇女の大田皇女と伴に大海人皇子の妃として天智天皇亡き後の近江朝との壬申の乱（六七二年）を伴に戦う。これに勝利した後、大海人皇子は天武天皇として、飛鳥浄御原宮に遷都する。

二人には草壁の皇子がいる。そこで、天武天皇は、皇子達の異母兄弟、天智天皇の皇子を含めて、吉野離宮において草壁皇子を第一に置いた序列を決め各皇子に誓わせる。しかし、天武天皇が亡くなった後、我が子草壁皇子を次期天皇

にするため、天武の皇子の異母兄弟の中の競争相手になる皇子を排除することになる。しかし、草壁皇子は幼少より病弱で、皇太子になるものの二十八歳の若さで亡くなった。

またも、今度は未だ若い孫の軽（珂瑠）皇子を次期天皇へと腐心し、皇子が成長するまで本人は持統天皇として君臨する。その後、一五歳で文武天皇を即位させ、太上天皇（上皇）として政務を続ける。これを補佐するのが、藤原鎌足の息子の不比等と皇子の乳母である県犬飼三千代である。不比等は幼い頃唐に派遣されていた兄の定恵から律令の仕組みを教えて貰っている。

一方、三千代は最初美努王に嫁いでいたが、夫は不比等の進言で大宰帥に任命され九州の筑紫太宰府に赴任した。その間に不比等と結ばれるといった間柄である。ここから後の藤原時代の基となっていく。

不比等は大宝律令やその後の養老律令をまとめ上げ、更には日本書記編纂に重要な役目を果たしている。これには、兄定恵の教えが大きいと言われている。

このように、持統天皇は、当初祖父や母を滅ぼした父天智天皇を恨みに思って天武天皇に伴ってきた。しかし振り返ってみると、国の混乱を招かぬための措置とは云え、自身も息子や孫のために奔走し、敵対しそうな皇子を葬ってきた思いがある。

## 二　百人一首の歌

持統天皇の歌は本文の中でも紹介しているが、表題の中で少し重複しますが触れることにする。

よくご存じのように、百人一首では**「春過ぎて夏来にけらし　白妙の衣干てふ天**（あま）**の香具山」**（新古今集巻第三夏　一七五）であり、これが万葉集（巻第一　雑歌　二八）では**「春過ぎて夏来たるらし　白妙の衣干したり天**（あめ）**の香具山」**になっている。この違いをどう見るかの問題がある。一つは、万葉仮名が良く読めない中で、このように読まれた。と言うのが一般的な解説と思う。もう一つ、奈良から京都に都が移ったことも歌が違ってきた要因がある。

### 三　万葉集から歌の紹介

・和銅三年庚戌の春二月、藤原宮より寧楽宮に遷りましし時に、御輿を長屋の原に停めて迥かに故郷を望みて作れる歌
（一書に曰く、太上天皇の御製といへり）

**飛ぶ鳥の明日香の里を置きて去なば君があたりは見えずかもあらむ**（巻第一　七八）

・天皇の崩せる時、大后の作りませる御歌一首（巻第二　挽謌　一五九）

**やすみしし　我ご大君の　夕去れば　見したまふらし　明け来れば　問ひたまふらし　神岳の　山の黄葉を　今日もかも　その山を　振り放け見つつかける問ひ給はまし　明日もかも見し賜はし　夕されば　あやに悲しび　明け来れば　うらさび暮らし　荒たへの　衣の袖は　乾ふる時もなし**

## 別二、七　後鳥羽院の百人一首歌とその他の歌

### 一　後鳥羽院について

後鳥羽院（一一八〇～一二三九年）は源平争乱のさなか、高倉天皇の第四皇子として生まれる。一一八三年平家が安徳天皇を報じて西国へ下り、京の王座の空白を後白河院の院宣により践祚。翌元暦元年五歳で即位する。この時、神器無き新帝践祚となった。このことが後鳥羽天皇にとって大きなコンプレックスになった。その後、平家が滅んだ後も宝

剣（天叢雲剣・あめのむらくものつるぎ）は海中に沈んだままになった。そのため、伊勢神宮から後白河法皇に献上された剣を宝剣とみなすことにされた。

後鳥羽院は刀剣のない天皇として、刀の打つことを好み、「御所焼」「菊御作」などと呼ばれる。皇室の菊のご紋の始まりである。

一一九二年源頼朝鎌倉に幕府を開く。一一九二年まで後白河法皇による院政が続いた。その後、一一九八年に土御門天皇に譲位し、その後、順徳、仲恭天皇の時の一二二一年（承久三年）まで、上皇として院政を敷いた。その間、公事の再興、故実の整備など行った。

その後鎌倉幕府との対立が進み、一二二一（承久三）年に執権北条義時追討の院宣を出したが、幕府軍に完敗し、後鳥羽上皇は隠岐に、順徳上皇は佐渡に土御門上皇も土佐に配流された。

その後、一二三五（文暦二）年に摂政九条道家が後鳥羽院と順徳院の還京を幕府に出したが、受け入れられなかった。そのため配流地で崩御（一二三九年）された。ところが、鎌倉方の三浦義村や北条時房の死が後鳥羽院の怨霊が原因と考え、当初の顕徳院から後鳥羽院（正式にはこの時から）への追号をしている。併せて、鶴岡八幡宮の裏手に後鳥羽院と順徳院をお祭りして鎮魂している（一二四七年）。

一方、歌会などの開催は、一一九八（文暦二）年の譲位と熊野御幸以降急速に志すようになったと言われている。特に、九条良経の九条家歌壇に集う藤原俊成、慈円、寂蓮、定家、家隆、式子内親王など御子左家系歌人に詠進を求めている。

例えば、正治初度百首歌（一二〇〇年）、正治後度百首和歌など。その後、翌年には和歌所を再興させ、同年十一月には勅撰集の命を下し、「新古今和歌集」の撰進が始まった。今までの勅撰集とは違って、院自身が撰歌、配列等に深く関わり、実質的な撰者の一人であった。一二〇五年一応の完成は見たものの、後鳥羽院は不満で、隠岐に配流の後も隠岐本新古今和歌集を纏めている。更に、「遠島御百首」「時代不同歌合」「後鳥羽院御口伝」などがある。

定家は、一二二〇（承久二）年に順徳天皇の禁裏に於いて「春山の月、野外の柳」二首題の歌会が催された。しかし定家は、母の遠忌に当たっていたので辞退していた。しかし、三度の要請もあって、固辞し切れなくなって参上した。

その時の歌は

春山の月

**・さやかにも見るべき山は霞つつ我が身の外も春の夜の月**

野外の柳

**・道野辺の野原の柳下もえぬあはれ歎きの煙くらべに**

これらの歌のうち、特に後の歌に対して、後鳥羽院からは「禁忌」に触れ大変な怒りをかい、閉門蟄居を命じられてしまう。この背景には、「煙くらべ」は宮中では禁句であったなどいろいろ説が出ているが、杉浦一雄氏の説では、先に述べたように、後鳥羽院が鍛冶に熱心で、その背景に刀剣を引き継がないでいたことへのコンプレックスに対して、「煙くらべ」に怒りを持たれ、結局承久の乱で、後鳥羽院が隠岐に配流されて、逢うことばかりか文通もなかった。

その他に、定家には官位が思うように上がらないこともあったと見られている。更に後鳥羽院には、敵対する鎌倉方との繋がりのあったことも背景にあると見られている。これに対して、家隆は隠岐院とも文通しており、それが定家にも伝えられていたようだ。

## 二　百人一首の歌

後鳥羽院の百人一首の歌は、

**・人もをし人も恨めしあぢきなく世を思ふゆゑに物思ふ身は**

注　内省的な述懐としてとらえる。

## 三　勅撰和歌集や後鳥羽院御百首などからの歌

春

・ほのぼのと春こそ空にきにけらし天の香久山霞たなびく（日吉社三十首和歌）

・見渡せば山もとかすむ水無瀬川夕べは秋となに思ひけむ（元久詩歌合）

冬

・橋姫のかたしき衣さむしろに待つ夜むなしき宇治の曙（最勝四天王院御障子）

・思ふことそなたの雲となけれども生駒の山の雨の夕暮れ

述懐

・思ふべし下りはてたる世なれども神の誓ひぞなほも朽ちせぬ

・見ず知らぬ昔の人の恋しきはこの世を嘆くあまりなりけり

遠島百首より

・過ぎにける年月さへぞ恨めしき今しもかかる物思ふ身は

・我こそは新島守よ隠岐の海の荒き波風こころして吹け

注　内省的な述懐としてとらえる。

後鳥羽院

熊野速玉大社

熊野御幸
宇多上皇
花山法皇
白河上皇
鳥羽上皇
崇徳上皇
後白河上皇
後鳥羽上皇

# 別二、八　順徳院の百人一首歌とその他の歌

## 一　順徳院について

順徳院（一一九七～一二四二年）は後鳥羽院の第三皇子。一二一〇年土御門帝の譲位に伴い践祚。後鳥羽院と共に、宮廷の儀礼の復興に努め、また内裏での歌会を頻繁に催した。例えば、内裏名所百首、百番歌合、四十番歌合、内裏百番歌合などがある。一二二一年譲位し、後鳥羽院と共に討幕を図り承久の変を起こす。敗北して、佐渡に配流になり、佐渡院と呼ばれていた。二一年間を佐渡で暮らし崩御。一二四九順徳院の諡号を贈られる。

和歌については、定家を和歌の師とし、土佐においても順徳院御百首歌（一二三二年）を詠じて後鳥羽院と定家に送り合点を請うている。

これに対して定家はこの百首に評語を添えて進上している（一二三七年）。為家とも近習、歌友として親しかった。しかし、定家は後鳥羽院との音信はなかったが、このように順徳院とは交流を図っていた。

定家としては、謹慎の身で別れてしまったがために、なんともしようがなかったと思われる。

## 二　百人一首の歌

順徳院の百人一首の歌は、

**・ももしきや古き軒端の偲ぶにもあほあまりある昔なりけり**

この歌は一九歳の時に詠まれた歌で、承久の乱の五年前である。近くに迫る鎌倉幕府との戦いを予感していたような

歌に詠めなくもない。

これに対して定家はこの百首に評語を添えて進上している（一二三七年）。為家とも近習、歌友として親しかった。

しかし、定家は後鳥羽院との音信はなかったが、このように順徳院とは交流を図っていた。

### 三　勅撰集からの歌

**・あら玉の年の明けゆく山葛霞をかけて春は来にけり**（続千載巻第一　春歌上　七）

**・佐保姫の染めゆく野辺は嬰児の袖もあらはに若菜つむらし**（御集）

注　平城京の東側にある佐保山の佐保姫は春を司る女神とされ、大和の西境にある龍田山の龍田姫が秋の女神とされた。

**・夢さめてまだ巻き上げぬ玉だれのひま求めてもにほふ梅が香**（御百首）注　定家評「その心妖艶、その詞美麗候」

**・限りあれば昨日にまさる露もなし軒のしのぶの秋の初風**（続古今巻第四　秋歌上　二八五）

**・冬の色よそれとも見えぬささ（小竹）島の磯こす浪に千鳥たつなり**（御集）

**・月もなほ見し面影はかはりけり泣きふるしてし袖の涙に**（御百首）

## 別二、九　まとめ

百人一首の資料をまとめるに当たって、まず百人一首とはどういう経過で今日まで伝えられてきたのかについて概説しました。ついで、百人一首を定家が撰歌に当たって、天智天皇があり、次いで持統天皇があり、最後に後鳥羽院と順徳院とまずこの配列が重要な要因になっています。即ち平安時代と鎌倉時代の流れの中で、和歌が育んできた大きな潮流を御子左家の繁栄を願って編纂された歌集である。従って本来はそれ以外への普及は意図していなかったが、二条家や京極家の断絶によって、弟子に引き継がれ、古今伝授と共に伝えられて、今日に至っている。その結果百人一首が定家撰と認められたのは戦後のことであることに留意頂きたい。

後鳥羽院･順徳院：鶴岡八幡宮の裏手にある
･人もおし人も恨めしあぢきなく世を思ふゆゑに物思ふみは
･百敷きや古き軒端に偲ぶになほあまりある昔なりけり

# 1　百人一首の伝達の経緯（古今伝授と共に）

頼綱女　二条為氏……この系統は断絶するも<br>
　　　　　　　　　　弟子に引き継がれる＊1<br>
│<br>
俊成　—　定家　—　為家　京極為教……この系統は断絶<br>
　　　　　　　　　│—　冷泉為相…………為人（現在25代）<br>
　　　　　　　　阿仏尼

＊1　頓阿　—　経賢　—堯寿—堯孝—東常縁—宗祇—三条に西実隆＊2<br>
＊2　公條—実枝—細川幽斎—智仁親王（御所伝授）<br>
　　　　　　　　　　│<br>
　　　　　　　松永貞徳—北村季吟

# 2　和歌年代記

| 年代 | 記事 | 万葉集 | 百人一首 | かるたの歴史（関連文学） |
|---|---|---|---|---|
| 飛鳥 | 400 | | | |
| | | 仁徳天皇后磐姫（巻2巻頭歌） | | 競技かるた序歌 |
| | | 雄略天皇（巻1巻頭歌） | | 「仁徳天皇の即位を祝って王仁が詠んだ歌｝ |
| | 538　仏教伝来 | （万葉前期） | | （出典：古今集仮名序） |
| 白鳳 | 645　乙巳の変 | | | |
| | 大化の改新 | | | |
| | 天智天皇　658 | | | |
| | 672　壬申の乱 | | | |
| | 天武天皇 | | | |
| | 686　持統天皇 | （万葉時代） | | |
| 奈良 | 710　平城京遷都 | | | |
| | | 759　家持（印旛の守）最後の歌 | | |
| | | 782年頃　万葉集成立 | | |
| | | 785.8　家持赴任地多賀城で没 | | |

|  |  |
|---|---|
| | 785.9　家持が種継暗殺事件に連座、除籍。遺骨は子永主共に隠岐へ、万葉集は官庫に |
| | 794　平安遷都 |
| | 806　平城天皇　　　　　家持許され旧位に復帰、万葉集も日の目を見る |
| | 905①古今集：最後の勅撰集（友則・貫之・窮恒・忠岑 |
| | ・この頃、伊勢物語・竹取物語 |
| 平 | 951②後撰集：和歌所梨壷の5人：能宣・元輔・順・時文・望城—万葉集の訓点作業開始） |
| | 1005③拾遺集：花山院編纂（公任私選集「拾遺抄」が元）　・1012　源氏物語 |
| | 1075④後拾遺集：通俊 |
| | 1114　俊成誕生　・この頃、貝覆・貝合わせ |
| | 1118　六条藤家顕季「人麿影供」（出典「十訓抄」） |
| | 1127⑤金葉集：俊頼 |
| | 1151⑥詞花集：顕輔 |
| 安 | 1167　清盛太政大臣　　　1162　定家誕生 |
| | 1184　元歴枝本（次点本） |
| | 1185　後鳥羽天皇 |
| | 1188⑦千載集：俊成、崇徳上皇の怨霊を鎮める意図有 |
| | 1192　頼朝鎌倉幕府 |
| 鎌 | 1198　後鳥羽上皇　　　1204　俊成没 |
| | 1205⑧新古今集：通具、有家・定家・家隆・雅経 |
| | 1221　承久の乱：後鳥羽院は隠岐へ、順徳院は佐渡へ配流 |
| | 1235⑨新勅撰集：定家　　　1241　定家没 |
| 倉 | 1247　天台宗僧仙覚校訂本　ここに万葉集20巻の訓読完成 |
| | 1251⑩続後撰集：為家　ここに後鳥羽院と順徳院の百人一首が入る |
| | 1360　頓阿「井蛙抄巻六：水蛙眼目」跋文 |
| 室 | 嵯峨山荘の障子に上古以来歌仙百人の似せ絵、各百首の歌を書きそえたる。さらに、この麗しき躰の外に躰なし |
| | 1445　堯孝筆百人一首（現在最古の写本） |
| | 1471　「古今伝授」東常縁から宗祇へ　1478　宗祇「宗祇抄」 |
| 町 | 宗祇「万葉抄」　　　この頃ポルトガルからカード伝わる |
| | 1573　室町幕府滅ぶ |
| 安土桃山 | 1596　細川幽斎「幽斎抄」 |
| | 1600　関ヶ原の戦い　　　この頃角倉素庵「素庵本百人一首」 |

|  |  |
|---|---|
| | 1603　江戸幕府　　歌仙入り最古の版本：かるた歌仙絵の手本になる |
| | 1616　この頃百人一首かるた |
| 江 | 中院通村：塵介略記 |
| | 元和　伝道勝法親王筆かるた |
| | 1688　元禄　「寛永本」　（現存最古：滴水美術館蔵） |
| | （新点本「林道春本底本」）　陽明文庫旧蔵かるた |
| | （復刻版が購入可） |
| | 1690　契沖「万葉代匠記」 |
| | 1692　契沖「百人一首改観抄」 |
| 戸 | 1714　安藤為章「年山紀聞」で嵯峨山王色紙和歌　光琳かるた |
| | 1760　賀茂真淵「万葉考」 |
| | 蓮生が歌人・歌選定、定家染筆説提唱 |
| | 1868　明治維新 |
| 明 | 1898　子規「歌よみに与ふる書」 |
| | 万葉集の文学的価値＜万葉風＞を見出し、 |
| 治 | 「根岸・アララギ派」に引き継ぐ　1904　黒岩涙香「萬朝報」 |
| | 「競技用標準かるた」制定 |
| 大 | 1912　同年2月第1回競技大会開催 |
| 正 | 1924　「校本万葉集」（寛永本が底本） |
| | 1298　吉澤博士：定家仮託宗祇説発表　この頃「公定かるた」発行 |
| 昭 | 1951「百人秀歌」の発見（有吉保） |
| | 1954　全日本かるた協会 |
| | 1955　第1期名人位戦 |
| 和 | 1957　第1期クイーン位選 |
| | 1963　小倉色紙「ひともおし…」発見（墨美29号） |
| | 1992　全国高等学校文化連盟 |
| | 小倉百人一首かるた専門部会 |
| 平 | 1993　「万葉集広瀬本」発見（定家本の書写） |
| | 1196（社）全日本かるた協会 |
| | 2001　Japan2001英国で展開 |
| 成 | かるたデモと資料展示実施 |
| | 2004　競技かるた百年祭 |
| | 2014（一社）全日本かるた協会 |
| 令 | 2020　東京2020イベント開催 |
| 和 | |

# おわりに

百人一首と百人秀歌の女流歌人を紹介してきた。最初の持統天皇は、天武天皇の後を継いだのは六八六年のことであり、六四五年頃から七〇二年頃と見られている。最後の二条院讃岐は一一四一年頃から一二一七年頃と見られている。この間、奈良時代から鎌倉時代に渡っている。中でも古今集が編纂されたのが九〇五年、新勅撰集が編纂されたのが一二三二年のことである。こうした時代背景の中で和歌が詠まれている。同時に和歌は時代背景の中で変遷していると見られる。このような中で、最初の持統天皇の和歌は万葉歌の平安版であり、小野小町も古今集入手歌以外には後の人による伝説が育まれた産物である。時代が下るとその人物像もしっかりしてくるが、それでもなお不明なところも内在している。

百人一首は藤原定家が選歌したと言うのも、戦後以後のことであることを承知いただきたい。それというのも定家にとっては外部に公表する歌集ではなく、御子左家に一子相伝で伝えるべき歌集だからである。それが二条家の断絶と共に弟子に伝えられ、古今伝授と共に百人一首も世に出るようになった次第である。従って本文を見ると、前述のように勅撰集の本文とは違っていることもご了解いただきたい。

最後の付録として和歌伝来の系図を示して終わりとする。

一方、百人秀歌は後述するが、戦後宮内庁の書庫からまだ大学生であった有吉保先生によって最初に見出され、その後、冷泉家でも見出されている。ここでは、一条院皇后定子を紹介している。

この書籍の最後にあたり、今までたくさんの先生方にお世話になっております。中でも、神作光一元東洋大学学長、吉海直人同志社女子大学名誉教授の両先生には、長年お世話になりご指導いただいてきました。また最近では多方面でご活躍のピーター・J・マクミラン博士にはお世話になっております。まず謝意を表したいと思います。

最後に、元々（一社）全日本かるた協会の「かるた展望」に掲載しておりましたものを元に一冊の本にまとめたものであり、編集にあたって大変お世話になっております。お礼申し上げます。

津久井　勤

# 参考文献


## 第一章　百人一首の女流歌人の歌から見た世の移り変わり

①吉海直人　百人一首注釈書目略解題　和泉書院（二〇〇三）
②御所本　百人秀歌　京極黄門撰　宮内庁書陵部蔵　久曽神昇編　笠間書院（一九八八）
③吉海直人　もう一つの「百人秀歌―新出冷泉家所蔵為村筆本「跋文」の翻刻と解題―」同志社女子大学　学術研究年報第七十巻(二〇一九)
④中川博夫　田渕句美子　渡邊裕美子編　百人一首の現在　(株)青蘭舎（二〇二二）

## 第二章　白鳳時代と平安時代初期から中期のはじめ

### 一　持統天皇

①松下大三郎・渡邉文男編「国歌大観歌集」角川書店（一九七一）
②中西進「万葉集　全訳注原文付（一）」講談社文庫（一九九四）
③有吉保「百人一首」講談社学術文庫（一九九一）
④三田誠広「炎の女帝　持統天皇」廣済堂出版（一九九九）
⑤児玉幸多編「日本史年表・地図」吉川弘文館（二〇〇五）

二　小野小町の歌と伝説

①黒岩涙香著「小野小町論　全」朝報社（一九一四）これには、次の文献にはない跋言四件と索引がある
②黒岩涙香著「小野小町論」社会思想社（一九九四）これには、涙香研究者　伊藤秀雄の解説がある
③錦　仁著「小町伝説の誕生」角川書店（二〇〇四）
④松弘毅著「小野小町貞女鑑　完」編輯兼発行者　町田長右衛門（再販一九一一［初版一八九四］）
⑤津久井勤著「小野小町の歌と伝説」かるた展望、第四〇号、頁四〇（二〇〇四）
⑥松下大三郎編「国歌大観　歌集」と「続　国歌大観」角川書店（一九五八）

三　小町と比較した伊勢

②　角川書店「新撰国歌大観」角川書店（一九八三）
②窪田空穂・章一郎訳「古今和歌集・新古今和歌集」河出書房新社（一九九〇）
③津久井勤「小野小町の歌と伝説」かるた展望、第四〇号（二〇〇四）
④有吉保全訳注「百人一首」講談社（一九九一）
⑤松田武夫校訂「後撰和歌集」岩波書店（一九九四）
⑥片桐洋一「恋に生き・歌に生き　伊勢」新典社（二〇〇一）
⑦山下道代「王朝歌人　伊勢」筑摩書房（一九九〇）
⑧山下道代「伊勢の風景」臨川書店（二〇〇三）

四　右近から見た先輩伊勢との比較

①松田武夫校訂「後撰和歌集」岩波文庫（一九九四）

②武田祐吉校訂『拾遺和歌集』岩波文庫（一九九四）
③松下大三郎編纂『国歌大観』角川書店（一九七一）
④窪田空穂・窪田章一郎『古今和歌集・新古今和歌集』河出書房新社（一九九五）
⑤有吉保『全訳注　百人一首』講談社（一九九一）
⑥戀塚稔『百人一首』郁朋社（一九九二）
⑦相馬大『小倉百人一首　二十一人のお姫さま』同朋舎出版（一九九四）
⑧錦生如雪『敷島随想（巻十二）』敷島工芸社（二〇〇五）
⑨中西久幸『北宮と右近歌についての私信』（二〇〇七）
⑩犬養廉・井上宗雄外編集『和歌大辞典』明治書院（一九八六）


## 五　右大将道綱母と蜻蛉日記


①長谷川他校注『土佐日記、蜻蛉日記、紫式部日記、更級日記』新日本古典文学大系二四　岩波書店（一九八九）
②岡一男『道綱母―蜻蛉日記芸術攷―』有精堂（一九八六）
③山中、秋山、池田、福長校注・訳『栄華物語①』新編日本古典文学全集　小学館（一九九五）
③『新編国歌大観』編集委員会『新編国歌大観第一巻　勅撰集編』岩波書店（一九八三）
④三田村雅子『『蜻蛉日記』は源氏物語とどう関わるか』国文学第三八巻二号、三八頁（一九九三）
⑤有吉保『全訳注　百人一首』講談社（一九九一）


## 六　儀同三司の母の栄光と影

①山中裕・秋山虔・池田尚隆・福長進校注・訳者「栄花物語」新編日本文学全集三一　小学館（一九九七）
②松村博司・山中裕校注者「栄花物語」岩波書店（一九九三）
③橘健一・加藤静子校注・訳者「大鏡」新編日本文学全集三四　小学館（一九九七）
④松尾聡・永井和子校注・訳者「枕草子」新編日本文学全集一八　小学館（一九九七）
⑤西下経一校訂「後拾遺和歌集」岩波文庫（一九九四）
⑥松田武夫校訂「詞華和歌集」岩波文庫（一九九四）
⑦松下大三郎・渡邉文雄編纂「国歌大観　歌集」角川書店（昭和四十六年）
⑧有吉保全訳注「百人一首」講談社学術文庫六一四（一九九一）
⑨錦生如雪「敷島随想（巻十二）から儀同三司母第二一〇、二一一」敷島工芸社（平成十七年）
⑩相馬大「小倉百人一首　二十一人の女流歌人から儀同三司母」同朋舎出版（一九九四）
⑪戀塚稔「百人一首　二十一人のお姫さまから儀同三司母」郁朋社（平成四年）

# 第三章　平安時代中期

## 一　和泉式部の恋の遍歴

①清水文雄「校定本　和泉式部集（正・続）笠間書院（一九八一）
②藤岡忠美校注・訳「和泉式部日記」小学館（一九九四）
③山中裕、秋山虔、池田尚隆、福永進校注・訳「栄花物語」小学館（一九九八）
④馬場あき子「和泉式部」美術公論社（一九八二）

⑤増田繁夫「冥き道―評伝和泉式部」世界思想社（一九八七）
⑥吉海直人「和泉式部の和歌とその宗教性　国立能楽堂　No.446　P31（二〇二一）
⑦寺田透「和泉式部」日本詩人選八　筑摩書房（一九七二）
⑧橘健二、加藤静子校注・訳「大鏡」小学館（一九九四）
⑨松田武夫校訂「詞華和歌集」岩波文庫　岩波書店（一九九四）
⑩西下経一校訂「後拾遺和歌集」岩波文庫（一九九四）
⑪日本歴史大辞典編集委員会編「日本史年表　第四版」河出書房新社（一九九八）
⑫中野幸一校注・訳「紫式部日記」小学館（一九九四）
⑬石塚龍麿原者「校証古今歌六帖（上）」有精堂出版（一九八四）
⑭菊池良一、村上光徳、坂口博規編「方丈記　無名抄」双文社（一九九四）
⑮浅見和彦校注・訳「十訓抄」新編日本古典文学全集五一、小学館（一九九九）
⑯柳田國男「女性と民間伝承」角川文庫、角川書店（一九六六）
⑰桑原博史校注「無名草子」新潮日本古典集成（第七回）新潮社（一九七六）


## 二　紫式部と紫式部集並びに源氏物語


①長谷川政春・今西祐一郎・伊藤博・吉岡曠校注「土佐日記・蜻蛉日記・紫式部日記・更級日記」岩波書店（一九八九）
②松下大三郎・渡邊文雄編纂「国歌大観歌集」角川書店（一九七一）
③角田文衛「源氏物語千年紀記念　紫式部伝」法蔵館（二〇〇七）
④相馬大「小倉百人一首　二十一人の女流歌人」同朋舎出版（一九九四）

⑤戀塚稔「百人一首　二十一人のお姫さま」郁朋社（一九九二）
⑥山中裕、秋山虔、池田尚隆、福永進校注・訳「栄花物語」小学館（一九九八）
⑦錦生如雪「敷島随想（巻二）第二六回～二九回　紫式部」（二〇〇一）
⑧日本歴史大辞典編集委員会編「日本史年表第四版」河出書房新社（一九九八）
⑨紫式部ゆかりの地関連ホームページ
⑩阿部秋生、秋山虔、今井源衛、鈴木日出男校注・訳「源氏物語」日本古典文学全集二三　小学館（一九九六）
⑪瀬戸内寂聴訳「源氏物語」講談社文庫（二〇〇八）
⑫伊藤博校注「紫式部日記」新古典文学大系　岩波書店（一九八九）
⑬菅春貴「源氏物語への招待」別冊歴史読本八号、三三巻十九号（二〇〇八）
⑭日向一雅「謎解き源氏物語」図書印刷（二〇〇八）
⑮角田文衛「源氏物語千年紀記念　紫式部伝」法藏館（二〇〇七）
⑯国文学編「源氏物語の謎　特集」国文学第二六巻六号　學燈社（一九八〇）
⑰山中裕、秋山虔、池田尚隆、福永進校注・訳「栄花物語」小学館（一九九八）
⑱石塚龍磨・田林義信「校証古今和歌六帖」有精堂出版（一九八四）
⑲有吉保「百人一首全訳注」講談社（一九九一）
⑳武田祐吉校訂「拾遺和歌集」岩波書店（一九九四）

三　大弐の三位とその周辺

①山中裕、秋山虔、池田尚隆、福長進校注・訳者「栄花物語②」小学館（一九九七）

②柏木由夫著『大弐三位集』通釈（一）」大妻国文、第十九号、頁四五（一九八八）
③柏木由夫著『大弐三位集』通釈（二）」大妻国文、第二十号、頁四三（一九八九）
④柏木由夫著『大弐三位集』通釈補遺」大妻国文、第二十二号、頁一（一九九一）
⑤久保田淳監修、武田早苗・佐藤雅代・中周子共著「賀茂保憲女集／赤染衛門集／清少納言集／紫式部集／藤三位集」和歌文学大系二十、明治書院
⑥新編国歌大観編集委員会編「新編国歌大観」角川書店
⑦長谷川政春・今西祐一郎・伊藤博・吉岡曠共著「土佐日記・蜻蛉日記・紫式部日記（付紫式部集）・更級日記」新日本古典文学大系二四　岩波書店（一九八九）
⑧萩谷朴編著「平安朝歌合大成」同朋社（一九七九）
⑨有吉保「全訳注　百人一首」講談社（一九九一）
⑩相馬大著「小倉百人一首　二十一人の女流歌人」同朋舎出版（一九九四）
⑪繼塚稔著「百人一首二十一人のお姫さま」郁朋社（一九九二）
⑫瀬戸内寂聴訳「源氏物語」講談社（二〇〇八）
⑬稲賀敬二著「源氏の作者　紫式部」新典社（一九八二）

四　赤染衛門とその周辺

①関根慶子、阿部俊子、林マリヤ、北村杏子、田中恭子共著「赤染衛門集全訳」私家集全訳叢書刊行会、風間書房（一九八六）
②武田早苗、佐藤雅代、中周子共著「賀茂保憲女集・赤染衛門集・清少納言集・紫式部集・藤三位集」和歌文学大系二一

十、明治書院（二〇〇〇）
③上村悦子著「王朝の秀歌人赤染衛門」日本の作家十　新曲社（一九九一）
④相馬大著「小倉百人一首二十一人の女流歌人」同朋舎出版（一九九四）
⑤戀塚稔著「百人一首二十一人のお姫さま」郁朋社（一九九二）
⑥「新編国歌大観」編集委員会編「新編国歌大観　第一巻　勅撰集編　歌集」角川書店（一九八三）
⑦長谷川政春、今西祐一郎、伊藤博、吉岡曠校注「土佐日記、蜻蛉日記、紫式部日記、更級日記」新日本古典文学大系二四、岩波書店（一九八九）
⑧藤岡忠美校注「袋草紙」新日本古典文学大系二九、岩波書店（一九九五）
⑨簗瀬一雄著「無名抄全講」加藤中道館（一九八〇）
⑩馬淵和夫・国東文麿・稲垣泰一校注・訳者「今昔物語集」新編日本古典文学全集三七、小学館（二〇〇一）
⑪永積安明・島田勇雄校注「古今著聞集」日本古典文学大系八四、岩波書店（一九六七）
⑫新修稲沢市史編纂会事務局編「新修　稲沢市史　本篇上」（一九九〇）
⑬稲沢市経済環境部商工課編「赤染衛門歌碑公園」（一九九〇

## 五　小式部内侍、伊勢大輔とその周辺

①「新編国歌大観」編集委員会編「新編国歌大観　第一巻　勅撰集編　歌集」角川書店（一九八三）
②有吉保　全訳注「百人一首」講談社学術文庫六一四　講談社（一九九一）
③相馬大著「小倉百人一首二十一人の女流歌人」同朋舎出版（一九九四）
④戀塚稔著「百人一首二十一人のお姫さま」郁朋社（一九九二）

⑤久保木哲夫　校注・訳者「伊勢大輔集注釈」私家集注釈叢刊二　貴重本刊行会（一九九五）
⑤藤岡忠美校注者「袋草紙」新日本古典文学大系二九　岩波書店（一九九五）
⑥冨倉徳次著「無名草子評解」有精堂出版（一九六七）
⑦橋本不美男、有吉保、藤平晴男校注・訳者「歌論集」
⑧小林保治、増古和子校注・訳者「宇治拾遺物語」新編日本古典文学全集五十　小学館（一九九六）

## 六　清少納言と枕草子

①田中重太郎訳注「対訳古典シリーズ枕冊子」旺文社（一九九〇）
②石田穣二訳注「新版枕草子」角川文庫（一九七九）
③藤本宗利著「感性のひらめき清少納言」新典社（二〇〇二）
④錦生如雪著「敷島随想（巻八）—百人一首歌人世界の散策—」から「清少納言　第一三九回—第一四二回」（二〇〇四）
⑤圷美奈子著「清少納言」コレクション日本歌人選〇〇七　笠間書院（二〇一一）
⑥松下大三郎編纂「続国歌大観集」角川書店（一九七一）
⑦武田早苗、佐藤雅代、中周子著「賀茂保憲・赤染衛門集。清少納言集・紫式部集・藤三位集」明治書院（二〇〇〇）
⑧相馬大著「小倉百人一首二十一人の女流歌人」同朋舎出版
⑨繼塚稔著「百人一首二十一人のお姫さま」
⑩浅見和彦、伊藤玉美、内田澪子、蔦尾和宏、松本麻子編者「古事談抄全訳」笠間書院(二〇一〇)
⑪相原精次「みちのく伝承—実方中将と清少納言の恋—」彩流社(一九九一)

⑫橘健二、加藤静子「大鏡」小学館(一九九六)
⑬佐伯梅友、村上治、小松登美共著「和泉式部集全釈」笠間書院(二〇一二)
⑭浅見和彦、伊藤玉美他共著「新注古事談」笠間書院(二〇一〇)
⑮『無名草子』輪読会編著「無名草子　注釈と資料」和泉書院(二〇〇四)
⑯山中裕編者「御堂関白記全註釈」国書刊行会(一九八五)

## 七　相模と歌合並びに相模集から

①新編国歌大観編集委員会編「新編国歌大観」角川書店(一九八三)
②武内はる恵、林マリヤ、吉田ミスズ著「相模全集」風間書房(一九九一)
③武田早苗著「相模」コレクション日本歌人選〇〇九笠間書院(二〇一一)
④有吉保全訳注「百人一首」講談社(一九九一)
⑤犬養廉著「女流歌人相模をめぐって」立正大学人文科学研究年報二六、五四-五五(一九八九)
⑥近藤みゆき「相模集所載「走湯権現奉納百首」試論—誰が「権現返歌百首」を詠じたか—」国文目白四九(日本女子大学国語国文学会編二〇一〇)
⑦濱田進「箱根の歌謡物語」日正社(一九九六)
⑧蘆田伊人編集校訂「新編相模風土記稿」第三巻　雄山閣(一九九八)
⑨萩谷朴編「平安朝歌合大成」同朋舎(一九七九)
⑩戀塚稔著「百人一首二十一人のお姫さま」郁朋社(一九九二)
⑪奥平英雄編「御伽草子絵巻」角川書店(一九八二)

⑫宮尾登美子著「宮尾本平家物語二巻」朝日新聞社（二〇〇四）

## 八　周防内侍の和歌と今物語

①新編国歌大観編集委員会編「新編国歌大観」角川書店（一九八三）
②萩谷朴編「平安朝歌合大成」同朋舎（一九七九）
③山中裕ほか校注「栄花物語」新編日本古典文学全集　小学館（一九九五）
④長谷川哲夫著「百人一首私注」風間書房（二〇一五）
⑤有吉保全訳注「百人一首」講談社（一九九一）
⑥相馬大著「小倉百人一首二十一人の女流歌人」同朋舎出版（一九九四）
⑦繼塚稔著「百人一首二十一人のお姫さま」郁朋社（一九九二）
⑧河北騰著「今鏡全注釈」笠間書院（二〇一三）
⑨三木紀人全訳注「今物語」講談社学術文庫（一九九八）
⑩小沢正夫他校注「袋草紙注釈」塙書房（一九七六）
⑪石橋尚實著「十訓抄詳解　全」明治書院（一九二〇）

## 九　祐子内親王家紀伊と勅撰集並びに堀川集から

①新編国歌大観編集委員会編「新編国歌大観」角川書店（一九八三）祐子内親王家紀伊集　四一五
②有吉保全訳注「百人一首」講談社（一九九一）
③有吉保・神作光一共著「小倉百人一首」旺文社（二〇〇〇）

④西下経一校訂「後拾遺和歌集」岩波文庫（一九九四）
⑤松田武夫校訂「三奏本金葉和歌集」岩波文庫（一九九四）
⑥松田武夫校訂「詞華和歌集」岩波文庫（一九九四
⑦窪田空穂・窪田章一郎訳「古今和歌集・新古今和歌集」河出書房新社（一九九〇）
⑧神作光一・長谷川哲夫編「新勅撰和歌集」風間書房（一九九四）
⑨佐藤恒夫著「続後撰和歌集」明治書院（二〇一七）
⑩岩佐美代子著「玉葉和歌集」笠間書院（一九九六）
⑪滝澤貞夫「歌合・定数歌全訳叢書五　堀河院百首全訳」風間書房（二〇〇四）

## 第四章　平安時代後期（院政期）

### 一　待賢門院堀河と歌合並びに久安百首歌から

①新編国歌大観編集委員会編「新編国歌大観」角川書店（一九八三）
②松下大三郎編纂「続国歌大観歌集」角川書店（一九七一）
③滝澤貞夫「歌合・定数歌全訳叢書五　堀河院百首全訳」風間書房（二〇〇四）
④木船重昭「久安百首全訳」笠間書院（一九九七）
⑤野本瑠美「久安百首の短歌」島大国文 vol. 35, pp. 79–92(2015)
⑥相馬大「小倉百人一首　二十一人の女流歌人」同朋舎出版（一九九四）
⑦戀塚稔「百人一首21のお姫さま」郁朋社（一九九二）

## 二　皇嘉門院別当と歌合と勅撰集から

①新編国歌大観編集委員会編「新編国歌大観」角川書店（一九八三）
②萩谷朴編「平安朝歌合大成」同朋舎（一九七九）
③相馬大「小倉百人一首　二十一人の女流歌人」同朋舎出版（一九九四）
④戀塚稔「百人一首21のお姫さま」郁朋社（一九九二）

## 三　式子内親王と百首歌

①新編国歌大観編集委員会編「新編国歌大観」角川書店（一九三八）
②奥野陽子「式子内親王全訳」風間書房（二〇〇一）
③沓掛良彦「式子内親王私抄」ミネルヴァ書房（二〇一一）
④石丸晶子「式子内親王伝　面影びとは法然」凸版印刷㈱（一九九四）
⑤堀田善衛「定家明月記私抄」新潮社（一九八六）
⑥小田剛「式子内親王‐その生涯と和歌‐」新典社（二〇一二）
⑦平井啓子「式子内親王の歌風」林書房（二〇〇六）
⑧奥野陽子「式子内親王　たえだえかかる雪の玉水」ミネルヴァ書房（二〇一八）
⑨馬場あき子「式子内親王」紀伊国屋書店（一九六九）
⑩松下大三郎・渡邉文雄編纂　國歌大観・続国歌大観　歌集　角川書店（一九七一）
⑪田渕句美子　式子内親王たちの新古今集　異端の皇女と女房歌人　KADOKAWA（二〇一四）
⑫窪田空穂・窪田章一郎　古今和歌集・新古今和歌集　河出書房新社（一九九〇）

## 四　殷富門院大輔と歌合と勅撰集から

①新編国歌大観編集委員会編「新編国歌大観」角川書店（一九八三）
②松下大三郎・渡邉文雄編纂「國歌大観　歌集」角川書店（一九七一）
③松下大三郎・渡邉文雄編纂　續國歌大観　歌集　角川書店（一九七一）
④森本元子「殷富門院大輔集全釈」風間書房（一九九三）
⑤窪田空穂・窪田章一郎　古今和歌集・新古今和歌集　河出書房新社（一九九〇）
⑥萩谷朴編「平安朝歌合大成」同朋舎（一九七九）
⑦神田龍一「百人一首の作者達」―その人物像と交友録―近代文藝社（二〇一四）
⑧片野達郎・松野陽一「千載和歌集」岩波書店（一九九三）
⑨峯村文人「新古今和歌集」小学館（一九九五）
⑩有吉保編「和歌文学辞典」桜楓社（一九九一）
⑪村尾誠一「殷富門院大輔の南都巡礼歌をめぐって」東京外国語大学論集第58号（一九九九）

## 五　二条院讃岐と歌合と勅撰集から

①新編国歌大観編集委員会編「新編国歌大観」角川書店（一九八三）
②松下大三郎・渡邉文雄編纂「國歌大観　歌集」角川書店（一九七一）
③松下大三郎・渡邉文雄編纂　續國歌大観　歌集　角川書店（一九七一）
④小田剛「二条院讃岐全歌註釈」和泉書院（二〇〇七）
⑤窪田空穂・窪田章一郎　古今和歌集・新古今和歌集　河出書房新社（一九九〇）

⑥萩谷朴編「平安朝歌合大成」同朋舎（一九七九）
⑦相馬大「小倉百人一首　二十一人の女流歌人」同朋舎出版（一九九四）
⑧戀塚稔「百人一首　21人のお姫さま」郁朋社（一九九二）
⑨神田龍一「百人一首の作者達」近代文藝社（二〇一四）
⑩森本元子「殷富門院大輔集全釈」風間書房（一九九三）
⑪中西進「万葉集（二）」講談社文庫（一九九三）
⑫森野宗明校注「伊勢物語」講談社（一九七九）

## 六　一条院皇后定子

①新編国歌大観編集委員会編「新編国歌大観」角川書店（一九八三）
②松下大三郎・渡邉文雄編纂「國歌大観　歌集」角川書店（一九七一）
③松下大三郎・渡邉文雄編纂　續國歌大観　歌集　角川書店（一九七一）
④窪田空穂・窪田章一郎訳「古今和歌集・新古今和歌集」河出書房新社（一九九〇）
⑤西下経一校訂「後拾遺和歌集」岩波書店（一九九四）
⑥松田武夫校訂「詞華和歌集」岩波書店（一九九四）
⑦松田武夫校訂「三奏本　金葉和歌集」岩波書店（一九九四）
⑧松村博司・山中裕校注「栄花物語上」岩波書店（一九九三）
⑨石田穣二訳注「新版　枕草子」（上、下巻）角川書店（一九七九）
⑩田中重太郎訳注「対話古典シリーズ　枕草子」（上、下巻）旺文社（一九九〇）

## 別一、一　その伝来について

**一　百人一首注釈書叢刊　和泉書院（二〇〇二）**

・第一巻　百人一首注釈書目略解題　吉海直人
・第二巻　百人一首頼常聞書　百人一首経厚抄　百人一首聞書　有吉保・位藤邦生・長谷完治・赤瀬知子編
・第三巻　百人一首注　百人一首（幽斎抄）荒木　尚編
・第四巻　百人一首切臨抄　田尻嘉信編
・第五巻　百人一首師説抄　泉紀子・乾安代編
・第六巻　後水尾天皇百人一首抄　島津忠夫・田中隆裕編
・第七巻　百人一首倉山抄　錦仁編
・第八巻　百人一首さねかづら　寺島樵一編
・第九巻　百人一首拾穂抄　大坪利絹編
・第十巻　百人一首三奥抄　百人一首改観抄　鈴木健一・鈴木淳編
・第十一巻　龍吟明訣抄　島津忠夫・田島智子編
・第十二巻　百人一首解・百敷のかがみ　鈴木太吉編
・第十三巻　小倉百首批釈　百人一首鈔聞書　上條彰次編
・第十四巻　百人一首諺解　百人一首師説秘伝　今井祐一郎・福田智子・菊池仁編
・第十五巻　百人一首註解　島津忠夫・乾安代編
・第十六巻　百人一首うひまなび　大坪利絹編

・第十七巻　百人一首燈　鈴木徳男・山本和明編
・第十八巻　百首贅々　百人一首夷曇　福島理子・德原茂実編
・第十九巻　百首異見　百首要解　大坪利絹
・第二十巻　小倉百歌伝註　百人一首伝心録　管宗次・吉海直人編
・別巻1　百人一首研究集成　大坪利絹・上條彰次・島津忠夫・吉海直人編

## 二、冷泉家関連の書籍等

・冷泉家の歴史　監修　冷泉為仁　朝日新聞社（一九八一）
・京の雅　冷泉家の年中行事　冷泉貴実子　集英社（一九九九）
・冷泉家展　冷泉家時雨亭文庫、朝日新聞社（二〇〇〇）
・冷泉家　時の絵巻　監修　冷泉為人　書肆フローラ（二〇〇二）
・冷泉家　歌の家の人々　監修　冷泉為人　書肆フローラ（二〇〇三）
・京都冷泉家の八〇〇年（歴史編）冷泉為人・井上宗雄・小倉嘉夫日本放送出版協会（二〇〇四）
・京都冷泉家の八〇〇年（和歌編）赤瀬信伍・田中登・冷泉貴実子日本放送出版協会（二〇〇四）
・京都冷泉家の八百年　編者　冷泉為人　日本放送出版協会（二〇〇五）

## 三、吉海直人著　小倉百人一首関連書籍

一　著者から

・百人一首の新考察　定家の撰歌意識を探る　世界思想社（一九九三）

・百人一首への招待　ちくま新書（一九九八）
・百人一首の新研究　定家の再解釈論　和泉書院（二〇〇一）
・小倉百人一首の世界　影月堂文庫（二〇〇七）
・百人一首への招待　ちくま新書　第四刷（二〇〇八）
・百人一首を読み直す　非伝統的表現に注目して　新典社（二〇一一）

二　監修等書籍から

・百人一首研究必携　桜楓社（一九九〇）
・百人一首年表　青裳堂書店（一九九七）
・百人一首研究ハンドブック　おうふう（二〇〇二）

## 四、百人一首書籍類

一　豪華本類・展示図録等

・小倉色紙　和歌百人一首　百人一首並びに歌かるた家（一八八七）
・聯珠百人一首　編纂者　片野東四郎（一八九五）
・集古十種（名畫帖之部・小倉色紙・牧渓玉潤八景）松平定信編　郁文舍（一九〇五）
・日本風俗圖繪第二輯　和国諸職繪畫・姿絵百人一首　菱川師宣画　日本風俗圖繪刊行會（一九一四）
・日本風俗圖繪第六輯　繪本小倉錦　奥村政信画　日本風俗圖繪刊行會（一九一四）
・百人一首　別冊太陽愛蔵版　平凡社（一九七四）
・田辺聖子の小倉百人一首（正・続）田辺聖子著・岡田嘉夫絵・田辺勝世書　角川書店（一九八八）

・墨スペシャル02百人一首　芸術新聞社（一九九〇）
・陽明文庫旧蔵　百人一首　有吉保　桜風社（一九九〇）
・百人一首Ⅱ　別冊太陽　ＷＩＮＴＥＲ84　平凡社（一九九三）
・百人一首　為家本・尊円親王本考　吉田幸一　笠間書院（一九九九）
・別冊太陽百人一首への招待　平凡社（二〇一三）
・百人一首の世界　神作光一監修　洋泉社（二〇一三）
・企画展百人一首の世界　大津市歴史博物館（二〇一三）


二　百人一首内容紹介書籍類


・百人一首小倉の山踏　中津元義（一八四二）
・標註七種百人一首　全　佐々木信綱　博文館（一八九三）
・百人一首通解　上村才六編　井上一書堂（一九〇九）
・百人一首類聚目録　岸本稲巌（一九二八）
・百人一首古注　吉田幸一編　古典文庫（一九七一）
・百首異見　吉田幸一・神作光一編　古典文庫（一九七六
・百人一首の世界　久保田正文　文藝春秋新社（一九六五）
・百人一首古注釈の研究　田中宗作　桜楓社（一九六六）
・古典文庫第二九一冊　百人一首古注　吉田幸一編　古典文庫（一九七一）
・古典百景―新版・百人一首一夕話―　藤居信雄　古川書房（一九七二）
・百人一首故事物語　池田弥三郎　河出書房新社（一九七四）

・グラフィック版百人一首〈特選日本の古典　別巻1〉鈴木勤編集　世界文化社（一九七五）
・米沢本百人一首抄　解読と注釈　米沢古文書研究会編集・発行（一九七六）
・小倉百人一首叙説―百首全解　中島悦次　新書法出版（一九七八）
・義趣討究小倉百人一首鑑賞―文学文法探究の証跡として―　桑田明　風間書房（一九七九）
・百人一首・耽美の空間　上坂信男　右文書院（一九七九）
・別冊文芸読本　百人一首　丸谷才一編　河出書房新社（一九八〇）
・塚本邦雄新撰　小倉百人一首　塚本邦雄　文藝春秋（一九八〇）
・百人一首峯梯　衣川長秋著・高橋伸幸編　和泉書院（一九八一）
・新典社叢書3　百人一首古注釈「色紙和歌」本文と研究　上條彰次編　新典社（一九八一）
・別冊國文學No.17百人一首必携　久保田淳編　學燈社（一九八二）
・グラフィック版　特撰　日本の古典　百人一首　鈴木勤編　世界文化社（一九八二）
・百人一首一夕話（上・下）尾崎雅嘉著・古川久校訂　岩波書店（一九八二）
・百人一首物語　司代隆三　ポプラ社（一九八四）
・百人一首　堯孝筆　宮内庁書陵部蔵　樋口芳麻呂編　笠間書院（一九八四）
・影印本　百人一首抄〈宗祇抄〉改訂版　吉田幸一編　笠間書院　（一九八五）
・御所本百人一首抄　應永十三年寫　宮内庁書陵部蔵　久曽神昇・樋口芳麻呂編　笠間書院（一九八五）
・百人一首增註　青木賢豪　八坂書房（一九八五）
・定家復元　百人一首　石田吉貞　桜風社（一九八五）
・百人一首戯作集　武藤禎夫編　古典文庫（一九八六）

・百首異見（上・下）秋本守英・宗政五十緒・柳瀬万里編　新典社（一九八七）
・百人一首全釈　尾崎暢殃・大坂泰著　中道館（一九八七）
・百人一首評解　石田吉貞　有精堂（一九八八　新装版）
・御所本　百人秀歌　京極黄門撰　宮内庁書陵部蔵　久曽神昇編　笠間書院（一九八八）
・百人一首　吉原幸子　平凡社（一九八八）
・百人一首の作者たち　王朝文化論への試み　目崎徳衛　角川書店（一九八八）
・百人一首基箭抄　井上秋扇著・小林祥次郎解説　勉誠社（一九八九）
・小倉百人一首の言語空間　和歌表現史論の構想　糸井通浩・吉田究編　世界思想社（一九八九）
・百人一首・その隠された主題―テキストとしての内的構造―家郷隆文　桜楓社（一九八九）
・小倉百人一首　田辺聖子　角川書店（一九八九）
・小倉百人一首　犬養廉　三省堂書店（一九八九）
・光琳歌留多で読む小倉百人一首　百人一首の手帖　尚学図書編　小学館（一九八九）
・百人一首　島津忠夫　角川書店（一九九〇）
・百人一首　鈴木日出男　筑摩書房（一九九〇）
・百人一首（影印）小倉山荘色紙之和歌　佐佐木忠慧編　桜楓社（一九九一）
・百人一首　有吉保　講談社（一九九一）
・影印本小倉山庄色紙和歌（百人一首古注）　有吉保・神作光一校注（一九九二）
・影印本　百人一首（兼載筆）有吉保・犬養廉・橋本不美男編　新典社一九九三）
・百人一首古注抄　島津忠夫・上條彰次編　和泉書院（一九九三）

・影印本　百人一首大成　有吉保編　新典社（一九九四）
・影印本　百人一首　有吉保・犬養廉・橋本不美男編　新典社（一九九四）
・影印本　画入尊圓百人一首　簗瀬一雄・榊原邦彦・藤掛和美編　和泉書院（一九九四）
・和紙がたり百人一首　町田誠之　ミネルヴァ書房（一九九四）
・百人一首頼常聞書　影印叢刊　有吉保編　和泉書院（一九九五）
・百人一首を歩く　嶋岡晨　光風社出版（一九九五）
・百人一首　定家とカルタの文学史　松村雄二　平凡社（一九九五）
・百人一首歌占鈔　花淵松濤著　野中春水校注　和泉書院（一九九七）
・「百人一首」旅しよう　竹西寛子　講談社（一九九七）
・新刻　聚玉百人一首―附・百人一首倭歌占　綿抜豊昭編　桂書房（一九九八）
・小倉百人一首を学ぶ人のために　糸井通浩編　世界思想社（一九九八）
・新版百人一首　島津忠夫　角川書店（一九九九）
・小倉百人一首　田辺聖子著・太田大八絵　ポプラ社（二〇〇一）
・百人一首を詠んで旅して　ききの会（二〇〇一）
・授業で使える「五色百人一首」小話集　小宮孝之　明治図書出版（二〇〇二）
・百人一首を楽しくよむ　井上宗雄　笠間書院（二〇〇三）
・淡交ムック百人一首入門　有吉保・神作光一　淡交社（二〇〇四）
・百人一首　王朝和歌から中世和歌へ　井上宗雄　笠間書院（二〇〇四）
・百人一首万華鏡　白幡洋三郎編　思文閣出版（二〇〇五）

・私の百人一首　白洲正子　新潮社（二〇〇五）
・國文学12月臨時増刊号　百人一首のなぞ　學燈社（二〇〇七）
・百人一首２００問　神作光一監修　ＮＨＫ出版編（二〇〇八）
・聞いて楽しむ百人一首　兼築信行　創元社（二〇〇九）
・百人一首の歴史学　関幸彦　日本放送出版協会（二〇〇九）
・百人一首の旅　神作光一監修・名古屋茂郎・長谷川哲夫著　勉誠出版（二〇〇九）
・百人一首の作者達ーその人物像と交友録ー神田龍一　近代文藝社（二〇一四）

# 著者略歴

## 津久井　勤（つくい・つとむ）

一九三八年　三重県に生まれる。
一九六一年　名古屋工業大学卒業　工学博士（名古屋大学）
一九六一～一九九三年　（株）日立製作所　日立研究所　この時代から競技かるたに興味を持って活動開始
一九九三～二〇〇三年　東海大学教授　その後、二〇〇七年まで非常勤講師
一九九五年から（一社）全日本かるた協会機関誌「かるた展望」に投稿始める。その後ほぼ毎号に執筆。
二〇〇四年から「かるた展望」に百人一首の女流歌人の連載はじめる。二〇二四年に終了予定。
その間、百人一首の成立や、「かるた札」の本文に関する調査、「競技かるた」を始めた黒岩涙香に関した調査結果などについての投稿などを行う。併せて、「競技かるたの科学的解析」の一環として、光脳機能による脳の反応解析など実施。この間に、（一社）全日本かるた協会理事、企画部長など歴任。現在、神奈川県かるた協会会長。

小倉百人一首・百人秀歌の女流歌人

二〇二三年三月二十五日　初版発行

定価　本体二、五〇〇円＋税

著者　津久井　勤 ©

〒二五七—〇〇一三　神奈川県秦野市南が丘三—四—一—六—四〇一

TEL（〇四六三）八一—二六二八

e-mail：shonan.tsukui@kub.biglobe.ne.jp

発行　夢工房

〒二五七—〇〇二八　神奈川県秦野市東田原二〇〇—四九

TEL（〇四六三）八二—七六五二

e-mail：yumekoubou-t@nifty.com　http://www.yumekoubou-t.com

2023 Printed in Japan

ISBN978-4-86158-100-7　C0095 ¥2500E